LUIS SELLANO

Portugiesisches
Erbe

EIN LISSABON KRIMI

WILHELM HEYNE VERLAG
MÜNCHEN

Verlagsgruppe Random House FSC® N001967

3. Auflage
Vollständige deutsche Erstausgabe 07/2016
Copyright © 2015 by Oliver Kern
Dieses Werk wurde vermittelt durch die literarische Agentur
Thomas Schlück GmbH, 30827 Garbsen
Copyright © 2016 der deutschsprachigen Ausgabe
by Wilhelm Heyne Verlag, München,
in der Verlagsgruppe Random House GmbH
Neumarkter Straße 28, 81673 München
Printed in Germany
Redaktion: Tamara Rapp
Umschlaggestaltung: Johannes Wiebel/punchdesign, München
Satz: Satzwerk Huber, Germering
Druck und Bindung: CPI books GmbH, Leck
ISBN: 978-3-453-41944-5

www.heyne.de

Für Chris

1

Wenn der erste Eindruck einer Stadt ein Geruch ist, sollte es nicht unbedingt der von Stockfisch sein.

Henrik fühlte sich für eine Sekunde geneigt, die Tür des Taxis wieder zu schließen. Allerdings war die aufdringliche Schweißfahne des Taxifahrers keine echte Alternative zu dem luftgetrockneten Bacalhau, der hier zu Dutzenden von der Decke des Fischgeschäfts hing.

Mit angehaltenem Atem stieg Henrik aus dem Taxi, schulterte seine kompakte Reisetasche und schlug die Tür hinter sich zu. Die Gasse verlief parallel zum Fluss und war damit vollkommen windgeschützt. Keine Chance auf die Brise, die vom Atlantik her durch die Häuserzeilen wehte und die Temperatur angenehmer, die Luft erträglicher machte. Es war heiß. Zu heiß für jemanden, der dieses Klima nicht gewohnt war. Etwas anderes hatte er im August allerdings auch nicht erwartet. Die Sonne stand hoch und warf keine Schatten. Er hätte eine Sonnenbrille einstecken sollen, doch als er heute früh aus dem Haus gegangen war, war es noch dunkel gewesen.

Was hatte er sonst alles vergessen?

Kopfschüttelnd prüfte er die Adresse. Er war schon richtig. Jedenfalls geografisch betrachtet.

Der Taxifahrer gab Gas, lenkte sein Gefährt haarscharf an den parkenden Autos vorbei und entschwand um die nächste Ecke. Zu spät, um einfach wieder einzusteigen und sich zurück zum Flughafen fahren zu lassen. Henrik blickte die Straße hoch, in die sich außer ihm niemand verirrt hatte. Die

Fassaden der Häuser hatten nichts Einladendes. Der fortschreitende Verfall hatte nicht einmal mehr altes Flair übrig gelassen. Soweit er sich an den Stadtplan entsinnen konnte, den er gestern Abend noch auf dem Rechner studiert hatte, waren es nur ein paar Schritte zum berühmten Baixa-Viertel, in dem die Touristen auf den breiten Einkaufsstraßen flanierten und die unzähligen Straßencafés und Restaurants bevölkerten. Die Rua Nova do Carvalho bekam nichts von diesem Rummel ab, da sie nicht den geringsten Anreiz für Urlauber bot. Lediglich zwei Häuser weiter entdeckte er ein winziges Café; es bestand aus einem Tresen mit einer Durchreiche zur Straße, auf der zwei billige Plastiktische standen, die gerade so auf das schmale Trottoir passten. Daneben wies eine grüne, schon arg mitgenommene Markise über einem Schaufenster auf einen Obst- und Gemüseladen hin.

Das Büro befand sich oberhalb des Fischgeschäfts, hatte aber irritierenderweise keinen separaten Eingang. Ein einfaches, an den Türrahmen geschraubtes, handtellergroßes Blechschild, von dem der einst weiße Lack abblätterte, bestätigte dies. Notariado Artur Pinho war darauf zu lesen.

Artur Pinho hatte ihn vor drei Tagen angerufen. Zeitgleich war ein Brief eingetroffen. Per Einschreiben, um die Seriosität zu unterstreichen.

Drei Tage!

Ein Anruf, der ihn letztlich in die unansehnliche Rua Nova do Carvalho geführt hatte, in der sich die Sommerhitze staute. Skeptisch betrachtete er die schäbige Fassade, die bis hoch zum ersten Stock mit blau-weiß gemusterten Kacheln gefliest war. Ein Drittel davon war bereits der Schwerkraft zum Opfer gefallen oder mutwillig abgeschlagen worden. Ein

Anblick, der seine geringe Erwartung noch weiter schrumpfen ließ. Vielleicht auch, weil diese Hauswand den Zustand seines Lebens widerspiegelte; eine Fassade mit vielen Löchern. Er schloss die Augen und rezitierte in Gedanken den ersten Vers von Max' und Moritz' fünftem Streich.

Wer in Dorfe oder Stadt / einen Onkel wohnen hat ...

Hätte das Wissen darüber, dass Artur Pinho mit seinem Notariat in einem abgewirtschafteten Gebäude residierte, etwas an seinem Entschluss geändert? Wäre er dann nicht hergekommen? Mit dieser unbeantworteten Frage im Kopf betrat er den Laden. Weit und breit war niemand zu sehen, auch nicht hinter der Verkaufstheke. Von dort zweigte rechts eine Tür ab, die in ein Treppenhaus führte. Henriks Ausbildung gebot es eigentlich, dass er sich zu erkennen gab. Dass es falsch war, einfach mir nichts, dir nichts durch dieses Geschäft zu spazieren, ohne seine Anwesenheit kundzutun. Doch er schwieg, bog einfach ab und betrat das Treppenhaus. Ein schmales Fenster warf ein grelles Rechteck auf die stumpfen Steinplatten. Millionen Staubteilchen tanzten im Sonnenlicht. Die Treppe am Ende des Flurs war mit einem Teppich überzogen, der einmal rot gewesen war. Trotz oder gerade wegen des an manchen Stellen kurz vor der Auflösung stehenden Bezugs knarrte jede Stufe unter seinem Gewicht. Seit er den Dienst quittiert hatte und nicht mehr regelmäßig trainierte, hatte er zugenommen. Womit er aktuell geschätzt bei rund neunzig Kilo lag. Was sich bei seiner Größe von eins fünfundachtzig durchaus noch kaschieren ließ. Doch er machte sich nichts vor. Er fühlte sich außer Form, und das lag nicht allein an den vorherrschenden fünfunddreißig Grad. Oder der Tatsache, dass er vor der Abreise schlecht geschlafen hatte. Sehr schlecht sogar.

Im ersten Stock erwarteten ihn zwei Türen, von der die erste das gleiche Schild wie unten aufwies. Er rückte den Riemen seiner Reisetasche zurecht, klopfte und fragte sich gleichzeitig, wie man auf Portugiesisch zum Eintreten aufforderte. Er kam zu dem Schluss, dass er in vielerlei Hinsicht unvorbereitet war.

Eine ältere Dame öffnete ihm die Tür und zerstreute damit seine Bedenken. Auf ihre Nasenflügel drückte eine Lesebrille. Ihr Haar war tiefschwarz, mit einem Stich Aubergine. Zu künstlich, als dass die Farbe, gemessen am Alter der Frau, hätte echt sein können. Auf ihren Lippen glänzte ein hellroter Lippenstift in demselben Ton, den sie auch auf die Wangen aufgetragen hatte.

»Senhor Falkner?«, fragte sie.

Er setzte ein Lächeln auf und nickte.

Ohne dass dies ihre neutrale Miene veränderte und ohne sich ihrerseits vorzustellen, machte sie Platz und bat ihn mit einer Geste einzutreten. Der Raum war abgedunkelt und kühl. Über dem Fenster gab eine antiquierte Klimaanlage ein bedenklich metallisches Scharren von sich.

»Just a second!«, verlangte die Frau, die ihm lediglich bis zur Brust reichte und ihre vollschlanke Figur in ein dunkelblaues Kostüm gezwängt hatte. Der Blazer, der von zwei goldfarbenen Knöpfen zusammengehalten wurde, spannte besorgniserregend über ihren Brüsten.

Mit eleganter Geste schlug sie ihren Fingerknöchel zweimal gegen eine Verbindungstür, die linker Hand aus dem Vorzimmer führte. Die Reaktion auf ihr Klopfen war eine unverständliche Erwiderung, die kaum vernehmlich durch das verblichene Holz drang. Sie nickte Henrik auffordernd zu, und er schlüpfte an ihr vorbei in das Büro von Artur Pinho, das nur unwesentlich mehr Platz bot als das der Vorzimmerdame. Es musste an den Dimensionen des massiven schwarzen Ledersessels liegen, dass ihm Pinho wie ein Zwerg vorkam. Ein grauhaariger Zwerg in einem braunen Cordanzug, mit einem dichten Schnauzer unter seiner knubbeligen Nase, auf der wiederum eine viel zu große Brille saß. Der Zwerg sah offenbar keinen Anlass, sich zu erheben. Er lächelte Henrik aus einem wettergegerbten, runzligen Gesicht herausfordernd entgegen. Der Mann konnte sechzig, aber auch achtzig sein.

Schließlich winkte er ihm, näher zu treten, und deutete auf den Stuhl vor seinem unaufgeräumten Schreibtisch, der rechts wie links von ihn überragenden Aktenstapeln flankiert wurde. Zigarrenrauch hing in der Luft, vermischt mit etwas, das Henrik an Mottenkugeln erinnerte. Wo waren die Düfte des portugiesischen Sommers? Landestypische Blumen, Kräuter, Lavendel. Eigentlich hatte er keine Ahnung, wie Portugal riechen sollte, doch seine Wunschvorstellungen entsprachen bislang in keiner Weise der Wirklichkeit, so viel war klar.

»Senhor Falkner, kommen Sie, kommen Sie!«

Pinhos Deutsch war passabel, was Henrik schon bei ihrem Telefonat festgestellt hatte. Er setzte sich dem Notar gegenüber, der trotz der geänderten Perspektive in seinem Sessel zu versinken drohte. Verglichen mit draußen, war es hier unangenehm kalt. Henrik hatte den Eindruck, dass der Schweißfilm auf seiner Haut zu Eis kristallisierte. Im Rücken des Notars vibrierte ein Klimagerät, welches das halbe Fenster verdeckte. Die durch den klobigen Kasten verminderte Aussicht war zu verschmerzen. Der triste Innenhof bot ohnehin keinen Anreiz hinauszublicken. Die restlichen Wände wurden ähnlich wie die im Vorzimmer von Regalen mit Aktenordnern eingenommen, die nur die Tür aussparten, durch die er eingetreten war.

»Hatten Sie eine angenehme Reise?«

»Danke«, erwiderte Henrik, der keine Lust verspürte, die umständliche Flugroute über Amsterdam und den zweistündigen Zwischenstopp am Flughafen Schiphol zu erläutern. Leider war es unmöglich gewesen, so kurzfristig einen Direktflug ab Stuttgart zu bekommen, was hauptsächlich den Sommerferien in Süddeutschland geschuldet war. Wenigstens war das Flugticket so um einiges günstiger gewesen.

»Darf ich Ihnen etwas anbieten? Kaffee? Wasser?«

Er wollte die Sache nicht unnötig in die Länge ziehen und lehnte dankend ab.

Pinho ließ sich davon nicht beirren und hielt an seinem Lächeln fest. Er ruckelte samt Stuhl etwas nach vorne und stützte seine Ellbogen auf die Schreibtischplatte.

»Gut, ich brauche noch Ihren Personalausweis, dann können wir anfangen!«

Henrik holte den Ausweis aus seinem Portemonnaie und reichte ihn dem Notar, der nur einen flüchtigen Blick darauf warf und ihn sogleich zurückgab. Nun zog Pinho eine in Schweinsleder gebundene Mappe vom rechten Aktenstapel und legte sie sorgsam vor sich ab.

»Ich habe Ihnen ja bereits am Telefon angedeutet, was Sie erwartet.«

»Kannten Sie ihn näher?«, fragte Henrik dazwischen. »Oder ist er mit dieser ... ähm, Angelegenheit zu Ihnen gekommen, weil Sie Deutsch sprechen?«

Pinho wiegte seinen Zwergenschädel hin und her. »Er hat bloß zweimal vor mir auf diesem Stuhl gesessen, so wie Sie jetzt. Sein erster Besuch diente dazu, die Formalitäten durchzusprechen. Die Woche darauf kam er, um die Dokumente zu unterschreiben.«

»Damit haben Sie ihn zweimal öfter getroffen als ich«, murmelte Henrik. »Sie verstehen also, wieso ich eine gewisse Zurückhaltung an den Tag lege, was diese Sache angeht.«

Der Notar nickte. »Kein Grund, beunruhigt zu sein! Es kommt ab und an vor, dass sich Erbe und Vererber nicht persönlich kennen, ein unbestreitbares Familienband jedoch dazu verpflichtet.«

Ein Familienband? Etwas Derartiges existierte zwischen seiner Familie und Martin Falkner praktisch nicht. Dass seine Mutter einen Bruder hatte – gehabt hatte –, war ihm zwar bekannt, doch es war nicht geduldet, über Onkel Martin zu sprechen. Folglich war er zu keiner Familienfeier eingeladen worden, nicht einmal zu Beerdigungen, zu denen die Verwandtschaft üblicherweise in besonders großer Schar gepilgert kam. Die Falkners haben Geld, vielleicht gibt es was zu holen?

Martins Dasein wurde schlichtweg ignoriert, weshalb Henrik auch nie in die Verlegenheit gekommen war, diesen nebulösen Verwandten jemals zu hinterfragen.

Und nun das.

»Es ist nicht Teil meiner Aufgabe, die Hintergründe zu erörtern«, unterbrach ihn Pinho in seinen Gedanken. »Ich kümmere mich lediglich um die Formalitäten.« Der Notar musterte ihn für ein paar Sekunden, bevor er fortfuhr. »Sie waren noch ein Kleinkind, als Martin Falkner in Lissabon seine zweite Heimat fand. Was sich zwischenzeitlich ereignet hat, entzieht sich meiner Erkenntnis. Fest steht letztlich, er hat sich an Sie erinnert. Alleine das zählt.«

Ja, aber warum ausgerechnet an mich?, lag ihm auf der Zunge, doch er behielt die Frage für sich. In den grauen, von buschigen Brauen beschatteten Augen des Notars lag keine Antwort. Das Summen der Klimaanlage war für einige Momente das einzige Geräusch innerhalb der vier Wände des Notariats.

»Wann hat er das Testament verfasst?«

»Ihr Onkel war Ende Mai bei mir, die Unterzeichnung erfolgte Anfang Juni. Ich hatte natürlich nicht erwartet, dass es danach so schnell geht. Er sah sehr vital aus. Vielleicht eine Vorahnung?«, sinnierte Pinho.

Henrik ließ sich das durch den Kopf gehen. Wusste Martin, dass er nicht mehr lange zu leben hatte? Der Notar hatte am Telefon von einem Herzinfarkt gesprochen, aber keine näheren Angaben dazu machen können. Würde er in der Stadt jemanden finden, der ihm mehr dazu sagen konnte? Wie auch immer es dazu gekommen war, die Testamentshinterlegung vor einem Vierteljahr deutete darauf hin, dass Martin im besten Alter von zweiundsechzig Jahren über den Tod nachgedacht hatte. Und sich dabei eines Neffen erinnerte, den er nie zu Gesicht bekommen hatte. Es lag nicht nur an der gekühlten Luft, die der leise quietschende Ventilator unermüdlich in das Büro des Notars blies, dass Henrik ein Schauder über den Rücken lief. Diese Erbschaftsangelegenheit zog einen Schweif von Fragen hinter sich her, der mit jeder Stunde länger wurde.

»Sind Sie bereit?«, wollte Pinho wissen, und Henrik hätte am liebsten den Kopf geschüttelt. Doch er blieb regungslos auf dem mit Leder gepolsterten Stuhl sitzen. Pinho nickte und klappte die Mappe auf. Es war kein feierlicher Moment. Die Situation fühlte sich eher unwirklich an. Obenauf lag ein Umschlag, den ihm der Notar sogleich entgegenstreckte.

»Ein persönlicher Brief. Wenn Sie ihn zuerst studieren wollen, lasse ich Sie damit kurz allein. Ansonsten würde ich nun den Letzten Willen des Verstorbenen verlesen.«

Das Kuvert war perlmuttfarben. In Tinte und mit geschwungener Handschrift stand *Für Henrik* darauf. Er nahm den Brief entgegen. Seine Finger zitterten. Pinho hatte bei ihrem Telefonat verlauten lassen, dass niemand außer ihm zu der Testamentsverlesung geladen war. Unbeantwortet war die Frage geblieben, was es zu erben gab. Damit hatte der Notar hinter dem Berg gehalten, als ginge es um eine Geburtstagsüberraschung, die er nicht verderben wollte. Auf Henriks Bemerkung hin, dass er an die Reisekosten denken müsse, hatte Pinho lediglich erwidert, dass es da gar nichts zu überlegen gäbe. Lissabon sei jederzeit eine Reise wert.

Für Henrik.

Nun war er hier. Hatte den Skeptiker in sich in die Schranken gewiesen, was sich für eine geraume Zeit sogar gut angefühlt hatte. Zumindest bis zu dem Moment, als er heute in aller Herrgottsfrühe zum Flughafen aufgebrochen war. Ab da musste er sich zwingen. Zum Check-in. Zum Einsteigen in das Flugzeug. Wie oft war er während seiner zwei Stunden in Amsterdam kurz davor gewesen, den nächstbesten Flug zurück nach Stuttgart zu buchen. Selbst noch nach der Landung hier, nachdem er hinaus aus dem Terminal an den Taxistand getreten war und auf den nächsten freien Wagen gewartet hatte. Selbst da wäre er lieber noch umgekehrt. Weil ihm alles wie eine komplett idiotische Idee vorkam. Eine Schnapsidee, so verrückt, dass er niemandem davon erzählt hatte. Keinem Freund. Nicht seiner Schwester und auch nicht seiner Mutter. Erst recht nicht seiner Mutter. Ihm reichte schon die Vorstellung, ihr zu beichten, dass Martin ihn in seinem Testament berücksichtigt hatte. Sie würde … ja, was? Ausrasten? Ihm ihrerseits mit Enterbung drohen? Er hatte keine Ahnung, was seine Mutter dazu sagen mochte, nur würde es sich gewiss nicht um Glückwünsche handeln. Lag darin vielleicht die Erklärung, warum er hierhergekommen war? Weil seine Familie all die Jahre so ein Geheimnis um seinen Onkel gemacht hatte?

Nein, die Ablehnung seiner Mutter gegenüber Martin vorzuschieben war zu einfach. Der wahre Grund für seinen überstürzten Aufbruch nach Lissabon war weitaus komplizierter. Unnötig, sich da was vorzumachen. Weder Skepsis noch Rationalität noch irgendetwas anderes, das gegen eine Lissabonreise gesprochen hätte, war stark genug, um ihn von der Reise abzuhalten. Er wollte der Dunkelheit Einhalt gebieten. Es war ein irrationaler Weg, aber irgendwie auch der einzige, der ihm blieb. Er hatte nichts mehr zu verlieren. Und auf diesem Weg bestand immerhin die winzige Chance, dass er ihn zurück ins Licht führte.

Sein Mund war trocken. Er hätte vorhin das Wasser nicht ablehnen sollen. Seine Stimme war nur ein leises Knistern, als er den Notar aufforderte: »Fangen Sie an!«

2

Die Luft in der Gasse war noch stickiger geworden. Oder es fühlte sich nur so an, weil er überhastet aus dem klimatisierten Büro geflüchtet war. Die Hitze hüllte ihn ein, aber das spielte keine Rolle mehr. Die Verwirrung in seinem Kopf reduzierte seine Umgebung zu einem vagen Bild, das ihm nichts anhaben konnte. Wusste er nun mehr als vor seinem Besuch bei Pinho?

Ins Licht?

Sein Puls schlug heftig. Wie nach einem seiner Waldläufe. Nach der großen Runde mit den zwei Anstiegen und den dreißig Liegestützen zum Abschluss. Dabei hatte er nur dagesessen, gelauscht und zwischendurch genickt, um dem Notar zu vermitteln, dass er noch anwesend war. Körperlich zumindest.

Er brauchte etwas zu trinken. Sofort, bevor er umkippte. An einem der Tische des kleinen Straßenausschanks saß nun ein Mann. Ein Glatzkopf, der seine Augen hinter einer dunklen Sonnenbrille verbarg und den unteren Teil seines Gesichts hinter einem wuchernden Vollbart versteckte. Eine Mode, die man immer öfter sah. Das Haupthaar, das oben auf dem Kopf keinen Halt mehr fand, war runter ans Kinn gerutscht. Der Mann bemerkte, dass Henrik ihn musterte, und schob die Zeitung höher. Die Schlagzeile auf dem Titel war so fett gedruckt, dass er sie sogar auf die Entfernung lesen konnte.

BANCARROTA – VIEIRA DESISTIR?

Plötzlich verspürte er den Wunsch, unbemerkt zu bleiben. Es mochte an seinem Job liegen, der ihn gelehrt hatte, eine

Situation sensibler zu erfassen oder auf andere Art zu interpretieren, als gewöhnliche Leute es taten. Sein Instinkt drängte ihm den Verdacht auf, dass der Mann nur vorgab, die Zeitung zu lesen. Eine Vermutung, die allerdings keinen Sinn machte. Niemand außer Pinho und dessen Sekretärin wussten, dass er in Lissabon war. Und schon gar nicht, weshalb. Aber der Polizist in ihm ließ sich nicht von seiner Wahrnehmung abbringen. Er fühlte sich durch den Bärtigen beobachtet.

Durst hin oder her, er entschied, vor bis ins Baixa-Viertel zu gehen, um dort in der anonymen Menschenmasse unterzutauchen. So schnell es die Hitze erlaubte, marschierte er die Rua Nova do Carvalho entlang, bis andere Gedanken das Gefühl der unerklärbaren Anspannung ablösten. Ja, es gab weiß Gott wichtigere Dinge, mit denen er sich beschäftigen sollte!

Er besaß nun ein Haus, mitten in Lissabon.

Nein, korrigierte er sich. Er konnte ein Haus in Besitz nehmen. Noch hatte er nichts unterzeichnet. Vor allem wegen der Klausel. Dieser eigenwilligen Auflage, auf die sein Onkel so großen Wert legte. Gewissermaßen aus dem Jenseits heraus diktierte Martin seine Bedingungen, die der Notar bei der Verlesung des Testaments mehrfach wiederholt hatte. Henrik wusste nicht, was er davon halten sollte. Er kam sich hilflos vor.

Von Pinhos Monolog waren ihm nur ein paar Brocken im Gedächtnis geblieben. Unter anderem den steuerlichen Kram betreffend. Begrifflichkeiten, die für gedankliche Wirren gesorgt hatten, ohne dass er sich an Details erinnerte. Dazu hatte ihm die Konzentration gefehlt. Einziges Fazit: Er fühlte sich mit allem überfordert und brauchte Zeit zum

Nachdenken. So hatte er es dem Notar gesagt. Drei Worte. Ich muss nachdenken!

Mehr war nach der Testamentsverlesung nicht über seine trockenen Lippen gekommen. Artur Pinho hatte verständnisvoll gelächelt und ihm eine Zigarre angeboten, die er kopfschüttelnd ablehnte.

»Melden Sie sich, wenn Sie so weit sind, aber zögern Sie nicht zu lange!«, hatte Pinho ihm mit auf den Weg gegeben.

Zögern Sie nicht zu lange.

Nach fünf Minuten Fußmarsch erreichte Henrik die Praça do Comércio, den prächtigen Exerzierplatz, direkt am Fluss gelegen, von wo man durch den Arco da Rua Augusta, den pompösen Triumphbogen, in das weltberühmte Einkaufsviertel gelangte. In der Mitte des sonnenüberfluteten Karrees ragte die Reiterstatue Josés I. in den wolkenlosen Himmel. Dahinter brandete der Tejo gegen die Kaimauer, der an dieser Stelle bereits zu einem breiten Delta angewachsen war und sich mit dem Salzwasser des Atlantiks mischte.

Henrik kaufte eine Flasche Mineralwasser an einer der Buden, wo Trauben von Touristen auf die historischen Straßenbahnen der Linie 28 oder einen der Doppelstockbusse für ihre Stadtrundfahrt warteten. Der Trubel ließ ihn unberührt, hatte sogar etwas Beruhigendes an sich. Gierig leerte er die Hälfte der Flasche noch an der Bude. Dann wandte er sich in Richtung Fluss, überquerte den trotz mangelndem Schatten belebten Platz und setzte sich auf eine der Steinstufen, die direkt hinein ins braune Wasser führten. Die Entfernung zum Südufer schätzte er auf mehrere Kilometer. Drüben säumten Industrieanlagen den Tejo. Rechts von ihm, gut drei Kilometer flussabwärts, wurde das mächtige Gewässer von der Brücke des 25. April überspannt, die in Form und Farbe an die

Golden Gate Bridge in San Francisco erinnerte. Unweit von dort, wo sie wieder auf Land traf, ragte auf einer Anhöhe Cristo Rei in den Himmel. Die knapp dreißig Meter hohe Jesusstatue, die wiederum mit weit ausgebreiteten Armen auf einem fünfundsiebzig Meter hohen Sockel steht, ähnelte der in Rio de Janeiro.

Henrik trank den Rest des Wassers, während seine Augen die Umgebung studierten. Er war nicht unvoreingenommen hierhergekommen, dennoch gefiel ihm, was er sah. Er fühlte Erleichterung, auch wenn er sich das nicht zu erklären vermochte. Genau so wenig wusste er, ob er sich in seinem psychischen Zustand überhaupt darauf einlassen konnte. Wie gerne hätte er diesen Augenblick, diese Aussicht auf die Stadt, die Gerüche und Geräusche, die Wärme und die Leichtigkeit dieses südländischen Sommers mit Nina geteilt. Wie befreiend wäre es gewesen, wenn sie hier auf dieser grob gehauenen Steinstufe neben ihm gesessen hätte und er den Arm um ihre Schulter hätte legen können. Wie beruhigend für ihn, hätte er sie jetzt und hier nur an sich ziehen und den Duft ihres Haares atmen können, so wie er es in vertrauten Momenten immer getan hatte.

Nina …

Er betrachtete seinen Ehering, den die Sonne Portugals zum Funkeln brachte. Selbst nach zwei Jahren überrannte ihn die Trauer noch immer ungebremst. Hinterrücks und mit Gewalt. Eine Flutwelle, die aus dem Mittelpunkt seiner Seele quoll und sich seiner bemächtigte, ihn mitriss in die ewige Schwärze der Verzweiflung. Seine Hand zerdrückte die leere Plastikflasche, ohne dass er es bewusst wahrnahm. Und die Trauer hatte grundsätzlich den Hass im Gepäck. Viel heftiger als kurz nach ihrem Tod. Da war es die Ohnmacht über den

Verlust gewesen, die den Hass überdeckte. Doch mit dem Verstreichen der Zeit kamen immer mehr Kontrast und Schärfe hinzu, und aus Verbitterung wurden Zorn und Feindseligkeit.

Jemand berührte ihn an der Schulter.

Er zuckte zusammen.

Aus einem runden Gesicht blickten ihm zwei große, tiefbraune Augen neugierig entgegen. Schnell zwang er sich zu einem Lächeln, obwohl er ahnte, dass es nur zu einer gezwungenen Grimasse reichte. Der Junge, der nicht älter als vier Jahre sein konnte und dessen kleine Hand immer noch auf seiner Schulter lag, machte es ihm nach und lachte seinerseits. Verglichen mit dem seinen war es ein Lachen direkt aus dem Herzen, ehrlich und offen, wie nur Kinder es zustande brachten.

Der Junge hatte sich unbedarft an Henrik festgehalten, um die für seine kurzen Beine zu hohen Treppenstufen zu meistern, und nicht damit gerechnet, einen Mann zu erschrecken, der in einen inneren Abgrund starrte.

Henrik griff nach der Hand des Jungen und verlieh ihm die nötige Balance, damit der Kleine unbeschadet die verbliebenen drei Stufen bis hinunter zur Wasserkante bewältigen konnte.

»Rodrigo!«, hörte er eine Frauenstimme in seinem Rücken. Er wandte sich um, ohne das Kind loszulassen, und blinzelte zur Kaimauer hinauf. Die Frau, ohne Zweifel die Mutter, stöckelte bereits die Treppe hinunter, während eine Flut von Worten aus ihrem Mund strömte. Henrik konnte nicht unterscheiden, ob sie ihm oder dem Jungen galten. Er versuchte es erneut mit einem Lächeln. Erst als die Frau mit ihm auf gleicher Höhe war, erfasste sie die Situation. Der fremde Mann hielt ihr Kind davon ab, ins Wasser zu fallen. Mit einem knappen Nicken in seine Richtung nahm sie den Kleinen hoch und drückte ihn fest an sich. Eine Reaktion, die dem Jungen nicht gefiel, doch der Beschützerinstinkt der Mutter duldete keinen Widerspruch.

»Obrigada!«, sagte die Frau, nachdem sie ihn noch einmal durchdringend gemustert hatte, und mühte sich dann zusammen mit ihrem zappelnden Sprössling die Treppe hoch. Rodrigos Protest erstarb schnell. Der Junge warf Henrik über die Schulter der Mutter hinweg einen enttäuschten Blick zu. Der Kleine hatte nicht geschafft, seine Finger in das kühle Wasser zu tauchen, aber Henrik konnte in den dunklen Kulleraugen schon jetzt die feste Absicht erkennen, einen erneuten Versuch zu starten, sobald er sich von der Mutter unbeobachtet wusste.

Auch er hätte ein Kind in diesem Alter haben können, schoss es ihm durch den Kopf, und dieser Gedanke war eine weitere mannshohe Welle, die Trümmer von Trauer mit sich spülte.

Für unbestimmte Zeit saß er auf der Treppe und starrte ins Wasser. Die Geräusche der Stadt, die tausend Stimmen um ihn herum, verschmolzen mit dem Plätschern der Wellen. Unter dem Brennen der Sonne in seinem Nacken holte ihn die Müdigkeit ein. In Erwartung eines motivierenden Schubs schlug er sich mit den flachen Händen kräftig auf die Oberschenkel. Der Stimulationseffekt war mäßig, reichte aber, um nach dem Brief zu tasten, den er in die Reisetasche gesteckt hatte. Mit zitternden Fingern riss er den Umschlag auf, fischte das einzelne Blatt heraus und faltete es auseinander. Die gleiche saubere Handschrift wie auf dem Kuvert, leicht nach rechts fallende Buchstaben, eng gesetzt, ohne dass das

Schriftbild gedrängt wirkte. Die Wörter waren tief ins Papier gedrückt, und den Schwüngen fehlte die Unbeschwertheit, die er von jemandem erwartete, der sich für ein Leben in dieser Stadt entschieden hatte. Er war kein Grafologe, wagte aber die Prognose, dass dies nicht die Handschrift eines entspannten Menschen war. Das Datum lag rund acht Wochen zurück. Sein Schatten fiel auf das Papier, auf dem trotz der leichten Struktur die Tinte nicht verlaufen war.

Lieber Henrik!

Sehr zu meinem Bedauern haben wir uns nie persönlich kennengelernt. Deine Tante Brigitte war allerdings so freundlich, mir gelegentlich von Dir zu berichten, und wenn sie mir zu Weihnachten schrieb, legte sie gerne Fotos dazu. Zumindest die ersten Jahre noch. Wie auch immer, sie war über die Jahrzehnte meine einzig verbliebene Verbindung zu Deiner Familie, die früher auch die meine gewesen ist. Ich weiß, dass sie Euch gegenüber verschwiegen hat, mit mir in Kontakt zu stehen. Um des lieben Friedens willen war das sicher auch besser so. Ich will mich in diesem Brief nicht darüber auslassen, wie und warum es überhaupt dazu gekommen ist. Deswegen wurde in der Vergangenheit genug Porzellan zerschlagen, ohne dass die Scherben jemals aufgefegt worden wären.

Jetzt und heute geht es darum, nach vorne zu schauen. Auch für Dich, denn ich weiß, Du hattest eine schwere Zeit und hast sie wahrscheinlich immer noch. Einen geliebten Menschen zu verlieren verändert alles, und die Welt wird nie wieder, wie sie war. Gegen diesen schlimmsten aller Schmerzen gibt es kein Mittel, das brauche ich Dir nicht zu erklären. Aber es wird leichter, das Leben zu ertragen, wenn man Veränderung sucht. Ich eröffne Dir hierzu einen Weg, lieber Henrik, und ich wünsche mir sehnlichst, dass Du diesen Weg ins Licht beschreitest. Auch mir zuliebe und nicht ganz ohne Hintergedanken, wie ich gestehen muss. Ich bitte Dich einfach darum, Augen und Geist zu öffnen, alles andere wird sich fügen, wenn Du der aufrechte Mensch bist, für den ich Dich halte.

Dein Martin

Einen Weg zurück ins Licht. Augen und Geist öffnen. Konnte Martin Gedanken lesen? Henrik drehte das Blatt, doch die Rückseite war leer. Er las die Zeilen erneut, ohne weitere Erkenntnisse zu erlangen. Selbst im Kuvert sah er nochmals nach, obwohl es nur dieses eine Blatt enthalten hatte. Vielleicht sollte er einfach mit Brigitte sprechen. Zwar hatte er seine Tante seit Ninas Beerdigung nicht mehr getroffen, aber wie es schien, war sie über sein Leben gut informiert. Sicher durch seine Mutter, die es zweifelsfrei nicht gutheißen würde, dass die Schwester ihr Vertrauen missbraucht und Informationen an ihren verstoßenen Bruder weitergetragen hatte.

Henrik steckte den Brief zurück in den Umschlag und starrte auf den Fluss hinaus. Martin bot ihm Veränderung. Wollte er das überhaupt? Den Schmerz überwinden und neu beginnen? Das Leben wieder erträglich machen? Nichts davon konnte er beantworten. Zumindest jetzt im Moment nicht. Er hatte sich gut eingerichtet, mit seiner Trauer, dem Hass und dem Selbstmitleid. Konnte er die Kraft finden, diese eigenwillige Wohngemeinschaft zu verlassen?

Es fiel ihm schwer, sich zu erheben. Mit zu Schlitzen verengten Augen wandte er sich der Stadt zu. Die prächtigen Gebäude, die den Platz auf drei Seiten umgaben, strahlten im grellen Licht des Nachmittags. Der Weg bis hinüber zum Triumphbogen erschien ihm unglaublich weit. Nach dem, was der Notar ihm offenbart hatte, hätte er aufgeregt sein müssen. Von Neugier beflügelt. Stattdessen lagerte Blei in seinen Beinen. Seine Reisetasche wog tonnenschwer. Selbst die Sonne versagte bei ihrer Aufgabe, in seinem Körper die Endorphinproduktion anzukurbeln. Keine Ausschüttung von Glückshormonen, nur Schlappheit und Schweiß.

Die Depression war ihm lange Monate nach Ninas Tod eine stete Begleiterin gewesen. Er benötigte ein gutes Jahr, um zu lernen, wie er damit umgehen konnte, ohne in der Verzweiflung zu ertrinken. Einen erträglichen Weg zu finden, sich jedes Mal aufs Neue dagegenzustemmen, bis die Dünung abflachte. Bis er wieder Luft bekam und an ein Weiterleben glauben konnte. Danach kam sie seltener. Doch wenn sie aufblühte, dann tat sie es hinterrücks, ohne Vorwarnung und mit einer Heftigkeit, die ihn oft völlig erstarren ließ. Wie er es in all der Zeit geschafft hatte, seinen Job zu machen, war ihm selbst ein Rätsel. Wie er die Leute in seinem Umfeld hatte täuschen können. Seine Kollegen und alle, die ihm nahestanden. Einschließlich seiner selbst. Oder war es genau umgekehrt? Hatten die anderen einfach mitgespielt, weil sie wussten, in welcher Verfassung er sich befand?

Henrik schüttelte den Kopf und zwang sich zu einem ersten Schritt. Dann zum nächsten, bis er in einen Rhythmus verfiel, der ihn zügig über den quadratischen Platz trug, von der Hoffnung getrieben, dass die aufkeimende Depression ihm nicht folgte.

Er besaß eine vage Ahnung davon, wohin er musste. Trotzdem steuerte er in der breiten Einkaufsstraße hinter dem Arco da Rua Augusta den erstbesten Touristenladen an, um einen Stadtplan zu kaufen. Der Wind blies stark. Die zum Fluss hin ausgerichteten Straßen des Baixa kanalisierten die frische Brise, die keck an allem zupfte, was sie erwischte. Sie machte weder vor den Tischdecken der Straßenrestauration noch vor den luftigen Sommerkleidern der Frauen halt. Und erst recht nicht vor Faltplänen. Umständlich kämpfte er mit der Karte, bis er nachgab und um die nächste Ecke bog. Im Windschatten der von Ost nach West verlaufenden Gasse fand er den kürzesten Weg. Er musste den Hügel zu seiner Linken besteigen. Kurz liebäugelte er damit, den Elevador de Santa Justa zu nehmen, einen unter Denkmalschutz stehenden Aufzug hinauf zur Igreja do Carmo, der Kirche ohne Dach, die dem schweren Erdbeben von 1755 zum Opfer gefallen war und deren gotische Bögen seither wie die Rippen eines Walskeletts in den Himmel ragen. Doch die Schlange vor dem historischen Aufzug – zweifellos eine der touristischen Attraktionen Lissabons – war so lang, dass er den steilen Anstieg zu Fuß in Angriff nahm. Die Rua Garrett, die ihn hoch zum Chiado brachte, war schnell gefunden. Er brauchte nur den Urlaubern hinterherzulaufen, die der Empfehlung der Reiseführer folgten. Eine äußerst belebte Ecke, hatte Artur Pinho ihn vorgewarnt. Oder nein, vielmehr beglückwünscht hatte er ihn dazu. Damit befände er sich nicht nur mitten in der Stadt, sondern vor allem mitten im Leben.

Mitten im Licht.

Henrik passte sich der Geschwindigkeit des dahinschlendernden Touristentrosses an, der sich trotz der Hitze unermüdlich, mit Einkaufstüten oder Rucksäcken bepackt, durch die Innenstadt schob. Wobei die Hälfte dieser Menschen die klassizistische Architektur mit den prachtvollen Fassaden nur über die Displays ihrer Digitalkameras und Smartphones betrachteten und dabei gerne auf Passanten aufliefen, die ihrerseits stehen geblieben waren, um zu fotografieren oder die Auslagen in den Schaufenstern zu betrachten. Was dazu führte, dass Henrik immer wieder zum Ausweichen gezwungen wurde und mehrmals die Straßenseite wechselte. Lästig, aber im Prinzip egal, da auch der fortgeschrittene Nachmittag nicht einmal so viel Schatten für ihn übrig hatte, um der Sonne wenigstens etappenweise zu entkommen. Der Anstieg brachte ihn erst recht ins Schwitzen. Dazu die vielen Leute um ihn herum. Die zahllosen Stimmen, die in allen Sprachen dieser Welt zu plappern schienen. Er war froh, nach knapp zehn Minuten linker Hand die Basílica dos Mártires zu entdecken, die ihm der Notar als Orientierungshilfe beschrieben hatte. Drei bettelnde Frauen hockten in demütiger Haltung auf den Steinstufen des Portals, reckten den klerikal Interessierten Pappbecher entgegen und machten es den Leuten damit unmöglich, ungehindert das Gotteshaus zu betreten, was eine weitere Menschentraube zur Folge hatte. Henrik drängte daran vorbei. Direkt voraus konnte er den Largo do Chiado erspähen. Daran schloss sich der Largo de Camões an. Der Platz verdankte seinen Namen Portugals bedeutendstem Dichter Luís Vaz de Camões, dessen Statue zentral auf einer achteckigen Säule thronte. Der Ort war ein Tummelplatz für alle, die sich orientieren wollten. Von dort aus war man mit wenigen Schritten im berühmten Bairro-Alto-Viertel. Oder über steile Gassen abwärts in ein paar Minuten bei der Markthalle und dem Bahnhof, von dem aus die Züge entlang der Küste bis Cascais fuhren. Viele bestiegen hier auch die alte Straßenbahn, um die Stadt auf diese besondere Weise zu erkunden. Nichts davon zog Henrik in Erwägung. Im Gegenteil. Er suchte sein Heil vielmehr in der Flucht vor dem Trubel dieses belebten Platzes und folgte stur nach Beschreibung weitere hundert Meter der Ruà do Loreto Richtung Westen.

Mit jedem Schritt näher an seinem Ziel, steigerten sich nun Neugier und Nervosität. Gefühle, die er bereits im Notariat erwartet und womöglich auch gespürt hatte, ohne sie wirklich zuzulassen. Plötzlich überkamen sie ihn mit Macht, als würde ihm jetzt erst bewusst werden, wohin er unterwegs war. Begleitet von dem trunkenen Eindruck, durch die Unwirklichkeit eines Traums zu taumeln.

Er kam zu der Ecke mit dem Laden für Damenunterwäsche und erinnerte sich an das eindeutige Grinsen des Notars, als der ihm diesen Orientierungspunkt genannt hatte. Gleich dahinter zweigte die Gasse ab, die er suchte. Am Eckhaus war, wie in der Stadt üblich, eine steinerne Tafel angebracht, die verkündete, dass er in der Rua do Almada angelangt war.

Nach knapp fünfzig Metern schob sich ein schmales Gebäude in die zum Fluss hin verlaufende Straße und teilte das Kopfsteinpflaster wie der Bug eines Schiffs den Ozean. Die linke Seite fiel steil ab, während rechter Hand das Niveau bestehen blieb. Hielt man sich rechts, gelangte man zum Miradouro de Santa Catarina, von wo aus man laut Artur Pinho herrlich weit über den Fluss schauen konnte. Von dem Punkt aus, an dem er stand, sah er in der Entfernung jedoch nur einen schmalen Spalt Himmel und den Teil eines Baumes, der offensichtlich den Aussichtspunkt beschattete. Milchiger Dunst hing zwischen den bis zu vierstöckigen Gebäuden und tauchte die jeweiligen Enden der geteilten Straße in diffuses Licht.

Henrik benötigte zehn Schritte in die Rua do Almada hinein, bis ihm auffiel, dass er völlig alleine war. Die vielen Leute, die ihn noch vor wenigen Sekunden umgeben hatten, waren auf den geschäftigen Einkaufsstraßen zurückgeblieben und mit ihnen das Gedränge, der Lärm der tausend Stimmen, ja selbst die Hitze. Eine Erkenntnis, die ihn innehalten ließ. Es gab in dieser Gasse offensichtlich keine verlockenden Geschäfte oder andere Sehenswürdigkeiten. Wer diesen Weg benutzte, wollte allenfalls zum Aussichtspunkt der heiligen Catarina oder zum Museu da Farmácia, worauf je eine Hinweistafel am Eingang der Straße verwies. Kein Durchgangsverkehr. Trotzdem parkten Autos Stoßstange an Stoßstange, wie in allen anderen Straßen, die er auf seinem Weg hier hoch genommen oder passiert hatte. Der gepflasterte Gehweg auf der linken Seite maß kaum einen Meter und war von hüfthohen Pfosten gesäumt, die verhindern sollten, dass noch mehr Autos abgestellt wurden. Dennoch mussten die Besitzer breiter Wagen befürchten, mit dem Außenspiegel an der Wand entlang zu schrammen, wollten sie die Gasse unter den gegebenen Voraussetzungen befahren. Henrik dachte für einen schwachen Moment an die Möglichkeit, mit einem Möbelwagen hier einzubiegen, verscheuchte den Gedanken aber sofort. Er zog sich das T-Shirt vom schweißnassen Rücken und wischte sich eine Haarsträhne aus der Stirn. Die geraden Hausnummern befanden sich zu seiner Linken. Langsam ging er weiter und las leise murmelnd die Zahlen an den Häusern ab, an denen er vorüberschritt. Das keilförmige Gebäude, auf das er zusteuerte und das so markant die Straße teilte, beherbergte eine Bar. *Esquina* war in grünen Lettern auf die weiße Markise gedruckt. Davor standen drei Tische unter ebenso vielen zugeklappten Sonnenschirmen. Zu gerne hätte er sich dort hingesetzt und etwas zu trinken bestellt. Einen Espresso, in dem er lange die Crema verrühren konnte, nur um der Neugier und Nervosität zum Trotz den Moment der Wahrheit noch eine Weile hinauszuzögern. Leider war das Etablissement geschlossen.

Unfreiwillig beschleunigte das Gefälle seine Schritte. Es waren gar nicht viele, bis er das Schild entdeckte, das über den Gehsteig ragte. Ein kaum nennenswerter Blickfang, den man von der belebten Einkaufsstraße aus nicht sehen konnte und der allenfalls denen ins Auge stach, die sich zufällig in diese Ecke verirrten.

Antiquário e Antiguidade entzifferte er auf dem runden Blechschild.

Er hielt sich ganz rechts, um das vierstöckige Haus in vollem Umfang mustern zu können.

Das war es also.

Sein Erbe.

Nummer 38 war ohne Zweifel das heruntergekommenste Gebäude in der Straße, die in ihrer Gesamtheit ohnehin nur mäßig mit Pracht glänzte. Der Ruß, die Abgase und der Taubenkot von Jahrzehnten hatten sich in den bereits erodierten und von Rissen durchzogenen Sandstein gefressen, der die Fassade einst geschmückt hatte. Wenn er den Kopf weit in den Nacken legte, konnte er Grasbüschel, ja halbe Sträucher auf dem Dach und den oberen Simsen sprießen sehen. Die Fenster schienen immerhin ganz zu sein. Bedenklicher wirkte da schon der Zustand der Haustür, die von einem maroden Türstock an Ort und Stelle gehalten wurde und deren unteres Segment mit einem schlichten Sperrholzbrett ausgebessert worden war. Es gab keine Türschilder oder Klingeln. Neben dem Eingang schloss direkt die Ladentür des Antiquariats an. Sie war bepflastert mit mehreren Schichten von Plakaten und Aufklebern, sodass er unmöglich sagen konnte, aus welchem

Material sie gemacht war. Es gab keinen Hinweis auf einen Inhaber oder auf Öffnungszeiten. Das Schaufenster daneben, das dringend einer Reinigung bedurfte, war mit ehemals dunkelblauem Brokat ausgekleidet, über den sich eine graue Staubschicht gelegt hatte, die auch die ausgestellten Exponate nicht verschonte. Eine Handvoll sehr alt aussehender Bücher, zwei Radierungen in wurmstichigen Rahmen aus dunklem Holz, dazwischen mehrere Kerzenhalter und Becher aus Messing, lieblos drapiert auf einem Büßerschemel. Das zumindest glaubte er vor sich zu haben – eine wuchtige, aus Holz gezimmerte Bank, auf der in vergangenen Epochen demütig kniend Zwiegespräche mit dem Herrgott geführt worden waren.

Henrik schluckte trocken. Das Ganze war unheimlich. Gleichwohl besaß es den ungeahnten Reiz, den Kuriositäten auf ihn ausstrahlten. Vorsichtig, als wäre der Bereich um den Eingang vermint, trat er heran und legte seine Hand auf den abgewetzten Griff der Ladentür. So verharrte er für einen weiteren Atemzug, wie auf eine Eingebung wartend. Da diese ausblieb, schob er die Tür nach innen. Eine Glocke bimmelte über seinem Kopf. Sein Geruchssinn wurde mit olfaktorischer Wucht überflutet. Es roch, wie er es in einem Antiquariat erwartet hätte und doch um ein Vielfaches intensiver. Henrik empfing die konservierte Luft der Jahrhunderte, die nicht immer die beste gewesen war. Ihm war, als würde er seinen Körper in ein zähes Gelee aus vergangenen Epochen hineindrücken. Hinzu mischte sich die rauchige Exotik fremder Welten, was es schlichtweg unmöglich machte, einzelne Düfte herauszufiltern. Eine sinnverwirrende Synfonie von Aromen, die ihm einen leichten Schwindel verursachte, weshalb er es nicht wagte, die Hand von der Klinke zu nehmen.

Er blinzelte. Da er vom grellen Sonnenlicht in gefühlte Dunkelheit getreten war, reagierten die Sehnerven träge. Dann kamen erste Bilder verzögert im Gehirn an. Nach und nach schälten sich Konturen aus der düsteren Umgebung. Eine enge Flucht in die Finsternis, zu beiden Seiten flankiert von bis zur Decke reichenden Regalen, deren Bretter sich unter der Last der unzähligen Bücher besorgniserregend durchbogen. Selbst auf dem Boden stapelten sich Büchertürme, die ihm zum Teil bis zur Hüfte reichten und nur einen sehr schmalen Gang frei ließen, der in den hinteren Teil des Ladens führte. Neben dem Schaufenster, das weitgehend blind war, gab es orientalisch aussehende Deckenleuchten. Deren orangefarbenes Licht war so schwach, dass es von den Staubteilchen verschluckt wurde, die alles in einen Nebel tauchten. Unmöglich für Kunden, bei dieser Beleuchtung auch nur eine Zeile in einem der Bücher zu lesen, die zu Tausenden den Laden füllten.

Darauf bedacht, keinen der Bücherstapel umzustoßen, arbeitete sich Henrik vorwärts, bis sich in dem Regal zu seiner Linken ein Durchlass öffnete, der ihn zu einem Tresen leitete, vermutlich der Standort der Kasse. Die Wände dahinter waren mit Gemälden, Landkarten und Plakaten verhängt. Selbst von der Decke baumelten überall Gegenstände. Verbeulte Kupfertöpfe und -kannen, asiatisch anmutende Lampions in allen Farben, Sonnenschirme aus Zeiten, in denen Frauen noch Reifröcke trugen. Vieles von dem vorsintflutlichen Kram hing zu tief, um sich bei Henriks Größe aufrecht bewegen zu können. Er drängte an einer Ecke mit Devotionalien und Esoterikramsch vorbei, in der unter anderem Räucherstäbchenhalter, feiste Buddhafigürchen und angelaufene Klangschalen drapiert waren. Dazu allerlei Zeug, das Henrik auf den ersten Blick nicht einordnen konnte. Überfordert von den abstrusen Eindrücken, drehte er sich Hilfe suchend um seine Achse, ohne jemanden zu entdecken. Das Antiquariat war so verwaist wie der Stockfischladen, über dem Pinho sein Notariat betrieb. Erst als er bis an den Tresen herangetreten war, entdeckte er eine weiterführende Tür, die zur Hälfte von einem Vorhang verdeckt wurde. Auch sie war mit Plakaten beklebt. Da das Glockengebimmel über dem Eingang kein Gehör gefunden hatte, räusperte er sich laut und lauschte auf eine Reaktion.

»Olá!«, versuchte er sein Glück nach weiteren fünf Sekunden. »Bom dia!«

Henrik fuhr herum. Vor ihm stand eine Frau, deren wirre Locken von einem bunten Tuch gebändigt wurden. Das Alter hatte bereits einige graue Strähnen in das schwarze Haar der Frau gewoben, die ihren schlanken Körper in ein farbenprächtiges, orientalisch anmutendes Wickelkleid gehüllt hatte. Im schwachen Licht der Lampe über ihnen schätzte Henrik sie auf Ende vierzig. Sie sah zu ihm auf und lächelte.

»Bom dia!«, wiederholte er.

»Sehen Sie sich ruhig um!«, forderte sie ihn in passabel klingendem Deutsch auf.

Henrik blickte an sich hinab. »Woher ...?« Was trug er an sich, dass sie ihn sofort als Deutschen identifiziert hatte? Seine Verwunderung ließ sie für einen kurzen Moment noch eine Spur breiter lächeln. Dann wurde sie ernst, und ein Schatten von Traurigkeit flog über ihr schmales Gesicht. »Ich habe lange mit einem Landsmann von ihnen zusammengearbeitet«, erklärte sie knapp, schob sich an ihm vorbei und stellte sich hinter die Verkaufstheke. »Suchen Sie was Bestimmtes?«

Henrik betrachtete die Frau, die ihn ihrerseits erwartungsvoll musterte. Eigentlich war sie zu jung, um aus der Hippiegeneration übrig geblieben zu sein. Trotzdem lief sie herum wie Janis Joplin. War sie Martins Angestellte –oder gar mehr? Es wäre angebracht, sich vorzustellen, aber die Worte wollten einfach nicht aus seinem Mund. Was in erster Linie daran lag, dass er selber noch nicht bereit war, den Letzten Willen seines Onkels zu akzeptieren.

Das Chaos um ihn herum, dieses Haus mit der verrußten Fassade inmitten dieser fremden Stadt, das alles machte die Entscheidung nicht einfacher. Genauso wie die Rätsel um den Mann selbst, dessen Vermächtnis er hier entgegennehmen sollte.

»Den Besitzer«, erwiderte er deshalb. Eine absolut unangebrachte Antwort, aber letztlich entsprach sie seinem Ansinnen. Er suchte Martin Falkner oder dessen Geist, wenn man so wollte. Wohlwissend, dass sein Onkel ihm seine zahllosen Fragen nicht mehr beantworten konnte.

Die Miene der Frau versteinerte. Die Offenheit in ihren Zügen wich einem unübersehbaren Misstrauen. »Wer sind Sie?«

Nun gab es keine Ausflüchte mehr. »Martin war mein Onkel«, gestand er und schaffte es nicht, ihr dabei direkt in die dunklen, von feinen Fältchen umrahmten Augen zu blicken, die sich sogleich mit Tränen füllten.

»Dann wissen Sie doch ...« Die Wörter, die ihm danach entgegenschlugen, waren fremd und durchzogen von Trauer und Wut.

Er ließ sie ausreden, wartete, bis sie verstummte und sich mit dem Handrücken die Tränen von den hohen Wangen gewischt hatte. Sekunden verstrichen, in denen sie sich gegenseitig belauerten.

»Ich bin Henrik!«, brach er das Schweigen und hielt ihr die Hand hin. Sie zögerte, zuckte kurz, überlegte es sich dann anders und behielt die ihre hinter dem Tresen versteckt.

»Catia«, stellte sie sich vor. »Was wollen Sie hier? Nie hat sich seine Verwandtschaft für ihn interessiert, nicht einmal zur Beerdigung ist jemand aus Deutschland gekommen.« Aus ihrer Stimme war jede Wärme gewichen.

Henrik hatte nicht mit Vorwürfen gerechnet und daher auch keine Entschuldigung parat. Für was sollte er sich auch entschuldigen? Die Familie hatte ihm Martin all die Jahre vorenthalten. Ebenso dessen Tod, falls in Deutschland überhaupt jemand davon erfahren hatte. Catias heftige Reaktion bestärkte ihn in seiner Vermutung, dass sie Martin sehr nahegestanden hatte, auch wenn sie deutlich jünger war. Allerdings war auch sechzig heutzutage kein Alter mehr. Selbst der Notar hatte seinen Onkel als vitalen Mann bezeichnet.

»Haben Sie ein Foto?«

Catia starrte ihn verdutzt an. »Von Martin?«

Henrik nickte.

»Sie sind doch nicht extra nach Lissabon gekommen, um sich Fotos von ihm anzusehen?«

Eigentlich konnte er die Katze nun auch komplett aus dem Sack lassen. »Ich bin der … Erbe«, gab er zurück, was sie nach Luft schnappen ließ. Dieser weitere Schreck stimmte sie nicht milder. Die vertikale Falte zwischen ihren Brauen wurde noch tiefer. Ihre schlanken Hände klammerten sich an die Kante der Verkaufstheke. Sie sah an ihm vorbei und ließ ihren Blick durch das Antiquariat schweifen. »Was wird dann jetzt aus all dem?«

»Ich weiß es nicht«, gestand er.

»Martin hat ein Testament gemacht?«, murmelte sie kopfschüttelnd mehr zu sich selbst.

»Sie wussten nichts davon?«

»Er hat ... nie darüber gesprochen.«

Er wollte erfahren, was sie für Vorstellungen hatte, wie es mit diesem Geschäft hier weitergehen sollte, doch eine andere Frage war schneller aus seinem Mund. »Waren Sie ... zusammen?«

Das ließ Catias Temperament erneut hochkochen. »Sie wissen nichts über Ihren Onkel«, fauchte sie und schickte erneut eine Salve Portugiesisch hinterher. Auch wenn es nur Worte waren, duckte er sich weg, als hätte sie sich eines der Bücher neben der Kasse gegriffen und ihm entgegengeschleudert.

Die Frage war unsensibel, aber sie brachte zumindest in dieser Richtung Klarheit.

»Sie haben recht, ich weiß nichts über Martin. Leider habe ich ihn nie kennenlernen dürfen. Was ich bedaure. Nicht allein deswegen, weil er mich unverhofft beerbt hat. Sondern vor allem, weil ich denke, dass er es nicht verdient hat, von unserer Familie behandelt zu werden, als würde er nicht existieren. Auch ein Grund, warum ich hier bin. Ich suche eine Erklärung dafür, was ihn nach Lissabon getrieben hat. Will wissen, wie er gelebt und was ihn letztlich dazu bewogen hat, mich als seinen Erben zu bestimmen.«

Seine Aufrichtigkeit konnte Catia ein wenig besänftigen. »Es war die Liebe, die ihn hergeführt hat«, antwortete sie leise.

In diesem Moment bimmelte die Türglocke. Henrik folgte Catias Blick. Zwischen den Regalen erschien ein dürrer Typ mit einer gigantischen Menge Dreadlocks auf dem Kopf. Seine Jeans wies etliche Löcher auf, das verwaschene T-Shirt hing ihm weit über den Hosenbund. Trotz seines Auftretens war er nicht mehr der Jüngste, stellte Henrik beim Näherkommen fest.

»Olá, Catia!«, grüßte der Mann und schlurfte in seinen Flipflops zum Tresen. Hinter seinem rechten Ohr steckte ein Joint.

Ich bin in einer verdammten Hippie-Kommune gelandet.

»Paco«, grüßte Catia knapp, »ich hoffe, du hast was für mich!« Sie hatte in ein gut verständliches Englisch gewechselt, wohl um dem Neuankömmling zu signalisieren, dass Portugiesisch aktuell kein Gehör fand.

Paco schien dies nicht weiter zu verwundern, denn er antwortete ebenso verständlich. »Die Miete, ja ... scheiße, Catia, ich weiß ... aber, da gibt es eine kleine Verzögerung. Unser nächster Gig ist erst morgen ...«

»Paco, dieses Problem habt ihr jeden Monat, und um genau zu sein, ihr seid bereits sechs Wochen in Verzug. Aber das ist ja nun nicht mehr meine Angelegenheit. Du kannst deine Miete künftig bei ihm abliefern.« Sie wies mit dem Kinn auf Henrik, was den Mann dazu veranlasste, sich den Haarvorhang aus dem Gesicht zu schieben. Seiner Mimik war zu entnehmen, dass er Henrik zuvor nicht wirklich registriert hatte. Die naheliegende Erklärung für sein verzögertes Reaktionsvermögen war wohl den in Cannabispflanzen enthaltenen Wirkstoffen geschuldet. Trotz seiner unverkennbaren Überraschung schaffte Paco es kaum, die Lider über seinen graugrünen Augen zur Gänze zu öffnen. Er lächelte für zwei weitere Sekunden, dann klappte langsam sein Kinn nach unten. Man konnte ihm ansehen, wie sein marihuanageschwängertes Hirn zu arbeiten begann. Er zeigte mit dem Finger auf Henrik.

»Ich bin mir nicht ganz sicher, was du eben gesagt hast«, wandte er sich an Catia, ohne den Blick von Henrik zu nehmen. »Reden wir wegen ihm die ganze Zeit Englisch?«

Ein Schnellspanner war er nicht, jedenfalls nicht in seinem derzeitigen Zustand.

Catia hob ihre Brauen und nickte. »Martins Erbe«, bestätigte sie Pacos fragenden Blick. Der trat einen Schritt zurück, und seine schmalen Schultern fielen noch ein Stück weiter nach vorne, sodass Henrik für einen Moment befürchtete, Paco würde sich vor ihm verbeugen. Doch dann machte der Dürre auf dem Absatz kehrt und stürmte aus dem Antiquariat. Selbst Catia wirkte erstaunt. »Jetzt geht es wohl los«, sagte sie und seufzte.

3

Innerhalb der nächsten paar Minuten füllte sich das Antiquariat. Allerdings nicht mit Kunden, wie Henrik sogleich feststellen durfte. Sofern er Catias Andeutung richtig interpretierte, hatte Paco in Windeseile die Mieter des Hauses der Rua do Almada Nummer 38 zusammengetrommelt, die sich nun alle um den Verkaufstresen drängten und wirr durcheinanderredeten, ohne dass er ein Wort verstand. Diese Leute schienen aus aller Welt zu kommen. Schulter an Schulter mit Paco umringten ihn ein Schwarzer und ein Typ mit arabischen Wurzeln, beide nicht weniger abgerissen als er. Dazu gesellte sich ein Paar, das augenscheinlich vom indischen Subkontinent stammte und eine nicht zu bestimmende Zahl an kleinen Kindern im Schlepp hatte, die nun neugierig ihre runden Köpfe durch die Beine der Erwachsenen steckten und Henrik aus verwunderten Augen betrachteten. Zuletzt erschien ein älterer Herr mit grimmigem Blick und kurz geschorenem, weißem Haar, der sich mit der zweiten Reihe begnügte und als Einziger nicht in die Kakofonie mit einstimmte. Wenn Henrik sich vor jemandem aus der bunten Truppe in Acht nehmen musste, dann von dem Alten, dessen Miene trotz einer gewissen Verbitterung auch eigentümlich weiche Züge aufwies. Dieser Mann war der Einzige, den er nicht auf Anhieb einzuschätzen vermochte. Und undurchschaubare Charaktere genoss er stets mit besonderer Vorsicht.

Ansonsten machte keiner der Erwachsenen aus dieser illustren Hausgemeinschaft den Eindruck, einer geregelten Arbeit nachzugehen. Zumindest waren sie alle zu Hause gewesen, sonst hätte Paco sie nicht so rasch hier antreten lassen können. Noch viel befremdlicher war der Eindruck, dass sie ihn allesamt erwartet hatten, obwohl sich Catia vor wenigen Minuten noch so unwissend gegeben hatte. Mit was rechnete dieses exotische Aufgebot? Welche Aussichten konnte ihnen der vermeintliche Erbe bieten? Ein Deutscher, wie sein Onkel. Gingen sie davon aus, dass er alles so weiterlaufen ließ, wie sie es von Martin gewohnt waren? Oder hatte ihnen die vorherrschende Europapolitik schon längst ein anderes, abschreckendes Bild in den Kopf gepflanzt? Nur zu gerne hätte er ihre Gedanken gelesen. Wenn er sie so betrachtete, wusste er nur eines: Diese Menschen hatten Angst vor der Ungewissheit, die nach Martins Tod in ihr Leben gerückt war.

Ihm ging es im Grunde keinen Deut anders. Er hatte bis vor einer Stunde ebenfalls keine Ahnung gehabt, womit er hier in Lissabon konfrontiert werden würde. Die Leute mussten ihm diese Verunsicherung ansehen. Sie bedrängten ihn, bis die Kante des Tresens gegen seine Wirbelsäule drückte. Er hob beschwichtigend die Hände, aber er kam nicht zu Wort. Wofür ihm ohnehin die Luft fehlte.

Ein lauter Knall ließ alle verstummen.

Die Kinder versteckten sich hinter ihrer Mutter.

Catia hatte mit der flachen Hand auf die Theke geschlagen und für Stille gesorgt.

»Er versteht kein Portugiesisch«, sagte sie erstaunlich ruhig. Die Leute hielten daraufhin drei Sekunden an sich, nur um ihren Disput danach auf Englisch fortzuführen. Allerdings weniger heftig, was wohl am mangelnden Wortschatz des ein oder anderen liegen mochte. Henrik nutzte die Gelegenheit, um in die Diskussion einzusteigen. Er drückte den

Rücken durch und verschränkte demonstrativ die Arme vor der Brust. Mit seiner stattlichen Größe überragte er sie ohnehin alle.

»Ich werde mit jedem von Ihnen sprechen, sobald ich alle Papiere unterzeichnet habe und mir klar darüber bin, wie es hier weitergeht«, erklärte er mit Nachdruck. Mit jeder Silbe kam mehr Kraft in seine polizeilich geschulte Befehlsstimme. »Bis dahin bitte ich Sie um Geduld. Gehen Sie jetzt zurück in Ihre Wohnungen!«

Die Leute verstummten erneut, blieben jedoch, wo sie waren.

»Ich kann Ihnen die Sorge nachfühlen. Senhora ...«, er sah über seine Schulter und suchte Catias Blick. Ihr Mund war zu einem schmalen Schlitz zusammengepresst, aber sie nickte.

»Catia wird mir helfen, den nötigen Überblick ...«

»Wenn Sie verkaufen, stehen wir auf der Straße«, warf Paco dazwischen und machte damit die Befürchtungen aller Anwesenden deutlich.

»Niemand hat was von Verkauf gesagt«, erwiderte Henrik und wusste im selben Moment, dass diese Aussage voreilig war. Was sonst sollte er für Pläne haben? Da entsann er sich Martins Klausel im Testament, von der abhing, ob er das Erbe erhielt oder nicht. Er verstand zwar einerseits die ehrenhafte Absicht, die dahintersteckte, konnte das Ansinnen seines Onkels aber andererseits nicht nachvollziehen. Was schlussendlich wieder die Frage aufwarf, warum ausgerechnet er mit dieser Hinterlassenschaft bedacht worden war.

»Das ist nur leeres Gerede«, sagte der Schwarze, den die anderen Hugo nannten.

Sie hatten offenbar keine Ahnung. »Bitte, versetzen Sie sich doch mal in meine Situation! Ich bin erst heute Mittag in

Lissabon angekommen, und bis zu diesem Zeitpunkt wusste ich nicht, was ich hier vorfinde. Sie können nicht verlangen, dass ich innerhalb so kurzer Zeit eine Entscheidung treffe. In welche Richtung auch immer.«

Die Inderin nahm das kleinste ihrer Kinder, ein Mädchen, das nicht älter als zwei Jahre sein konnte, auf den Arm. Ein symbolischer Akt, der ihn wohl erweichen sollte, auch wenn die Kleine nicht mitspielte und ihn freundlich anlächelte, statt Mitleid heischend dreinzuschauen. Gleichzeitig fing das Durcheinandergerede wieder an. Henrik spürte, wie ihm Schweißtropfen von der Stirn über die Wangen liefen. Obwohl die Sonne kaum einen Weg in das Antiquariat fand, war es heiß und stickig. Die Hitze verhinderte jeden klaren Gedanken. Sein Mund war wie ausgedörrt. Er sehnte sich nach Pinhos ratternder Klimaanlage. Wieso nur war er überhaupt in den Flieger gestiegen? Er musste hier raus, weg von diesem Ort mit den lauten Menschen, die alle etwas von ihm wollten.

»Ruhe jetzt!«, schrie er verzweifelt und bemerkte, wie nicht nur die Kinder zusammenzuckten. »Es gibt noch keine Entscheidung darüber, ob ich verkaufe«, fauchte er. »Also lassen Sie mich jetzt in Frieden!«

Die Stille war zurück. Staubteilchen flimmerten vor seinen Augen. Die Hausbewohner starrten ihn an.

»Man wird Ihnen wohl keine Wahl lassen«, verkündete schließlich der Alte, der sich bislang aus allem rausgehalten hatte.

Catia führte ihn durch ein enges Treppenhaus nach oben. Mit weichen Knien hangelte er sich am hölzernen Handlauf des Geländers entlang. Es war nur ein Stockwerk, trotzdem fühlte er sich, als müsste er das Empire State Building erklimmen. Vor der Wohnungstür reichte Catia ihm einen Schlüssel. Auch hier stand kein Name an der Tür. Er sollte sich, überlegte er, nach dem Alten erkundigen, und danach, welche Funktion er in dieser eigenwilligen Hausgemeinschaft hatte. Immerhin war der Rest der Truppe ihm gefolgt, nachdem er für sich beschlossen hatte, die spontane Mieterversammlung aufzulösen. Doch Henrik fehlte im Moment die Kraft, auch nur einen vernünftigen Gedanken zu fassen. Er fürchtete, es könnte die Depression sein, die seine Energie wie eine ausgehungerte Zecke aus ihm heraussaugte. Auch wenn sie nicht offen präsent war, lauerte sie stets latent im Hintergrund. Sie machte ihn geistig träge und antriebslos. In diesem Zustand Entscheidungen zu treffen, war unmöglich. Er nahm den Schlüssel und steckte ihn ins Schloss.

»Hat er allein gelebt?«

»Martin hatte uns.«

Das wollte er nicht hören. Aber gut, sie hatte ihn bereits vorgewarnt, dass sie nicht über seinen Onkel sprechen wollte. Wieso eigentlich? Was war hier faul?

»War jemand bei ihm, als er ... starb?« Keine Ahnung, wieso er diese Frage stellte, aber vielleicht lockte sie Catia aus der Reserve. Sie schüttelte den Kopf und sah dabei zu Boden. So viel zu *Martin hatte uns.*

»Wer hat ihn gefunden?«

»Jaya ... die Inderin, sie wohnt einen Stock über ihm. Manchmal macht sie bei ihm sauber. Also, bisher ...« Sie verschluckte den Rest des Satzes.

»Demnach war er allein, als er den Herzinfarkt bekam.«

»Herzinfarkt«, wiederholte Catia abfällig. Die Betroffenheit schien mit einem Schlag verschwunden. Sie konnte ihm

43

wieder direkt in die Augen blicken. »Er ist nicht einfach so gestorben. Martin war kerngesund.«

»Was meinen Sie damit?« Urplötzlich drängte der Polizist in ihm an die Oberfläche, so abrupt, dass es ihn selbst überraschte.

»Das mit dem Herzinfarkt, das glaubt hier keiner.« Ihre Wut ließ sich nun nicht mehr unterdrücken.

Henrik betrachtete sie aufmerksam. Lange Sekunden verstrichen. Es lag ihm auf der Zunge, ihr zu sagen, dass er Polizist war. »Woher rührt dieser Verdacht?«, fragte er stattdessen.

»Ich bin unten, wenn Sie was brauchen«, wich Catia aus – und ließ ihn allein.

Was mochte sie von ihm denken? Sah sie in ihm einen Unruhestifter, der alles durcheinanderbrachte? Der die Ungewissheit in der Hausgemeinschaft schürte, mehr noch als vorher?

Henrik betrat die Wohnung seines Onkels. Der Holzboden knarrte. Die Luft roch abgestanden. Obwohl der Gang im Halbdunkel lag, machte er kein Licht. Es war, als beträte er einen Tatort. Ihm fehlte die Ermittlungsarbeit, stellte er leicht verwundert fest. Auch wenn er dabei in den meisten Fällen schreckliche Schicksale ausgegraben hatte, seine Arbeit hatte er stets gemocht. Er hatte helfen können. Nicht immer und selbstredend nicht den direkten Opfern. Aber den Angehörigen. War es jetzt etwa wieder so weit? Musste er auch hier helfen und die Wahrheit herausfinden?

Bin ich deswegen hier?

Die Tür am Ende des Flurs stand einen Spaltbreit offen. Dahinter war es hell. Die Sonne musste direkt in ein Fenster leuchten. Gemessen an der Tageszeit war dort also die

Westseite. Hinaus zum Fluss, vielleicht mit einem Blick bis zum Atlantik. Er zögerte, verstand nicht, warum er sich nicht sofort von dieser Vermutung überzeugte. Dann begriff er. Sein Onkel stand im Weg. Hier in diesem Gang machte er sich breit, und er würde nicht einfach zur Seite treten. Henrik verspürte kein Verlangen, durch einen Geist hindurchzuschreiten, auch wenn er ihm ein Haus mit Meerblick vermacht hatte.

»Wer bist du?«

Er erhielt keine Antwort. Doch er konnte spüren, dass sein Polizisteninstinkt die Antriebslosigkeit verdrängte. Es war so lange her, dass diese Form der Motivation ihn heimgesucht hatte. Das machte Mut.

Zurück ins Licht ...

Er konnte diese Geschichte sachlich und analytisch angehen. Wie einen richtigen Fall.

Das mit dem Herzinfarkt, das glaubt hier keiner.

Hatte sie das tatsächlich gesagt?

Auf der Kommode gleich unter der Garderobe stapelte sich die Post. Wie es schien, hatte niemand die Tageszeitung *Diário de Notícias* abbestellt. Die meisten der rund zwanzig Briefe, die daneben lagen, sahen nach Rechnungen aus. Hatte ihm Artur Pinho deshalb mit auf den Weg gegeben, er möge sich nicht zu viel Zeit mit seiner Entscheidung lassen? Weil Rechnungen bezahlt werden mussten? Der Gedanke trug nicht dazu bei, seine Laune anzuheben. Nur das Misstrauen wuchs, was dazu führte, dass er seiner Umgebung jetzt noch mehr Aufmerksamkeit schenkte. An der Garderobe hingen ein helles und ein dunkles Jackett, beide mit Nadelstreifen. Auf dem Brett darüber ruhte ein Borsalino aus Panamastroh. Auch das Paar brauner, auf Hochglanz polierter

Lederschuhe zeugte davon, dass Martin, was seinen Kleidungsstil anbelangte, eine gewisse Eleganz an den Tag gelegt hatte. Noch fehlte ihm ein Gesicht, doch immerhin trug sein Onkel nun einen Anzug.

Was war Martin für ein Mensch gewesen? Warum war er ausgerechnet nach Lissabon ausgewandert? Der Liebe wegen, hatte Catia gesagt. Was war mit dieser Liebe geschehen?

Der scharfkantige Lichtstreifen auf den Holzbohlen, der durch den Türspalt am Ende des Ganges fiel, lockte ihn vorwärts. Henrik brachte die paar Schritte hinter sich und drückte gegen die Tür. Die Sonne blendete ihn. Er erkannte, dass er ein Wohnzimmer vor sich hatte. Ein stilvolles Sofa und zwei dazu passende Sessel. Biedermeier, oder wie man das nannte. Kirschholz. So wie das Regal, in dem Gläser, diverse Whiskyflaschen und natürlich Bücher standen. An der Wand rechts, über dem Sofa hing ein Gemälde. Nackte Menschen, die sich orgiastisch um ein Wasserbecken rekelten, dabei lachten, tranken, aßen oder sich eng umschlungen der Liebe hingaben. Er betrachtete es lange. Was sagte das über seinen Besitzer aus? Martin war ein in viele Richtungen toleranter Mensch gewesen. Zu offen in mancher Hinsicht? Er löste seinen Blick von dem Gemälde, ohne dass das Bild von seinem Onkel an Kontrast gewann.

Unter den Büchern, die neben den Whiskys aufgereiht waren, fand er sein Lieblingsbuch. Ehrfürchtig zog er die gut erhaltene Ausgabe des Braun und Schneider Verlags, die zwischen zwei Romanen von Albert Camus steckte, aus dem Regal und schlug den vergilbten Umschlag auf. Die Auflage stammte aus dem Jahr 1910. Dass Martin dieses Buch aus dem chaotischen Antiquariat hoch in seine aufgeräumte Wohnung gerettet und unter seiner exquisiten Sammlung im

Wohnzimmer aufbewahrte, schuf mit einem Mal eine ungeahnte Vertrautheit zwischen ihnen. Henrik konnte seine Vorliebe für das illustrierte Werk, das ihn in allen vorstellbaren Auflagen und Ausgaben seit seinem sechsten Lebensjahr begleitete, nicht erklären. Ebenso wenig konnte er seine Sympathie für die zwei Protagonisten nachvollziehen, die genau genommen nur böswilligen Unfug im Sinn hatten.

Mit dem Gefühl tiefer Intimität las er den ersten Vers, den er wie den Rest des Buchs eigentlich auswendig konnte.

Ach, was muß man oft von bösen / Kindern hören oder lesen!

Ein blechernes Klingeln ließ ihn zusammenzucken. Seine Hand wanderte instinktiv dorthin, wo er bis vor vier Monaten seine Dienstpistole getragen hatte. Geduckt verharrte er vor dem Bücherregal und wartete, bis sein Puls sich wieder beruhigte. Es war nur ein Telefon. Wenn er sich genug Zeit ließ, würde der Anrufer von sich aus aufgeben. Er schob *Max und Moritz* wieder an die dafür vorgesehene Stelle.

Der Anrufer bewies Geduld und schien sich nicht damit abfinden zu wollen, dass niemand zu Hause war. Henrik trat zu dem kleinen Beistelltisch. Das schwarze Wählscheibentelefon wirkte kaum jünger als die Möbel in diesem Raum. Er griff nach dem Hörer.

»Ja?«

Vermutlich war die Person am anderen Ende der Leitung überrascht. Zu überrascht, um sich vorzustellen oder zu fragen, wer das Gespräch entgegengenommen hatte. Eine Person, die Martins Privatnummer kannte, aber nicht wusste, dass er seit rund acht Wochen tot war.

»Wer ist da?«

Auch wenn das Telefon alt war, die Verbindung war klar. Er konnte das Atmen des Anrufers deutlich vernehmen.

Henrik presste den Hörer noch fester ans Ohr. Ja, da war etwas. Man konnte hören, wenn jemand rauchte, während er telefonierte.

»Was wollen Sie?«

Mit einem Klicken wurde die Verbindung unterbrochen. Er ließ seinen Blick aus dem Fenster wandern, hinab auf die geschlossenen Sonnenschirme der Bar Esquina, und registrierte verwundert, dass er sich den Namen gemerkt hatte. Von hier aus sah man die Häuserzeile gegenüber, aber nicht das Meer. Seine Enttäuschung hielt sich in Grenzen, denn seine Gedanken waren mit etwas anderem beschäftigt. Er wusste nicht, wie lange er so dastand, bis ihm auffiel, dass er den Telefonhörer noch immer in der Hand hielt.

4

Im Gegensatz zu der aufgeräumten Wohnung setzte sich die Unordnung aus dem Antiquariat in Martins Büro fort. Es gab keinen Computer, was er für mindestens fragwürdig hielt, wollte man in der heutigen Zeit ein Unternehmen führen. Selbst wenn es ein verstaubtes Antiquariat mit nur einer Angestellten war.

Nach einer knappen Stunde war Henrik kurz davor, sich von Catia in das unorthodoxe Ablagesystem einweihen zu lassen. Sie hatte ihm zwar zu verstehen gegeben, dass ihr der Einblick in die Buchhaltung fehlte, doch so ganz konnte er ihr das nicht abnehmen. Immerhin hatte sie den Laden seit Martins Ableben weitergeführt. Ohne Hilfe würde er Monate brauchen, um zu kapieren, wie der Laden gelaufen war. Selbst die ehemaligen Kollegen aus dem Dezernat für Wirtschaftskriminalität – echte Profis, was das Sichten von Akten anging – wären hier wohl kaum vorangekommen. Gut, er war nicht zu hundert Prozent bei der Sache. Immer wieder drifteten seine Überlegungen hin zu dem Verdacht, was Martins vermeintlichen Herzinfarkt anging. Diese Äußerung hatte ihn hellhörig gemacht. Und kurz nach dieser Offenbarung dann dieser Anruf. Eine Person, die lauschte und dabei rauchte. Die aber nicht gewillt gewesen war, zu antworten. Catia hatte ihm versichert, dass alle von Martins Freunden und Bekannten über dessen Dahinscheiden informiert waren. Selbst ein Großteil der Geschäftspartner, von denen nur die wenigsten über Martins Privatnummer verfügten. Sie war natürlich neugierig, warum er dahingehende Fragen stellte. Wollte wissen, ob er etwas in der Wohnung entdeckt hätte. Er hatte abgewunken. Martins Wohnung war sauber aufgeräumt. Zu sauber für einen plötzlichen Tod. Mit ein Grund, warum Henrik nicht zu viele seiner Gedanken teilen wollte und sich deshalb in das Büro zurückgezogen hatte. Aus ermittlungstechnischen Gründen wollte er noch keine relevanten Fakten nach draußen geben.

Das Büro war lediglich eine bessere Abstellkammer. Es gab kein Fenster, was es noch deprimierender machte, hier zu sitzen. Die Hälfte des kaum zwölf Quadratmeter kleinen Raums nahmen Kartons und Holzkisten ein, deren Inhalt, nach einer ersten Stichprobe, größtenteils aus Büchern bestand. Noch mehr Büchern. Dummerweise fand Henrik nirgendwo Inventarlisten, obwohl es an Ordnern nicht mangelte; tatsächlich beanspruchten sie in seinem Rücken eine ganze Wand. Viele davon waren mit nur wenigen Zetteln – in erster Linie Rechnungen – gefüllt, einige sogar völlig leer. Dafür gab es sieben Ablagekörbe, die überall im Büro verteilt standen und von Papieren überquollen. Nicht zu vergessen die vier Schubladen des Schreibtisches, die er kaum aufbekam, weil alles vollgestopft war. Es wäre am einfachsten gewesen, die Sache mit einem kleinen Feuer zu regeln. Kurz bevor er zum Brandstifter mutierte, fand er einen Hefter mit Kontoauszügen. Endlich etwas mit Aussagekraft. Um ihn aufschlagen zu können, schaufelte er die Tischplatte frei. Trotz des Chaos um ihn herum waren die Kontoauszüge recht übersichtlich, was in Henrik den Verdacht keimen ließ, dass es noch eine zweite Buchführung geben musste. Am auffälligsten war eine ordentliche Summe, die pünktlich jeden Monatsersten einging und die Ausgaben weitgehend deckte. Der Absender bestand nur aus ein paar scheinbar willkürlichen Buchstaben, und der Verwendungszweck war, ebenso rätselhaft, angegeben als: C0R4C4034LM4. Und, das erschien am bedenklichsten, sie fehlte auf den jüngsten zwei Auszügen, wodurch der Kontostand schon beträchtlich ins Minus gerutscht war.

Frustriert klappte Henrik den Ordner zu und betrachtete die zur Seite geschobenen Papierstapel. Er griff nach einer kleinen Holzschatulle, die in Form und Gestaltung ihren Ursprung in Asien hatte und in der sich zahlreiche Visitenkarten befanden. Ohne jede Sortierung natürlich. Henrik kippte die Kärtchen auf den Tisch und verteilte sie lose, als würde er ein Memory-Spiel legen. Es war so einfach, er musste nur die passende Paarung aufdecken.

Zu seiner Beunruhigung spürte er plötzlich ein leichtes Stechen in der linken Schläfe, das bis unter das Auge strahlte. Kopfschmerzen waren das Letzte, was er jetzt gebrauchen konnte. Es lag auf der Hand, er hatte zu viel geschwitzt und zu wenig getrunken. Etwas Koffein war sicher auch nicht verkehrt. Er schnippte gegen eines der Kärtchen. Das machte alles keinen Sinn, er musste hier raus. Vielleicht hatte der Wirt aus der Nachbarschaft endlich seine Kneipe geöffnet?

Aber reichte das aus? Etwas trinken, eine Kleinigkeit essen? Oder verbarg sich hinter dem Drang nach frischer Luft nicht vielmehr der Wunsch, diesem Ort den Rücken zu kehren? Ein für alle Mal? Eventuell bestand die Möglichkeit, den Rückflug, den er auf Donnerstag gebucht hatte, auf morgen vorzuziehen. Wenn er das Erbe nicht antrat, genügte Artur Pinho voraussichtlich ein Anruf.

Er hielt inne.

Adriana Teixeira, A Contadora.

Henrik pflückte die Visitenkarte, die ihm zufällig zwischen die Finger geraten war, aus dem Sammelsurium von Namen und Adressen. Zwar konnte er mit dem Begriff nichts anfangen, aber die symbolhafte Darstellung von Tabellen transportierte eine Assoziation von Struktur und Ordnung. Oder war es die Intuition, die er sich in zwölf Jahren Polizeidienst antrainiert hatte, die ihn diese Karte hatte auswählen lassen? Egal. Henrik griff nach dem Telefon. Offensichtlich bewies die Telefongesellschaft nach wie vor Geduld mit Martin Falkner, denn er bekam ein Freizeichen. Ohne zu zögern, wählte er die Nummer. Er schielte auf die Uhr. Es war kurz nach sechs, aber in Südeuropa arbeitete man für gewöhnlich länger, da man ja morgens auch später anfing. Ein Umstand, mit dem er leben konnte. Nach dem sechsten Tuten meldete sich eine Frau. Er verstand nicht, was sie sagte, weshalb er ihr auf Englisch ins Wort fiel. »Mein Name ist Henrik Falkner. Kann es sein, dass Ihre Kanzlei Martin Falkner in Steuersachen behilflich war?«

Schweigen am anderen Ende. Er sah sich genötigt, den ganzen Sermon zu wiederholen.

»Ich habe Ihren Namen nicht verstanden.«

»Falkner, Henrik Falkner, ich bin der Neffe.«

»Aus Deutschland?«

»Genau der«, bestätigte er. »Spreche ich mit Adriana Teixeira?«

Sie wechselte ins Deutsche. »Martin hat angekündigt, dass Sie mich anrufen würden.«

Woher ...? Was hatte sein Onkel eigentlich noch alles vorausgesehen?

»Entschuldigen Sie meine Überraschung. Martin hat mir bisher nicht gerade einen roten Teppich ausgerollt. Vielmehr tappe ich ziemlich im Dunkeln, vor allem, was seine Vermögensverhältnisse und den ganzen Verwaltungskram angeht.«

»Wo sind Sie?«

»In der Kammer des Schreckens«, murmelte Henrik, vernahm einen fragenden Laut und klärte die Steuerberaterin über seinen momentanen Aufenthaltsort auf. Sie lachte, wohl um anzudeuten, dass sie seine Anspielung nun verstanden hatte.

»Wir sollten uns treffen! Waren Sie schon im Café a Brasileira? Nein! Sagen Sie nichts! Ein Besuch dort gehört zum Pflichtprogramm für jeden, der Lissabon bereist. Und es sind nur ein paar Schritte vom Antiquariat. Ich kenne den Chef, er reserviert uns einen Tisch. Sagen wir in einer halben Stunde?«

Henrik fühlte sich überrumpelt. Doch jeglicher Einwand war zwecklos, denn Adriana Teixeira hatte bereits aufgelegt. Erneut sah er auf die Uhr. Irgendwie kam er sich unvorbereitet vor, als müsste er an einer Prüfung teilnehmen, ohne dafür gelernt zu haben. Sollte er irgendwelche Geschäftspapiere zu dem Treffen mitbringen? Und wenn ja, welche?

Er tröstete sich damit, dass dieser Teixeira gewiss alle relevanten Schriftstücke vorlagen. Weshalb sich einen Kopf machen? Noch hatte er sich zu nichts verpflichtet. Der Aktionismus der Dame kam ihm letztlich doch zugute. Das würde seine Abreise beschleunigen.

Catia betrat das Büro und durchkreuzte damit seine Absicht, unverzüglich aufzubrechen.

»Du hast Besuch.«

Bevor er reagieren konnte, drängte ein Mann an der Portugiesin vorbei. Ein Anzugträger, etwa in seinem Alter, mit einer schwarzen Nappaledertasche unterm Arm und einem sauberen Seitenscheitel. Henrik war beinahe enttäuscht, dass Anwälte hier genau wie in Deutschland aussahen.

»Sérgio Barreiro! Schön, dass ich Sie antreffe«, verkündete der Anzugträger und hielt ihm eine Karte unter die Nase. Sein Gesicht war teigig und hatte etwas Jungenhaftes. Irgendwie fehlte ihm die Oberlippe, was den Mund seltsam unfertig erscheinen ließ.

»Schmeißen Sie sie in den Topf, wenn ich sie zufällig ziehe, rufe ich Sie an«, erwiderte Henrik und deutete auf den Haufen Visitenkarten vor ihm auf dem Schreibtisch.

Barreiro wirkte für eine Sekunde verunsichert, gewann seine arrogante Haltung aber schnell zurück. Ein wenig pikiert ließ er die Visitenkarte wieder in seinem Jackett verschwinden. »Sie verstehen nicht! Ich bin gekommen, um Ihnen ein Angebot zu unterbreiten.«

Für den Moment war Henrik froh darüber, dass kein weiterer Stuhl in dieses Büro passte. Das nötigte den Anwalt dazu, mit dem freien Platz vor dem Schreibtisch auszukommen, der kaum die Ausmaße eines Pizzakartons hatte. Henrik hingegen lehnte sich gelassen zurück. »Ich kaufe nichts!«

Diesmal blieb Barreiro süffisant gelassen, hob seine gezupften Augenbrauen und lächelte, womit er Henriks Aussage demonstrativ als Witz interpretierte. »Mein Klient ist an dem Haus interessiert.« Er zog ein Blatt Papier aus seiner Mappe und legte es auf den Tisch. »Dieses Dokument bevollmächtigt mich, über die Kaufsumme zu verhandeln. Wobei unser Startangebot bereits über dem Durchschnitt der gängigen Immobilienpreise für Lissabon und im Speziellen für diesen Stadtteil liegt.«

Der Wisch war in Portugiesisch verfasst, da konnte weiß Gott was stehen. Henrik sah zu Catia, die mit grimmigem Blick im Türrahmen lehnte.

»Sie werden nachvollziehen können, Senhor Barreiro, dass ich mir noch keinen Überblick über die aktuellen Immobilienpreise verschaffen konnte. Immerhin bin ich kaum einen halben Tag in der Stadt. Was mich zu der dringlichen Frage führt, woher Sie von meiner Anwesenheit wissen, wo doch der Staatsempfang beim Präsidenten erst für morgen Vormittag anberaumt ist.«

Barreiro schluckte auch diese bissige Bemerkung und wedelte mit dem Zeigefinger. »Ich folge nur dem Wunsch meines Klienten.«

»Der gewiss einen Namen hat?« Henrik beugte sich theatralisch über das Dokument, aber natürlich bestand nicht die geringste Chance, die Unterschrift auf der Vollmacht zu entziffern.

»Darüber kann ich keine Auskunft geben.«

»Schön!«, erwiderte Henrik und grinste Barreiro entgegen. »Ich wünsche Ihnen noch einen erfolgreichen Tag!«

»Wollen Sie denn nicht wissen, wie das Gebot lautet?«, fragte der Anwalt, jetzt doch etwas überrascht. Seine Souveränität bröckelte sichtlich. Er warf einen besorgten Blick auf die Kartonstapel hinter sich, als könnten sie ihn im nächsten Moment unter sich begraben.

»Wenn es Ihnen dann besser geht.« Henrik zuckte mit den Schultern.

»Eins Komma eins Millionen!«

»Escudo?«

»Euro!«, berichtigte ihn Barreiro, der nun keinen Sinn mehr für Späße zeigte.

Auch für Henrik war der Spaß vorbei. Seine Zunge suchte nach Flüssigkeit in seinem Mund. Er kämpfte um die Gelassenheit, die er dem Anwalt bislang ziemlich gut vorgespielt hatte.

Eins Komma eins Millionen!

Diese vielen Nullen hinter der Eins in seinem Kopf zu wiederholen, war wie ein Stromschlag, der ihm durch den ganzen Körper fuhr. Eins Komma eins Millionen!

Barreiro labte sich an seiner Überraschung und präsentierte ihm ein schmieriges Grinsen. Diese überhebliche Grimasse war es, die Henrik wieder zur Besinnung brachte. Von einer Sekunde auf die andere fühlte er sich herausgefordert. Für keine Summe dieser Welt wollte er dem Anwalt diesen Moment des Triumphs gönnen. Er erhob sich ohne Vorwarnung. Barreiro machte erschrocken einen Schritt zurück und stieß prompt gegen die Schachteln. Beim Versuch, Halt zu finden, rutschte ihm die Ledermappe aus den Fingern, und ihr Inhalt verstreute sich über seine gewienerten Schuhe.

»Sie entschuldigen mich, aber ich habe eine Verabredung. Sie kennen ja den Weg nach draußen!« Mit diesen Worten schlüpfte Henrik um den Schreibtisch herum und war durch die Tür, noch ehe Barreiro sich nach seinen Unterlagen gebückt hatte.

Die Sonne tat gut. Jetzt, wo sie schräg und golden schimmernd in die Gasse fiel, strahlte sie angenehm warm und versöhnlich.

Er hatte den letzten Ausruf des Anwalts noch im Ohr. Das wird meinem Klienten nicht gefallen!

Zweifellos würde er sich mit diesem fragwürdigen Auftritt befassen müssen. Ebenso wie mit dem Kaufangebot. Mit dieser unfassbaren Geldsumme, die ihn alles andere als unberührt ließ. Er hatte sich nie als sonderlich geldgierig gesehen, hätte sich selbst eher als genügsam bezeichnet. Die Offerte, die Barreiro ihm gemacht hatte, konnte das Ende jeglicher finanzieller Probleme bedeuten. Er fragte sich, ob der schleimige Anwalt seinem Onkel nicht schon ein ähnliches Angebot unterbreitet hatte. Beim Verlassen des Büros hatte er aus dem Augenwinkel wahrgenommen, wie Catia auf die Kaufsumme reagiert hatte. Entsetzen hatte in ihrem Gesicht gestanden, gepaart mit etwas, das er nicht einordnen konnte. Gier vielleicht?

Aber war das nicht die zu erwartende und eigentlich fast menschliche Reaktion, wenn einem so eine immense Summe vor Augen gehalten wurde? Weshalb sich unverzüglich die Frage anschloss, wer eigentlich der Nächste in Martins Erbfolge war, falls Henrik sich gegen die Hinterlassenschaft entschied.

Die ganze Angelegenheit bekam eine ungeahnte Wendung. Er konnte es spüren: etwas Magnetisches, das ihn anzog und dessen Wirkung sich fortwährend verstärkte. Nicht allein des Geldes wegen, das ihm durch den Verkauf des Hauses winken mochte. Nein, da war etwas anderes, das ihn aufwühlte und seine Nervenbahnen zum Schwingen brachte. Wenn man davon ausging, dass er bislang nur an der Oberfläche gekratzt hatte, ließ sich das noch zu erwartende Ausmaß der Sache nur schwer erahnen. Selbst diese kaum nennenswerten Einblicke, die er bis jetzt erhalten hatte, schlugen bereits Wellen in einer Heftigkeit, dass es für eine Sturmwarnung reichte. War Martin tatsächlich nur der einfache Bücher- und Antiquitätenhändler gewesen, wie es den Anschein hatte? Spann Henrik sich hier etwas zusammen, oder lauerte eine nicht abschätzbare Gefahr im Verborgenen?

Mit dem Sortieren seiner Gedanken beschäftigt, erreichte Henrik den Largo do Chiado. Die unzähligen Menschen mit ihren Einkaufstüten und Fotoapparaten waren nicht weniger geworden. Das Ziel bereits im Blick, suchte er sich seinen Weg auf dem überfüllten Gehsteig. Die von weißen Sonnenschirmen beschatteten Tische des berühmten Café a Brasileira waren allesamt besetzt. Kellner in grünen Schürzen, die farblich auf die aufwendig verzierte Fassade mit dem schön anzuschauenden Portal abgestimmt waren, schwirrten um die Gäste herum. Augenscheinlich Touristen aus aller Herren Länder. Aus der Menge stach die Bronzestatue des Dichters Fernando Pessoa heraus, der vor rund hundert Jahren Stammgast in dem einstigen Künstlercafé gewesen war. Zumindest musste er häufig genug hier gesessen haben, um an Ort und Stelle mit einem Denkmal gewürdigt zu werden. Was sich aber vermutlich nicht auf seine angehäufte Zeche, sondern vorrangig auf seine literarische Leistung gründete. Fernando Pessoa saß hier unter den Gästen, mit Hut und Anzug, das Bein lässig übergeschlagen, den Ellbogen auf den ebenfalls aus Bronze gegossenen Tisch gestützt, und bildete somit einen weiteren Anziehungspunkt auf dem Largo Chiado. Das unterstrichen auch die blank polierten Stellen der metallischen Oberfläche, die von den Berührungen der zahllosen Menschen herrührten, die sich neben und mit dem großen Dichter fotografieren ließen.

Henriks Blick blieb kurz an Pessoa hängen, der gerade umringt von fünf Teenagern stoisch in ein Smartphone lächelte, um das x-te Selfie des Tages zu ertragen. Gleich hinter der Skulptur saß eine einzelne Person an einem Tisch. Auch wenn sie eine dieser modischen, überdimensionierten Sonnenbrillen trug und damit den Großteil ihres Gesichts verdeckte, blieb sie eine äußerst attraktive Erscheinung.

Henrik hatte sich schon sehr lange keine Gedanken mehr über sein Aussehen gemacht. Nach Ninas Tod war viel Zeit verstrichen, bis er überhaupt Überlegungen hinsichtlich anderer Frauen anstellte. Die drei Dates, die er in den vergangenen Monaten gehabt hatte, waren allesamt schiefgegangen, was einzig und allein an ihm lag. Nach oder gar während jener Verabredungen musste er sich eingestehen, dass er noch nicht so weit war. Seine Liebe zu Nina war wie eine Parkkralle um sein Herz geklemmt, er konnte weder vor noch zurück.

Er zog den Bauch ein, strich sich über die unrasierten Wangen und bereute, nicht doch noch einen kurzen Blick in einen Spiegel geworfen zu haben. Auch das T-Shirt, das er frühmorgens übergestreift hatte, war mittlerweile arg zerknittert, gezeichnet von den Spuren einer weiten Reise und eines langen Tages. Er fühlte sich nicht mehr vorzeigbar, was nicht allein an der dringend nötigen Dusche lag, für die es nicht mehr gereicht hatte. Mit gemischten Gefühlen näherte er sich dem Tisch in einem Bogen, wobei er eine Reisegruppe Asiaten umrundete, die ihm zugleich Deckung boten.

Die dunklen Gläser der Brille machten es unmöglich abzuschätzen, ob sie ihn bereits entdeckt hatte. Ihre Haltung wirkte nachdenklich. Vermutlich bekam sie nicht mit, was um sie herum passierte. Ihr dunkelbraunes Haar trug sie hochgesteckt, was gut zu ihrem taubenblauen Businesskostüm passte. Den kurzen Blazer hatte sie aufgeknöpft, ebenso die oberen drei Knöpfe ihrer weißen Bluse. Darunter schimmerte bronzefarben ihre Haut. Der Rock hörte oberhalb der Knie auf, die schlanken Beine verschränkte sie unter dem Stuhl. Vor ihr auf dem Tisch stand ein Glas. In den Eiswürfeln spiegelte sich das orange Licht der untergehenden Sonne.

Als ahnte sie seine Anwesenheit, drehte sie plötzlich den Kopf in seine Richtung. Henrik fühlte sich ertappt. Ihre Lippen besaßen einen sinnlichen Schwung, selbst wenn sie nicht lächelten. Verlegen strich er sich das Haar über dem Ohr nach hinten, bevor er die verbliebenen Schritte auf sie zu machte und sich dabei zwischen zwei Tischen hindurchschlängelte.

»Senhora Teixeira?«

Sie nahm die Sonnenbrille ab. Ihre Augen waren von einem unerwarteten Blau. Sie war schön. Zweifelsohne. Sekunden verstrichen ohne eine Reaktion, und er gelangte zu der Einsicht, die falsche Frau angesprochen zu haben. Seine Verlegenheit nahm zu, nun spürte er Röte in seinen Wangen sprießen.

»Setzen Sie sich, Herr Falkner!«, forderte sie ihn schließlich auf und brach damit den Bann. Wahrscheinlich war es sein erleichterter Gesichtsausdruck, der sie zum Lachen brachte.

Henrik rückte den freien Stuhl zurecht und nahm ihr gegenüber Platz. Die tief stehende Sonne blendete ihn, er musste seine Position korrigieren, um sie ansehen zu können.

»Was trinken Sie?«

»Hm ... Wasser«, sagte er und deutete auf ihr Getränke. Sie wandte den Kopf und machte dem Kellner ein Zeichen.

»Seit wann sind Sie in Lissabon?«

»Ich bin heute Mittag gelandet. Es kommt mir jedoch vor, als wäre ich schon eine Woche hier.«

»Martin hat Sie wohl ganz schön überrascht.«

»Kannten Sie ihn näher?«, fragte er, plötzlich aufgeregt. Ja, er war definitiv angespannt. Mehr, als ihm lieb war. Diese Augen!

Der Kellner kam, bevor sie antworten konnte, und sie bestellte für ihn Água das Pedras. »Warum fragen Sie?«

Konnte er ihr vertrauen?

Adriana Teixeira war eine anziehende Erscheinung, aber davon durfte er sich nicht beeinflussen lassen. Nicht von ihrem Äußeren, nicht von einem Lächeln und erst recht nicht von den blauen Augen, die in ihrer Farbe so sehr denen von Nina glichen.

Sei vorsichtig.

Was ihn trotz der unterschwelligen Bedenken für sie einnahm, war in erster Linie der Eindruck, dass Adriana Teixeira Martin gut gekannt zu haben schien. Immerhin, und falls das in Portugal keine übliche Gepflogenheit war, hatte sie ihn schon während ihres Telefonats beim Vornamen genannt. Gleichzeitig fiel es ihm schwer, diese elegante Frau in den Kreis von Martins Bekannten einzuordnen. Die Steuerberaterin passte für ihn weder in diese verstaubte Antiquariatswelt noch zu der Hippie-Kommune, die Martin unter seinem Dach beherbergte.

»Ich habe meinen Onkel nie kennengelernt«, erklärte er schließlich, da dies hier ohnehin kein Geheimnis zu sein schien. »Doch es kommt mir so vor, als ob er relativ gut über mich Bescheid wusste. Am Telefon klang es für mich so, als hätten Sie mich erwartet.«

»Nicht direkt erwartet. Martin hatte nur angekündigt, dass sich in absehbarer Zeit sein Neffe bei mir melden würde. Ich ahnte natürlich nicht, dass er dafür erst sterben musste«, fügte sie betroffen an.

Henrik behielt für sich, dass er ihre Visitenkarte nur zufällig gefunden hatte. Alles, womit Martin ihn bisher konfrontiert hatte, glich einem Eignungstest, bei dem es galt, die richtigen Hinweise zu finden, um das nächste Level zu erreichen.

Der Kellner servierte das Wasser. Auf einmal hätte er lieber ein Bier gehabt. Oder Wein. Irgendwas, um die scharfkantigen Gedanken abzurunden, die sein Hirn malträtierten.

Die Sonne verschwand endgültig hinter der Igreja Da Nossa Senhora Da Encarnação, und Henrik konnte aufhören, seine Sonnenbrille zu vermissen. Am Ausgang der Rua Garrett stimmte eine Gruppe Straßenmusiker einen Popsong an, der ihm bekannt vorkam, ohne dass ihm der Titel einfiel.

»Wie kommt es, dass Sie so gut Deutsch sprechen?«

Ihr Lächeln war nicht zu deuten. »Ich habe zwei Semester in Berlin studiert«, erklärte sie knapp, was deutlich machte, dass sie darüber keine weiteren Worte verlieren wollte. Vielleicht hatte sie ja recht, er kam besser auf den Punkt. »Was erwartet mich, wenn ich dieses Erbe antrete?«, fragte er.

Die Steuerberaterin legte die Finger um ihr Wasserglas, drehte es unbewusst und brachte die Eiswürfel zum Klirren. »Nun, Senhor Falkner ...«

»Nennen Sie mich Henrik!«, forderte er sie auf. Es mochte an der warmen Temperatur liegen, an der Atmosphäre der Stadt, über die sich der Abend gesenkt hatte, an der Nähe des Atlantiks oder an der Stimmung der Leute, die sich um die Musiker versammelten, mitsangen oder tanzten. Einfach, weil ihnen danach war oder sie nicht dagegen ankamen, dass der Rhythmus ihre Beine und Hüften in Bewegung versetzte. Die Szenerie hatte etwas Ansteckendes, er fühlte das Leben pulsieren wie schon lange nicht mehr, und eine Ahnung streifte ihn, dass er sich davon mitreißen lassen konnte. Eine unerwartete Euphorie durchflutete ihn. Dann fiel sein Blick auf den Mann, den er in dem Straßencafé in der Rua Nova do Carvalho hatte sitzen sehen.

Die Wärme, mit der die Sonne Portugals seit seiner Ankunft seine Zellen gefüllt hatte, wich abrupt. Der Glatzkopf mit dem Vollbart! Oder doch nicht? Eine Sekunde später war er nicht mehr sicher. Täuschte er sich womöglich? Sahen nicht noch zwei weitere Typen unter den Zuhörern und Tänzern ganz ähnlich aus?

»Henrik«, wiederholte Adriana und lenkte seine Aufmerksamkeit zu ihr zurück. »Nun, ich bin Adriana.«

Kurz war er verleitet, ihr zuzuprosten, konnte den Reflex aber gerade noch unterdrücken.

»Martin hat sich bestimmt etwas dabei gedacht, Sie ... dich als Erben auszuwählen. Optimistisch gesprochen, ermöglicht er es dir damit, in der wundervollsten Stadt zu leben, die ich kenne.«

Erneut spähte er an ihrem Ohr vorbei zu der Straßenkapelle und den Leuten, die sich darum scharten. Keine Spur mehr von dem Mann mit der Sonnenbrille.

Jetzt reiß dich zusammen!

»Optimismus ist im Moment nicht meine Stärke, und mit Sonne und guter Laune allein komme ich, so verlockend es auch klingen mag, nicht über die Runden.«

Sie wurde ernst. »Gut, sehen wir der Realität ins Auge! Wirtschaftlich betrachtet ... na ja ... ich hoffe, Martin hat dich ausgesucht, weil du Reserven hast.«

Henrik dachte an seinen Kontostand.

»Hast du also nicht«, folgerte Adriana aus der Grimasse, die er dabei schnitt. Sie schloss die Lider, als würde sie sich auf etwas konzentrieren oder ein kurzes Gebet sprechen.

Ist es so schlimm?

»Das Antiquariat wirft nicht wirklich viel ab. In jedem Fall zu wenig, um neben den Betriebskosten auch noch das Gehalt für deine Mitarbeiterin zu decken.«

»Und die Mieteinnahmen?«

»Sofern sie bezahlen, kannst du damit die laufenden Kosten decken …«

»Nur tun sie das nicht, wenn ich deine Andeutung richtig verstehe.«

»Nicht regelmäßig genug, um damit kalkulieren zu können. Versteh mich nicht falsch, wenn alles so weiterläuft wie bisher, kannst du das Haus mit Ach und Krach halten. Doch du wirst eine nicht unerhebliche Summe an Erbschaftssteuer bezahlen müssen. Zudem erwarten dich Auflagen wegen der Instandhaltung, sehr wahrscheinlich sogar die Anordnung, das Haus zu renovieren. Die Stadtverwaltung wird darauf bestehen, das Haus auf Vordermann zu bringen, damit es zu dem in diesem Viertel vorherrschenden Stadtbild passt. Es wird dir nichts nützen, wenn du dich darauf berufst, dass dies vom Vorbesitzer all die Jahre vernachlässigt wurde. Das städtebauliche Amt, die Denkmalpflege, das Tourismusamt – und wer auch immer noch seine Chance wittert –, sie alle werden ihre Forderungen stellen. Die Verantwortlichen haben lange auf diesen Besitzerwechsel gewartet, um durchgreifen zu können. Hinzu kommt, dass du die Fassade nicht einfach nach Gutdünken erneuern lassen kannst. Man wird von dir verlangen, alles unter strengsten Denkmalschutzbestimmungen zu renovieren. Du bist kein Portugiese, es wird also keine Nachsicht geben.«

Henrik bemerkte, dass er während Adrianas Ausführungen in sich zusammengesackt war. Sich wieder aufzurichten, kostete ihn Mühe. Für eine Sekunde durchzuckte ihn der verwegene Gedanke, dass er seine Mutter fragen könnte. Einen Atemzug später verfluchte er sich dafür. Verdrängte diesen irrsinnigen Einfall und dachte an die eins Komma eins Millionen, die der Anwalt ihm geboten hatte. Nach allem, was er eben gehört hatte, blieb ihm gar keine andere Wahl, als diesen arroganten Schnösel anzurufen. So leid es ihm um Catia und die Mieter tat, aber wie sollte er all diese Forderungen stemmen? Selbst wenn er den Hausbewohnern die nötige Disziplin nahebringen konnte, machten sie doch durchweg den Eindruck, dass sie nicht bezahlen konnten – ob sie nun wollten oder nicht. Ihm fiel ein, was der Notar vorgelesen hatte, und augenblicklich fühlte er sich noch schlechter. Nicht nur diverse Stellen in der Stadtverwaltung würden ihm Auflagen machen. Sein Onkel hatte dies auch bereits getan. Wobei er dessen Forderungen jetzt, da Adriana ihn über den Sachverhalt aufgeklärt hatte, noch weniger nachvollziehen konnte.

»Kennst du den Inhalt des Testaments?«

»Nicht im Detail, aber ich nehme an, du zielst auf Martins Ansinnen ab, dass du das Haus nicht veräußern darfst.«

»Du weißt davon?«

Adriana nickte. »Er hat so was erwähnt.«

Wenn er an das Auftreten und die Reaktionen der Hausbewohner dachte, dann wohl nur seiner Steuerberaterin gegenüber. Was vorerst gut war. Solange seine Mieter nichts von Martins Repressionen wussten, besaß er ein gewisses Druckmittel.

»Wenn ich das Erbe ablehne, wer bekommt die Hütte dann?«

»Damit hat er hinterm Berg gehalten«, erklärte sie nach kurzem Zögern.

Henrik glaubte ihr nicht, beließ es jedoch vorerst dabei. Er dachte an die monatlichen Zahlungen, die für den Kontoausgleich gesorgt hatten. »Wie hat Martin das eigentlich über all die Jahrzehnte hingekriegt?«

Wieder traf ihn ein reservierter Blick. »João hat für ihn bezahlt.«

»João? Wer zur … wer ist das jetzt wieder?«

Adriana hob ihre Brauen. »Du weißt wirklich nicht viel über Martin.«

»Das ist mein grundlegendes Problem«, erwiderte er. »Und bislang war auch noch niemand bereit, mich einzuweihen.«

Die Steuerberaterin sah auf die Uhr. »Leider habe ich noch einen Termin. Ich stelle dir bis morgen Nachmittag die aktuellen Unterlagen zusammen, damit du dir einen finanziellen Überblick verschaffen kannst.« Adriana stand abrupt auf. »Wir sehen uns, und danke für die Einladung!«

Henrik war so perplex, dass er es nicht schaffte, sich ebenfalls zu erheben. Er schaute ihr hinterher, wie sie zum Abgang der Metrostation Baixa-Chiado stöckelte und darin verschwand.

»João«, murmelte Henrik, und es klang wie ein Fluch. Unbestimmte Zeit lauschte er den Straßenmusikern, die aktuelle Titel aus den Charts auf ungewöhnliche und durchaus anhörbare Weise interpretierten und dabei für ausgelassene Stimmung sorgten. Er studierte die Gesichter der Leute, die um sie herum standen, ohne dass er jemand Verdächtigen bemerkte. Die Dämmerung kam nun schnell. Auf dem Chiado flammten die Straßenlaternen auf. Henrik fühlte sich mit einem Mal sehr müde. Körperlich, aber vor allem geistig.

Er trank sein Wasser leer, bezahlte und stemmte sich hoch. Fernando Pessoa schenkte ihm ein letztes schmales Lächeln, während er an ihm vorbei Richtung Antiquariat schlenderte. An der Haltestelle gleich an der Ecke der Metrostation, die Adriana vor etwa einer Viertelstunde verschluckt hatte, näherte sich mit metallischem Schaben und Sirren eine der alten Straßenbahnen, die soeben den steilen Anstieg aus der Unterstadt hinter sich brachte. Durch die offenen Fenster konnte er beseelt grinsende Fahrgäste erkennen. Vielleicht sollte er auch eine Runde drehen, um die Schwermut loszuwerden?

Seine Aufmerksamkeit galt allein der Straßenbahn.

Den Schatten im Augenwinkel nahm er erst in dem Sekundenbruchteil wahr, da seine antrainierten Reflexe bereits reagierten.

In solchen Momenten reduzierte sich die Wahrnehmung auf das Wesentliche. Das Überleben.

Überleben war nur mit geschärften Sinnen möglich, das hatte er bei etlichen Polizeieinsätzen gelernt, und dieser Automatismus lenkte jetzt sein Handeln. Er warf sich zur Seite und landete unsanft auf seiner linken Schulter. Der Schmerz wurde zur Nebensache. Genau wie die Zeit in Augenblicken extremer Anspannung stets langsamer zu vergehen schien, reagierten auch seine Nerven verhalten, sobald Adrenalin durch seinen Körper flutete.

Der schwarze Mercedes rammte den Mülleimer, neben dem Henrik eben noch gestanden hatte. Der Kübel sprang aus der Verankerung und wirbelte knapp über seinen Kopf hinweg, wobei der Inhalt sternförmig in alle Richtungen spritzte. Leute schrien. Blech und Gummi schrammten an einem massiven Granitpoller entlang. Die Reifen des Wagens pfiffen schrill auf dem glatten, von Schienen durchzogenen Straßenpflaster. Schon in der nächsten Sekunde beschleunigte der Mercedes wieder und schlingerte dabei nur knapp an der Straßenbahn vorbei. Auf den Zustieg wartende Fahrgäste stoben entsetzt auseinander. Panik erfüllte die Gesichter. Dann war das Auto aus Henriks Blickfeld, und er hörte nur noch das Röhren des hochtourigen Motors zwischen den Häuserzeilen der Rua António Maria Cardoso, die hinunter zum Hafen führte. In die entstandene Stille hinein brandeten nun die Ausrufe der Empörung über den Verkehrsrowdy.

Sein Gehirn hatte sich das Kennzeichen gemerkt und das, was er von der schemenhaften Gestalt hinter dem Lenkrad erfasst hatte, als das Licht der Straßenlaterne die Windschutzscheibe für den Bruchteil einer Sekunde nicht verspiegelt hatte. Nur ein konturloses Phantom.

Im Wind vom Meer verflüchtigte sich das Fahrgeräusch, bis nur noch das Pochen seines Bluts in den Ohren übrig war. Damit endete der Spuk, und der zähe Fluss der Zeit beschleunigte sich auf Normaltempo. Jemand streckte ihm eine Hand entgegen. Aus den Worten, die er aufschnappte, klang Besorgnis. Er blickte hoch zu seinem Helfer. Es war der Sänger der Straßenmusiker, die ihr Stück unterbrochen hatten. Die fröhlichen Menschen, die der Band gelauscht, die getanzt und mitgeklatscht hatten, starrten verwundert und betroffen auf ihn hinab. Er fühlte sich peinlich berührt. So als wäre es seine Schuld, dass ihre Ausgelassenheit sich in Luft aufgelöst hatte. Selbst der Straßenbahnführer war ausgestiegen, zusammen mit einem Großteil der Fahrgäste.

Henrik ergriff die Hand und ließ sich auf die Beine helfen. Schulter und Arm schmerzten, aber er wollte sich keine Blöße geben. »Alles okay!«, sagte er laut auf Englisch und klopfte den Staub aus seiner Jeans. »Alles okay! Obrigado!«

Der Trommler der Straßencombo schlug seine Drumsticks aneinander, zählte einen Takt vor, den der Rest der Truppe aufnahm, und mit den ersten Akkorden vertrieben sie den Schrecken aus den Gesichtern der Umstehenden. Der Sänger, ein Schwarzer mit freundlichen Augen und Pausbacken, gab ihm einen Klaps auf den Rücken, kehrte zu seinem Mikro zurück und stimmte die erste Textzeile von Billy Oceans *Get outta my dreams, get into my car* an.

»Scherzkeks«, brummelte Henrik und trottete davon.

5

»Ist dir was passiert?«, fragte Catia und zeigte auf Henriks linken Ellbogen. Erst jetzt bemerkte er die Schürfwunde und das getrocknete Blut, das eine dünne Bahn fast bis zu seinem Handgelenk gezogen hatte.

»Nicht der Rede wert«, erwiderte er und wischte sich verlegen den Unterarm sauber.

Sie schenkte ihm einen ihrer skeptischen Blicke. »Ich mache dann zu«, erklärte sie.

»Waren heute überhaupt Kunden da?«

»Interessiert dich das wirklich?«

»Ja, verdammt!«, fauchte er.

Martins Angestellte wirkte für einen Moment eingeschüchtert. Sofort meldete sich das schlechte Gewissen. Sie waren allesamt angespannt. Wenigstens er sollte einen kühlen Kopf bewahren. Selbst wenn er nicht wusste, wie er das anstellen sollte. Erst recht nicht, nachdem man versucht hatte, ihn zu überfahren. Wahrscheinlich stand er gerade sogar unter Schock.

»Entschuldige«, sagte er. Dann fiel ihm etwas ein. »Erzähl mir von João!«

Trotzig schüttelte sie den Kopf.

Er seufzte. »So kommen wir nicht weiter! Dir kann doch nicht egal sein, was aus all dem hier wird. Es geht schließlich auch um deinen Job«, fügte er eindringlich an.

»Natürlich will ich wissen, wie es weitergeht!«

»Dann hilf mir zu verstehen, was hier gelaufen ist. Wieso das alles? Was war Martins Motivation? Was hat ihn beschäftigt und, wenn ich deinen Verdacht aufgreifen darf, was hat ihn letztlich das Leben gekostet? Rede endlich!«

»Du hast Adriana getroffen?«

So wie sie den Namen der Steuerberaterin aussprach, wurde deutlich, dass Catia die attraktive Dame nicht sonderlich mochte.

Er wischte die Frage beiseite. »Also, wer war João?«

Catia presste ihre Lippen aufeinander, bis nur noch ein schmaler Strich blieb. Ihr Blick wurde wässrig. Bisher hatte sie sich als starke Frau präsentiert und gelegentlich die eine oder andere Schwachstelle offenbart. Doch selbst wenn sie jetzt anfing zu weinen, er würde nicht nachgeben. Er hatte es satt, immer nur mit Ausflüchten abgespeist zu werden. Das war zu wenig, um den Kopf für Martins Vermächtnis hinzuhalten. Auf dem Weg zurück ins Antiquariat hatte er die Szene mit dem schwarzen Wagen mehrmals durchgespielt. Durch nüchterne Analyse – und auch wenn sich einiges in seinem Rücken zugetragen hatte – war er zu der erschreckenden Gewissheit gelangt, dass es sich um eine gezielte Attacke gehandelt haben konnte. Der Wagen war von der Praça Luís de Camões her gekommen. Dort querten unzählige Leute die Straße, und eine Ampel regelte den Verkehr. Der Fahrer konnte demnach nicht von vornherein mit überhöhter Geschwindigkeit unterwegs gewesen sein und dabei die Kontrolle über seinen Boliden verloren haben. Er hatte erst nach der Kreuzung beschleunigt und Henrik direkt angesteuert. Im besten Fall konnte er dieses Manöver als Warnung verstehen. Hätte er allerdings einen Sekundenbruchteil zu langsam reagiert, wäre es mehr als ein Schuss vor den Bug gewesen. Folglich hatte jemand eine schwere Verletzung oder gar seinen Tod in Kauf genommen. Diese Erkenntnis machte ihn wütend, und dieser Zorn war schwer zu unterdrücken. Selbst Catia gegenüber. Auch wenn er einerseits bedauerte, dass sie seinen Unmut abbekam, musste er andererseits endlich Klarheit haben. »In welchen Mist bin ich da reingeraten? Was haben Martin und dieser João hier getrieben?«, fragte er betont aggressiv. »Ging es um Drogen, Hehlerei ... um was, verdammt? Wenn ihr weiterhin allesamt die Klappe haltet, bleibt mir keine Wahl, als zu verkaufen!«

»Nein, bitte!«, flüsterte Catia, und ihre Verletzlichkeit schien sich noch zu verstärken. »Niemals hätten João oder Martin ein Verbrechen begangen. João war Künstler ...«

»Das kann ja wohl kaum als Legitimation herhalten«, fuhr er ihr ins Wort.

»... und dein Onkel war der aufrichtigste Mensch, den ich je kennengelernt habe.«

Er behielt seine Verhörraummimik bei. »Leeres Gerede. Das hilft mir nicht weiter!«

»Dann sprich mit Renato! Er kannte Martin von Beginn an.«

»Der Alte von oben?«

»Ja, Renato Fernandes!«

Er rief sich den mürrisch dreinblickenden Mann ins Gedächtnis, der den Verkauf des Hauses schon bei der nachmittäglichen Versammlung prophezeit hatte. Mittlerweile wusste er, dass dieser Fernandes das kleine Zweizimmerapartment direkt unterm Dach bewohnte. »Ausgerechnet«, murmelte er.

Catia legte ihm die Hand auf den Unterarm. Ihre Finger waren warm. »Sobald er dir vertraut, wirst du erfahren, was du wissen musst.«

»Das werde ich auch so, euch bleibt nämlich gar keine Wahl«, knurrte er und wandte sich zum Gehen. Doch sie hielt ihn fest.

»Er ist vorhin los, zu seinem Auftritt. Warte bis morgen!«

Henrik war zu aufgedreht, um auch nur fünf Minuten länger zu warten. Was für ein Auftritt?

»Wo finde ich ihn?«

Das Adrenalin, das ihn vor der näheren Bekanntschaft mit einer Motorhaube bewahrt und durch den Streit mit Catia eine längere Halbwertszeit verliehen bekommen hatte, verflüchtigte sich schlagartig. In der Wohnung seines Onkels packte ihn bleierne Müdigkeit. Der endlose Tag forderte seinen Tribut. Henrik widerstand dem Drang, sich für eine Viertelstunde auf das Sofa zu setzen. Das gelang ihm nur, weil das antike Möbelstück nicht sonderlich bequem aussah. Nahezu traumwandlerisch schlurfte er stattdessen ins Schlafzimmer. Bei seiner ersten Besichtigung hatte er nur einen kurzen Blick dort hineingeworfen. Jemand hatte die Bezüge von Decke und Kissen entfernt. Er würde nach Bettwäsche suchen müssen, doch momentan verspürte er keine Motivation, den wuchtigen Schrank zu durchstöbern. Kurz kämpfte er mit sich, ob er wirklich in der Wohnung bleiben sollte. Vor allem, ob er in dem Bett schlafen konnte, in dem zuletzt ein Toter gelegen hatte. Wobei dies nur eine Spekulation war. Der Herzinfarkt konnte Martin genauso gut in einem der Wohnzimmersessel oder in der Küche ereilt haben. Er kam mit sich überein, dass ihm momentan die Nerven fehlten, sich auch noch nach einem Hotelzimmer umzusehen.

Er duschte und zog frische Sachen an. Damit fühlte er sich wieder einigermaßen wie ein Mensch. Es war halb zehn, als er das Haus verließ und die Gasse hochging, die ihm auf unerklärliche Weise bereits vertraut vorkam. Wenn er tatsächlich nicht warten konnte, würde er Renato im Bairro Alto antreffen, hatte Catia gemeint und ihm eine Adresse genannt. Wobei er sich nicht wundern dürfe. Worüber, das wollte sie nicht verraten.

Wie auch immer, der kleine Marsch kam ihm gelegen. Zu Fuß waren es in das berühmte Kneipenviertel in der Oberstadt nur ein paar Minuten. In den Gassen des historischen Stadtteils, den das Erdbeben vor zweihundertsechzig Jahren verschont hatte, pulsierte wie angekündigt das Nachtleben. Die unbeschwerte Feierlaune der Menschen, die ihm entgegenkamen, die in den unzähligen Restaurants und Cafés saßen, aßen, redeten, lachten, tanzten ... lebten ... war ansteckend. Die Leichtigkeit, die er heute bereits unten am Ufer des Tejo verspürt hatte, kehrte zurück. Trotz allem, was in den letzten Stunden passiert war, fühlte er sich widersinnigerweise gut. Irgendwie ... aufgehoben, obwohl das eigentlich nicht sein konnte. Trotzdem stimmte es ihn versöhnlich, sich inmitten dieses Überschwangs zu bewegen. Diese Unbekümmertheit konnte von nun an auch zu ihm gehören. Konnte ein Teil seines Lebens werden und die Trauer erträglicher machen, die seit zwei Jahren einen Schatten auf seine Seele warf. Seit Nina ...

Da war er wieder, der Zwiespalt. Auf ein Hoch folgte unweigerlich das Tief, schneller, als ihm lieb war. Niemals würde es so einfach werden, wie es ihm hier für einen fahrlässigen Moment vorgegaukelt worden war. Das lag nicht allein an seiner verstorbenen Frau. Nicht mehr allein nur an dem Schmerz, den ihr Verlust in gleichbleibender Dauer und Intensität für ihn bereithielt. Nein, die Sache mit Lissabon gestaltete sich generell weitaus komplizierter, als es anfänglich den Anschein gehabt hatte. Selbst wenn sich notariell und finanziell alles regeln ließ, wenn er sich mit seinen Mietern einig wurde und mit Catia ... es gab jemanden dort draußen, der ihm nicht gönnte, was Martin ihm hinterlassen hatte. Schlimmer noch, der ihn aus dem Weg haben wollte. Diese Einsicht hielt die Ansteckungsgefahr durch die Lissabonner Lebensfreude in seiner augenblicklichen Situation äußerst niedrig. Er war nicht ins Bairro Alto gekommen, um Spaß zu haben, sondern um Antworten zu erhalten. Und wie das funktionierte, davon hatte er Ahnung. Immerhin war er lange Jahre Ermittler gewesen.

Er brauchte zwanzig Minuten, um das Restaurante Já Disse in der Rua do Diário de Notícias zu finden. Auf der Iberischen Halbinsel wurde spät zu Abend gegessen, und in Lissabon machte man da keine Ausnahme. Sämtliche Tische, die entlang des bunt gekachelten Gebäudes drapiert waren und die Gasse zusätzlich verschmälerten, waren trotz der späten Stunde bis auf den letzten Stuhl besetzt. Augenblicklich wurde ein Kellner auf ihn aufmerksam. Geschäftstüchtig hielt der Mann ihm eine Speisekarte unter die Nase, die zweckmäßigerweise gleich mehrsprachig angelegt war. Eigentlich immun gegen derartige Basarpraktiken, mimte er den Interessierten. Die allgegenwärtigen Essensdüfte machten ihm gleichzeitig bewusst, dass er einen fürchterlichen Hunger hatte, was sein Magen mit einem tiefen Grollen unterstrich. An seine letzte richtige Mahlzeit konnte er sich nicht einmal mehr erinnern. Henrik deutete eine zustimmende Geste an, die ausreichte, um vom Kellner mit sanftem Druck in die Gaststube geschoben zu werden. Die Decke war niedrig, es war dunstig und voll. Lieber hätte er draußen gesessen, zumal ein freier Platz ohnehin nicht in Sicht zu sein schien. Doch in Windeseile wurden zwei Tische verschoben, was die essenden Gäste nicht im Geringsten beunruhigte, und schon war ein schmales Eck für ihn frei gemacht, in das er mit leichten Verrenkungen schlüpfen konnte. Zwar mit dem Rücken zum Eingang, was ihm nicht unbedingt behagte – vielleicht auch so eine Polizisteneigenheit –, aber mit gutem Blick auf die kleine Bühne rechts an der gefliesten Wand. Auf dem niedrigen Podest spielte ein Mann auf der Gitarre eine melancholisch anmutende Melodie, deren Akkorde größtenteils von der vorherrschenden Heiterkeit im Lokal verschluckt wurde.

Kaum dass er sich's versah, standen unaufgefordert Brot, Oliven, Käse und Fischpaste vor ihm auf dem Tisch. Hungrig wie er war, machte er sich darüber her. Erst als er in die letzte der Weißbrotscheiben biss, erinnerte er sich, über diese Form der aufgedrängten Vorspeisen gelesen zu haben. Dieses Couvert war nicht etwa als Willkommensgeste des Restaurants gedacht, sondern wurde meist überteuert berechnet, sobald es angerührt oder nicht sogar von vornherein abgelehnt wurde. Um des Lerneffekts willen musste man wohl einmal darauf hereinfallen. Außerdem tröstete er sich damit, dass er dem gröbsten Hunger damit Einhalt gebieten konnte. Er schob den leeren Vorspeisenteller beiseite und studierte die Speisekarte, die man ihm gereicht hatte. Er bestellte Cataplana: sanft gedünsteten Fisch mit Kartoffeln und Gemüse, im Kupfertopf serviert, in dem das Ganze zuvor gegart worden war. Dazu orderte er Wasser. Wein wäre angemessener gewesen, aber er war darauf bedacht, das bisschen Klarheit in seinem Kopf zu bewahren, das nach diesem strapazenreichen Tag noch übrig war.

Das Essen kam überraschend schnell. Er aß alles auf, auch wenn das Gericht kulinarisch keine Höchstleistung war. Kein Tipp für Feinschmecker. Um ihn herum saßen hauptsächlich Portugiesen, was immerhin den Verdacht entschärfte, in eine Touristenfalle gestolpert zu sein. Er konnte nicht abschätzen, was die Leute hierher lockte, denn auch das Gitarrengezupfe schien niemanden wirklich zu interessieren. Ihm konnte es letztlich egal sein, da er sich weder wegen der Küche noch der Unterhaltung in diesem Etablissement aufhielt. Er war lediglich wegen Renato gekommen, den er zu seinem Bedauern bislang nirgendwo entdeckt hatte. Zumindest nicht unter den Kellnern, von denen ganze sieben Stück herumwuselten, wenn er richtig gezählt hatte. Sollte der Alte in der Küche arbeiten, wovon er mittlerweile ausging, würde es schwierig werden. Dann musste er schlimmstenfalls ausharren, bis der Laden dichtmachte. Nachdem Catia von einem Auftritt gesprochen hatte, blieb immerhin die Hoffnung, dass Renato irgendwann den Gitarrenspieler ablöste. Was zum Klischee seiner progressiven Mietergemeinschaft passen würde.

Nach zwei weiteren, endlosen Musikstücken kam er zu dem Schluss, dass er besser Catias Rat befolgt und einfach bis morgen gewartet hätte. Weshalb er schließlich ein Bier bestellte, um den Abend etwas versöhnlicher zu gestalten. Und da, kaum dass die Flasche auf dem Tisch stand, wurde unerwartet das Licht gedämpft, und die Gitarre verstummte. Die Leute unterbrachen ihre Gespräche und hörten auf zu essen. Im nächsten Moment stand sie plötzlich neben dem Musiker auf der Bühne. Eine Diva. Alt, aber definitiv eine Diva. Grell geschminkt. In ihr tiefschwarzes aufgestecktes Haar war eine auffällig leuchtende Blume eingeflochten. Das

Blumenmuster setzte sich in ihrem hochgeschlossenen, in dunklem Rot gehaltenen Abendkleid fort. Um ihre Schultern lag eine schwarze, kunstvoll geknüpfte Stola. Die Gitarre setzte wieder ein. Kräftiger nun im Anschlag, aber mit derselben Traurigkeit in der Melodie. Henrik wusste, dass es sich dabei um die portugiesische Musik schlechthin handelte – um Fado, was so viel wie Schicksal bedeutete. Diese Lieder handelten meist von unglücklicher Liebe, von sozialen Missständen vergangener Zeiten oder der Sehnsucht nach einem besseren Leben. Bislang hatte er der melancholischen und gleichwohl beschwingten Musik nur unbewusst gelauscht, fand sich aber jetzt, da er sich darauf einließ, sofort in ihr wieder. Der Fado spiegelte seinen Gemütszustand, klang traurig und hatte gleichzeitig etwas Tröstendes – und genau darum ging es wohl.

Die Diva begann zu singen, und er stellte fest, dass es nicht nötig war, den Text zu verstehen, um mitfühlen zu können. Ihre Stimme war schön. Tief und eindringlich. Voller Inbrunst, schon in den ersten Zeilen des Stückes. Bei ihrem zweiten Lied fingen einige Gäste an, den Refrain mitzusingen. Zuerst zögerlich, dann wagten es immer mehr, mit einzustimmen. Plötzlich war er der Einzige im Restaurant, der nicht mitsang, was ihn auf eigentümliche Art verlegen machte. Alle, die ihn bis zu diesem Zeitpunkt noch nicht durchschaut hatten, würden nun wissen, dass er kein Einheimischer war. Offensichtlich lag es an dieser Show, die der Gaststätte den Zustrom an portugiesischen Gästen bescherte.

Einer der Kellner ging durch die Reihen und präsentierte eine CD der Diva. Leónia Porto, Fado Tradicional, stand auf dem Cover, das ein Porträt der alten Dame zierte. Der Mann, der die Tonträger unter die Leute bringen sollte, war schon an ihm vorbei, als Henrik ihn am Arm packte. Erst verdutzt, doch einen Augenblick später mit einem Lächeln auf dem Gesicht, weil er ein Geschäft witterte, streckte der Kellner ihm die CD entgegen. Henrik riss sie ihm aus der Hand. Das Foto. Der Zug um die Mundwinkel, die Augenpartie. Verdammt, wie blind konnte man sein?

Wie vom Blitz getroffen, wandte er sich wieder dem Original auf der Bühne zu. Die Beleuchtung war nicht die beste, aber er hätte ihn sofort erkennen müssen. Trotz der Schminke und der falschen Brüste hätte er unverzüglich wissen müssen, dass sich unter der prächtigen Perücke ein schlohweißer Kurzhaarschnitt verbarg. Die Fado-Sängerin Leónia Porto war niemand anders als sein Mieter Renato Fernandes. Im selben Moment, in dem sich diese Erkenntnis manifestierte, trafen sich ihre Blicke.

Dem Publikum mochte die daraus resultierende Unsicherheit in Renatos Auftritt entgangen sein. Henrik hingegen bemerkte den kaum vernehmlichen, akustischen Stolperer sofort. Der Alte war Profi genug, um weiterzusingen, doch seine Haltung veränderte sich. Das Leuchten in seinen Augen verschwand und machte etwas Platz, das Henrik nur als Furcht interpretieren konnte. »Was hast du ausgefressen?«, murmelte er.

»Quinze Euro!«, sagte der Kellner und deutete auf die CD, die Henrik immer noch in der Hand hielt. Er gab sie zurück, was die Mundwinkel des Kellners nach unten sinken ließ.

»Não!«, sagte Henrik vehement, und der Mann zog beleidigt weiter, was er allerdings nur am Rande mitbekam. Seine Aufmerksamkeit galt nun ganz Leónia Porto. Die brachte soeben ihr Lied zu Ende. Die Gäste spendeten frenetischen Applaus, den die Diva nicht auskostete. Sie hatte es eilig, von der Bühne zu kommen. Das schien für das Publikum zu überraschend zu kommen. Der ein oder andere Restaurantbesucher tat seinen Unmut kund. Vereinzelt waren Pfiffe zu vernehmen. Davon unbeirrt, drängte sich Renato in seiner Abendrobe und auf hochhackigen Schuhen durch die Tischreihen in Richtung Ausschank. Dahinter war die Tür, die in die Küche führte, so weit hatte Henrik die Lage sondiert.

Er sprang auf. Weit und breit kein Kellner, wenn man einen brauchte. Er zog seinen Geldbeutel heraus und klemmte einen Fünfzigeuroschein unter die halb volle Bierflasche. Eindeutig zu viel für dieses Essen, aber er hatte es nicht kleiner. Ihm blieb keine Wahl, wollte er den Alten nicht entwischen lassen.

Der Weg hinten raus führte durch die dunstige Küche, in der Hochbetrieb herrschte. Das heftige Schaukeln der von der Decke hängenden Pfannen entlang der Kochstellen zeichnete Renatos Fluchtweg nach. Ein breitschultriger Koch mit grimmig vorgeschobenem Unterkiefer versperrte Henrik den Durchgang. Von seiner verdreckten Schürze war die komplette Speisekarte abzulesen, und seine mächtige Pranke umklammerte ein unterarmlanges Küchenmesser. Der Moment des gegenseitigen Belauerns zog sich in die Länge. Bevor Henrik überlegen konnte, wie das Hindernis zu bewältigen war, machte der Koch einen Schritt zu Seite. Irritiert über die Einladung, drückte er sich zwischen dem speckigen Wanst und dem flammenden Gasherd hindurch, um zur Hintertür zu gelangen. Dem Küchenpersonal musste klar sein, dass er der alternden Diva nachstellte. Doch abgesehen davon, dass der Koch ihn ein paar Sekunden gekostet hatte, schien niemand ihn aufhalten zu wollen.

Er landete in einem engen Hinterhof, der von dem schwachen Restlicht beleuchtet wurde, das es durch die vom Fett und Dunst erblindeten Küchenfenster schaffte. Mülltonnen, Weinkisten und allerhand Unrat verstellten ihm den Weg. Mit angehaltenem Atem lauschte er in die Nacht. Das Stakkato der Stöckelschuhe drang aus einem versteckten Durchlass, der sich zwischen gestapelten Bierfässern auftat. Der Gang zwischen den Gebäuden war allenfalls breit genug für eine Sackkarre und mündete in einer Gasse, die zu Henriks Leidwesen voller Leute war. Er reckte seinen Hals. Die Hochsteckfrisur mit dem auffälligen Blumenarrangement verriet den Flüchtenden, der die Gasse entlanghastete. Trotz der hohen Schuhe und des engen Kleides bewegte sich Renato behände und erstaunlich schnell. Außerdem sah es so aus, als würden die Leute seiner – selbst für das Szene- und Kneipenviertel exotischen – Erscheinung Platz machen. Ein Service, den man Henrik zu seinem Missfallen nicht gewährte. Während er im Slalom hinterhereilte, war Renato bereits an der nächsten Kreuzung angelangt und bog dort nach rechts ab. Ein Pulk japanischer Touristen bremste Henrik. Er stürmte grob mitten durch die Gruppe, was dazu führte, dass sich selbst die sonst zurückhaltenden Asiaten zu Unmutsäußerungen hinreißen ließen. Er selbst brauchte die Luft, weshalb er sich jegliche Entschuldigung ersparte. An der Straßenecke angekommen, an der zwei weitere Restaurants mit ihren Außenbewirtungen die Gasse verengten, blickte er sich hektisch um.

Leónia Porto hatte sich in Luft aufgelöst.

Dass gedünsteter Fisch besonders leicht bekömmlich war, konnte er nicht bestätigen. Oder es waren die Kartoffeln, die ihm schwer im Magen lagen. Sein Unterleib rebellierte gegen die Hetzjagd mit einem unangenehmen Stechen, sein Atem war mit einem ungesund klingenden Rasseln unterlegt. Er war so dermaßen außer Form! Die letzten beiden Jahre hatte er keinen dienstlich angeordneten Sport mehr betrieben, stattdessen zu viel und zu lange in trauter Zweisamkeit mit dem Selbstmitleid auf der Couch gelegen. Einzig seine Appetitlosigkeit hatte ihn davor bewahrt, dabei übergewichtig zu werden. An die Mauer unter dem Fenster einer mit Schwarzlicht beleuchteten Bar gelehnt, wartete er darauf, dass sein Puls sich normalisierte. Er nahm an, dass sich Renato die Perücke vom Kopf gerissen und sich damit unsichtbar gemacht hatte. Außerdem kannte sich der Alte in dem verwinkelten Viertel natürlich bestens aus, womit alle Vorteile auf dessen Seite lagen.

Was für eine bescheuerte Aktion!

Diese Einsicht kam leider zu spät. Er wusste schließlich genau, wo Renato wohnte. Die Pferde waren völlig unnötigerweise mit ihm durchgegangen. Er schob es dem Umstand zu, dass er komplett übermüdet war. Auch wenn er sich gleichzeitig aufgedreht fühlte, als hätte er etwas eingeworfen. Ecstasy, Meth, Bath Salt, irgendwas von dem Zeug, was die Leute gerne nahmen, denen er früher – wesentlich erfolgreicher – nachgestellt hatte. Jetzt keuchte er einer betagten Fado-Sängerin hinterher, die eigentlich ein Mann war. Das klang so schräg, dass er grinsen musste. Darüber verlor er besser nie ein Wort, wollte er sich nicht der Lächerlichkeit preisgeben. Er überlegte kurz. Er konnte zurückgehen und mit dem Bier weitermachen, das er im Restaurant hatte stehen lassen. Und danach durch die laue Nacht nach Hause torkeln.

Nach Hause? Ist es schon so weit?

Er betrachtete die Leute, die an ihm vorbeischlenderten. Lauthals schwatzende Grüppchen, Arm in Arm laufende

Pärchen, Familien mit voraustollenden Kindern. Das beste Theater der Welt bietet immer noch die Straße, hatte irgendjemand mal gesagt, und dem konnte er nur zustimmen. Niemand von all den Menschen schien verwundert über den Mann, der da schwer atmend und verloren an der Wand lehnte. Was er weniger großstädtischer Ignoranz zuschrieb, sondern eher dem Gefühl von Integration. Vielleicht war er doch kein Fremdkörper, sondern gehörte dazu. Ein Gedanke, der ihn besänftigte und ihm gleichwohl vor Augen führte, dass er ins Bett musste. Heute gänzlich ohne die üblichen Bedenken, Ängste und Sehnsüchte, die ihn sonst wach hielten. Er fühlte sich, als könnte er einschlafen, sobald sein Kopf das Kissen berührte. Und auch das war ein Fortschritt.

Er raffte sich auf, wie er es heute Nachmittag auf den Steinstufen am Ufer des Tejo getan hatte. Obwohl das nur wenige Stunden her war, war seitdem eine Ewigkeit verstrichen. Mit den Händen in den Hosentaschen folgte er der Gasse abwärts, ohne groß darauf zu achten, ob die Richtung stimmte. Müde und ausgelaugt ließ er sich treiben. Obwohl sein Ausflug ins Bairro Alto zu keinem Ergebnis geführt hatte, war er mit sich und der Welt im Reinen wie schon lange nicht mehr.

An der nächsten Hausecke bekam er die Bestätigung, dass er sich auf der Rua do Norte befand, die ihn direkt zum Largo de Camões brachte. Er war noch gar nicht weit gegangen, da wurde es ruhiger zwischen den Häuserzeilen, was daran lag, dass keine Kneipen, Bars oder anders geartete Etablissements mehr seinen Weg säumten. Der muntere Geräuschpegel war zu einem Raunen verklungen. Diesem Umstand und der Gedankenleere in seinem Kopf war es zu verdanken, dass er das Geräusch vernahm. Leise drang es aus einer kaum schulterbreiten Gasse, die in absoluter Dunkelheit lag. Natürlich dachte er im ersten Moment an eine Katze oder gar eine Ratte. Irgendein Tier, dem ein Laut entwichen war, der entfernt an menschliches Wimmern erinnerte. Ein unterdrückter, animalischer Ausdruck von Freude über einen Leckerbissen in einem der Müllbehälter eines Hinterhofs, ähnlich dem, wo er die Verfolgung von Renato aufgenommen hatte. Renato – zu diesem Zeitpunkt noch Leónia Porto, die ihren Auftritt jäh unterbrochen hatte, nachdem sie festgestellt hatte, dass er im Publikum saß. Eigentlich machte Renatos Reaktion genauso wenig Sinn wie sein eigener Impuls, dem Transvestiten kopflos hinterherzurennen, wenn man ohnehin unter demselben Dach wohnte.

Es sei denn ...

Henrik blieb stehen und starrte in den finsteren Spalt zwischen den beiden baufälligen Häusern, die augenscheinlich nicht mehr bewohnt wurden. Türen und Fenster waren mit Brettern verrammelt. Nicht die ersten Gebäude in diesem Viertel, die man dem Verfall überlassen hatte, weil das Geld fehlte.

Es sei denn, Renato ist nicht wegen mir getürmt.

Da war noch jemand anderes gewesen. Jemand, der in seinem Rücken gesessen hatte, weshalb er selbst ihn nicht bemerkt hatte. Im Gegensatz zu Renato, der die Gäste allesamt im Blick hatte. Unverhofft fiel ihm der Mann mit dem Vollbart wieder ein.

Der warme Nachtwind trug seine Müdigkeit davon. Er lauschte. Versuchte das Grundrauschen der Stadt auszublenden. Das Tier war nach wie vor zu hören. Nur war er auf einmal nicht mehr so sehr davon überzeugt, dass es vier Beine hatte. Wenn er eine Bestätigung für seinen Verdacht wollte, musste er in diese augenlose Dunkelheit eintauchen.

Er schaltete die Taschenlampenfunktion seines Smartphones an und leuchtete in den Durchlass. Der Lichtkreis reichte keine fünf Meter weit. Unmengen von Abfall bedeckten den Boden. Unrat, durch den sich für den aufmerksamen Beobachter eine offensichtliche Schleifspur zog. Als hätte jemand einen Sack dort hineingezerrt. Oder eine Leiche.

Henrik schluckte trocken. Das Mauerwerk der Häuser war in desolatem Zustand und wurde notdürftig mit Metallstreben abgestützt, die für ihn ein zusätzliches Hindernis darstellten. Verputz war von den Wänden gebröckelt. Hier und da lagen Ziegelsteine herum. Er sah besorgt nach oben, wo zwischen den Dächern ein schmaler Spalt Nachthimmel auszumachen war. Zu schmal, als dass das Sternenlicht dieser Sommernacht den Boden erreichte. Niemand zwängte sich freiwillig hier durch.

Fauliger Gestank, der mit jedem Schritt schlimmer wurde, reizte seine Schleimhäute. Nach etwa zehn Metern stieß Henrik mit der Hüfte gegen eine der Blechtonnen, die den Eingang zum Hinterhof verstellte und randvoll mit bestialisch stinkendem Müll gefüllt war. Schlachtabfälle vielleicht? Es war vermutlich besser, das nicht zu wissen. Er ließ den Lichtkegel über den verstellten Hof wandern. Die Zugänge über die angrenzenden Gebäude waren verbarrikadiert. Wenn man von hier flüchten wollte, dann über den Weg, den er genommen hatte. Innerlich bereitete er sich auf einen Angriff vor.

Das Geräusch kam aus der Ecke, in der beinahe mannshoch verrottende Europaletten gestapelt waren. Wesentlich lauter nun, führte es dazu, dass eine Kälte sein Herz erfüllte, die seine Nervenenden zittern ließ und den Sinnen die notwendige Schärfe verlieh. Der Wunsch nach seiner einstigen

Dienstwaffe wurde so stark, dass er die Hände kurz zu Fäusten ballte. Geduckt schob er sich an der Abfalltonne vorbei, drei Schritte nach rechts, dann reichte der Winkel, um mit seiner schwachen Lampe die Finsternis aus der Ecke zu vertreiben. Im bläulichen Licht des Smartphones glänzte das Blut schwarz wie Rohöl. Bedenklich viel davon sickerte aus den Wunden des zerschlagenen Gesichts. Fast hätte er ihn erneut nicht erkannt. Doch er trug immer noch sein geblümtes Abendkleid.

6

Renato lebte.

Die Wunden sahen übel aus. Tiefe Risse über den Brauen, dem Nasenrücken und unter den Augen, die schon zugeschwollen waren. Das viele Blut, die Schwellungen und die verschmierte Schminke machten aus Renatos Konterfei eine groteske Fratze. So wie sie ihn zugerichtet hatten, konnte Henrik auch innere Verletzungen nicht ausschließen; sie gingen oftmals mit Einblutungen einher, denen die Opfer solcher Prügelattacken dann letztlich erlagen. Renato zu bewegen, hielt er daher für zu riskant. Er würde mit dem Alten in diesem stinkenden Loch ausharren müssen, bis Hilfe eintraf. Ein Loch, das gleichwohl einer Falle gleichkam. Es gab zu viele finstere Nischen, in denen die Bestie nach wie vor lauern konnte. Wartete sie lautlos in der Dunkelheit und versuchte abzuschätzen, ob er wehrhafter war als der Alte? Konnte sie seine Angst riechen?

Henrik schüttelte den Kopf, nicht nur um diesen Gedanken, sondern auch um die Furcht loszuwerden, die bedingungslos Körper und Geist lähmte, wenn man sie gewähren ließ. Er durfte keine Zeit verlieren. Du bist Polizist, beschwor er sich – und legte damit in sich einen Schalter um. Er wählte die europaweite Notrufnummer. Der eingespielte Automatismus erledigte den Rest. Nachdem er sicher war, dass die Dame in der Notrufzentrale alles richtig verstanden hatte, horchte er erneut für eine halbe Minute in die Dunkelheit, um abzuwägen, ob der Täter sich nicht doch noch irgendwo versteckt hielt. Sekunden, in denen er ihn in Gedanken herausforderte, aus seinem Versteck zu treten.

Nachdem nichts weiter geschah, kniete er sich neben Renato und ergriff dessen Hand. Das Abendkleid war zerrissen, die Füße waren nackt. Hatte er die hochhackigen Damenschuhe während seiner Flucht verloren? Von sich geschleudert, um schneller rennen zu können? Vor wem bist du weggelaufen?

»Hilfe ist unterwegs«, sagte er. Ihm gelang ein beruhigender Tonfall, obwohl der Anblick ihn aufwühlte. Schon bei einigen Polizeieinsätzen hatte er diese heranrollende Ohnmacht verspürt, allerdings waren das weit schlimmere Fälle gewesen. Theoretisch wusste er damit umzugehen, und während seiner Dienstzeit war es ihm meistens gelungen, eine ausreichende Distanz herzustellen. Bislang war er relativ resistent gegen übergroße Betroffenheit gewesen. Doch solche Dinge mutierten, sobald sie persönlich wurden, wie er aus bitterster Erfahrung wusste. Es war nicht nur die Sorge um das Leben dieses Mannes, da war auch jede Menge angestauter Zorn. Wut und Ohnmacht waren eine denkbar schlechte Mischung. Zuletzt hatte er sie in dieser Intensität vor zwei Jahren verspürt.

»Untersteh dich, dich jetzt aus dem Staub zu machen wie dein Freund Martin!«, murmelte er mehr zu sich selbst. Plötzlich empfand er es nicht mehr als überstürzt und unsinnig, dass er Renato unverzüglich hatte vernehmen wollen. Stattdessen warf er sich vor, zu langsam gewesen zu sein. Er musste endlich erfahren, was hier los war. Was mit Martin geschehen war und ob es eine Verbindung zu dieser Gewalttat an Renato gab. Was passierte in Lissabon hinter den Kulissen, jenseits des Zaubers dieser Stadt im Verborgenen? Und wie hing sein Onkel da mit drin? Wem war er auf die Füße getreten?

Zu viele Fragen. Und einer, der vermutlich Antworten liefern konnte, lag hier vor ihm, und das Leben rann aus ihm heraus. »Lass mich nicht hängen, verdammt!«

Der Alte stieß ein Röcheln aus. Vielleicht ein Hinweis, um ihm zu signalisieren, dass Renato ihn wahrnahm. Dass er trotz seines Zustands aufnahmefähig war. Dankbar für seine Hilfe.

»Wer hat dir das angetan?«

Schaumige Bläschen bildeten sich auf den zerschlagenen Lippen des Alten. Wollte er ihm etwas sagen? Henrik war klar, dass er keine ausführlichen Antworten erhalten würde, aber vielleicht reichte es für einen Namen.

»Hat dieser Überfall was mit Martin zu tun?«

Statt zu nicken, versuchte Renato, seinen Arm zu befreien. Henrik ließ ihn los. Starrsinniger alter Mann, fluchte er in sich hinein.

»Ich kann euch doch nicht helfen, wenn ihr mich im Ungewissen lasst, warum kapiert ihr das nicht?«

Mit einem Mal schnellte Renatos Hand vor und packte ihn am Kragen seines T-Shirts. Nach dem ersten Schrecken ließ Henrik es geschehen, dass der Alte ihn zu sich herunterzog. Erwartungsvoll wandte er sein Ohr dessen blutigem Mund zu.

»... alles da ... sieh hin!«, krächzte Renato.

Eine Dreiviertelstunde später saß Henrik auf einer harten Plastikschale, die an die Wand eines nüchternen Krankenhausflurs geschraubt war. Neben seinem rechten Ohr summte monoton ein Kaffeeautomat, der gegen die Gebühr von einem Euro ein nicht zu empfehlendes Gebräu in dünnwandige Plastikbecher spuckte. Henrik hielt die heiße Brühe zwischen spitzen Fingern. Er überlegte, ob er den Inhalt, von dem er lediglich zwei Schluck getrunken hatte, in den Topf der am Ende des Ganges stehenden Palme kippen sollte. Da dieses bedauernswerte Gewächs allerdings ohnehin mehr gelbe als grüne Blätter aufwies, war davon auszugehen, dass die Erde, in der die Pflanze wuchs, längst mit ungenießbarem Kaffee überdüngt war.

Er stellte den Becher zwischen seine Füße und sah auf die Uhr. Es war kaum eine Minute verstrichen, seit er das zum letzten Mal getan hatte. Natürlich hätte er auch einfach gehen können, nun da er Renato in der Obhut einer bleichen, leicht unterernährt wirkenden Ärztin wusste. Die junge Frau mit den rotblonden, lieblos zu einem Pferdeschwanz zusammengebundenen Haaren war ihm mindestens ebenso übermüdet vorgekommen, wie er selbst sich fühlte. Trotz der sichtbaren Erschöpfung hatte sie aber immer noch einen engagierten und kompetenten Eindruck gemacht. Ganz im Gegensatz zu den Sanitätern, die Renato aus dem Hinterhof geborgen und auf recht unsensible Art durch die enge Gasse zum Einsatzwagen geschleppt hatten. Ja, er konnte verschwinden und endlich ins Bett seines Onkels fallen. Mittlerweile war es ihm völlig egal, ob dieser darin verstorben war oder nicht. Doch er hatte Catia versprochen zu warten. In weiser Voraussicht hatte er sich ihre Handynummer geben lassen, bevor sie das Antiquariat geschlossen und sich auf den Nachhauseweg gemacht hatte. Jetzt war er dankbar darüber, dass sie zumindest damit nicht hinter dem Berg gehalten hatte. Er hatte sie geweckt, als er sie vom Einsatzwagen aus angerufen und mit ihr vereinbart hatte, sich im Krankenhaus zu treffen. Dass die Notfallhelfer ihn überhaupt hierher mitgenommen hatten, hatte ihn weitere fünfzig Euro gekostet. Aber er wollte Renato nicht alleine lassen, und wahrscheinlich wäre ein Taxi um diese Zeit auch nicht erschwinglicher gewesen.

Neben dem Brummen des Kaffeeautomaten, das entfernt an das Surren von Hochspannungsleitungen erinnerte und daher eher beunruhigend als einschläfernd wirkte, war es in erster Linie das Schnarchen seines Sitznachbarn, das ihn davon abhielt, selbst einzunicken, egal wie unbequem der Hartschalensitz und wie grell die Deckenleuchten waren. Insgesamt zählte er elf Leute, die hier verstört oder übernächtigt ausharrten. Sechs Frauen, vier Männer und ein Kleinkind, das schlafend an seiner Mutter hing, bevölkerten den Gang und warteten darauf, dass sich eine der dunkelgrünen Türen öffnete, hinter denen die Patienten versorgt wurden. Mittlerweile hatte er sich in seinem schlafbedürftigen Zustand damit abgefunden, dass die Nacht für ihn kein Ende nehmen würde.

Es war halb zwei geworden, als sich endlich die Fahrstuhltür öffnete und Catia verunsichert in den Gang trat. Sie trug einen Jogginganzug, der durch zu häufiges Waschen außer Form geraten war. Das störrische Haar bändigte erneut ein farbenfrohes Tuch, das in dieser nüchternen Umgebung wie ein Störfaktor wirkte. Ihr Gesicht war nicht minder bleich als das der Ärztin, die vor einer knappen Stunde Renato durch die verschrammte Flügeltür in einen der Behandlungsräume geschoben hatte. Henrik mühte sich aus dem Plastiksitz, um auf sich aufmerksam zu machen. Sie stürmte auf ihn zu, und für eine Sekunde glaubte er, sie wolle ihn umarmen. Doch sie behielt die Distanz und fixierte ihn vorwurfsvoll. »Was ist passiert?«

»Er wurde überfallen und zusammengeschlagen. Ich weiß noch nicht, wie schlimm es ist.«

Catia wirkte aufgebracht, aber dennoch nicht verwundert über den Vorfall. Vielleicht war es nicht ungewöhnlich, dass Transvestiten hier ab und an von weniger toleranten Mitbürgern verprügelt wurden? Wobei ihm diese Erklärung abwegig vorkam. Bisher hatte er den Eindruck gewonnen, dass Lissabon eine weltoffene und liberale Stadt war.

»Mit wem kann ich sprechen?«

Er legte ihr eine Hand auf die Schulter, und sie ließ es zu. »Die Ärztin wird sich melden, sobald sie ihn versorgt hat«, versuchte er sie zu beruhigen. Sie wollte etwas erwidern, überlegte es sich jedoch anders. Ihre Augen wurden feucht, und sie drehte sich weg. Der Ermittler in ihm drängte darauf, mit dem Verhör zu beginnen. Aber er beherrschte sich.

Das verlegene Schweigen unterbrachen zwei Uniformierte, die den Gang entlangmarschiert kamen. Echte portugiesische Polizisten, die gezielt auf Catia und ihn zusteuerten. Echt und im Amt, verglichen mit ihm, der keinerlei Rang mehr innehatte. Zwei Männer, die sich offenbar gegenseitig mit ihren unfreundlichen und abfälligen Mienen zu übertrumpfen suchten. Sie traten in der zu erwartenden Konstellation auf. Ein jüngerer mit breiten Schultern, übermäßig trainierten Brustmuskeln und modisch ausrasiertem Kinnbärtchen, der wahrscheinlich den Wagen fuhr, den Kaffee aus dem Imbiss holte und ansonsten angehalten war, die Befragungen seinem älteren und erfahreneren Kollegen zu überlassen. Der hatte schon locker seine dreißig Dienstjahre auf dem Buckel, und der Bauchansatz ließ sich auch durch das weite Hemd nicht mehr kaschieren. Sein Schnauzbart war aus den 1970ern übrig geblieben. Die Tränensäcke waren jüngeren Datums. Das Äußere täuschte Henrik nicht darüber hinweg, dass der Mann mit den eindringlichen grauen Augen vermutlich nicht zu unterschätzen war.

Kaum tauchten die Polizisten auf, fiel die betroffene und erschöpfende Haltung von den Wartenden um sie herum ab. Die Anspannung schien die Leute regelrecht zu infizieren. Selbst der Schnarcher erwachte, begleitet von einem finalen Grunzen. Die Aufmerksamkeit aller im Krankenhausflur gehörte schlagartig Henrik, seiner Begleiterin und den Beamten, die ohne große Einleitung ihre Vernehmung starteten, indem sie seine Personalien einforderten.

»Sind Sie Tourist?«, fragte der Alte in gebrochenem Englisch, während er Henriks Ausweis überflog und dann an den jungen Kollegen weiterreichte.

Henrik nickte. Er hatte keine Lust, die Umstände seines Aufenthalts zu erläutern und dass ihn in Wahrheit eine Familienangelegenheit nach Lissabon geführt hatte.

»Welches Hotel?«

»Ich wohne privat.«

»Bei ihr?«, fragte der Jungspund und deutete mit seinem kantigen Kinn in Richtung Catia.

»Bei meinem Onkel.«

»Die Adresse?«

»Rua do Almada número trinta e oito«, half Catia, weil er zu lange überlegte.

»Also doch bei ihr?«

»Hören Sie, was tut das zur Sache, wo ich wohne«, zischte Henrik, eine Spur zu patzig, wie ihm Catias Reaktion sofort bewusst machte. Wie schon im Antiquariat, ergriff sie seinen Oberarm, als befände sich dort ein Schalter, mit dem sich sein Temperament regulieren ließ. Er war selbst

Polizist gewesen und kannte solche Situationen, weshalb er eigentlich Verständnis für die portugiesischen Kollegen hätte aufbringen müssen. Andererseits war er müde und überreizt, was vielleicht nicht als Entschuldigung, aber doch als Erklärung für sein unprofessionelles Benehmen dienen konnte.

»Wir entscheiden, was relevant ist und was nicht!«, erklärte der Ältere scharf. Sein Kollege trat einen Schritt zurück und legte demonstrativ die Hand auf den Griff seiner Dienstwaffe.

Henrik hob beschwichtigend die Arme. »Rua do Almada número trinta e oito«, wiederholte er, »bei meinem Onkel.«

»Seit wann?«

»Ich bin heute angekommen.«

Der Schnauzbart hob die Brauen. »Noch keinen Tag im Land und schon über einen Schwerverletzten gestolpert. Kennen Sie das Opfer?«

»Nein!«

Catias Finger krampften sich fester um seinen Arm. Doch hätte er ja gesagt, hätte das eine weitere Erklärungsflut nötig gemacht, auf die er keinerlei Lust verspürte. Er war nicht der Meinung, gelogen zu haben. Letztlich war Renato bislang nichts weiter als eine Zufallsbegegnung.

Die Polizisten tauschten einen nicht zu deutenden Blick. Für mehrere Sekunden war es so still, dass selbst das Summen des Kaffeeautomaten wieder zu hören war.

»Schildern Sie bitte, was vorgefallen ist!«, forderte ihn der Ältere auf.

Henrik formulierte knapp, wie er das Opfer gefunden hatte, ohne darauf einzugehen, was sich unmittelbar davor zugetragen hatte. Dass vermutlich er der Grund dafür war, warum sich Renato überhaupt in diese Ecke des Bairro Alto geflüchtet hatte.

»Ziemlich wagemutig, einfach so einem Geräusch in eine dunkle Gasse zu folgen.«

»Ich bin selber Polizist«, erwiderte Henrik, bereute den Satz aber sogleich. Ein Schulterzucken hätte gereicht. Der Hinweis auf seine Profession führte dazu, dass die Polizisten sich erneut ansahen.

»Nicht, solange Sie sich in Portugal aufhalten, Senhor Falkner! Hier kümmern wir uns um derartige Angelegenheiten«, wies ihn der Alte zurecht und klappte sein Notizbüchlein zu, in dem er drei, vier Stichworte vermerkt hatte. Danach wechselte er ein paar portugiesische Sätze mit Catia, die wiederum kurz angebunden antwortete, ohne Henrik dabei loszulassen. Sie kam ihm vor wie ein Kleinkind, dass dem Nikolaus Rede und Antwort stand. So viel Respekt vor einer Uniform rückte die bislang mit so viel Selbstbewusstsein auftretende Frau unerwartet in ein anderes Licht.

»Auf welches Revier soll ich kommen, um meine Aussage zu Protokoll zu geben?«, fragte Henrik, nachdem die Befragung von Catia beendet war.

»Uns reichen die Angaben, die Sie eben gemacht haben. Ansonsten wissen wir ja, wo wir Sie finden. Genießen Sie Ihren Aufenthalt in Lissabon!«

Henrik runzelte die Stirn. »Das war's? Ein Mann wurde brutal zusammengeschlagen, sollte sich darum nicht jemand vom Dezernat für Gewaltverbrechen kümmern?«

»Wir verstehen es durchaus, unseren Job zu machen«, zischte der junge Polizist.

»Die Deutschen mischen sich halt gerne ein, und nicht nur auf politischer Ebene, wie mir scheint«, ergänzte der Alte und grinste abfällig. »Doch seien Sie versichert, Senhor Falkner, wir schaffen das auch ohne Ihre Hilfe.«

Catias Fingernägel gruben sich in seinen Bizeps, und er behielt für sich, was ihm auf der Zunge lag. Nach einigen weiteren Sekunden, in denen sich die drei Männer aus schmalen Augen maßen, drängten die Polizisten in Richtung der Behandlungsräume grußlos an ihnen vorbei. Die Schar der Angehörigen wich auseinander wie eine Schafherde vor heranstürmenden Hütehunden.

Es bedurfte einer weiteren Viertelstunde, bis die bleiche Ärztin sich wieder blicken ließ. Eine Viertelstunde, in der Henrik Zeit hatte, seine Wut über das bornierte Auftreten der Polizisten wieder zu bändigen. Wären seine Kollegen in Deutschland bei einer Prügelattacke gegen einen Transvestiten ebenso teilnahmslos geblieben? Waren es tatsächlich Vorurteile gegen diese gesellschaftlich unkonforme Neigung, oder gab es noch einen anderen Grund dafür, dass diese Polizisten sich mehr für ihn als für das Opfer interessiert hatten?

Catia sprang auf und riss ihn aus seinen Gedanken. Die rotblonde Ärztin stand vor ihnen. »Sind Sie eine Angehörige?«, fragte sie vorsichtig.

»Eine Freundin«, erklärte Catia. »Er hat sonst niemanden in der Stadt.«

Der Blick der Ärztin, deren Namensschild sie als Dr. Mola auswies, wanderte unruhig zwischen ihm und Catia hin und her.

»Eigentlich ...«

»Wie steht es um ihn? Kann ich zu ihm?«, fragte Catia ungeduldig.

Dr. Mola sah den Gang hoch, als wollte sie sich vergewissern, ob jemand sie beobachtete. Ihre Bewegungen wirkten seltsam ungelenk, was Henrik dem Erschöpfungszustand anlastete, in dem sich die Frau offensichtlich befand. Die personellen Missstände in den Bereichen der medizinischen und sozialen Versorgung mussten im überschuldeten Portugal noch um ein Vielfaches schlimmer sein als in Deutschland, und dort gab es schon genug zu bemängeln. Er wartete förmlich darauf, dass die Ärztin im Stehen einschlief, während sie leise über Renatos Zustand berichtete. Über die vier gebrochenen Rippen, die zum Glück knapp die Lunge verfehlt hatten, über die zahlreichen schmerzhaften Hämatome und Platzwunden an Kopf und Oberkörper und über die gequetschten Hoden. Eine Operation würde zwar nicht nötig sein, allerdings wollte sie abwarten, ob sich ein Schädel-Hirn-Trauma abzeichnete. Eine leichte Gehirnerschütterung war zum jetzigen Zeitpunkt nicht auszuschließen. »Ich habe ihm ein Beruhigungsmittel gegeben, er schläft jetzt. Es ist besser, Sie kommen morgen wieder. Lassen Sie ihm seine Ruhe!«

7

Der Schmerz hockte hinter seinem linken Auge. Früher in der Regel ein Indiz dafür, dass er zu lange geschlafen hatte. Aber früher war alles anders, und schlafen konnte er schon lange nicht mehr. Zumindest nicht auf die Weise, die Körper und Geist echte Erholung bescherte. So war es auch jetzt. Er fühlte sich alles andere als ausgeruht, doch der Druck in seinem Schädel nötigte ihn dazu, die Lider zu öffnen.

Es war hell, was seinem Zustand nicht eben förderlich war. Außerdem befand er sich an einem Ort, an den er nicht gehörte. Eine hohe Decke, lichtdurchlässige Vorhänge, so nutzlos gegen die penetrante Sonne. Ein Geruch im Zimmer, den er nicht gewohnt war, genau wie die Wärme. Kissen und Laken waren nass geschwitzt. Henrik setzte sich auf. Zu schnell. Die Benommenheit in seinem Schädel rutschte hinab in seinen Magen und verursachte ihm Übelkeit. Keine Verbesserung seines Gesamtzustands, aber immerhin befreite das von der Watte unter seiner Schädeldecke.

Lissabon!

Er lag – oder saß vielmehr – im Bett seines Onkels. Die Matratze war zu weich, und der Federkern knarrte bei jeder Bewegung.

Sein nächster Gedanke galt der Diva Leónia Porto, die sich seltsamerweise in Renato Fernandes verwandelte. Es musste sich dabei um die letzten Fragmente eines Traums handeln. Doch dann vergegenwärtigte er sich den Krankenhausflur, und das füllte die Lücken in seinem Gedächtnis. Es war in der Tat höchste Zeit aufzustehen. Mit einem lauten Stöhnen schwang er die Beine über die Bettkante und stellte die nackten Zehen auf den sonnenwarmen Parkettboden. Es war stickig im Zimmer. Vage erinnerte er sich daran, dass er im Morgengrauen das Fenster geschlossen hatte, weil unten in der Gasse jemand sein Moped angeworfen und das Knattern des Zweitakters fürchterlich laut zwischen den Häusern widergehallt hatte.

Er griff nach dem Handy auf dem Nachttisch. Es war beinahe halb zwölf. Er wusste nicht, wann er zuletzt so spät aufgestanden war.

Früher natürlich.

Mit Nina.

An seinen freien Wochenenden waren sie gelegentlich nach dem Frühstück nochmals unter die Decke geschlüpft, hatten sich geliebt, um danach eng umschlungen wieder einzunicken. Aber seither? Nicht einmal die dringlichen Fälle, die ihn bisweilen nächtelang wach gehalten hatten, hatten ihn so erschöpft, dass er nicht spätestens wieder um halb acht wach geworden war. In seinem leeren Ehebett. Ohne Nina. Ohne den Abdruck, den sie in ihrem Kissen hinterlassen hatte, wenn sie vor ihm aus dem Bett gekrochen war.

Unweigerlich durchströmten ihn die Erinnerungen an ihren letzten gemeinsamen Morgen.

Er war von den Geräuschen in der Küche erwacht. Nina machte Frühstück. Lächelnd schlug er die Augen auf, zog ihr Kissen zu sich heran und inhalierte ihren warmen Geruch. Sie frühstückten. Er las die Zeitung. Ließ sich Zeit, weil er viele Überstunden angehäuft hatte und in der Dienststelle nichts von Eile auf ihn wartete. Nina musste los, küsste ihn, sagte, wie sehr sie sich auf heute Abend freute, obwohl nichts Besonderes geplant war. Dann fiel die Haustür hinter ihr zu.

Kaum zwanzig Minuten später wurde sie auf ihrem Fahrrad von einem unter Drogeneinfluss stehenden Autofahrer gerammt. Sie war sofort tot. Genickbruch. Der Mann war einfach weitergefahren. Kollegen außerhalb von Henriks Zuständigkeitsbereich griffen ihn auf, nachdem die Fahndung raus war. Was dem Junkie zu diesem Zeitpunkt wohl das Leben gerettet hatte. Wäre der Scheißkerl bei Henrik auf dem Revier gelandet, säße er jetzt wahrscheinlich selbst wegen Totschlags im Knast.

Henrik schloss die Lider und versuchte, der aufkeimenden Verzweiflung durch Bauchatmung Einhalt zu gebieten. Etwas, das er sich bei Ninas Yogaübungen abgeschaut hatte. Wie immer, wenn er an seine verstorbene Frau dachte, verspürte er einen Stich im Herzen. Nina war tot. Er würde sie nie mehr beim Yoga beobachten können – oder bei sonst etwas. Wie lange würde dieser Schmerz ihn noch gefangen halten? Gab es jemals Aussicht auf Besserung? Jemals Aussicht auf Erinnerungen, die nicht von lähmender Traurigkeit begleitet wurden?

Lissabon ändert alles!

Es gab keine rationale Erklärung, warum er sich damit beruhigen konnte. Es wird leichter, das Leben zu ertragen, wenn man Veränderung sucht, hatte Martin in seinem Brief geschrieben.

Er stemmte sich hoch und schlurfte ins Bad. Es gab eine weitere Zeile im Schreiben seines Onkels, die in seinem Kopf haften geblieben war. Die Bitte, Augen und Geist zu öffnen. Renato hatte ihn zu etwas ganz Ähnlichem aufgefordert. Welche Botschaft steckte dahinter?

Er betrachtete den Mann im Spiegel, für den er lange Zeit nur tiefes Bedauern empfunden hatte. Sein dunkles Haar war so lang wie noch nie. Wo kamen die vielen grauen Strähnen plötzlich her? Doch es waren weniger die Haare, die den Eindruck erweckten, einen anderen Mann zu betrachten. Das Sommerwetter über Portugal hatte seine übliche graue Blässe in Sonnenbrand verwandelt. Seine Gesichtshaut spannte leicht. Dazu kam dieser ungewohnte Glanz in den Augen, den er schon so lange nicht mehr gesehen hatte. Er war sich selbst fremd geworden, doch dieses Fremde war alles andere als abschreckend. Henrik der Polizist … er war wieder da.

Lissabon ändert alles!

Er benetzte sein Gesicht mit kaltem Wasser und spülte die Gedanken über sein Aussehen fort. Der Polizist in ihm verspürte den Drang, einer Ahnung nachzugehen, die sich beim Aufstehen in seinen Kopf geschlichen hatte. Die Dusche schwemmte die verbliebene Müdigkeit weg. Da er in Martins Küche nur Tee fand, ging er nach unten. Catia räumte Bücher aus einem Karton in eines der Regale. Die Kiste war ihm gestern nicht aufgefallen. Wer hatte diese Ladung alter Bücher bestellt? Wer kümmerte sich eigentlich um alles hier, seit Martin verstorben war? Er wusste nicht einmal, ob Catia die kläglichen Einnahmen zur Bank brachte oder einfach einsteckte, nachdem niemand mehr da war, der ihren Lohn bezahlte. Es gab so viele Baustellen. Einen Überblick zu gewinnen erschien ihm mit einem Mal fast aussichtslos. So aussichtslos, dass es seinen morgendlichen Anfall von Tatkraft beinah wieder aufwog.

Catia bemerkte ihn und drehte sich zu ihm um. Sie sah gleichfalls müde aus. Vielleicht hatte sie auch geweint?

»Guten Morgen! Wie geht es dir?«

Ihr Blick war schwer zu deuten. »Bom dia!«

»Haben wir hier eine Kaffeemaschine?«

Sie schüttelte ihre Lockenmähne. Dass sie heute kein Tuch trug, ließ sie noch wilder aussehen.

»Was ist mit der Bar?«

»Esquina?«

»Ja, gleich die an der Ecke.«

»Noch nicht offen«, verkündete sie. »Nachdem du endlich wach bist, wäre es schön, wenn du den Laden übernimmst. Ich will gleich zu Renato ins Krankenhaus, nach ihm sehen und ihm ein paar Sachen bringen.«

»Ich ... den Laden?« Er konnte schlecht nein sagen. Zudem war die Gelegenheit, eine gewisse Zeit zwischen all den Raritäten und dem Ramsch für sich zu sein, vielleicht genau das, was er brauchte. »Was muss ich wissen?«

Catia erklärte ihm, wie die Kasse funktionierte. Was die Preise anging, war alles Verhandlungssache. Das war nicht wirklich hilfreich, aber dass in der absehbaren Zeit Kunden kamen, erschien ihm relativ unwahrscheinlich. Also ließ sie ihn allein. Allein mit seinem Antiquariat. Ein Geschäft, dem er völlig ahnungslos gegenüberstand. Es war nicht so, dass er keine Bücher las, aber für alte Schinken wie diese hier hatte er sich nie interessiert.

Bei dem Gedanken an Schinken knurrte automatisch sein Magen. Er hatte kein Frühstück gehabt, nicht mal Kaffee. Definitiv war das nicht der Start in den Tag, den er sich vorgestellt hatte. Er ging zur Ladentür, drehte das Schild von *aberto* zu *cerrado* und schloss ab. Er benötigte eine Weile, bis er sich einen Platz im Laden ausgesucht hatte, von dem aus er das Antiquariat in seiner Gesamtheit erfassen konnte. Eigentlich ein unmögliches Unterfangen, da die deckenhohen Bücherregale immer irgendeine Ecke verbargen. Die Stelle, die er schließlich inmitten dieses Sammelsuriums wählte, stellte ihn dennoch einigermaßen zufrieden. Er setzte sich dort auf den Boden. Mit einem tiefen Atemzug sammelte er sich, schloss die Augen und wartete, bis er bereit war. Bis er den Hunger vergaß und sich eine Vertrautheit mit der eigentümlichen Vielfalt der Gerüche einstellte. Bis er sich losgelöst fühlte und er die relevante Essenz aus den Ereignissen des gestrigen Tages herausgefiltert hatte. Erst da, als er sicher war, dass der geschulte Ermittler Henrik Falkner das psychische Wrack verdrängt hatte, das die meiste Zeit sein Leben führte, öffnete er wieder die Augen.

»Was hast du für mich?«, murmelte er in die staubige Stille hinein.

8

Selbst nach einer knappen Stunde – und nachdem er den Laden wiederholt bis in den letzten Winkel inspiziert hatte – war es ihm nicht gelungen, irgendetwas aus dem Chaos zu isolieren, was ihm weiterhelfen konnte. Sofern er Renato richtig verstanden hatte, barg das Antiquariat Antworten. Nur wie lauteten die dazugehörigen Fragen? Nicht zu wissen, wo und wonach man suchen sollte, stellte ein grundlegendes Problem dar. In den Büchern? Nicht einmal sein Onkel konnte erwarten, dass er Tausende davon durchblätterte. Hinzu kamen die zahllosen anderen Auslagen und Waren. Unmengen von gerollten Papierdokumenten, bei denen es sich nach einer ersten Stichprobe in den meisten Fällen um historisches Kartenmaterial handelte, hauptsächlich von Portugal und den Kolonien des einstigen Weltreichs. Dazu kamen Seekarten, Weltkarten aus allen Epochen, sogar Sternenkarten. Zumeist auf längst brüchigem Papier, an dem sich der Schimmel labte, weil es an der fachgerechten Lagerung fehlte. Pilzfraß gab es überhaupt reichlich, was die Massen an Staub erklärte, die in den Lichtkegeln der Lampen tanzten. Und neben den Druckwerken, Handschriften, Kalligrafien, Radierungen, Illustrationen und Gemälden gab es noch die Antiquitäten. Möbelstücke, zumeist Kommoden und Sekretäre, deren Vielzahl an Schubladen zu durchstöbern schon allein Tage beanspruchen musste. Was dann noch blieb, waren Gefäße, Vasen, Krüge aus Ton, Porzellan oder Zinn, Behälter aus aller Welt, in allen Formen und aus allen nur denkbaren Materialien. Verstaubt und abgestellt, wo gerade Platz war, ohne Ordnung, ohne Sinn. Das Antiquariat war ein dreidimensionales Suchbild, das zudem schlecht ausgeleuchtet war. Sollte sein Onkel in diesem Kaleidoskop der Vergänglichkeit eine Botschaft hinterlassen haben, fehlte Henrik schlichtweg der Code, um sie zu dechiffrieren.

Sein Handy vibrierte in der Hosentasche. Das Display kündigte einen Anruf aus Deutschland an. Wurde er schon vermisst? Hatte jemand innerhalb der Familie mitbekommen, wohin er sich verkrümelt hatte? Die Nummer sagte ihm nichts, und er zögerte, das Gespräch anzunehmen. Allerdings war seine Konzentration ohnehin gestört; er würde sich erneut sammeln müssen, wollte er das Chaos ein weiteres Mal in Angriff nehmen.

»Ja, bitte?«

»Paßberger! Spreche ich mit Herrn Falkner?«

Paßberger! Mist! Den hatte er komplett vergessen.

»Ich wollte nur hören, ob es am Montag mit uns beiden klappt«, erklärte der Anrufer.

Montag! Unmöglich. Wenn am nächsten Montag alles geklappt hätte, wäre Dirk Paßberger sein neuer Chef geworden. Vor vierzehn Tagen hatte er ein Vorstellungsgespräch bei der Sicherheitsfirma Paßberger Security gehabt, das in erster Linie wegen seiner Polizeiausbildung unmittelbar danach zu einer Zusage führte. Zum Wochenstart hätte er nun dort antanzen müssen, um sich künftig im Gebäudeschutz zu beweisen. Sein neuer Job, den er wegen Martins Testament völlig ausgeblendet hatte. Ein ausreichendes Indiz dafür, was er von dieser Anstellung hielt und mit welcher Motivation er dort angefangen hätte. Nie im Leben wäre er durch diese Aufgabe mit sich ins Reine gekommen. Es wäre einzig und allein ums Geld gegangen, denn vier Monate, nachdem er bei der

Kripo gekündigt hatte, knabberte er bereits an den Reserven. Die Anstellung bei der Sicherheitsfirma hatte er von vornherein allenfalls als Notlösung betrachtet, um seine finanzielle Situation zu verbessern. Kein Job für einen echten Neuanfang.

»Sind Sie noch dran?«

»Ja, ja!«

Er hatte diesen Paßberger von der ersten Minute an durchschaut. Zweifelsohne ein Choleriker. Übergewichtig und affektiert. Kein Chef, mit dem er jemals klarkommen würde. Der Mann saß grundsätzlich am längeren Hebel, so wie es in der freien Wirtschaft eben üblich war. Eine heftige Umstellung im Vergleich zum bisherigen Beamtenstatus, von der er nicht wusste, ob er sie bewältigen konnte. Doch er brauchte gar nicht weiter zu spekulieren – es wird nicht klappen mit uns beiden.

»Herr Paßberger, ich fürchte, mir ist da was dazwischengekommen.«

»Bitte?!« Pause. Er hörte den Mann nach Luft schnappen. »Sie haben einen Vertrag unterzeichnet«, erinnerte ihn Paßberger, nun deutlich ungehalten. »Wir waren uns doch einig! Ich habe Sie fest in den Schichtdienst für die nächsten Wochen eingeplant. Was bitte kann Ihnen denn da dazwischenkommen?«, schimpfte der Mann ungläubig ins Telefon, als hätte Henrik bei der besten Firma der Welt angeheuert und würde dafür weiß Gott wie entlohnt werden.

»Eine Erbschaft«, antwortete er trocken. »Ich habe Deutschland bereits den Rücken gekehrt und ...« – befinde mich mitten im unaufgeräumtesten Laden Lissabons – »genieße die karibische Sonne. Weshalb wir es kurz machen sollten, damit der Anruf für Sie nicht so ins Geld geht!«

Paßberger japste und zischte etwas von Konsequenzen, ohne das näher auszuführen. Statt Henrik mit weiteren Drohungen zu überschütten, trennte er die Verbindung.

Doch selbst wenn noch eine ganze Latte an cholerischen Flüchen über ihn hereingebrochen wäre, Henrik hätte nichts mehr davon mitgekriegt. Längst hatten sich seine Sinne auf etwas anderes fokussiert. Denn in der Sekunde, da er sich gerade darüber amüsieren wollte, wie er Dirk Paßberger abgekanzelt hatte, entdeckte er auf einmal, wonach er im Antiquariat Ausschau gehalten hatte.

Die Karte hing an der Wand, rechts von der Kasse, umgeben von Bildern, gemalt, illustriert oder fotografiert. Das übliche Sammelsurium. Nichts passte zusammen. Henrik näherte sich vorsichtig, um den Moment der mutmaßlichen Erkenntnis nicht zu verscheuchen. Das Corpus Delicti war ein auf eine Korkplatte kaschierter Stadtplan von Lissabon, etwa ein Meter auf siebzig Zentimeter, der mit dünnen Stahlnägeln an die Wand geheftet war. Das Datum in der unteren rechten Ecke der Zeichnung verriet, dass er die Stadt in den 1930ern zeigte. Ob der Druck ebenfalls so alt oder nur eine Reproduktion war, konnte er nicht beurteilen. Zumindest war die Karte arg vergilbt, die Ränder hatten sich teilweise vom Untergrund gelöst und eingerollt. Doch all das war egal, viel entscheidender war das Bild, das direkt auf der Karte hing und den südöstlichen Bereich der Innenstadt bis hinunter zum Hafen verdeckte. Eine Radierung der Muttergottes, der man den toten Jesus in den Schoß gelegt hatte. Eine klassische Darstellung der über ihren am Kreuz gestorbenen Sohn weinenden Maria. Gewöhnungsbedürftig interpretiert, mit krakeligem Strich in schwarzer Tusche. Beides, Stadtplan und

Bibelbildnis, unabhängig voneinander betrachtet, hätte kaum seine Aufmerksamkeit erregt. Die Frage, die sich ihm jedoch bei diesem Arrangement stellte, war, warum Martin Mutter und Sohn mithilfe eines weiteren Nagels auf die Karte gepinnt hatte. Und nicht etwa mittig, sondern augenscheinlich völlig willkürlich, als hätte er den Stahlstift wie einen schlecht gezielten Dartpfeil geworfen und dort belassen, wo er gerade stecken blieb.

Henrik nahm das Bild vom Nagel. Die freie Stelle war unwesentlich dunkler als der Rest des Stadtplans, was vermuten ließ, dass beides noch nicht lange in dieser Konstellation an der Wand hing. Marias tiefe Trauer entstellte ihr Gesicht ins Unansehnliche, während der tote Jesus das Lächeln der Erlösung auf seinen toten Lippen trug. Der Künstler hatte sein Werk signiert, ohne dass Henrik den Namen entziffern konnte. Auch wenn er keine rationale Begründung dafür hatte, ging er davon aus, dass er eine Botschaft von Martin in Händen hielt. Das Bildnis der trauernden Muttergottes über einem Stadtplan.

Was ...?

Henrik näherte sich bis auf drei Zentimeter der Karte. Konnte es so einfach sein?

Nahezu banal, wenn man es aus dieser Perspektive betrachtete. Vorsichtig zupfte er den Nagel, an dem die Radierung befestigt war, aus der Korkplatte. Das Loch im Plan lag unterhalb vom Castelo de São Jorge, der einst von den Mauren erbauten mittelalterlichen Festung über dem Alfama-Viertel. Dort oben konnte sich im vergangenen Jahrhundert städteplanerisch nicht viel verändert haben. Aufgeregt suchte er nach dem Namen der durchlöcherten Straße und entzifferte sie als Costa do Castelo.

»Willst du, dass ich dort hingehe?«, murmelte er, als stünde sein Onkel direkt hinter ihm.

9

Nicht nur das schlechte Gewissen gegenüber Catia wegen des geschlossenen Ladens hielt ihn davon ab, sofort loszustürmen. In erster Linie war es sein auf Sachlichkeit geschulter Polizistenverstand, der ihn zur Räson brachte. Erst analysieren, dann handeln, rief er sich ins Gedächtnis, auch wenn er nicht sicher war, worüber genau er nachdenken sollte. Substanziell war da nichts. Dennoch oder gerade deshalb drehte er nicht nur das Schild an der Tür wieder um, sondern ließ diese auch offen stehen, um zu lüften. Auch seinem Kopf tat das sicher gut. Und vielleicht bildete diese offene Ladentür ja eine Einladung, das verstaubte Reich seines Onkels zu betreten. Eine Einladung für Leute, die an der Eckkneipe falsch abbogen und versehentlich in ein verstecktes Antiquariat stolperten.

Fest stand, er brauchte eine Beschäftigung, die ihn fesselte und bei der er gleichzeitig seinen Überlegungen nachhängen konnte. Aufräumen war dafür hervorragend geeignet, ganz abgesehen davon, dass es der Laden bitter nötig hatte. Selbst ohne kaufmännischen Sachverstand war offensichtlich, dass dieses Geschäft eine grundlegend kundenfreundlichere Struktur benötigte. Nur wo anfangen? Mit der Esoterikecke? Er hegte den starken Verdacht, dass es sich hierbei um Catias Steckenpferd handelte, also ließ er die Finger davon und wandte sich dem Bereich hinter der Verkaufstheke zu. Rigoros und doch mit der nötigen Sorgfalt, um nicht einen von Martins möglichen Hinweisen zu übersehen, wühlte er sich durch das erste Regal. Schnell wurde klar, dass er jede

Menge Müllsäcke brauchen würde, da er sonst den ganzen Kram nur von einer Ecke in die andere schob. Der Stapel an Dingen, die ihm interessant erschienen, war eindeutig der kleinere. Der Staub der Jahrhunderte reizte seine Schleimhäute, und er konnte zum ersten Mal nachvollziehen, wie sich all jene Kollegen auf seiner ehemaligen Dienststelle fühlten, die an Allergien litten.

Gerade war Henrik dabei, eine Rolle mit noch mehr historischem Kartenmaterial zu inspizieren, deren Papier bisweilen so brüchig war, dass es zwischen seinen Fingern zerbröselte, als ein Aufschrei ihn herumfahren ließ. Wegen der offenen Tür hatte das Glöckchen ihn nicht vorwarnen können.

»Was machst du da?«, fauchte Catia.

»Ordnung!«

»Hast du immer noch nicht kapiert? Alles hat seinen Platz!«

»Ist das von dir?«

»Nein, von Martin.«

Er hatte immer noch nicht gefrühstückt, und der Hunger machte ihn unleidlich, eine Charakterschwäche, die er meist ganz gut im Griff hatte. Heute jedoch fand er in sich keine Handhabe gegen den hochkochenden Unmut. »Nun, Martin ist nicht mehr da, und ich kann so einen Saustall nicht gebrauchen. Wir schmeißen raus, was meiner Meinung nach wegmuss, und gestalten den Laden so um, dass Kunden es auch wagen, ihn zu betreten.«

»Wir? Sicher nicht!«

Damit goss sie Öl ins Feuer. »Es steht dir jederzeit frei zu gehen!«, fauchte er. »Sag mir einfach, was Martin dir noch schuldet.«

»Du hast doch keine Ahnung!«, schrie sie ihn an. Eine vertikale Zornesfalte stand zwischen ihren Brauen, an den

Schläfen traten deutlich die Adern hervor. Keine Spur mehr von der eingeschüchterten Person, die sie gegenüber den Polizisten im Krankenhaus gewesen war.

Kurz grübelte er über den Umstand nach, wieso die vermeintlichen Revolutionäre vor den Behörden zu Duckmäusern wurden, dann fegte seine Wut den Gedanken auch schon wieder beiseite. »Du tust ja auch alles dafür, dass es so bleibt, anstatt mit mir zusammenzuarbeiten.« Er hörte selbst, wie laut und kalt seine Stimme klang. »Ich geb dir Zeit bis heute Abend, dann bist du entweder bereit, meinen Weg mitzugehen, oder du schlägst deine eigene Richtung ein!«

Damit ließ er sie stehen und verließ das Antiquariat.

Henrik ergatterte einen Sitzplatz in der Linie 28. Die Holzbank war ebenso rustikal wie unbequem, aber das gehörte wohl dazu, wenn man diese antiquierten Vehikel benutzte. Sämtliche Fenster der Straßenbahn waren geöffnet. Auch wenn das Gefährt nicht sonderlich schnell durch die Straßenschluchten Lissabons rauschte, reichte der Fahrtwind aus, um sein Gemüt zu kühlen. Längst bereute er seine Worte gegenüber Catia, auch wenn er versuchte, nicht weiter darüber nachzudenken. Nicht jetzt! Er brauchte einen freien Kopf für seine Ermittlungen. Letztlich war es nicht anders als daheim in Deutschland, wenn auch ohne Dienstmarke. Und ohne Waffe, fügte er im Geist an, was ihn nach dem nächtlichen Erlebnis bedenklich stimmte. Er fühlte sich zwar in der Lage, sich körperlich zur Wehr zu setzen, allerdings nur bis zu einem gewissen Grad. Und wieder einmal fragte er sich, gegen wen er hier eigentlich ins Feld zog. Wer hatte ihn überfahren wollen? Gegen wen hatte Martin interveniert?

Die zweiachsige Straßenbahn knirschte und ächzte auf ihren schmalen Schienen und rumpelte unerschrocken abwärts ins Baixa-Viertel. Vielleicht lag es an der Mittagshitze, dass auch an den nächsten Haltestellen nur wenige Leute zustiegen und niemand ihn in seinen Überlegungen störte. Die historische Linie, die seit 1928 in Betrieb war, wurde hauptsächlich von Touristen genutzt, und die hielten sich um diese Zeit wohl eher in den klimatisierten Museen oder draußen an den feinsandigen Atlantikstränden auf, in den nahen Küstenorten Estoril oder Cascais. Kurz flammte eine Sehnsucht nach salzigem Wind und Meeresbrandung auf, doch das würde er wohl noch verschieben müssen. Pragmatisch betrachtet, musste er sich unter den gegebenen Umständen nicht dem Gedränge aussetzen, das gegen Abend in den Bahnen vorherrschte.

Nach wenigen Minuten stieg das Gelände wieder an, und die 28 mühte sich den steilen Stich zum Castelo de São Jorge hoch. Hier waren die Gassen verwinkelt und eng und vermittelten den Eindruck, man müsse nur den Arm ausstrecken, um die Hauswände berühren oder in die Auslagen der Obsthändler greifen zu können. Da war es wieder, dieses sachte Gefühl von Lebensmut, das zaghaft seine Zellen füllte, seit er in Lissabon angekommen war. Sein Weg zurück ins Licht.

Er stieg am Miradouro de Santa Luzia aus. Eine weitere Heilige, der man einen Ausblick gewidmet hatte. Von der Balustrade neben der gleichnamigen Kirche bot sich eine traumhafte Sicht über die Weite des Flussdeltas. Die Sonne stand hoch und machte den Himmel lichtdurchlässig. Sein Blick folgte der Küstenlinie noch Nordosten bis zur Ponte Vasco da Gama, die sich mit ihren siebzehn Kilometern Länge über den Sund erstreckte und bläulich glänzend durch den milchigen Dunst schimmerte. Wesentlich näher, auf dem Nachbarhügel gelegen, thronte das Kloster São Vicente de Fora. Der weiß getünchte Sakralbau mit der mächtigen Kuppel erstrahlte imposant in der Mittagssonne. In diesem Licht, das Architektur, Landschaft und Meer mit einem Zauber belegte. Henrik versuchte Kraft daraus zu schöpfen, bevor er in die nächste, steil ansteigende Gasse eintauchte, die ihn hinauf zur einstigen Königsburg führte. Der Schatten zwischen den alten Mauern tat gut, was nicht hieß, dass ihm nicht der Schweiß auf der Stirn stand, als er schließlich die pittoresken Straßenzüge des Burg-Viertels erreichte, die sich unterhalb der hoch aufragenden Wehranlage an den Hang schmiegten. Kleine Ateliers mit zum Teil ausgefallener Kunst, ein paar einladende Cafés und Restaurants lockten hier die Touristen an. All jene, die die Hitze nicht scheuten und nicht die Zeit hatten, auf die kühlen Abendstunden zu warten, weil dann ihr Kreuzfahrtschiff schon wieder ablegte. Von diesen Reisenden gab es viele hier oben auf dem Schlossberg. Henrik überquerte den Largo de Santa Cruz do Castelo, den romantischen Platz vor dem eindrucksvollen Haupttor, über das die Kulturbeflissenen in das Burgareal gelangten. Am Kassenhäuschen, gleich hinter dem Torbogen, hatte sich eine Schlange gebildet. Vorwiegend Asiaten. Den Besuch der historischen Anlage würde er sich für später aufheben müssen. Wann auch immer das sein mochte.

Schon wieder auf dem Weg abwärts, unterhalb der hohen Mauern, die den ehemaligen Schlossgarten umfassten, zweigte links die Costa do Castelo ab, die sich nach Westen in einem sanften Bogen um die Königsburg zog. Die Häuser zu seiner Rechten waren direkt an die Wehrmauer gebaut worden. Diejenigen, die in den Gebäuden linker Hand wohnten, konnte man um einen traumhaften Blick über die Stadt beneiden, der sich vereinzelt in den Lücken zwischen den Häusern andeutete. Bis auf ein Hotel waren es ausschließlich Wohngebäude. Einige standen leer, waren dem Verfall überlassen worden.

Nach rund zweihundert Metern begann der Bauzaun. Er umgab ein Grundstück zum Hang hin und war so hoch, dass Henrik nicht darüberblicken konnte. Zudem krönte ihn ein Stacheldraht, der deutlich machte, dass Neugierde hier nicht erwünscht war. Henrik konsultierte seinen Stadtplan, in den er vor dem Aufbruch noch das Nagelloch der historischen Karte übertragen hatte. Auch wenn der Maßstab ein anderer war, gab es keinen Zweifel. Er hatte den Ort gefunden, zu dem Martin ihn hatte lotsen wollen. Fand sich hier der Auslöser für die merkwürdigen Ereignisse der letzten Tage, die unter anderem zu einem tätlichen Angriff auf ihn geführt hatten? War dieser Gedanke nicht völlig abwegig? Bislang hatte er die Anhänger von Verschwörungstheorien immer nur belächelt, und nun spann er sich selbst etwas komplett Absurdes zusammen. Er folgte den kryptischen Hinweisen zweier alter Männer, von denen der eine tot war und der andere halb totgeprügelt im Krankenhaus lag. Warum nur diese versteckten Botschaften, die Geheimniskrämerei und das Rätselraten?

Würde er hinter diesem massiven Bauzaun die Antwort darauf finden?

Henrik sah sich um. Kein Mensch weit und breit. Das Haus direkt gegenüber wirkte verlassen, die meisten Fenster waren verrammelt. Hier war er keinen Blicken neugieriger Nachbarn ausgesetzt, und obendrein gewährte ihm die Reihe der parkenden Autos eine gewisse Deckung.

Was konnte es also schaden?

Möglichst unauffällig begann er, den Zaun zu inspizieren, während er weiter die Straße entlangschlenderte. Er brauchte nicht lange, um die passende Stelle auszuwählen. Von der Costa do Castelo her glich der Bauzaun einer Bastion. Die Zufahrt, die von zwei Steinsäulen flankiert wurde, schützte ein doppelflügeliges Lanzengitter, das überdies mit einer massiven Stahlkette gesichert und mit Brettern verbarrikadiert war. Die Schwachstelle war das direkt angrenzende Grundstück, wo ein fünfstöckiges Wohnhaus aufragte. Zwischen dem Gebäude und dem Ziel seiner Exkursion gab es einen schmalen Gang. Dort verlief zwar ebenfalls ein Zaun, allerdings weniger hoch und ohne Stacheldrahtkrone. Das Gartentor, das ihn zu dieser Umzäunung brachte, war verschlossen, aber durchaus zu bezwingen. Er fühlte, wie Adrenalin seinen Körper flutete. Sein Herz schlug inzwischen deutlich schneller. Er würde das jetzt durchziehen.

Nochmals blickte er sich prüfend um.

Zwei Schritte Anlauf genügten, um das Rohrgestänge zu überwinden, das metallisch laut in den Angeln schlug, als er sich darüber schwang. Nicht ganz so elegant wie beabsichtigt, aber niemand würde dafür Haltungsnoten vergeben. Er nahm sich nicht die Zeit, um zu überprüfen, ob der von ihm verursachte Lärm Aufmerksamkeit erregt hatte. Geduckt folgte er dem leicht abschüssigen Weg bis zu der Stelle, die er sich von der Straße her ausgeguckt hatte. Den Schwung seines Anlaufs ausnutzend, sprang er hoch, klammerte sich an ein leicht vorstehendes Holzbrett des Bauzauns und strampelte sich hoch, bis er den Oberkörper über der Palisade hatte. Auf der anderen Seite ging es tiefer abwärts als vermutet. Doch er hatte keine Wahl, die Schwerkraft zerrte bereits an ihm. Mit einer schmerzhaften Verrenkung schaffte er es, mit den Beinen voraus im hüfthohen Distelgestrüpp zu landen. Die Dornen stachen gnadenlos durch den Jeansstoff. Er verkniff sich einen Schrei und stolperte weiter den Hang hinab, krampfhaft darum bemüht, nicht das Gleichgewicht zu verlieren und sich vollends langzulegen.

Ein Baum rettete ihn schließlich vor dem Sturz in die stacheligen Gewächse. Der harte Aufprall am Stamm war das kleinere Übel, auch wenn er ein Aufstöhnen nun nicht mehr unterdrücken konnte. Keuchend klammerte er sich an die raue Rinde. Er verharrte im Schatten der Pinie, bis das Zittern in seinen Beinen nachließ und der Puls sich beruhigte.

Er war drin.

Das mit Unkraut überwucherte Grundstück erstreckte sich terrassenförmig den Hügel hinab. Mit so viel unbebauter Fläche mitten in einem Viertel, in dem sich sonst verschachtelte Häuser eng aneinanderdrängten, hatte er nicht gerechnet. Die Villa war in die Bergflanke hinein gebaut worden, ohne dass der Komplex aus Hauptgebäude und einem ihm zugewandten Seitenflügel beengt wirkte. Vor ihm erhob sich ein klassizistischer Bau mit kunstvoll verzierten Balkonen und zwei wuchtigen Erkertürmen, in deren Fenstern die Glut des Horizonts glomm. Die Aussicht über die Stadt war ein Traum, und doch schien sie hier niemand mehr zu genießen. Der Rest der von vorspringenden Friesen beschatteten Fenster war mit Lamellenläden verschlossen oder mit verwitterten Spanplatten verrammelt. Auf der der Burg zugewandten Rückseite wuchs Moos auf den Fensterbrettern und Simsen, was daran liegen konnte, dass das Castelo je nach Sonnenstand seinen Schatten über das Anwesen warf. Am auffälligsten war der Gebäudeflügel, der fast nur noch aus Mauerwerk

bestand. Alles andere, bis hoch zum First, hatte ein Feuer gefressen und nur ein paar verkohlte Dachbalken übrig gelassen. Sämtliche Türen und Fenster der zerstörten Westseite
hatte man später zugemauert. Der Brand, der seiner Ansicht
nach lange zurücklag, hatte auch Teile des Hauptgebäudes
angenagt und musste der Auslöser dafür gewesen sein, dass
man die Villa zur Ruine hatte verkommen lassen. Eine Schande, wenn man die herrliche Lage bedachte. Grundstück und
Gebäude mussten trotz allem Millionen wert sein. Warum
ließen die Besitzer das verfallen? Oder waren alle in den
Flammen gestorben? Doch wer, überlegte er, hatte dann für
die Umzäunung gesorgt, die definitiv jüngeren Datums war?
Der Bauzaun sah regelrecht neu aus, der Stacheldraht hatte
noch nicht einmal Flugrost angesetzt. Erneut viele Fragen,
und alle wurden sie von der einen großen Frage überschattet:
Was hatte Martin mit dieser Villa zu schaffen?

Geduckt folgte Henrik der Stützmauer der zweiten Terras-
senstufe, wobei er ein halbes Dutzend Eidechsen aufscheuch-
te, die sich in die dunklen Ritzen der Kalksteinbefestigung
flüchteten. Auf diesem Weg gelangte er ungeschoren an den
Disteln und anderem stachelbewehrten Gestrüpp vorbei
zum säulengefassten Hauptportal. Die einstige Zufahrt, die
sich vom Tor an der Costa do Castelo in einem Bogen unter
einem Pinienhain hindurch um das Gebäude zog und vor der
Vorderfront des Gebäudes in einer ehemals kiesbedeckten
Wendefläche endete, war kaum mehr zu erkennen. Unkraut
und Strauchwerk, das nun in der Sommerhitze vor sich hin-
dörrte, überwucherten den Torweg, den schon lange kein
Mensch mehr genommen hatte. Millionen von Grillen und
Zikaden erzeugten einen lauten Grundton, der das Rauschen
der Stadt fast verschluckte.

Mittlerweile lief ihm der Schweiß in die Augen. Zeit, aus der Sonne rauszukommen. Besser kein unnötiges Risiko eingehen, nur um doch noch beobachtet zu werden. Der Zaun, der das Grundstück umgab, war ein perfekter Sichtschutz, wenn man unmittelbar davorstand, aber es war nicht auszuschließen, dass man das Areal von einem höher gelegenen Punkt einsehen konnte. Beispielsweise von den Zinnen der Burg aus.

Henrik nahm die vier Stufen hoch zum Portal und rüttelte an der geschmiedeten Klinke der massiven, mit kunstvollen Schnitzereien verzierten Eichenholztür. Wie erwartet, rührte sie sich kein Stück. Da die Fenster im Erdgeschoss mit geschwungenen Gittern versehen waren, musste er einen anderen Zugang finden. Aufmerksam wanderte er einmal ums Haus, wobei sich Dornen und Stacheln aufs Neue schmerzhaft in seine Waden bohrten. Die Lösung versprach schließlich ein kleiner Balkon im ersten Stock auf der Ostseite. Die Tür, die von dort ins Gebäude führte, war nicht vernagelt. Eine Seite des Lamellenladens war aufgeklappt. Vielleicht hatte irgendwann der Wind zu heftig daran gerüttelt. In der Glasscheibe spiegelten sich in dunklem Blau die Wipfel der fünf schlanken Zypressen, die in seinem Rücken Spalier standen und ihm, so hoffte er, genügend Sichtschutz für sein Vorhaben boten.

Er klammerte sich an das Sims, das oberhalb der Erdgeschossfenster verlief, und zog sich daran hoch. Beim zweiten Versuch bekam er die untere Kante der Balkonbrüstung zu fassen. Er klemmte seine Schuhspitzen in die Riefen zwischen den großen Quadern des Mauerwerks. Im sandfarbenen Stein war die Hitze des Tages gespeichert. Keuchend mühte er sich mithilfe einer der Steinsäulen, die das Balkongeländer trugen, sein Körpergewicht weiter nach oben zu ziehen, bis er sich endlich über die Balustrade wälzen konnte. Fünf Sekunden später hockte er geduckt und schweißdurchtränkt vor der Balkontür und ärgerte sich, dass er kein Werkzeug zum Aushebeln bei sich trug. Unter dem Knirschen der rostigen Angeln öffnete er den zweiten Fensterladen. Der Rahmen war aus Holz und wirkte recht morsch. Von irgendwoher sickerte Wasser ein, vermutlich war die Ablaufrinne des Frieses darüber verstopft. Er drückte gegen das Glas. Fensterkitt bröckelte aus dem Rahmen. Henrik setzte sich auf den Boden und versuchte es erneut, diesmal mit den Schuhsohlen. Er kniff die Augen zusammen und wandte das Gesicht ab, kurz bevor die Scheibe brach. Während der untere Teil nach innen fiel, rutschte der Rest von oben nach und zersplitterte überlaut. Behutsam befreite sich Henrik von den Scherben und spähte über die Balustrade. Keine Auffälligkeiten, der Lärm hatte nicht einmal die Vögel aufgeschreckt, die in den Kronen der Zypressen hockten. Es kam ihm so vor, als wäre der Gesang der Zikaden noch angeschwollen, wie um sein illegales Eindringen zu vertuschen. Die Kerbtiere waren zu seinen Komplizen geworden.

Vorsichtig schlüpfte er durch das kaputte Fensterrahmensegment. Nach dem Brand war das Haus ausgeräumt worden. Nur noch Schemen verrieten, wo einst Möbel gestanden oder Bilder die ehemals weißen Wände geschmückt hatten. Nur noch die hohen Stuckdecken zeugten von der stilvollen Eleganz, die hier einst geherrscht hatte. Der Parkettboden war stumpf, an manchen Stellen aufgequollen und gebrochen. Womöglich vom Löschwasser, das den Brand damals erstickt hatte. Ansonsten schien das Haus trocken. Zumindest entdeckte er keine schimmeligen Ecken, was sicher der portugiesischen Sommerhitze zu verdanken war, die trotz der versiegelten Fenster durch das Gemäuer drang. Begleitet von einem mulmigen Gefühl durchquerte er die Räume, die im spärlichen Licht, das durch die Lamellenläden hereinfiel, allesamt denselben Anblick boten. In den Fluren knarrte ab und an eine Bohle, sonst hüllte ihn Stille ein. Er hatte keinen blassen Schimmer, wonach er Ausschau halten sollte, warum Martin ihn an diesen Ort gelockt hatte. Er folgte lediglich einer obskuren Ahnung. Dabei verspürte er etwas von der Einsamkeit und Tristesse, die verlassene Häuser oft verströmten, eine vage Beunruhigung. Sie rührte ohne Zweifel von den verblichenen Abdrücken all jener her, die hier einst ein und aus gegangen waren. Die ihren Atem in diesen Wänden zurückgelassen hatten, Partikel ihrer Haut, ihrer Haare. Worte, die in einem ewigen Echo von den kahlen Wänden widerhallten.

Der Flügel, der gebrannt hatte, war komplett vernagelt worden, das hatte er schon von außen bemerkt. Durch die Ritzen in den Brettern konnte er die verkohlten Wände sehen. Über eine breite Freitreppe gelangte er ins Erdgeschoss. Auch dort fand er nichts, was seine Aufmerksamkeit auf sich zog. Allerdings war der Flur in dem vom Feuer zerstörten Gebäudeteil zugänglich. Selbst nach all den Jahren drang ihm noch der typische Brandgeruch in die Nase. Ob die zerstörerischen Flammen von Menschenhand gelegt worden waren? Er stutzte. War das vielleicht seine Aufgabe? Herauszufinden, was den Brand verursacht hatte? Wer dafür die Schuld trug und aus welchem Grund? Andererseits, warum sollte Martin ihn mit so einer Aufgabe betrauen? Wo lag da die Verbindung?

Er war so in Gedanken versunken, dass er das verdächtige Knarren unter seinen Schuhsohlen zu spät registrierte. Mit einem Mal gaben die angekokelten Dielenbretter unter seinem Gewicht nach. Begleitet vom dumpfen Knirschen brechenden Holzes, stürzte er in die rußgeschwärzte Tiefe.

10

Schwaches Licht fiel durch das Loch in der Decke. Aufgewirbelter Staub und Asche reizten seine Atemwege. Der dadurch ausgelöste Husten rüttelte ihn aus seiner Benommenheit. Langsam tastete er sich in die Wirklichkeit zurück. Damit meldete sich der Schmerz.

Er saß überall, aber weder Beine, Arme noch Rippen taten weh genug, als dass etwas verstaucht oder gebrochen sein konnte, und das, obwohl er sich auf grob behauenen Steinplatten wiederfand. Die Watte in seinem Schädel ließ darauf schließen, dass auch sein Kopf etwas abbekommen hatte. Höchstwahrscheinlich eines der Dielenbretter, das zusammen mit ihm in den Keller gefallen war. Henrik fühlte eine Beule unter dem Haaransatz über der rechten Schläfe. Aber kein Blut, das Haut und Haare verklebte. Mit einem Stöhnen wälzte er sich aus dem Unrat und stemmte sich auf die wackligen Beine. Im Licht von oben konnte er einen Radius von etwa fünf Metern einsehen. Dort, wo er darüber das Hauptgebäude vermutete, war der Ansatz eines gemauerten Gewölbes zu erkennen. Den abgebrannten Seitenflügel hatte man augenscheinlich erst im Nachhinein angebaut und dabei mit dem Keller weniger Aufwand betrieben. Man hatte lediglich eine Holzdecke eingezogen, die, vom Feuer angenagt, zu Henriks Verhängnis geworden war.

Seine Augen gewöhnten sich an die Dunkelheit, und er machte ein paar Schritte. Der Brand hatte von der nächstgelegenen Treppe nichts übrig gelassen, und nur ein Schacht zeugte davon, dass es hier einst nach oben ging. Er musste irgendwie zu dem großen Treppenhaus gelangen, das in die Empfangshalle führte. Seine Schuhe hinterließen Abdrücke im stellenweise aufgeweichten, anderorts zur festen Kruste gebackenen Schlamm, der wohl aus der Verbindung von Löschwasser und Asche entstanden war und den Boden großflächig bedeckte. Abgesehen von verkohlten Balken und Brettern verstellte nichts seinen Weg, bis er zu einer wuchtigen Holztür kam, die ihm den Zugang zum Gewölbekeller versperrte. Sie wies ein massives Schloss auf. Er stemmte sich trotzdem dagegen, nur um bestätigt zu finden, dass sie verschlossen war.

Vorsichtig tastete er sich an der Wand entlang bis zu einer Abzweigung. Dort holte er sein Handy heraus, das den Absturz schadlos überlebt hatte, und leuchtete in den Gang. An der Decke waren deutliche Brandschäden sichtbar. Mit ungutem Gefühl wagte er sich in den Flur hinein, der an einer modernen Metalltür endete. Die Verriegelung wirkte übertrieben solide, der Rahmen war nachträglich im Gemäuer verankert worden. Sie war verzogen, als hätte eine Explosion sie fast aus den Angeln gehoben. Doch sie ließ sich – wenn auch unter kreischendem Protest – öffnen. Er leuchtete in den Raum hinein, der sich dahinter verbarg. Die Lampe in seinem Smartphone reichte nicht, um alles zu erhellen. Das bläuliche Licht traf auf Weinfässer. Es waren mindestens zwölf Stück, zum Teil unter herabgefallenem Gebälk begraben. Er ging zu dem vordersten der bestimmt dreihundert Liter fassenden Eichenfässer, klopfte gegen das dunkle Holz und entlockte ihm einen hohl klingenden Ton. Auch das nächste Fass war nicht gefüllt. Er ließ das Licht einmal ringsherum wandern. Die komplette Wand links von ihm war mit Weinregalen versehen, aus denen die verkorkten Hälse ein paar weniger, verstaubter Flaschen ragten. Glasscherben bedeckten den Boden. Womöglich hatte das Feuer den Wein darin zum Kochen gebracht und die Hitze die Flaschen zerrissen? Oder jemand hatte unter großer Eile versucht, den wertvollen Rebensaft vor dem Feuer in Sicherheit zu bringen? Er schüttelte den Kopf. Warum machte er sich darüber Gedanken? Wieder leuchtete er das Gemäuer ab. Dieser Weinkeller wirkte irgendwie untypisch auf ihn. Wieso hatte man den Wein nicht unter dem Gewölbe gelagert, wo man ihn eigentlich vermuten würde? Was war dort stattdessen verborgen? Er haderte mit sich; sollte er noch einmal umkehren? Ihm fehlte das Werkzeug, um das Schloss zu knacken. Vielleicht kam er lieber später und mit besserer Ausrüstung zurück. Vertieft in seine Überlegungen, stolperte er über ein zu Kohle verbranntes Brett. Im Straucheln suchte er Halt an einem der Fässer, doch die Holzvorrichtung, auf der es lagerte, war marode. Henriks Gewicht reichte aus, um das Weinfass aus der Halterung zu reißen. Gleichzeitig mit ihm schlug es krachend nur wenige Zentimeter neben seinem Kopf auf den Steinboden. Mit einem Knall sprang der obere Fassring ab, der Deckel löste sich und eierte in die Dunkelheit davon. Feiner Staub hüllte Henrik ein, als wäre das Fass mit Mehl gefüllt.

Sein Handy war ihm aus der Hand gerutscht und strahlte nun geisterhaft durch den Dunst in das schwarze Rund des Eichenfasses. Aus dem Inneren grinste ihm ein Totenschädel entgegen.

11

Ungeachtet seiner Blessuren sprang Henrik auf. Kaltes Entsetzen ergriff sein Herz. Erst im zweiten Anlauf bekam er sein Handy zu fassen und fuchtelte damit herum, in der irrationalen Erwartung, eine finstere Gestalt aus dem Dunkel treten zu sehen. Er benötigte ein paar hektische Atemzüge, bis er sich vergewissert hatte, dass er allein war. Allein mit einem Toten. Oder mit den Knochen, die davon übrig waren, korrigierte er sich und richtete den Lichtkegel erneut in das Fass. Langsam normalisierte sich sein Puls, und sein Polizistenverstand übernahm das Denken. Er beugte sich in die Holztonne. Die Leiche war nicht völlig skelettiert, Teile davon befanden sich in einem mumifizierten Zustand, was sicher an der Art und Weise der Lagerung geschuldet war. Der Verwesungsprozess in einem luftdichten Weinfass folgte seinen eigenen, biochemischen Gesetzen.

Erschreckender war die Erkenntnis, dass es sich bei dem toten Körper um ein Kind handeln musste. Diese bedrückende Einsicht erschwerte das Luftholen in dem nach wie vor staubgetränkten Gewölbe. Spätestens jetzt war der Moment gekommen, die Behörden zu verständigen. Sich irgendeine Geschichte auszudenken, die erklärte, warum er in diesen Keller geraten war, um danach die Meldung über den grässlichen Fund zu machen. Spätestens jetzt!

Doch wider jede Vernunft und jede Regel polizeilicher Vorgehensweise an Tatorten ging er zum nächsten Weinfass und stieß es von seinem hölzernen Sockel. Wie besessen bearbeitete er das Fass mit Fußtritten und mit den Fäusten. Er machte so lange weiter, bis der Deckel sich endlich löste und über den Steinboden rollte. Mit brennendem Schweiß auf der Stirn bückte er sich und leuchtete hinein.

Martin hatte ihm eine versteckte Botschaft hinterlassen, und es war ihm gelungen, sie zu entschlüsseln. Er war dieser Spur gefolgt, ohne recht darüber nachzudenken, was ihn am Ende erwarten mochte. Doch egal, was er sich ausgemalt hatte, in Weinfässern versteckte Kinderleichen lagen weit jenseits davon.

12

In der Straßenbahn hatte er keinen Blick mehr für die engen Gassen und die luftig bekleideten Touristen, die ihn umringten. Selbst das Gedränge in dem kleinen Triebwagen, mit all den unausweichlichen menschlichen Ausdünstungen, empfand er nicht als störend. Das Unsägliche, worüber er gestolpert war, hatte ihn in einen Kokon gehüllt. Er war gefangen in seinen Gedanken, in dem Film, der als Endlosschleife in seinem Kopf ablief. Dass er nicht mehr am ganzen Leib zitterte, grenzte schon an ein Wunder.

Nach der morbiden Entdeckung hatte er die Lampe an seinem Smartphone abgeschaltet und für eine unbestimmte Zeit in der Finsternis des Kellers gesessen, der wer weiß wie lange schon dieses obszöne Geheimnis barg. Für eine Weile hatte er sich zu erschöpft gefühlt, um vor dem Wahnsinn zu flüchten, der diese Mauern erfüllte. Bis auf das gelegentliche Knarren und Ächzen der alten Villa über ihm hatte ihn eine bedrückende Stille umgeben. Es war ihm vorgekommen, als wagten sich nicht einmal Ratten oder anderes Getier in die Eingeweide dieses Hauses, als ahnte die Welt dort draußen, welche Abscheulichkeiten hier seit Jahren im Verborgenen lauerten.

Mit viel Mühe hatte er davor ein drittes Fass geöffnet, nur um seine Betroffenheit noch verstärkt zu sehen. Er mochte auch jetzt nicht darüber nachdenken, ob tatsächlich in jedem der Fässer eine Kinderleiche versteckt war, denn er wollte seinen Zorn über dieses Verbrechen nicht noch weiter schüren. Dass es sich dabei um ein Verbrechen handelte, stand ja außer Frage. An diesem verwunschenen Ort hatte jemand etwas entsetzlich Böses getan und sein abscheuliches Handeln auf bizarre Weise vertuscht.

Das heftige Ruckeln aus einer besonders engen Kurve heraus ließ seinen Kopf gegen den hölzernen Holm zwischen zwei Fenstern schlagen. Das riss ihn aus seiner Lethargie. Unruhig dachte er daran, dass er die Polizei immer noch nicht verständigt hatte. Es klang wie eine schwache Ausrede, aber er fühlte sich zu ausgelaugt. In seinem Zustand konnte er unmöglich ein Verhör durchstehen. Außerdem wollte er zuvor klären, was oder wie viel Martin gewusst hatte. Oder war er womöglich daran beteiligt gewesen? Diese Vorstellung verfolgte ihn, seit er im Dunkel des Gewölbes begonnen hatte, seine Gedanken zu sortieren. Hatte Martin ihn in die Costa do Castelo gelockt, um sein Gewissen zu erleichtern? Dazu hätte er allerdings seinen Herzinfarkt vorhersehen müssen, wofür in gewisser Weise sprach, dass Martin nur wenige Wochen davor beim Notar gewesen war.

Konnte er Vergebung gesucht haben?

Nein. Henriks Gespür sagte ihm, dass Martin nicht unmittelbar mit dem Tod der Kinder zu tun hatte. Damit blieb zu klären, woher er wusste, was in diesem Keller zu finden war. Und vor allem, warum er selbst nichts unternommen hatte. Vielleicht, weil diese Sache mit João zu tun hatte, dessen Name zwar immer wieder fiel, über den aber niemand wirklich reden wollte.

Verdammt, Martin! Warum ich?

Henrik erinnerte sich an das seltsame Verhalten von Catia gegenüber den Polizisten im Krankenhaus. Sie hatte eingeschüchtert gewirkt. Hatte selbst ihn zur Mäßigung angehalten, weil er aufzubrausen drohte.

Wir legen uns nicht mit der Polizei an!, das hatte Catia ihm auf ihre Art suggeriert.

War das die gültige Devise in Lissabon? Waren die Schrecken der Diktatur selbst nach über vierzig Jahren noch so tief in diesen Menschen verwurzelt? Die Angst vor dem gnadenlosen Missbrauch der Macht innerhalb des einstigen Polizeistaats? Sicher nicht bei der Allgemeinheit, aber womöglich bei Martin und denjenigen, die unter seinem Dach wohnten. Er musste dieser Überlegung nachgehen. Aber vor allem musste er entscheiden, wie er mit seiner Entdeckung verfahren sollte.

Der Verkauf des Hauses und die damit verknüpfte Lösung für viele Probleme waren durch die jüngsten Ereignisse undenkbar geworden. Der Eindruck, dass Martin ihm mit dem Erbe auch eine beträchtliche Verantwortung übertragen hatte, manifestierte sich immer mehr. Es war sein Gewissen, das ihm nahelegte, diese Bürde auf sich zu nehmen und im Gedenken der Opfer für Gerechtigkeit zu sorgen. Vielleicht erwarteten ihn ja nicht nur Mord und Totschlag; vielleicht bestand ja auch die vage Hoffnung, dass jemand vor einem tragischen Schicksal bewahrt werden konnte, sofern er Martins Botschaften schnell genug entschlüsselte ...

Das helle Kreischen der Straßenbahnräder unterbrach seine Überlegungen. Gerade rechtzeitig, um die Haltestelle nicht zu verpassen. Er musste dringend ein ernsthaftes Gespräch führen, und soweit er den Stadtplan mittlerweile im Kopf hatte, war hier die richtige Stelle, um auszusteigen.

Auch wenn er als Polizist nicht an Zufälle glaubte, erschien es wie eine günstige Fügung, dass ihm das eloxierte Schild in dem Hauseingang ins Auge fiel. Deshalb änderte er den Plan.

Auf sein Läuten ertönte wenige Sekunden später ein Summen, und die Haustür gab seinem Druck nach. Er musste in den zweiten Stock. Über das Treppenhaus erreichte er einen langen Korridor. Adriana Teixeira erwartete ihn an dessen Ende, im Eingang ihres Büros. Offensichtlich war unten bei den Klingeln eine versteckte Kamera installiert, die ihr bereits verraten hatte, wer zu Besuch kam. Sie war so schön, wie er sie in Erinnerung hatte. Eine Erinnerung, die erst von gestern stammte, auch wenn es ihm vorkam, als sei seither eine halbe Ewigkeit verstrichen.

»Bom dia! Du kommst wegen der Steuerunterlagen.«

Wegen ein paar toter Kinder.

Ihr Lächeln erstarb, als er nahe genug heran war, um ihr in die Augen sehen zu können.

»Oh ... Was ist passiert?«

Erst jetzt wurde er sich seines Äußeren bewusst. Den Staub und Dreck des Kellers hatte er sich nur notdürftig aus den Klamotten geklopft. Doch darauf schien Adriana weniger zu achten als auf das, was sich in seinen Augen spiegelte.

»Jede Menge«, antwortete er und senkte den Blick.

Sie machte Platz, damit er eintreten konnte. Das Büro war klein, kaum zwanzig Quadratmeter. Wie Artur Pinho hatte sie den Schreibtisch vor dem Fenster platziert. Auch fehlte es nicht an der obligatorischen Aussicht auf einen Hinterhof. Auf dem Sideboard daneben standen eine Kaffeemaschine und das nötige Zubehör, um über den Tag zu kommen. Dazu ein Drucker und eine Vase mit Blumen, die bereits die Köpfe hängen ließen. Der Rest waren Aktenschränke. Links neben dem Fenster, an dem einzig verbliebenen Stück freier Wand, hing ein mit dunklem Holz gerahmtes Diplom. Dieses Büro vermittelte jedem, der es betrat, in puncto Steuerangelegenheiten die richtige Entscheidung getroffen zu haben. Hier gab es nichts, was den Klienten ablenkte. Einzig Adrianas Erscheinung passte nicht zu dem gewollt bescheidenen Ambiente.

Ungefragt schenkte sie ihm Wasser ein, was ihm bewusst machte, wie durstig er war. Er musste sich beherrschen, das kühle Nass nicht gierig hinunterzustürzen. Ohne ihn aus den Augen zu lassen, setzte sie sich hinter ihren Schreibtisch. Den Platz, den sie ihm anbot, lehnte er ab. Er war zu aufgebracht und blieb lieber stehen.

»Geht es um Martins Geschäfte?«, fragte Adriana mit einer Spur von Ungeduld.

»Wenn ich das so genau wüsste.« Er zögerte. Konnte er sie einweihen? Hatte das Schicksal seinen Weg hierher gelenkt?

Fügung, Schicksal? Was war nur los mit ihm?

»Kennst du die leer stehende Villa oben am Schlossberg?«

Sie lächelte knapp. »Rund um die Festung gibt es jede Menge Villen.«

»Ein großes Anwesen, hinter einem massiven Bauzaun verborgen. In der Costa do Castelo. Vor Jahren hat es dort gebrannt.«

»Gebrannt?« Sie überlegte den Bruchteil einer Sekunde zu lang, als dass es natürlich gewirkt hätte. »Wie gesagt«, antwortete sie schulterzuckend.

Er merkte sich ihre Reaktion für später vor. »Kannst du rauskriegen, wem das Grundstück gehört? Ich meine, du hast doch sicher Kontakte.«

»Nicht unbedingt zu Städteplanern und Bauämtern.«

»Aber zu den Finanzbehörden. Die wissen so was doch auch. Sofern der Kasten in Privatbesitz ist, muss jemand dafür jede Menge Grundsteuer abdrücken. Oder habt ihr die nicht in Portugal?«

»Warum interessierst du dich dafür? Was hat das Ganze mit Martin zu tun?«, fragte sie vorsichtig. Er konnte spüren, wie ihre Skepsis wuchs.

»Das kann ich dir nicht sagen, solange ich die Zusammenhänge nicht verstehe.«

Adriana erhob sich und ging um den Schreibtisch herum. Er sah das als Aufforderung, das Gespräch zu beenden. Doch statt ihm die Tür aufzumachen und ihn hinauszukomplimentieren, trat sie dicht an ihn heran. Er roch ihr Parfüm und konnte sich der widersinnigen Frage nicht erwehren, von wem die Blumen auf der Anrichte stammten. Im nächsten Moment überraschte Adriana ihn damit, dass sie ihm ins Haar griff, um etwas herauszupflücken. Auf der Spitze ihres Zeigefingers präsentierte sie ihm eine centstückgroße Ascheflocke.

»Hast du dich etwa dort rumgetrieben?«, wollte sie wissen und hörte sich dabei an wie seine Mutter.

»Es ist wichtig!«

»Wofür?«

»Um Martin zu verstehen.«

Sie rückte noch näher, bis nur noch wenige Zentimeter sie trennten. »Was bekomme ich dafür?«

Er fühlte sich nicht in der Stimmung, in seinem Kopf herrschte ein anhaltendes Surren, erzeugt von Verwirrung und Unruhe. Doch sein Körper reagierte trotzdem.

13

Frischer Wind wehte vom Wasser herauf. Er tat gut und erleichterte das Denken. Gleichwohl war diese heftige Brise heimtückisch. Sie ließ einen die vom Himmel brennende Sonne vergessen. Henrik blieb stehen, kniff die Augen zu Schlitzen zusammen und betrachtete das wolkenlose Blau. Er brauchte dringend eine Sonnenbrille. Und eine Creme mit hohem Lichtschutzfaktor. Vor allem aber brauchte er mehr Informationen.

Der Weg zum Hospital São José führte ihn quer durch die Unterstadt und über die Praça da Figueira, den Platz des Feigenbaumes, von dem er jedoch nichts entdecken konnte. Dafür war das Areal, auf dem ein weiteres Reiterdenkmal alles andere überragte, zur Hälfte mit Marktständen gefüllt. Laut der Inschrift auf dem steinernen Sockel saß hoch auf dem in Bronze gegossenen Ross König João I. Die vielen Leute interessierten sich jedoch mehr für die Auslagen und Waren der Markttreibenden oder warteten in gedrängter Ungeduld auf die gelben und roten Touristenbusse.

Er hätte die Metro nehmen können. Vom Tiefbahnhof Rossio wäre es nur eine Station gewesen. Oder ein Taxi. Aber er musste auf sein Budget achten. Diese Reise kostete ihn bislang mehr, als sich ein Arbeitsloser leisten sollte, der den in Aussicht gestellten Job leichtfertig hinschmiss, noch ehe er ihn überhaupt angetreten hatte. So gesehen musste er sparsam wirtschaften, zumal ihm mittlerweile jegliches Gespür dafür abhandengekommen war, wie lange ihn Lissabon noch gefangen halten würde.

In vielerlei Hinsicht.

Hatte er nicht schon genug am Hals?

Dazu kam jetzt noch die Verabredung.

Er hätte sich darüber freuen sollen. Adriana war eine attraktive Frau. Ein Abendessen mit ihr würde ihn ablenken. Nicht nur von den jüngsten Ereignissen, die nun verstärkt in seinen Blessuren nachwirkten. Mittlerweile war der Adrenalinspiegel in seinem Blut abgesackt, und die Schmerzen, die er dem Sturz in den Keller verdankte, zogen sich deutlich am Rücken hoch und strahlten bis in den Kopf. Außerdem taten ihm die Schulter und der rechte Arm weh. Offensichtlich die Nachwirkung seines gestrigen Zusammentreffens mit dem Lissabonner Kopfsteinpflaster. Dass man versucht hatte, ihn zu überfahren, hatte er in den letzten Stunden fast schon vergessen. Der Verkehr auf der viel befahrenen Rua da Palma erinnerte ihn nun wieder daran. Wer wollte ihn aus dem Weg haben? Und warum? Er glaubte nicht mehr, dass es um die Million ging, die ihm der Verkauf des Hauses einbringen konnte. Der Blick in die Bilanzen, den Adriana ihm gewährt hatte, machte jedes Motiv in dieser Richtung unwahrscheinlich. Hier war es von vornherein um etwas anderes gegangen. Jemand wollte verhindern, dass er in Kellern auf Leichen stieß.

Für eine Sekunde glaubte er, den Atem seiner Verfolger im Nacken zu spüren. Aufgeschreckt blickte er sich um. Wie so oft in letzter Zeit hatte er kaum auf seine Umgebung geachtet; er hatte schlichtweg anderes im Kopf. Kein Wunder, hatte es doch keine vierundzwanzig Stunden gedauert, dass er über sein vermeintliches Erbe in etwas hineingeschlittert war, was er nicht mehr überblicken konnte. Gerade deshalb empfahl es sich allerdings, die Umgebung im Auge zu behalten, damit nicht noch weitere böse Überraschungen drohten. Er dachte an das Phantom im Mercedes. Und an den Bärtigen. Es war unmöglich, bei den vielen Leuten jemanden auszumachen, der sich ausschließlich für ihn interessierte. Selbst wenn er seine früheren Ermittlungen immer so nüchtern wie nur möglich geführt hatte, hatte er achtzig Prozent aller Fälle nur deshalb gelöst, weil er letztlich seiner Intuition vertraut hatte. Warum also plagten ihn jetzt noch Zweifel? Es war doch längst nicht mehr nur seine innere Stimme, die ihm zuflüsterte, dass er in jemandes Fokus geraten war.

Hatte er sich vor zehn Minuten noch kämpferisch gefühlt, laugte ihn nun der Aufstieg zum weithin sichtbaren Krankenhaus São José aus. Wieder einmal verlief die Gasse in der Nord-Süd-Achse und ließ kein Lüftchen aufkommen. Kurz vor dem Ziel knatterte ein Rettungshubschrauber über ihn hinweg und verschwand in einer engen Schleife hinter dem hoch aufragenden Gebäude aus den 1930er-Jahren, das in einem kräftigen Altrosa gestrichen war. Oben angekommen, empfingen ihn vier lebensgroße Statuen auf dem Architrav eines beeindruckenden Tors, das in korinthische Säulen gefasst war. Vergangene Nacht war ihm dieses Ensemble entgangen, aber da hatte er auch ihm Fond eines Krankenwagens gesessen. Mit der verlockenden Aussicht auf ein klimatisiertes Foyer vor Augen, eilte er durch den Bogen und über den Vorhof, in dem Taxis auf Gäste warteten. Der gläserne Vorbau, der den Eingang überdachte, wirkte seltsam unpassend an dem alten Gebäude. Die automatischen Türen glitten auseinander. Ein gekrümmter Mann im Bademantel und mit einem fahrbaren Infusionsbeutelständer an seiner Seite schlurfte in Pantoffeln an ihm vorbei. Kaum war er im Freien, fingerte er eine Zigarette aus seiner ausgebeulten Manteltasche und steckte sie sich an. Im Schatten zweier großer Eschen, die im rechten Teil des Vorhofs wuchsen, sammelte ein Kleinkind Steinchen auf, um sie gleich darauf in hohem Bogen in die Luft zu werfen. Die Mutter saß daneben auf einer der Bänke und blätterte in einer Illustrierten. Am Taxistand hielt sich ein Pärchen in den Armen. Neben ihm stand eine kleine Reisetasche.

Niemand, der in irgendeiner Form verdächtig wirkte.

Am Empfang schickte man ihn in den dritten Stock. Die üblichen Krankenhausgerüche empfingen ihn, als er aus dem betagten Lift stieg. Die Beschilderung war ausschließlich in Portugiesisch gehalten, aber er fand den richtigen Flur und das Zimmer. Er klopfte und trat ein, ohne auf eine Aufforderung zu warten.

Vier Betten, zwei zu jeder Seite. Die süßlich-beißenden Gerüche nach Desinfektionsmittel, altem Schweiß, kaltem Essen und Urin schlugen ihm entgegen. Er kräuselte die Nase. Die Vorhänge waren zugezogen, ließen aber genug Licht herein. In drei der Betten lagen weißhaarige Männer. Zwei starrten ihn aus faltigen, hohlwangigen Gesichtern erwartungsvoll an. Der Dritte hatte die Zudecke bis unters Kinn gezogen und schnarchte laut. Im vierten Bett war die Decke zurückgeschlagen.

»Senhor Fernandes?«, fragte Henrik und deutete auf das zerwühlte Kissen.

Der Alte zu seiner Linken zuckte mit den Schultern. Sein dürrer Zeigefinger wies zur Tür. Sofort stellte sich ein Ziehen in der Magengegend ein, die mulmige Vorahnung, dass er zu spät kam. Er machte auf dem Absatz kehrt, verließ das Krankenzimmer und spähte den Gang rauf und runter. Das Linoleum quietschte unter seinen Sohlen, als er Richtung Schwesternzimmer eilte, nur um feststellen zu müssen, dass sämtliches Personal ausgeflogen war. Mit einem Fluch auf den Lippen und ohne rechte Orientierung bog er um die nächste Ecke. Zu schnell, als dass er noch hätte ausweichen können. Er prallte mit einer Frau zusammen, die einen gequälten Laut ausstieß, während Unterlagen aus ihren Händen rutschten und die losen Blätter zu Boden segelten. Einem Reflex folgend, hielt Henrik sie fest, und auch sie klammerte sich an ihn. Wie Tänzer drehten sie eine Pirouette, bevor sie beide ihr Gleichgewicht wiedererlangten.

In der Gewissheit, dass sie wieder festen Stand hatte, ließ er peinlich berührt von ihr ab. Erst da erkannte er in ihr die rotblonde Ärztin vom Vorabend. Eine Entschuldigung murmelnd, bückte er sich und begann, die Zettel aufzusammeln, die sich großflächig im Korridor verteilt hatten.

»Sie haben wohl Dauerdienst?«, fragte er und reichte ihr die aufgelesenen Blätter.

Dr. Mola stand immer noch konsterniert an der Wand und blickte ihn aus großen Augen an, als hätte sie nicht so recht mitbekommen, was eben passiert war. Diese Frau brauchte dringend eine Mütze Schlaf. Aber das sollte nicht seine Sorge sein – jedenfalls solange er nicht als Patient bei ihr landete.

»Renato Fernandes ist nicht in seinem Zimmer. Wissen Sie, wo er steckt?«

Die Ärztin biss sich auf die Unterlippe. »Senhor Fernandes? Ich weiß nicht. Er ... Nicht auf seinem Zimmer, sagen Sie?« Sie griff nach ihren Unterlagen, drückte sie an die Brust und lief los.

Nachdem sie seine Aussage mit einem Blick überprüft hatte, wirkte sie noch orientierungsloser. »Er hat im Moment keine Untersuchung oder Behandlung. Und ganz sicher sollte er in seinem Zustand nicht herumlaufen«, erklärte sie, während sie nun in die andere Richtung davonhastete. Er folgte ihr bis vor die Herrentoilette. Dr. Mola klopfte und rief etwas auf Portugiesisch, ohne eine Antwort zu erhalten.

»Würden Sie ...?«

Auf ihr Geheiß durchsuchte er die Toilette. Kein Renato.

Die Ärztin hatte bereits wieder einen Vorsprung, als er zurück in den Flur trat. Seine Angst wuchs. Wusste Renato etwas über die Kinderskelette?

Henrik schloss zu Dr. Mola auf. Eine Krankenschwester kreuzte ihren Weg. Auf die Frage der Ärztin hin zuckte die Frau mit den Schultern, senkte den Blick und verschwand durch die nächste Tür in ein Patientenzimmer.

»Niemand hat ihn gesehen«, erklärte Dr. Mola und setzte ihren Weg fort, ohne seine Reaktion abzuwarten. Anscheinend hatte sie sich von seiner Sorge um Renato anstecken lassen. Er blieb in ihrem Windschatten. Durch ein deckenhohes Fenster am Ende des Ganges leuchtete die Sonne. Als die Ärztin in dem Lichtfleck stehen blieb, gewann ihr rotblondes Haar mit einem Mal einen ungeahnten Glanz. Henrik, überrascht von dieser Verwandlung, trat zu ihr; erst dann folgte er ihrem Blick nach draußen.

Im Innenhof der Klinik wuchsen weitere Eschen. Auf einer der Bänke unter den Schatten spendenden Ästen hockte eine Gestalt im weißen Patientenkittel.

Obwohl Henrik mehrmals versicherte, es sei nicht nötig, dass sie ihn hinausbegleitete, ließ sich Dr. Mola nicht abschütteln. Wenig später standen sie gemeinsam vor Renato.

»Was?«, fauchte der Alte. Eine Zigarette qualmte zwischen seinen zitternden Fingern. Man hatte ihm das Gesicht gesäubert, aber er sah kaum besser aus als gestern Nacht. Denn nun traten die Hämatome und Schwellungen um die Augenpartie, eingerahmt von den Nähten, mit denen die Platzwunden über den Brauen und über dem Nasenbein genäht worden waren, nur umso stärker hervor. Seltsam gekrümmt kauerte er auf der Holzbank; es war offensichtlich, dass er Schmerzen hatte. Nicht genug allerdings, dass sie ihn davon abgehalten hätten, vor sich hinzuschimpfen. Wie es schien, befeuerte das Leiden seine Wut.

»Ich habe das Geschnarche nicht mehr ertragen. Und den Gestank. Ich mag alt sein, aber noch nicht alt genug, um mir das Zimmer mit diesen senilen Säcken zu teilen, die stöhnend die Nacht durchfurzen.«

Er war eine Diva, keine Frage. Henrik verkniff sich jede Bemerkung. Er musste irgendwie an ihn herankommen, um endlich mehr zu erfahren – und setzte dafür auf Zurückhaltung.

»Trotz allem hätten Sie nicht aufstehen dürfen«, ermahnte ihn Dr. Mola. »Wie haben Sie es in Ihrem Zustand überhaupt bis hierher geschafft?«

»Da sehen Sie mal, wie gut man bei Ihnen auf die Patienten achtgibt«, knurrte Renato, zog ein letztes Mal an dem Stummel und schnippte ihn in den Kies vor seinen nackten Zehen.

»Wir haben ihm was gegen die Schmerzen gegeben. Nehmen Sie nicht zu ernst, was er sagt«, erklärte Dr. Mola an Henrik gewandt.

»Ich bin völlig klar im Kopf«, protestierte Renato und deutete auf Henrik. »Was will er überhaupt?«

Henrik nahm ihm das abweisende Verhalten nicht ab. Ganz offensichtlich war die Medikation nicht stark genug, um ihn am Denken zu hindern. Und immerhin führte Renato seinen Disput mit der Ärztin in Englisch. Das interpretierte Henrik zugleich als Einladung. Falls sich der Alte in seiner Schuld fühlte, kam ihm das durchaus gelegen.

»Wir müssen über Martin reden«, fiel er deshalb mit der Tür ins Haus.

»Martin ist tot!«

»Die Frage ist, warum?«

»Wenn ich kurz stören darf«, bemerkte Dr. Mola, »auf mich warten noch andere Patienten.« Sie blickte Henrik an. »Sie sorgen dafür, das Senhor Fernandes innerhalb der nächsten halben Stunde wieder in seinem Bett liegt!«

»Höchstpersönlich!«, erwiderte Henrik.

»Nicht mehr in diesem Siechenzimmer!«, protestierte Renato.

»Darüber sprechen wir noch«, kündigte Dr. Mola an und ließ sie allein. Sie sahen ihr nach. Ihr Pferdeschwanz wippte im Rhythmus ihrer Schritte.

»Viel zu dünn«, murmelte Renato.

»Und chronisch übermüdet«, fügte Henrik an, was sie beide kurz zum Lachen brachte und dafür sorgte, dass Renato schmerzerfüllt das Gesicht verzog. Henrik entsann sich der Rippenfraktur des Alten. Gut, jetzt war Schluss mit lustig.

»Kann ich mich zu Ihnen setzen?«

»Erwarten Sie nicht, dass ich mich anlehne.«

Henrik gefiel der Sarkasmus, auch wenn Renato damit vermutlich bloß seine Angst kaschierte. Er war überfallen und brutal zusammengeschlagen worden. Das steckte niemand einfach weg, schon gar nicht über Nacht und solange die

Schmerzen einen bei jedem Atemzug daran erinnerten. Der Mann war traumatisiert, und Henrik musste behutsam vorgehen, wenn er überhaupt etwas erfahren wollte. Er setzte sich schräg auf die Bank, damit er den Alten in Ruhe betrachten konnte. Es war angenehm im Schatten der Esche, deren Blätter ein feines, beruhigendes Rauschen erzeugten. Der stete Lärm der Stadt war darüber kaum mehr zu hören. Für eine Weile lauschte er zusammen mit Renato dieser von Blätterrascheln umspielten Stille.

Hätte er ein Verhör geführt, hätte er als Erstes nach dem Verlauf des Überfalls gefragt und danach, ob Renato den oder die Täter hatte identifizieren können. Aber er war kein Polizist mehr, er konnte vorgehen, wie es ihm in diesem Moment am sinnvollsten erschien. Er konnte persönlich werden.

»Ich bereue es mittlerweile zutiefst, dass ich mich nie für meinen Onkel interessiert habe. Nicht nur, weil er mich mit dem Erbe bedacht hat, sondern weil ich denke, dass wir uns gut verstanden hätten. Es ist leider zu spät für mich, um das rauszufinden. Trotzdem kann ich mich nur schwer damit zufriedengeben, nichts über Martin zu wissen. Das Dumme ist, egal von welcher Seite ich mich ihm nähere, es entstehen nur immer weitere Rätsel. Ich hoffe sehr, Sie können etwas Licht in den Nebel bringen.«

»Da gibt es nichts zu sagen!«

»Das ist …« Henrik schluckte seinen Ärger hinunter. »Sie haben Angst, und das nicht erst, seit man Sie verprügelt hat. Ihre Sturheit ist doch nur ein Deckmantel für die Furcht, die Ihnen im Nacken sitzt. Das habe ich schon bei unserer ersten Begegnung gespürt.«

Er musste sich beruhigen, bevor er einen weiteren Versuch startete. »Wurde Martin obduziert?«

»Wer hätte das veranlassen sollen? Niemanden außer uns hat es interessiert, ob Martins Tod ein natürlicher war.«

Henrik dachte über diese Information nach.

Plötzlich berührte Renato ihn am Arm. »Helfen Sie mir, von hier wegzukommen!«

»Nur unter der Bedingung, dass Sie endlich reinen Tisch machen! Ich habe keine Lust, Kopf und Kragen zu riskieren, ohne zu wissen, wofür.«

Renato überlegte lange und mit geschlossenen Augen. In Henrik keimte die Befürchtung auf, er sei trotz der unbequemen Haltung, die er wegen seiner Schmerzen auf der Bank eingenommen hatte, eingeschlafen. Auch eine Art Flucht, zumal ihn seine Zimmergenossen nachts nicht hatten zur Ruhe kommen lassen.

Doch dann richtete er sich ein wenig auf und befeuchtete seine spröden Lippen. Als er zu erzählen begann, umfing Henrik dasselbe Gefühl wie am Vorabend, als Renato den Fado gesungen hatte.

»Martin war zweiundzwanzig, als er nach Lissabon kam. Besser gesagt, João brachte ihn mit, damals 1978.«

Da war er wieder, dieser geheimnisumwobene João. Die Neugier brannte in seiner Seele, endlich mehr über diesen Mann zu erfahren, doch er verkniff sich die Zwischenfrage.

»An das Jahr kann ich mich deshalb so genau erinnern, weil ich zur selben Zeit ein Engagement am São Luiz Teatro hatte ergattern können. Das habe ich rückblickend etwas zu ausgiebig gefeiert, weshalb meine Spielzeit kürzer ausfiel als die Party, die ich deswegen veranstaltete. Aber das gehört nicht hierher. Ich will nur veranschaulichen, dass wir eine unbekümmerte, lose Truppe von Künstlern waren. Eine Kommune, wenn Sie so wollen. Schauspieler, Sänger, Maler, die selbst nach vier Jahren in Freiheit immer noch nicht so recht wussten, wohin mit sich. Wir feierten anhaltend und zu jedem Anlass den Sturz des Diktators, der uns mit seinem Salazarismus so lange gefangen gehalten und so viel Unglück über unser Volk gebracht hatte.« Er spuckte auf den Boden, als wäre er dieses Gespenst aus der Vergangenheit gerade erst gestern losgeworden. »Nach der Nelkenrevolution am 25. April 1974 und dem daraus resultierenden Untergang des Regimes von António Salazar, seinem Estado Novo und diesem ganzen faschistischen Dreckspack, strahlte wieder der Himmel über Portugal, und die Sonne kitzelte das über Jahrzehnte eingepferchte Glück aus den Herzen der Menschen. Wir konnten tun und lassen, was wir wollten, und das taten wir auch, leichtfertig und exzessiv, weil wir die Freiheit und diese Art zu leben erst kennenlernen mussten.« Er hielt inne und sah Henrik an. Der betrübte Blick war verschwunden, selbst Angst und Schmerz fanden keinen Spiegel mehr in seinen dunklen Augen.

»Ja, ich weiß, ich hole zu weit aus«, gestand er. »Auf jeden Fall hatte João 1978 diese Ausstellung in Berlin. Oder war es München? Er war zumindest für mehrere Wochen in Deutschland unterwegs, und als er wieder zurückkehrte, hatte er Martin an seiner Seite. Ein hübsches Paar gaben die beiden ab.« Renato lächelte kurz, bevor er wieder ernst wurde.

Martin hatte also eine homosexuelle Beziehung geführt. Auch wenn das innerhalb der Familie nie ausgesprochen worden war, hatte Henrik schon früher gemutmaßt, dass darin die Ursache für Martins Verschwinden wurzelte. Das konservative Elternhaus konnte die Eskapaden des jüngsten Sprosses der Falkners nie und nimmer gutheißen. Ihrem Weltbild entsprechend, dem auch Martins Geschwister an-

hingen, mussten sie diese Lebensweise als Abartigkeit ver-
teufelt haben. Die Frage war nur, ob Großvater Walter ihn
rausgeschmissen hatte, oder ob Martin freiwillig in die Ver-
bannung gegangen war. Die Falkners hielten sich schon immer für etwas Besseres und besaßen zudem das nötige Kapi-
tal, um ihren Snobismus gut sichtbar nach außen zu tragen.
Erschwerend kam hinzu, dass Martins Coming-out um die
Zeit stattgefunden haben musste, als Walter in die Landes-
politik drängte, nachdem ihm sein Bürgermeisteramt nicht
mehr ausreichte, um seinen Narzissmus angemessen ins
Rampenlicht zu rücken. Der Name Falkner zählte was in der
Region. Das hatte auch Henriks Vater zu spüren bekommen,
der Henriks Mutter nur ehelichen durfte, weil er ihren Nach-
namen annahm. So sollte gewährleistet werden, dass es einen Stammhalter gab, der den Namen Falkner trug. Ein be-
kennender Schwuler war in dieser Familie in keinerlei
Hinsicht tragbar gewesen.

»João de Castro war ein begnadeter Kunstmaler, der seine
erfolgreichsten Jahre in den späten 1970ern und frühen
1980ern feiern durfte. Zu jener Zeit wollten alle seine Bilder
haben, was dazu führte, dass kaum mehr welche auf dem
Markt zu haben waren, als er verstarb ... verstarb, ja ... aber
ich greife vor.«

Betroffenheit formte Renatos Züge. João war also ebenfalls
tot. Henrik hatte das vermutet. Es erklärte Adrianas Äußerung hinsichtlich der finanziellen Absicherung des Hauses.
Joãos Hinterlassenschaft hatte all die Jahre für einen Kontoausgleich gesorgt, um das Antiquariat am Laufen zu halten.
Mit Martins Tod war diese Vereinbarung erloschen.

»Er hatte eine Karriere bei der Staatsanwaltschaft in Aussicht«, redete Renato in seine Gedanken hinein.

»Wer?«

»Martin! Über wen sprechen wir hier?«

Henrik hob entschuldigend die Hände.

»Doch die wollten damals keinen Homosexuellen im Gerichtssaal. Zumindest keinen, der in schwarzer Robe auf der rechten Seite der Anklagebank hockte. Seine Liebe zu João war stärker als die Vernunft, und glauben Sie mir, ich kannte Martin sehr gut. Er verfügte zwar über einen ausgeprägten Gerechtigkeitssinn, wäre aber niemals glücklich geworden mit dieser Aufgabe. Erst recht nicht, wenn er dafür seine wahre Neigung hätte verleugnen müssen.«

»Also folgte er seinem Glück nach Lissabon«, schloss Henrik. »Aber war er es dann auch? Glücklich, meine ich?«

Renato nickte. »Die beiden fanden dieses Antiquariat, das zum Verkauf stand, und überlegten nicht lang. João hatte Geld, und Martin liebte alte Bücher. Ja, ich will behaupten, dass er glücklich war mit seiner Entscheidung. Vor allem weil niemand in der Lage ist, in die Zukunft zu blicken. Und das ist ein Segen für jeden von uns.«

»Was wollen Sie damit sagen?«

Renato schüttelte den Kopf, vielleicht weil er in Henrik, verglichen mit sich selbst, einen allzu jungen Mann sah, dem es an Lebenserfahrung fehlte.

Wenn der Alte wüsste!

»Niemand konnte ahnen, dass Martin dieses Glück nur zehn Jahre vergönnt war, bevor es ihm gewaltsam entrissen wurde, genau wie sein Geliebter.«

»João wurde ermordet?«

Renato nickte. »Das hat alles verändert. Und jetzt helfen Sie mir endlich auf mein Zimmer!«

»Was?« Henrik war perplex. »Moment, was war mit João?«

»Hat niemanden interessiert. Damals nicht. Heute nicht! Aus, Schluss mit den alten Geschichten«, zischte Renato. »Ich bin erschöpft.«

Henrik wollte protestieren, erhob sich dann jedoch mit einem Seufzer und hievte seinen Begleiter auf die Beine. Er stützte ihn, so gut es ging, dennoch kamen sie nur langsam voran.

»Warum sind Sie eigentlich gestern Abend vor mir weggelaufen?«

Renato hielt inne. Schwer hing er an Henriks Seite. »Von einem Mann in meinem Alter erwarten die Leute immer, dass er den Tod nicht mehr fürchtet. Aber ich hänge am Leben. Außerdem war ich noch nie gut darin, Schmerzen zu ertragen.«

»Worauf wollen Sie hinaus?«

»Sie waren nicht der Grund für den überstürzten Abgang.«

Ich lag also richtig.

»Sie haben zwar Ihren Teil dazu beigetragen«, keuchte Renato, als sie sich wieder in Bewegung setzten, »aber es saß gestern noch jemand im Lokal. Es war diese Konstellation, die mich nervös gemacht hat. Mehr als nervös. Ich hätte wissen müssen, dass sie mich nicht davonkommen lassen. Nachdem sie uns zusammen gesehen haben, mussten sie damit rechnen, dass wir beide uns unterhalten werden.«

»Sie kennen die Täter?«

Er stieß ein gequältes Lachen aus. »Kennen, bah! Die drei Wichser, die mich in die Mangel genommen haben, habe ich in meinem Leben noch nicht gesehen. Das waren nur Handlanger, die die Drecksarbeit erledigen. Diejenigen, die hinter allem stecken, machen sich nie selbst die Hände schmutzig.«

»Aber wer sind die?«, fragte Henrik ungeduldig.

»Es gibt keine Namen«, antwortete Renato.

»Aber den, der Sie aus dem Restaurant getrieben hat, den kennen Sie doch, oder?«

»Er taucht immer mal wieder auf, um sich bei mir in Erinnerung zu rufen.«

»Ein Typ mit Vollbart und Glatze?«

»Lass bloß die Finger davon, Junge! Dieses Land ist so korrupt wie eh und je. Und ich habe schon zu viel gesagt.« Renato presste die aufgesprungenen Lippen zusammen.

Das konnte es doch nicht gewesen sein. So viel Verstocktheit machte ihn wütend. Musste er wirklich erst die toten Kinder zur Sprache bringen? Er zögerte. Lieber noch nicht. »Was ist mit dem Antiquariat? Sie wissen doch was. Oder wie soll ich Ihr Gestammel von gestern Nacht verstehen?«

»Gestern? Sehen Sie mich doch an! Glauben Sie, ich war gestern bei Sinnen?«

14

Es nannte sich Mazagran. Und er hatte keine Ahnung, was ihn da erwartete.

Das kannte er gar nicht von sich. Diese Risikobereitschaft, wenn es darum ging, unbekanntes Terrain zu betreten. Dabei hatte sich Nina genau das manchmal von ihm gewünscht. Handeln, ohne lange nachzudenken. Sich spontan in eine verrückte Sache stürzen. Warum gelang ihm das auf einmal? Jetzt, da sie nicht mehr an seiner Seite war.

Es lag am Lissabon-Effekt, wie er das inzwischen für sich nannte. Seinem Zugeständnis an die Stadt, die etwas in ihm bewirkte. Er wusste nur nicht, ob er sich darüber freuen oder es eher fürchten sollte.

Der Kellner servierte ihm ein schlankes Glas mit einer dunkelbraunen Flüssigkeit darin, obenauf mit Eiswürfeln bedeckt, aus deren Mitte ein Trinkhalm ragte. Auf dem Glasrand steckte eine Zitronenscheibe. Die Garnitur trug nicht dazu bei, das Getränk appetitlicher aussehen zu lassen. Dazu bekam er zwei Päckchen Zucker gereicht, die er jedoch unangetastet ließ.

Er rührte in dem seltsamen Gebräu, bevor er vorsichtig am Trinkhalm sog. Seine Geschmacksnerven rebellierten, als der erste Schluck in seinem Mund ankam. Kalter Kaffee mit Zitronensaft. Bitter und sauer. Darum der Zucker, den Henrik nach kurzem Abwägen erneut verwarf. Egal wie dieses Zeug auch schmeckte, es erfüllte seinen Zweck. Es erfrischte und machte wach. Und an den Geschmack konnte man sich vermutlich gewöhnen.

Die Stadt lag ihm zu Füßen. Und die Aussicht entschädigte für vieles. Für einen kurzen Moment konnte er sogar die Millionen von ungeordneten Gedanken vergessen, die ihm durch den Kopf spukten. Der Miradouro da Graça war ein beliebter Aussichtspunkt für Touristen, die nach einem Besuch der Igreja da Graça unter den Pinien Schatten und Erfrischung suchten. Wenn man an den Tischen des kleinen Kiosks saß, konnte man einen eindrucksvollen Blick über die Stadt genießen. Der reichte vom Castelo über Cristo Rei und die Brücke des 25. April bis hin zum Miradouro da Nossa Senhora do Monte, einem weiteren Aussichtsmagnet auf dem nächstgelegenen der sieben Hügel der Stadt. Nicht wenige hatte ihr Rundgang durch die Stadt hier heraufgeführt. An der steinernen Brüstung reihten sich die Besucher, um Fotos zu machen und die Sehenswürdigkeiten mit den Abbildungen in ihren Reiseführern abzugleichen. Sie störten ihn nicht. Nicht das Gerede in allen denkbaren Sprachen, nicht das Gewusel und Scharren der Stühle zwischen den Tischen, nicht das laute Lachen der Kinder, nicht das Klicken der Spiegelreflexkameras. Seit er in Lissabon war, machte es ihm weniger aus, unter Leuten zu sein. Noch so eine Sache, die sich irgendwann eingeschlichen hatte, seit er gestern Vormittag vor dem Laden in der Rua Nova do Carvalho aus dem Taxi gestiegen war. Unfassbar, dass seither kaum dreißig Stunden vergangen waren.

Vielleicht war es sogar ratsam, sich jetzt vermehrt unter Menschen aufzuhalten. Renato hatte ihn zwar auflaufen lassen, aber das bisschen, was er ihm hatte abringen können, bestätigte, dass Vorsicht angebracht war. Diejenigen, die sich mit seinem Onkel eingelassen hatten, mussten wohl zwangsläufig damit rechnen, auf eine Art rote Liste zu rutschen. Wer auch immer sie führte.

Mit den Augen des Ermittlers betrachtet, musste er sich ohnehin fragen, wie viel von dem brauchbar war, was der Fado-Sänger von sich gegeben hatte. Zumindest war nichts darunter, was ihm bei den Kindern weiterhalf, deren Knochenstaub immer noch in den Falten seiner Kleidung hing. Unfassbar, welchem Wahnsinn er ausgesetzt war, seit er einen Blick in die Fässer geworfen hatte. Nach dem unbefriedigenden Besuch im Krankenhaus fühlte er sich nicht in der Lage, ins Antiquariat zurückzukehren. Was ihn innerlich umtrieb, hatte ihn auch durch die Straßen und Gassen gehetzt – und hierher auf diesen Berg mit seiner wunderbaren Aussicht. Für den Moment fühlte er sich fast versöhnt. Sein Blick wanderte hinaus bis zum Horizont. So viel Schönheit, so viel Schatten. Wie sollte er damit umgehen, wie weitermachen? Was Renato angedeutet hatte, verschaffte ihm immerhin ein erstes Bild. Der gewaltsame Tod von João. Wieder dachte er an das Auftreten der beiden Uniformierten, die ihn im Krankenhaus befragt hatten. Keine ordentlichen Ermittlungen. Waren die Zustände hier wirklich so katastrophal? Damals wie heute?

Und Martin. Er war ausgebildeter Staatsanwalt gewesen. Er wusste, wie effektive Polizeiarbeit auszusehen hatte. War er auf eigene Faust losgezogen? »Wie bist du vorgegangen?«, murmelte er leise. Martin hatte angefangen zu recherchieren. Sein Ziel musste es gewesen sein, den Mörder von João zu finden. Was, wenn er dabei auf andere ungeklärte Verbrechen gestoßen war? Tief eingetaucht war in den Bodensatz aus Intrigen und Korruption innerhalb von Polizei, Justiz, Verwaltung und Politik? Wenn er unmittelbar nach dem Tod seines Lebensgefährten damit angefangen hatte, musste er Unmengen von Material gesammelt haben. Henrik befiel ein leichter Schwindel. Fünfundzwanzig Jahre Ermittlungen! Das bekam eine Dimension, mit der er niemals gerechnet hatte, egal wie stichhaltig das Material auch sein mochte. Hatte Martin denn alles, was er über die ungeklärten Verbrechen in Lissabon herausfand, in Form von verschlüsselten Mitteilungen in seinem Antiquariat deponiert? So wie den Hinweis auf die Kinderleichen? Das würde das Chaos im Laden erklären. Um in dieser provozierten Unordnung belastende Unterlagen zu finden, benötigte es vor allem Zeit. Wollte man auf Nummer sicher gehen, musste man das Antiquariat schon zerstören. Am besten anzünden, nachdem man es für eine horrende Summe von dem ahnungslosen Erben erstanden hatte.

Er dachte an Barreiro. Dort draußen gab es durchaus Leute, die einer ähnlichen Überlegung folgten. Warum das Antiquariat noch immer bestand, glich so gesehen einem Wunder.

Auch wenn Renato keine große Hilfe gewesen war, glaubte er doch, die Funktion des Antiquariats nun durchschaut zu haben. Offenbar hatte sein Onkel sich fest an die unwahrscheinliche Hoffnung geklammert, dass Henrik seine Botschaften würde dechiffrieren können. Ließ ihm das überhaupt noch eine Wahl?

Er kannte sich. Sein Gewissen würde ihn nicht ruhen lassen. Martin hatte ihn durchschaut, ohne ihn je getroffen zu haben, und ihn zielsicher nach Lissabon gelockt. So viel Verantwortung ... Was hätte Nina ihm geraten?

Hier und jetzt, während sich die Sonne im Westen dem Horizont näherte und er noch den bitteren Geschmack des Mazagran auf der Zunge hatte, wünschte er sich wie nichts auf der Welt seine Frau an die Seite. Doch der Stuhl neben ihm blieb leer. Mit hängendem Kopf schob er die Entscheidung auf. Er musste Schritt für Schritt vorgehen, mehr war ohnehin nicht möglich in seinem Zustand. Henrik trank von seinem Mazagran, bis nur noch die Eiswürfel im Glas klirrten, und zog sein Handy aus der Tasche. Während er durch Lissabon marschiert war, hatte er eine SMS bekommen. Es war an der Zeit, darauf zu antworten.

15

Sein Weg durch das Bairro Alto verschaffte ihm ein unangenehmes Déjà-vu. Dieselbe laue Luft, dieselben Gerüche, die fröhlich gestimmten Leute. War es diese Gasse? Die Erinnerung an das blutig geschlagene Gesicht von Renato verfolgte ihn um ein paar Ecken, dann stieß er auf die Rua de Atalaia, die ihm gänzlich fremd vorkam, und der Eindruck, in eine Zeitschleife geraten zu sein, verflüchtigte sich.

Dennoch grübelte er weiter. Licht und Schatten. Immer dieser Widerspruch, egal wohin er in dieser Stadt seinen Fuß setzte. Auf der einen Seite das pure Leben, die Offenherzigkeit, die Freundlichkeit der Leute, die ihm begegneten. Und andererseits diese entsetzlichen Verbrechen, verübt unter dem Deckmantel von Korruption und Macht. Immer noch vor sich hinbrodelnd wie Krebsgeschwüre. Natürlich war es anderswo auf der Welt dasselbe. Licht und Schatten trennte nur die dünne Membran der Menschlichkeit, die oft zu durchlässig war.

Das Lokal Bota Alta war ein Eckhaus ohne Außenbewirtung. Der Eingang war so schmal, dass seine breiten Schultern den Türstock streiften. Die Gaststube war verwinkelt, die Tische standen so eng nebeneinander, dass ein Durchkommen für die Kellner unmöglich schien, ohne die Gäste beim Essen zu stören. Trotzdem funktionierte es. Er mochte das Restaurant auf Anhieb. Die Bilder an den Wänden, die tausend Weinflaschen, die auf jedem Sockel, auf jedem Fensterbrett und in jeder Nische Platz fanden. Die rot-weiß karierten Tischdecken, das freundliche Lächeln des Alten hinter der urigen Bar. Ein Kellner kam ihm entgegen und deutete an, dass er keinen Platz für ihn hatte. Henrik erklärte, es müsse eine Reservierung geben, und nannte den Namen. Daraufhin wurde er hereingezerrt und im Slalom zu dem einzigen noch freien Tisch geleitet. Anscheinend genoss seine Verabredung in diesem Etablissement ein hohes Ansehen. Kaum dass sein Stuhl zurechtgerückt war, standen schon Wasser und Wein vor ihm. Nicht einmal das obligatorische Couvert wurde ihm aufgedrängt. Leicht irritiert probierte er den Weißwein, der sich als traditioneller Vinho Verde entpuppte und fruchtig süffig schmeckte.

Er war beim zweiten Glas, als sie das Lokal betrat. Das schwarze Haar fiel ihr seidig über die nackten Schultern, ihre kornblumenblauen Augen funkelten. Sie trug ein tailliertes Sommerkleid, das nur von dünnen Trägern an ihrem schlanken Körper gehalten wurde. Henrik spürte ein Kribbeln unter dem Zwerchfell und fühlte sich gleichzeitig seltsam deplatziert. Als hätte er nicht die Erlaubnis, mit einer so schönen Frau ein Abendessen zu genießen.

Sie schlängelte sich zu ihm durch und küsste ihn auf beide Wangen. »Schön, dass du so kurzfristig Zeit gefunden hast.«

Es klang, als wäre er für jemanden eingesprungen, der sie überraschend versetzt hatte. Ein Dämpfer für seine Euphorie, kaum dass sie ihm gegenüber Platz genommen hatte.

»Aber natürlich«, sagte er, weil ihm einfiel, dass er es gewesen war, der die Einladung ausgesprochen hatte. Ein Treffen, das nicht nur zum Vergnügen abgehalten wurde.

»Was kannst du empfehlen?«, fragte er, um nicht gleich mit der Tür ins Haus zu fallen.

»Bacalhau, was sonst«, verkündete sie, als gäbe es keine Alternative zu gesalzenem Kabeljau. Nun gut, dann war es jetzt wohl so weit. Er dachte an die unzähligen Geschäfte in der Stadt, in denen Bacalhau von der Decke hing und seinen penetranten Geruch verströmte. Den Gedanken, selbst einmal davon zu kosten, hatte er bis jetzt weit von sich geschoben, doch da war sie wieder, seine neu gewonnene Experimentierfreude. Und wenigstens würde er sich in Zukunft darauf herausreden können, dass er das Traditionsessen zwar probiert hatte, aber kein Freund davon geworden war.

Adriana bestellte und schäkerte dabei mit dem Kellner, einem hageren Typen mit Bartschatten und aalglatt frisierten Haaren, der sich mit affektierter Gestik Notizen auf einem Block machte.

War er etwa eifersüchtig?

Henrik fühlte sich unwohl mit diesem Gedanken und nippte verlegen am Wein.

»Prostet man sich bei euch nicht zu?«, beschwerte sich Adriana und funkelte ihn an. Er entschuldigte sich kleinlaut, und sie ließen die Gläser klingen.

»Bevor das Essen kommt, wollte ich noch fragen ... konntest du was über diese Villa herausfinden?«

Nun war es heraus. Sie musterte ihn missbilligend. »Wollten wir nicht einen entspannten Abend verbringen?«

»Natürlich! Weshalb wir die unangenehmen Themen schnell hinter uns bringen sollten!« Er versuchte ein aufmunterndes Lächeln.

»Das ist typisch deutsch, oder? Dieses fordernde Verhalten und dass alles immer gleich passieren muss.«

»Adriana, bitte! Es ist wichtig, und mir läuft die Zeit davon. Ich muss doch irgendwie zu einer Entscheidung kommen, ob ich Martins Erbe annehme oder nicht.«

»Was, verdammt, hat das Haus deines Onkels mit dieser Villa auf dem Schlossberg zu tun?«

»Ich sagte bereits, dass ich darüber nicht reden kann.«

»Ich will es nur verstehen.«

Er blieb stumm und steckte seine Nase ins Weinglas. Sie tat es ihm gleich und trank ebenfalls einen Schluck. Eine knappe Minute lang ignorierten sie sich gegenseitig, dann zuckte sie mit ihren Schultern. »Okay, okay! Bevor wir den Rest des Abends schweigend aneinander vorbeistarren.« Sie blickte sich kurz um, rückte dann näher an den Tisch heran und beugte sich zu ihm vor. »Ich habe meine Fühler ausgestreckt. Das Grundstück gehört den Vieiras«, erklärte sie leise.

Vieira?

Irgendetwas klingelte da bei ihm, ohne dass er es zu fassen bekam. Das konnte natürlich auch Einbildung sein, womöglich war Vieira in Portugal ein gängiger Name und auf jedem dritten Firmenschild zu lesen.

Vieira Fleisch und Fisch.

Vieira Obst und Gemüse.

Vieira Autoreparaturen, alle Fabrikate.

Trotzdem schärfte sich seine Aufmerksamkeit, während Adriana weitersprach. »Das Gebäude steht seit zwanzig Jahren leer. Davor war darin ein privat finanziertes Institut untergebracht.«

Er passte sich ihrem vertraulichen Flüstern an, auch wenn das ihre Unterhaltung auffälliger machte, als wenn sie normal weitergesprochen hätten. »Dieses Institut, mit welchen Aufgaben war es betraut?«

»Forschung ... irgendwas in der Richtung.«

»Hast du es nicht ausführlicher?«

»Bin ich Wikipedia?«

Er versuchte es mit einem treudoofen Hundeblick. Sie seufzte und trank einen kräftigen Schluck. Dann wieder der Flüsterton. »Der Institutsleiter war ein Dr. Manuel Vieira, sehr wahrscheinlich ein Spross des Vieira-Clans. Das Institut wurde in den frühen 1990ern geschlossen. Wieso, kann ich dir nicht sagen. Von denen, die ich gefragt habe, wusste niemand was Genaueres.«

»Wer sind denn diese Vieiras?«, fragte er ungeduldig.

Sie sah ihn böse an, weil er wohl zu laut geworden war. »Eine alteingesessene Industriellenfamilie, die ihr Vermögen ursprünglich mit Stahlhütten gemacht hat. Hundertfünfzigjährige Tradition und so. Daraus erwuchs in eineinhalb Jahrhunderten ein immer noch familiengeführtes Imperium. Die Vieiras haben ihre Finger mittlerweile in allen erdenklichen Industrie- und Wirtschaftszweigen. Echte Heuschrecken, wenn du so willst, und einst allesamt Vorzeigesalazaristen, die den Diktator protegierten, um auch während der Ära des Faschismus ganz oben mitschwimmen zu können. Heute ist das Vieira-Konsortium ein Gigant im Stahlbau, mit Töchtern und Holdings sowie Subunternehmen in der Energieversorgung; es betreibt Müllverbrennungsanlagen und die Entsorgung von allen Arten Sondermüll. Dazu gibt es Beteiligungen an Anwaltsfirmen, die der politischen Einflussnahme und der Abwehr von Steuer- und Kartelluntersuchungen dienen. Nach wie vor alles unter der schützenden Hand der Politik, denn es handelt sich ja um einen der größten Arbeitgeber des Landes. Also, egal was du da ausgegraben hast, lass die Finger davon. Diese Leute verstehen keinen Spaß, wenn man ihnen unaufgefordert zu nahe kommt.«

Renato hatte ihm denselben Ratschlag gegeben. Ohne dass Adriana es ahnen konnte, bestätigte ihr Bericht die Aussage des Alten. Macht und Geld ermöglichen die ewige Spirale der Korruption. Er musste darüber nachdenken, musste Szenarien durchspielen, und vor allem brauchte er mehr Informationen über diesen Dr. Manuel Vieira. Denn egal um welche Machenschaften in Politik, Wirtschaft und Industrie es hier ging – wie konnte dies zu skelettierten Kinderleichen in Weinfässern führen?

»Ich muss mehr über dieses Institut rausfinden, auch warum es geschlossen wurde.«

»Vielleicht hatte die Familie Vieira ihrem Doktor den Geldhahn für seine Forschungen zugedreht«, schlug Adriana vor.

»Oder der Brand war die Ursache?«, mutmaßte er laut.

Wieder ein Blick über ihre Schulter. Auch wenn die Gäste des Bota Alta eng aufeinandersaßen, hatte er nicht den Eindruck, dass jemand in unmittelbarer Umgebung ihrem Gespräch folgte.

»Dazu kann ich dir nichts sagen. Dass es dort oben später gebrannt hatte, ist allgemein bekannt. Das muss eine ganze Weile nach der Schließung gewesen sein. Die Ursache für das Feuer war meinen Quellen nach ein Kurzschluss. Allerdings habe ich nur Leute gefragt, denen ich vertraue, und keiner von ihnen wollte sich darauf festlegen. Sieh es mir nach, ich werde mit deinem Wissensdurst über die Vieira-Villa nicht weiter hausieren gehen. Auch ich habe kein gutes Gefühl bei dieser Sache.«

Unverhofft fiel Henrik ein, woher er den Namen des Unternehmens kannte. »War dieser Vieira-Konzern nicht vor Kurzem in der Zeitung? Ich meine, eine Schlagzeile gelesen zu haben.«

Er sah Adriana den Unwillen an, das Thema weiter zu verfolgen. »Ja ... meines Wissens handelte es sich dabei um eine unbestätigte Meldung. Der Stahlbau steht wegen den Chinesen unter Druck. Vieira knapst genauso daran wie alle anderen europäischen Konzerne in der Schwerindustrie. Ich kann dir nicht sagen, ob was dran ist. Eine derartige Hetze sensibilisiert natürlich die Politik, die um Tausende von Arbeitsplätzen fürchtet. Aber ein Bankrott, wie der *Diário de Notícias* titelte, wohlgemerkt mit Fragezeichen, das scheint mir aus der Luft gegriffen. Wie erwähnt, die Vieiras tummeln sich in vielen lukrativen Gewässern. Sehr unwahrscheinlich, dass der Einbruch bei der Eisenverhüttung den kompletten Konzern ins Wanken bringt.« Sie richtete sich auf und hob das Glas. »So, und vielleicht können wir es dabei belassen!« Offensichtlich war ihm anzumerken, dass ihm die nächste Frage schon auf der Zunge lag.

Das Essen kam und rettete die Situation. Adriana ging unmittelbar in ihren Flirt mit dem Kellner über, was Henrik ein wenig aus dem Konzept brachte. Skeptisch betrachtete er sein Gericht. Fisch, Kartoffeln, Gemüse. Die Anordnung war vergleichbar mit der von gestern.

»Bom apetite!«, sagte Adriana und steckte sich die erste Gabel in den Mund. »Mh, köstlich. Edgar macht den besten Bacalhau im Bairro.«

Henrik probierte zaghaft. Adrianas sprunghaftes Wesen irritierte ihn. Zu sehr, um dem Essen gleich seine volle Aufmerksamkeit widmen zu können. War das die Art der portugiesischen Frauen? Noch vor zwei Minuten hatte sie sich unwohl gefühlt, weil sie für ihn über die Villa recherchiert hatte. Nun aß sie mit solcher Hingabe, als hätte das Gespräch über die Vieiras und ihre Machtposition innerhalb der portugiesischen Gesellschaft nie stattgefunden. Oder überspielte sie damit nur ihre Bedenken?

Hatte sie Angst?

Der Geräuschpegel im Lokal hüllte ihn ein. Worte aus zahllosen Kehlen, Lachen, Gläserklirren, Besteck, das über Porzellan schabte, Stühlerücken, gedämpfte Musik im Hintergrund. Unmöglich, seine Gedanken zu ordnen. Abwesend stocherte er in seinem Fisch herum und bemerkte erst nach einer Weile, dass Adriana mit dem Essen aufgehört hatte und ihn betrachtete. Ihre Blicke trafen sich.

»Okay, um was geht's?«, fragte sie.

Sein gedankenverlorenes Verhalten hatte ausgereicht, um ihre Neugier zu entfachen. Konnte er verantworten, ihr mehr zu erzählen, als ihr womöglich guttat? Oder war er über diesen Punkt ohnehin längst hinaus? »Martin hat mir da was hinterlassen«, sagte er, nachdem er übertrieben lang an einem Stück Kartoffel gekaut hatte. Diesmal war er es, der näher rückte und die Stimme senkte.

»Es ist mir ernst, Adriana! Ich möchte mir zuerst klar darüber werden, wohin das alles führt. Du hast eben selbst gesagt, ich soll meine Finger davon lassen.«

Sie runzelte die Stirn und aß weiter, nun gleichermaßen lustlos.

Es war unabdingbar, dass er in Ruhe darüber nachdachte, bevor er sich zu weiteren Äußerungen hinreißen ließ. Keinesfalls wollte er Adriana noch tiefer in etwas hineinzuziehen, das sich nach dem aktuellen Stand als unkalkulierbar darstellte. Nach allem, was sie berichtet hatte, konnte diese Geschichte richtig schmutzig werden. Andererseits war Adriana nicht der Typ Frau, der sich mit dem Argument, sie schützen zu wollen, abspeisen ließ.

»Erzähl mir doch lieber ein bisschen von dir.« Vielleicht konnte er sie ja ein wenig ablenken. Ohne Frage fand er Adriana anziehend, auch wenn er bezweifelte, dass er in seinem angespannten Zustand ein guter Zuhörer war. Er manövrierte sich hier in etwas hinein, mit dem er in seiner momentanen Lebenssituation nicht umgehen konnte.

Ihr süffisantes Lächeln zeigte ihm, dass sie ihn durchschaut hatte. Sie griff nach dem Weinglas. »Erst bist du an der Reihe, immerhin bist du der Fremde in dieser Stadt! Martin hat erwähnt, sein Neffe wäre Polizist, und ich gehe davon aus, er hat dich damit gemeint. Das würde zumindest deine unangebrachte Neugier erklären.«

»Ihr habt über mich gesprochen?«

Sie lachte. »Du warst mal eine Randbemerkung.«

Das tat ein bisschen weh. Aber ganz abgesehen davon, vielleicht war es tatsächlich besser, wenn er eine Randbemerkung blieb. Welche Erwartungen knüpfte er eigentlich an dieses Abendessen? Er erinnerte sich an seine bisherigen Versuche, wieder mit Frauen in Kontakt zu treten. Gescheiterte Versuche. Bei keiner dieser Begegnungen war es ihm gelungen, über sich zu reden, was hieß, dass er für alle drei Frauen ein Fremder geblieben war. Jemand, den man nicht erneut treffen wollte. Der Einzige, mit dem er je über sich und die Abgründe in seiner Seele gesprochen hatte, war der Polizeipsychologe. Und das auch nur widerwillig, weil sein Dienststellenleiter es verlangt hatte. Ein Unterfangen, das trotz der professionellen Anleitung seinem Empfinden nach schiefgegangen war, obschon das Gutachten ganz brauchbar ausfiel. Brauchbar aus dienstlicher Betrachtungsweise: Der Psychologe hatte ihn für arbeitsfähig erklärt. Doch in seinem Inneren hatten die Gespräche keine Besserung bewirkt. Die

Dunkelheit war geblieben. Womöglich versprach die Unterhaltung mit einer Steuerberaterin ja mehr Erfolg.

Das klang so absurd, dass er lächeln musste. Erst vor zwei Stunden hatte er sich den weißen Staub aus dem Keller vom Leib gewaschen. Wäre er nicht lange Jahre Polizist gewesen, wäre er bei der Ausführung seiner Pflichten nicht zahllosen Grausamkeiten begegnet, hätte er jetzt wohl eine Therapie gebraucht, um den Schock über seine Entdeckung zu bewältigen. War das wirklich der passende Zeitpunkt, um jemanden in seine Seele schauen zu lassen? Jemanden mit Augen, in denen sich noch der Himmel spiegelte. Sollte er Adriana sein Vertrauen schenken?

Wenn, dann keinesfalls, um ihr die geballte Finsternis darzulegen, die seine Seele gefangen hielt. Aber vielleicht ein kleiner Einblick? Ein Ausschnitt, wie bei einem Filmtrailer, der dem Zuschauer einen Eindruck davon vermittelte, was noch kam. Ein kleiner Versuch, um das Terrain zu sondieren. Und zumindest das Stigma des Fremden zu beseitigen. Er brauchte Verbündete, wenn er die ihm von Martin auferlegte Hinterlassenschaft bewältigen wollte. Sofern das überhaupt machbar war.

»Ja, ich war Polizist«, antwortete er vorsichtig.

Adriana wurde ernst. »Haben sie dich rausgeworfen?«

»Ich bin freiwillig gegangen.«

»Das klingt, als bereust du es.«

Er trank seinen Wein aus und verteilte den Rest aus der Flasche in ihre Gläser.

»Ich habe für mich entschieden, dass ich in diesem Beruf nicht mehr tragbar bin. Natürlich denke ich hin und wieder darüber nach, ob das nicht übereilt war.« Ob er nicht weiter psychologische Hilfe hätte in Anspruch nehmen sollen, um es erneut zu versuchen. »Letztlich denke ich aber immer, es war besser so, für meine Kollegen genauso wie für mich.«

Adriana winkte dem Kellner und deutete auf die leere Weinflasche. »Und was war der Auslöser, was hat dich so weit getrieben?«

Vor seinem inneren Auge flammte das Bild des deformierten Fahrrads im Straßengraben auf. Das Fahrrad mit den Blutspritzern auf dem Schutzblech und der Lampe. Das Bild, das ihn in seinen Träumen verhöhnte, wenn die Schrecken des Unterbewusstseins hervorkrochen und sich schwer auf seinen Brustkorb hockten. Egal, ob er wach war oder träumte, das Bild war stets ganz klar. Auf dem Klingeldeckel glänzten drei Blutstropfen, die dem runden Blech einen grotesken Gesichtsausdruck verliehen. Wie ein Smiley. Eine höhnische Grimasse, ein Gruß aus der Hölle.

Auf dem Weg ins Präsidium war er an der Unfallstelle vorbeigekommen. Eine Szenerie, die ihm nicht fremd war. Doch als er das Fahrrad erkannte, fror sein Herz ein. Er bremste mitten auf der Straße und stürzte aus dem Auto. Die kräftigen Arme zweier uniformierter Kollegen mühten sich mit ihm ab, damit er nicht geradewegs über das Absperrband sprang. Nina lag zu diesem Zeitpunkt bereits unter einer Plane, ein Stück abseits auf der Wiese. Der Notarzt war dabei, seinen Koffer zusammenzupacken. Die Sanitäter standen verlegen und mit gesenkten Köpfen hinter ihm. Ihr Einsatzwagen würde leer bleiben. Stattdessen warteten sie auf den Kombi mit dem Zinksarg. Ein zu eisiger Kälte erstarrtes Szenario der Ohnmacht. Die orangen Rettungswesten, die betroffenen Blicke, das Bündel unter der Plane zu ihren Füßen. Ein Bild, für alle Ewigkeit in sein Gedächtnis tätowiert. Sie war sofort tot gewesen. Das war der bittere Trost, den man einem Hinterbliebenen mitgeben konnte.

Sie war sofort tot.

In den zwei Jahren seit dem Unfall war aus der anfänglichen Hilflosigkeit knöcherner Hass geworden. Vor allem nachdem sich herausstellte, dass der Verantwortliche für Ninas Tod keine angemessene Strafe erhalten würde. Nicht in Henriks Augen. Dieses Arschloch hatte unter Drogeneinfluss gestanden, als er Nina von ihrem Fahrrad katapultierte. Der Richter entschied wegen der Drogenabhängigkeit auf verminderte Zurechnungsfähigkeit. In der deutschen Rechtsprechung ging damit eine Strafmilderung einher, an der keine Staatsanwaltschaft rütteln konnte. Erst recht nicht, wenn der Täter der Sohn eines einflussreichen Landespolitikers war.

Natürlich hatte man ihm immer wieder versichert, dass dieser Umstand keinen Einfluss auf das Urteil hatte. Doch was war das für ein Urteil? Eine Bewährungsstrafe, verbunden mit der Auflage für einen Aufenthalt in einer Entzugsklinik. Niemals genug, um den Verlust seiner wunderbaren Ehefrau aufzuwiegen. Niemals!

Der Verdacht, dass Einfluss und Macht korrumpierend auf das Urteil eingewirkt hatten, blieb ihm wie ein ekelerregender Nachgeschmack. Und dann kam Martin. Als hätte sein Onkel geahnt, dass er durch Ninas Tod und die Umstände, die ihn danach aus der Bahn geworfen hatten, sensibel für Ungerechtigkeit dieser Art geworden war. Nur woher konnte Martin gewusst haben, wie es um seine Psyche stand?

Er bemerkte, dass Adriana noch immer auf eine Antwort wartete. »Private Probleme haben bei mir eine Depression ausgelöst«, begann er zögerlich. »Der Dienst ist für mich zu einer Belastung geworden, genau wie ich für meine Kollegen.«

»Dafür gibt es Hilfe, das rechtfertigt keine Kündigung.«

»Ich habe ... jemanden tätlich angegriffen. Okay, selbst das hätte sich geradebiegen lassen. Ich war auch in Behandlung, und alle waren auf meiner Seite. Bloß ... niemand konnte mich davon überzeugen, dass ich noch das Richtige tat. Dass meine Seele wieder zu reparieren war.«

Dass ausgerechnet dieser Drogenjunkie erneut bei ihm in der Dienststelle landete, war für ihn wie ein Zeichen gewesen. Rund ein Jahr nach Ninas Tod hatte dieser elende Mistkerl eine Apotheke ausgeraubt – nach angeblich erfolgreichem Entzug! Nichts und niemand hätte ihn jetzt mehr vor einer Haftstrafe retten können, doch diese Gewissheit war Henrik nicht genug. Als er mit diesem Mann in der Enge eines fensterlosen Verhörraums zusammentraf, rastete er komplett aus. Seine Kollegen mussten ihn wegzerren, um Schlimmeres zu verhindern. Danach – er hatte sich längst wieder beruhigt – wurde ihm klar, dass die Prügel und die für den Junkie in Aussicht stehende Haftstrafe Henrik immer noch nicht genügten. In diesem Moment begriff er, dass er als Polizist keine Zukunft mehr hatte.

»Das tut mir sehr leid. Ich hoffe, es geht dir jetzt besser.«

Der Gedanke widerstrebte ihm, doch es ging ihm tatsächlich besser. Ungeachtet dessen, was im Verlauf der letzten Tage passiert war, und ohne dass er sagen konnte, was der Auslöser war. Vielleicht, weil sein Onkel ihm postum wieder eine Aufgabe gegeben hatte. Eine Aufgabe, die ihn zurück ins Licht führte. Indem er anderen half, würde er indirekt auch das Unrecht bekämpfen, das ihm selbst widerfahren war. In ihm reifte ein Entschluss. Darauf wollte er sich konzentrieren, und wenn er Bestätigung fand, konnte er weiterdenken. Bis dahin war es besser, die Distanz zwischen sich und Adriana zu wahren.

»Ich arbeite daran«, erklärte er knapp und stocherte in dem längst kalten Fisch herum.

»Und deine Frau?«, fragte Adriana.

Er bemerkte, wie ihr Blick zu seinem Ehering wanderte.

»Ein Unfall, vor zwei Jahren. Ich möchte nicht darüber reden«, erklärte er.

Adrianas Betroffenheit war echt. Und sie schien gepaart mit Enttäuschung. Mit einem Mal hätte er gerne gewusst, welche Erwartung sie in dieses Abendessen gesetzt hatte. Doch danach konnte er unmöglich fragen. Und als sich zeigte, dass das Schweigen ab diesem Zeitpunkt überwog, endete das Essen, bevor die dritte Flasche Wein entkorkt war.

16

Renatos Bett war schon wieder leer.

Anscheinend war die Nacht geruhsam gewesen. Erholsamer als die seine, was er nicht allein dem verkorksten Abendessen mit Adriana zuschrieb. Sie hatte viel Geduld mit ihm bewiesen, aber es war ihm gelungen, sie am Schluss doch noch zu verärgern. Nach dem vorzeitigen Aufbruch aus dem Bota Alta, auf ihrem gemeinsamen Stück Weg durch die Gassen des Bairro, war ihm eine Frage in den Sinn gekommen. Dass er zu wenig gegessen und den Wein zu schnell getrunken hatte, konnte nicht als Entschuldigung dafür dienen, dass er Adriana erneut ins Kreuzverhör nahm. Wieder fragte er sie nach den Begünstigten, die zum Zug kämen, falls er selbst Martins Erbe nicht antrat. Anfangs beharrte Adriana nachsichtig darauf, nicht zu wissen, wem das Antiquariat zufiel, sofern er das Erbe ablehnte. Wütend wurde sie erst, als er ihr nicht glaubte und sie immer weiter bedrängte. Irgendwann winkte sie ein Taxi heran und fuhr grußlos davon.

Zu Hause angekommen, hatte er sich frustriert und von zu später Einsicht geplagt an Martins Whiskysammlung vergangen. Das hatte seinen Zustand heute Morgen nicht gerade verbessert.

Mit seinem verzögerten Reaktionsvermögen erfasste ihn die Sorge erst, als er feststellte, dass auch auf der Bank unter den Eschen im Innenhof des Hospitals São José niemand saß. Nachdem er Renato gestern ins Bett geholfen hatte, hatte der Alte so erschöpft gewirkt, dass man fast befürchten konnte, er würde nie wieder aufstehen. Und doch war er jetzt erneut verschwunden. Wie gestern durchsuchte Henrik die Krankenhausflure, ohne aber diesmal auf Dr. Mola zu treffen. Genauso wenig wie auf Renato. Allmählich kroch ihm die Beklemmung die Speiseröhre hoch.

Dann sah er ihn.

Er stoppte abrupt und suchte Deckung hinter einem Rollwagen, in dem das leere Frühstücksgeschirr gesammelt wurde. Geduckt spähte er zwischen zwei der aufeinandergestapelten Tabletts hindurch.

Es bestand kein Zweifel.

Der Glatzkopf mit dem Vollbart stand im Eingang zum Treppenhaus und unterhielt sich mit einer Krankenschwester.

Nach dem ersten Schreck und während sein Puls sich wieder beruhigte, studierte er seinen vermeintlichen Verfolger erstmals genauer. Der bullige Mann trug trotz der Sommerhitze eine Jacke. Henriks geschulter Blick ließ keinen Zweifel daran, was die leichte Ausbeulung im Rücken über dem Gesäß bedeutete. Unter dem Sakko verborgen, steckte dort am Gürtel eine Waffe.

Er hatte genug gesehen und bewegte sich rückwärts, bis er um die nächste Ecke verschwinden konnte, solange der Mann abgelenkt war. Seine Angst um Renato wuchs und erschwerte ihm das Denken. Konnte das überhaupt möglich sein? Der Mann folgte ihm, seit er vor drei Tagen das Notariat verlassen hatte. Seit einem Zeitpunkt, an dem niemand außer Artur Pinho wissen konnte, dass er in Lissabon war. Konnte er sich das wirklich nur einbilden? Oder war diese Sache tatsächlich von Beginn an ein abgekartetes Unterfangen? Das hätte allerdings bedeutet, dass der Notar an dieser Intrige beteiligt war. Auf einmal kam ihm der seltsame Anruf in den Sinn, der ihn erreicht hatte, als er Martins Wohnung zum ersten Mal betrat.

Sie hatten ihn erwartet.

Ein eisiger Schauer lief ihm über den Rücken. Kaum dass er in Lissabon angekommen war, hatten sie also schon begonnen, ihn einzuschüchtern. Das Netzwerk dieser Schattenorganisation funktionierte lückenlos. Der Glatzkopf war hier, um zu Ende zu bringen, was den Schlägern nicht gelungen war. Für Renato sollte es kein weiteres Plauderstündchen über Martins Machenschaften geben. Hätte er sich doch darum bemühen müssen, den Alten aus dem Hospital zu holen?

Er hörte Schritte. Die Krankenschwester? Oder hatte sein Verfolger ihn entdeckt? Henrik ballte die Fäuste. Er konnte offensiv auf ihn zugehen, um eine Reaktion des Mannes zu provozieren. Schlimmstenfalls zog dieser seine Waffe. Der Krankenhausflur war keinesfalls verwaist. Immer wieder kamen Krankenschwestern, Patienten oder deren Angehörige an ihm vorbei. War der Glatzkopf so abgebrüht, ihn trotzdem zu bedrohen oder gar vor Zeugen auf ihn zu schießen?

Einerseits schwer zu glauben, dass er so ein Aufsehen riskieren würde. Aufsehen war nämlich genau das, was diese Leute um jeden Preis zu vermeiden suchten. Andererseits war er seit seiner Ankunft in Lissabon in einige fragwürdige Begebenheiten verstrickt gewesen und konnte nicht abschätzen, ob den Auftraggebern des Glatzkopfs das Wasser nicht bereits bis zum Hals stand. Ob man nicht schon entschlossen war, bis zum Äußersten zu gehen, nur um wieder Ruhe einkehren zu lassen. Er presste sich in die nächste Türnische.

Der Mann ging vorüber, ohne nach links in den Flur hineinzublicken, in dem Henrik sich verbarg.

Er wartete fünf Sekunden, bevor er wieder ausatmete. Dann schob er sich mit dem Rücken zur Wand so weit vorwärts, dass er um die Ecke spähen konnte. Das breite Kreuz des Glatzkopfs verschwand in Richtung der Aufzüge. Er merkte, dass die Krankenschwester, mit der sich sein Verfolger vorhin unterhalten hatte, ihn beobachtete. Ihre Blicke trafen sich. War sie ein Spitzel? Würde sie unverzüglich zum Handy greifen?

Die Frau drehte sich weg und eilte in die andere Richtung davon. Noch während er abwog, ob er nicht besser nach Renato suchen sollte, folgten seine Beine bereits dem Glatzkopf, hinter dem sich eben die Fahrstuhltür schloss.

Mit einem Satz war er bei den Aufzügen und drückte die Ruftaste. Während er wartete, betrachtete er die Anzeige des Lifts, den der Mann genommen hatte. Er fuhr aufwärts. Das konnte bedeuten, er hatte Renato noch nicht gefunden und begann seine systematische Suche im obersten Stockwerk.

Ein weiterer Aufzug kündigte sich mit einem akustischen Signal an. Die Tür glitt auseinander. Er trat einen Schritt vor – und prallte zurück.

Ihrerseits erschrocken, starrten ihm Catia und Renato entgegen. Arm in Arm lehnten sie an der Kabinenwand.

»Wir müssen weg!«, stieß er hervor und stieg zu ihnen in den Lift.

»Wurde auch Zeit, dass du auftauchst«, erwiderte Renato bissig.

Catia war blass, Schweiß stand ihr auf der Stirn. Er befreite sie von ihrer Last, indem er Renato unter die Schultern griff. Der Aufzug setzte seine Fahrt nach unten fort.

»Ich dachte schon, jetzt haben sie uns«, sagte Catia schwer atmend.

»Wieso kommt ihr von oben?«

»Wir wussten nicht, wohin, und der Ausgang wird bestimmt bewacht. Renato meinte, es wäre besser, in Bewegung zu bleiben, also sind wir hoch und dann wieder runter.«

Bis vor drei Minuten hätte das in seinen Ohren reichlich paranoid geklungen. Doch nach seiner eigenen Begegnung mit dem Glatzkopf, der sicher nicht alleine agierte, sah er die Dinge etwas anders. Statt im Erdgeschoss anzuhalten, fuhren sie gleich durch bis in den Keller. Catia fürchtete nach wie vor, dass jemand in der Eingangshalle postiert war. Mit einem stummen Nicken einigten sie sich darauf, im Untergeschoss auszusteigen. Der von kalten Neonröhren erhellte Gang war menschenleer. Ein Schild an der gegenüberliegenden Wand wies den Weg zur Patologia aus.

»So weit bin ich noch nicht«, maulte Renato. »Was jetzt, ihr Fluchthelfer?«

»Zum Treppenhaus«, erwiderte Henrik und zerrte den Alten in diese Richtung. »Catia, du gehst vor und schaust, ob die Luft rein ist! Außerdem brauchen wir einen Rollstuhl.«

Sie sah ihn fragend an.

»Wenn wir Renato auf diese Weise durch die Eingangshalle schleppen, werden nicht nur seine Verfolger auf uns aufmerksam, sondern auch das Personal. Es muss so wirken, als würden wir mit dem alten Herrn nur mal kurz frische Luft schnappen.«

Catia nickte und eilte die Stufen hoch.

»Unauffällig!«, zischte er ihr hinterher und hoffte, dass sie in dem kühlen Kellergeschoss fürs Erste unentdeckt blieben. Sie schlüpften so weit unter die Treppe wie möglich. Renato an seiner Seite schnaufte schwer.

»Geht's?«

»Wir irren schon eine halbe Stunde durchs Gebäude, und ich habe mein Schmerzmittel liegen lassen«, erklärte der alte Mann. »Wäre Catia nicht zufällig aufgetaucht, hätten sie mich in meinem Zimmer erwischt. Aber sie bestand darauf, ein wenig nach draußen zu gehen. Auf dem Gang habe ich dann einen von denen entdeckt, die mich verdroschen haben. Zum Glück wurde er nicht auf uns aufmerksam.«

In dem grässlichen Hinterhof, in den sie Renato gezerrt hatten, war es stockdunkel gewesen. Doch Henrik hinterfragte nicht, wie der Alte unter diesen Umständen seine Angreifer hatte wiedererkennen können.

Er sah auf die Uhr. Wo blieb Catia?

Ihm fiel etwas ein, was ihn bereits eine Weile beschäftigte. »Kannte Martin jemanden bei der Polizei, jemanden, dem er vertraute?«

Renatos Augen weiteten sich. »Du glaubst doch nicht ernsthaft, dein Onkel hatte eine Vertrauensperson innerhalb dieses korrupten Haufens?«

»Es ist nur ein Gefühl, aber ich denke, dass es jemanden geben muss«, widersprach Henrik.

»Die Behörden hatten kein Interesse, den Mord an João aufzuklären. Trotz seines Renommees in der Kunstszene. Diese offensichtliche Ignoranz entfachte eine brennende Wut in uns allen ... vor allem in Martin. Eine Wut, geschürt von Trauer und Verzweiflung. Es war ein reinigendes Feuer, das Martin zu einer ungeahnten Klarheit verhalf. Niemals hätte er einem Polizisten vertraut!«

Henrik runzelte die Stirn. »Wenn er wirklich gewissenhaft unaufgeklärte Fälle recherchiert hat, brauchte er Informationen, die nur polizeiintern zu bekommen waren.«

»Bah, niemals!«, fauchte Renato. Der Alte schien absolut verbohrt, was dieses Thema anging, und konnte sich offenbar nicht vorstellen, dass sein enger Freund Martin eine andere Sicht auf die Dinge besaß.

»Beendet euer Plauderstündchen und kommt mit!«, hörten sie plötzlich Catia zischen. Sie war im Treppenschacht aufgetaucht und beugte sich über das Geländer.

Im selben Moment meldete der Aufzug, zwanzig Meter den Gang hinunter, seine Ankunft mit dem obligatorischen Pling.

War der Glatzkopf schon mit allen Etagen durch? Nahm er sich nun den Keller vor?

Henrik dachte an die Waffe, die der Mann am Gürtel trug, und daran, dass es hier unten keine Zeugen gab.

Hastig und nicht ganz so lautlos, wie er sich das erhofft hatte, hievte er Renato den Treppenabsatz hoch bis zum Erdgeschoss. Oben wartete Catia wie vereinbart mit einem Rollstuhl.

»Wir sollten uns beeilen, bevor sie ihn vermissen«, flüsterte sie, während er den Alten in das Gefährt plumpsen ließ.

Wir sollten uns aus ganz anderen Gründen beeilen, dachte Henrik, wagte aber nicht auszusprechen, was ihn antrieb. Immer wieder blickte er besorgt die Stufen hinab.

»Was ist?«, wollte Catia wissen.

»Ist dir jemand verdächtig vorgekommen?«, fragte er, statt auf ihre Frage einzugehen, und deutete Richtung Ausgang.

»Es stehen einige Leute dort herum, Personal, Patienten und Angehörige.«

Wie auch immer, ihnen blieb sowieso keine Wahl. »Dann setzt mal alle ein zufriedenes Lächeln auf!«, verlangte er und schob Renato schwungvoll hinaus in die Eingangshalle. In derselben Sekunde hörte er in seinem Rücken jemanden die Treppen hochstürmen.

Er beschleunigte sofort und umrundete in einem Zickzackkurs zwei entgegenkommende Krankenschwestern. Die Gummireifen des Rollstuhls quietschten laut auf den Steinfliesen. Köpfe wandten sich ihnen zu. Ein junger Arzt blickte von seinen Notizen auf, aus denen er eben noch einem älteren Paar vorgelesen hatte, das sich eng aneinanderklammerte. Die Dame an der Information reckte den Hals. Niemand stellte sich ihnen in den Weg.

Dafür schlug hinter ihnen die Flügeltür.

Henrik lenkte den Rollstuhl vor Catias Füße. »Du bist dran! Nehmt ein Taxi!«, befahl er und drehte sich um.

Der Glatzkopf stand in der Tür und fixierte ihn mit eisigem Blick. Er wirkte keineswegs überrascht, Henrik hier zu sehen.

Keine zehn Meter trennten sie voneinander. Henrik ballte seine Fäuste und stürmte los.

Der Unbekannte schien für den Bruchteil einer Sekunde unschlüssig. Dann setzte auch er sich in Bewegung.

Der Mann war größer und eindeutig schwerer. Dieses körperliche Defizit musste er mit Geschwindigkeit ausgleichen. Sie prallten aufeinander wie zwei brünftige Bullen. Die Erschütterung raubte Henrik die Luft, doch er schaffte es, seine Arme um den kräftigen Oberkörper des Glatzkopfes zu schlingen. In stählerner Umarmung kippten sie zu Boden. Die harte Kollision malträtierte seine alten Blessuren, aber er ließ nicht los.

Jemand stieß einen spitzen Schrei aus. Sonst hörte er nur das Ächzen seines Gegners, der ihm seinen heißen Atem ins Ohr keuchte. Sie wälzten sich über den Boden, und er spürte das Gewicht des Mannes auf sich, bevor er selbst wieder oben landete. Im selben Moment löste sich sein Griff, und er flog unkontrolliert zur Seite. Sein Kopf knallte auf den Steinboden. Für einen Augenblick überspülte ihn Benommenheit. Dennoch stemmte er sich auf die Beine und sah sich nach dem Glatzkopf um, der bereits wieder auf ihn zustürmte.

Tai Sabaki!

Er wich aus, wie er es im Kampfsporttraining hundertfach geübt hatte, bekam den Magenschwinger aber trotzdem ab. Die Wucht des Schlags holte ihn erneut von den Beinen. Er schlitterte über den gewienerten Boden. Und sein Gegner setzte ihm nach. Seine dunklen Augen wirkten vollkommen ausdruckslos. Er war es ohne Zweifel gewöhnt, Leuten wehzutun. Ein Söldner, kalt und skrupellos, der gelernt hatte, Emotionen auszublenden, wenn er angriff.

Henrik zwang sich, den Blick kurz abzuwenden. Durch die Beine des Mannes und die Verglasung des Eingangsbereichs hindurch sah er, wie sich Renato auf die Rückbank eines Taxis quälte. Der Mann mit dem Vollbart bremste, wirbelte herum und folgte seinem Blick.

Soeben schlug Catia die Tür hinter Renato zu und sprang auf den Beifahrersitz.

Der Söldner ließ Henrik liegen und sprintete auf den Ausgang zu. Das Taxi scherte aus der Parklücke aus. Dann rollte der Wagen mit Catia und Renato an Bord durch das Tor vom Krankenhausgelände und verschwand aus Henriks Sichtfeld, genau wie der rennende Mann, der ihn verprügelt hatte.

Henrik ließ seinen dröhnenden Schädel auf die kühlen Steinfliesen sinken und schloss die Augen.

17

Sinnend betrachtete er die verwahrloste Fassade des Hauses in der Rua Nova do Carvalho. Es kam ihm vor, als hätte er schon Hunderte Male davorgestanden.

Dr. Mola hatte ihn vor einer knappen Stunde dazu gebracht, die Augen zu öffnen. Gemeinsam mit einem Kollegen hatte sie ihm auf die Beine geholfen. Unter den fassungslosen Blicken der Leute, die sich in der Eingangshalle des Hospitals São José versammelt hatten, hatte sie ihm mit einer kleinen Stabtaschenlampe in die Pupillen geleuchtet und verlangt, dem Lichtpunkt zu folgen.

»Alles in Ordnung!«, hatte er ihr versichert, nachdem sein Vertrauen in seinen Gleichgewichtssinn zurückgekehrt war. Sie hatte ihn am Arm gepackt, wollte ihn nicht einfach gehen lassen, aber er hatte ihren strengen Blick so lange erwidert, bis sie ihn losließ.

Mit angehaltener Luft ging er in den Fischladen. Diesmal stand ein Mann hinter der Theke, der Ähnlichkeit mit dem Notar hatte, vor allem was Alter und Statur betraf. Der Mann mit der weißen Plastikschürze sagte nichts, sah ihn nur an und dann zum Durchgang in den Flur. Henrik nickte und nahm den bereits bekannten Weg die Treppe hoch. Er verzichtete darauf zu klopfen und betrat des Notariat. Das Vorzimmer war verlassen, die Tür zu Pinhos Büro geschlossen.

Das Ziehen in der Magengegend kehrte zurück. Es mochte von dem Schlag herrühren, der einen unschönen, geröteten Abdruck auf seiner Bauchdecke hinterlassen hatte; zweifelsohne würde er sich schon bald in einen schmerzhaften Bluterguss verwandeln.

Vielleicht war das Ziehen aber auch eine Art Vorwarnung, wie sie ...

Die Tür zum Büro des Notars wurde aufgerissen. Henrik wirbelte herum. Er brauchte zwei Sekunden, bis er die zur Abwehr erhobenen Fäuste wieder sinken lassen konnte. Heute trug der Notar ein lila Sakko und eine Leinenhose. In Kombination mit dem irritierten Gesichtsausdruck hinter der überdimensionalen Hornbrille bot er einen Anblick, der Henrik ein Grinsen entlockte.

»Sie haben wohl nicht mehr damit gerechnet, dass ich noch mal bei Ihnen auftauche«, sagte er.

»Senhor Falkner!« Pinho klemmte sich den Zigarrenstumpen in den Mundwinkel und streckte ihm die Hand entgegen. »Verzeihen Sie, aber wir haben heute niemanden mehr erwartet, weshalb ich Senhora Matos bereits nach Hause geschickt habe. Kommen Sie, kommen Sie, setzen Sie sich, die Papiere liegen bereit.«

Henrik ignorierte die Geste und marschierte an Pinho vorbei in dessen Büro. Der Notar hatte sich trotz seines überraschenden Auftauchens schnell wieder unter Kontrolle. Er nahm Platz. Pinho schlich um seinen Schreibtisch herum.

»Ich muss gestehen, ich hatte durchaus meine Zweifel, ob Sie sich des Erbes annehmen. Jetzt freue ich mich natürlich über Ihren Entschluss ... Sie sind doch gekommen, um die Papiere zu unterzeichnen?«, fragte er vorsichtig nach.

»Die Entscheidung war nicht einfach. Ich scheine nicht bei jedem in Lissabon willkommen zu sein.«

»Oh, ich hoffe, es gab keine Schwierigkeiten mit den Mietern?«

»Die sind weniger das Problem. Kennen Sie einen Sérgio Barreiro?«

Artur Pinho strich sich über die unrasierten Wangen, nahm dann die Zigarre aus dem Mund und legte sie in einem Aschenbecher ab, der schon mit reichlich Stumpen gefüllt war. »Ist mir nicht bekannt, der Herr.«

Tatsächlich? Henrik verengte die Augen.

»Diese Klausel, dass ich nicht verkaufen darf, ist doch eigentlich ein Witz, oder? Wer könnte, sobald das Objekt auf mich überschrieben und in meinem Besitz ist, da noch Einspruch einlegen?«

»Es würde zumindest schwierig werden, falls je ein Kläger auftauchen sollte«, gab Pinho zu. »Das habe ich Ihrem Onkel auch so erläutert. Ihrer Frage entnehme ich, dass Sie mit der Absicht liebäugeln, das Haus zu veräußern.«

»Nein, und das können Sie auch gerne den Leuten ausrichten, die Sie mit Informationen beliefern.«

»Also, hören Sie!« Der Notar gab den Empörten.

»Lassen Sie die Spielchen, Senhor Pinho. Niemand außer Ihnen wusste, dass ich nach Lissabon komme. Und doch hatte ich einen Schatten, gleich nachdem ich vor drei Tagen aus Ihrem Büro marschiert bin. Wer hat da wohl geplaudert?« Für einen Moment dachte er an die rundliche Senhora Matos. Musste er womöglich auch der Sekretärin auf den Zahn fühlen?

»Das ist ... also, ich weiß nicht, was ich sagen soll ...« Pinho hielt an seiner Fassungslosigkeit fest. »Es ist wohl besser, wir machen die Papiere fertig, und dann ...« Der Notar zog kopfschüttelnd die Mappe aus dem linken Dokumentenstapel, die er auch bei ihrem ersten Aufeinandertreffen aufgeschlagen hatte. Er prüfte nochmals kurz den Inhalt und reichte sie an Henrik weiter. »Wir sind das Schriftstück ja schon durchgegangen. Zudem habe ich extra eine Version in Deutsch verfasst. Allerdings benötige ich Ihre Unterschrift auch auf der portugiesischen Anlage, beides in doppelter Ausführung.«

»Deren Inhalte identisch sind, nehme ich an?«

»Selbstverständlich. Hören Sie, Ihr Verhalten grenzt ja an Rufschädigung!«, protestierte der Alte.

»Aber es kann uns doch niemand hören, Senhor Pinho, oder ist Ihr Büro etwa verwanzt?«

Artur Pinho lief rot an. Henrik überflog die Seiten und setzte dann seine Unterschrift auf die Erbschaftsurkunden.

»Zwei für Sie, zwei für mich«, kommentierte Pinho pikiert und nahm seine Abschriften an sich. »Sie erhalten ein Schreiben von mir, sobald die Dokumente vom Grundbuchamt beglaubigt wurden. Danach geht der Besitz offiziell an Sie über.«

»Der Besitz und alles damit Verbundene«, fügte Henrik in frostigem Tonfall an. »Und falls jemand ein Problem damit hat, darf er persönlich zu mir kommen, richten Sie das ruhig aus! Ansonsten muss ich Ihnen wohl einen erneuten Besuch abstatten. Gehen Sie davon aus, dass er weniger erfreulich für Sie ausfällt.« Damit klappte er die Mappe zu, klemmte sie sich unter den Arm und verließ das Notariat.

Womöglich hatte er eben den größten Fehler seines Lebens begangen. Oder die größten Fehler, korrigierte er sich. Nicht nur, dass er sich dieses Haus ans Bein gebunden hatte, er hatte auch Artur Pinho gedroht und damit indirekt einem Widersacher, von dem er immer noch nicht wusste, wie er ihn einschätzen sollte. Er dachte daran, was Adriana über die Vieiras erzählt hatte, und fühlte sich gleich noch schlechter.

Grübelnd marschierte er durch die Stadt, die ihm seine Entscheidung wieder mit einem wolkenlosen Himmel dankte. Das konnte ihn nicht besänftigen, doch die stete Atlantikbrise machte die Temperaturen wenigstens erträglich. Dafür kam ihm die Welt schrecklich grell vor. Er hatte immer noch keine Sonnenbrille. Vielleicht war es im Moment das Vernünftigste, sich mit solchen Banalitäten zu beschäftigen, um nicht komplett durchzudrehen. Unter anderem benötigte er Sachen zum Anziehen, zumal er keinen Plan hatte, wann er zurück nach Deutschland flog, um seinen Umzug nach Portugal zu organisieren. Um die Ämter zu informieren. Um zu tun, was auch immer vonnöten war. Und, das würde sicher am heikelsten werden, um seiner Mutter Bescheid zu geben.

Auch diese Gedanken waren bereits zu kompliziert, um sie in seiner momentanen Verfassung zu Ende zu denken. Dann lieber zurück zu den Klamotten. Die paar Wäschestücke, die er in seine Reisetasche geworfen hatte, waren längst schmutzig, stanken nach Schweiß oder beides. Obwohl er sein Flugticket so optioniert hatte, dass er einen flexiblen Rückflug wählen konnte, hatte er vor seiner Abreise nach Lissabon nicht damit gerechnet, dass er länger als zwei, drei Tage bleiben würde.

Er konnte natürlich die Waschmaschine benutzen, die er bei seiner Inspektion des Hauses im Keller entdeckt hatte. Der ramponierte alte Kasten sah allerdings alles andere als vertrauenerweckend aus. Der Anblick ließ ihn vermuten, dass alle Parteien in der Rua do Almada Nummer 38 darin ihre Wäsche wuschen. Eine Vorstellung, die ihm einen Schauder über den Rücken laufen ließ. Woraufhin er sich wie ein Spießer fühlte. »Typisch deutsch«, grummelte er vor sich hin. Würde er sich jemals hier einleben können, so wie sein Onkel es ihm vorgemacht hatte? Nun, Martin hatte es damals sicher einfacher gehabt. Er war nicht auf sich gestellt, hatte jemanden an seiner Seite. Jemanden, der ihn liebte.

War seine Entscheidung für Lissabon auch davon geprägt, dass er unbewusst einer Welt den Rücken kehren wollte, in der er glücklich mit Nina gelebt hatte? Benutzte er dieses Erbe als Fluchtmöglichkeit, um der schmerzhaften Erinnerung an diese erfüllte Zeit zu entkommen?

Abrupt blieb er stehen und drehte sich um. Eine Reisegruppe schnatternder Rentnerinnen wäre beinahe auf ihn aufgelaufen. Er teilte sie wie Moses einst das Rote Meer, und sie strömten von Heiterkeit beseelt und von Sonnenbrand gezeichnet an ihm vorbei. Der Faustschlag des glatzköpfigen Söldners strahlte weiterhin einen stumpfen Schmerz über seine Bauchdecke bis hoch unter das Zwerchfell aus. Die Grübelei hatte ihn wieder unvorsichtig werden lassen. Jetzt, da seinen Bewachern klar sein musste, welche Absichten ihn zu Artur Pinho geführt hatten, war er für diese Leute noch mehr zur Gefahr geworden. Vermutlich hatte der Notar die Neuigkeit schon weitergeleitet. Statt über neue Kleidung nachzudenken, sollte er sich besser überlegen, wo er eine Waffe bekommen konnte.

Er war mittlerweile auf der Rua Garrett, und der Anstieg ermöglichte ihm eine gute Übersicht. Sein Freund mit der Glatze war nirgendwo zu entdecken. Doch natürlich arbeitete dieser Mann nicht alleine. Eine volle Minute verharrte er unter dem Vordach eines hippen Modeladens, aus dem unentwegt junge Menschen mit fröhlichen Gesichtern und bunten Papiertaschen strömten, bis er mit sich übereinkam, nicht verfolgt zu werden. Er musterte die Auslagen im Schaufenster des Konsumtempels und stellte fest, dass er keinen

Drang verspürte, ausgerechnet hier seine Garderobe aufzustocken. Schließlich setzte er seinen Weg fort.

Catia hatte das Antiquariat geöffnet, was seinen Unmut und die Sorge verstärkte. Henrik war davon ausgegangen, sie hätte sich nach ihrer Flucht aus dem Krankenhaus verbarrikadiert. Offensichtlich hatte sie nicht kapiert, in welcher Gefahr sie schwebte.

»Wo ist Renato?«

»Ich habe ihn zu seiner Schwester gebracht«, entgegnete sie. »Das war seine Idee.«

Wenigstens einer, der mitdachte. »Und du? Hast du keine ... keine Bedenken, dass diese Männer auch hier auftauchen könnten?«

»Kapierst du nicht? Sie haben erreicht, was sie wollten. Sie haben uns eingeschüchtert. Darum geht es. Zu zeigen, wozu sie in der Lage sind. Dass sie zuschlagen können, wann und wo immer wir uns aufhalten, um uns daran zu erinnern, dass wir keinen Schritt unbeobachtet tun können. Keiner soll den Mund aufmachen. Das ist die Bürde, die uns Martin schon zu Lebzeiten auferlegt hat. Sie haben es nicht nötig, uns bis vor die Haustür zu folgen. Obwohl ...« Während sie über ihre Worte nachdachte, verfinsterte sich ihre Miene. »Diese Sache eskaliert, seitdem du aufgetaucht bist«, fügte sie an und studierte dann wieder die Buchrücken des Stapels, den sie auf den Tresen gestellt hatte.

»Das ist nicht meine Schuld, verdammt. Martin hat das alles angezettelt«, rechtfertigte er sich. »Ich muss das genauso ausbaden wie Renato, du und all jene, die noch in diese Verschwörung verwickelt sind.«

»Martin hat uns nie in Gefahr gebracht«, erwiderte sie pikiert.

Was für ein Blödsinn. »Dass es jetzt gefährlicher geworden ist, habt ihr euch selbst zuzuschreiben. Ihr hättet besser von Anfang an die Wahrheit gesagt!«

Catia packte sich die Bücher wie einen Schutzschild vor die Brust, drückte sich an ihm vorbei und ging zu einem der Regale im hinteren Bereich des Ladens.

Verschwörung! Hatte er das eben wirklich gesagt?

Obwohl er heilfroh darüber war, dass der Glatzkopf nicht einfach hier auftauchte, um seine Botschaft loszuwerden, leuchtete ihm Catias Erklärung von der Einschüchterungstheorie nicht wirklich ein. Leider hatte er dringlichere Sorgen, als dass er sich deswegen momentan den Kopf zerbrechen konnte. Er führte auch einen Kampf gegen die Zeit. Zuallererst musste er mehr über dieses Vieira-Institut herausfinden. »Ich bin oben, mich frisch machen.«

»Ich habe gehört, was ihr gesprochen habt, während ihr unter der Treppe auf mich gewartet habt. Mir ist dazu was eingefallen«, rief Catia ihm hinterher.

Henrik drehte sich nach ihr um.

»Du hast gefragt, ob Martin einen Informanten bei der Polizei hatte.«

»Du weißt was darüber?«, fragte er überrascht.

»Wissen ist zu viel gesagt, aber ich meine mich zu erinnern, dass Martin mal Andeutungen gemacht hat.«

»Andeutungen welcher Art? Dass nicht alle Polizisten korrupt sind?«

»Eher, dass es Polizisten mit Schwachpunkten gibt, die er sich zunutze machen möchte.«

»Schwachpunkte«, murmelte Henrik.

»Wir sind darüber sogar in Streit geraten, weil ich ihm vorgeworfen habe, dass er damit ja ebenfalls auf Erpressung und

Bestechung setzt. Er hatte daraufhin nur erwidert, dass er nicht diese Art der Nötigung meint. Stattdessen sprach er von der Verwundbarkeit der Herzen.«

Martin hatte sich offenbar gerne in Rätseln und Metaphern ausgedrückt, sinnierte Henrik. Gleichzeitig fragte er sich, ob Catia von den Geheimnissen wusste, die in diesem Antiquariat verborgen lagen. Ob ihr bewusst war, dass sie jeden Tag mit einem verborgenen Archiv ungeklärter Verbrechen in Berührung kam? Tolerierte sie die Unordnung im Antiquariat, weil sie deren wahre Absicht kannte?

»Wo könnte er so was aufbewahrt haben? Namen, Daten, Fakten?«

»Derart brisante Informationen hätte er nie irgendwo schriftlich festgehalten. Er musste doch stets darum fürchten, dass sie in falsche Hände geraten.«

Henrik sah sich um. »Was ist in den Karteikästen?« Er deutete auf eine Reihe von Holzboxen, die in einem der Regale hinter dem Kassenbereich aufbewahrt wurden. Früher hatte man so etwas zur Archivierung verwendet.

»Unmengen von alten Postkarten und historischen Fotografien aus allen Epochen. Stadtansichten, Landschaften, Aufnahmen von Familienfeiern, Hochzeiten oder Zoobesuchen, Klassenfotos, Bilder von Ausflügen, Reisen, Kindern, was immer du dir vorstellen kannst.«

Verblichene Aufkleber kennzeichneten die Jahrgänge der Inhalte. »Kinder?«, wiederholte er, pustete Staub von einem der etwa dreißig Zentimeter langen Kästen und nahm ihn aus dem Regal.

»Hat Martin selbst fotografiert?«

»Früher, auf Zelluloid. Als diese Technik von der digitalen Fotografie überholt wurde, hat er es gelassen. Er war nicht der Typ, der was mit Computern anfangen konnte. In erster Linie wohl, weil er dieser Technologie generell nicht vertraute. In der digitalen Welt bleibt nichts mehr verborgen, hat er immer gesagt. Warum fragst du, und was willst du damit?« Sie deutete auf den Karteikasten, der mit 1950–1990 beschriftet war. »Ich denke nicht, dass du darin von Martin geschossene Erinnerungsfotos finden wirst. Diese alten Abzüge aus privaten Nachlässen kann man in Unmengen auf den zahllosen Flohmärkten der Stadt erwerben. Keine Ahnung, wieso Martin diesen Fotokram angeschafft hat.«

Ohne zu antworten, verzog er sich mit der Holzkiste unterm Arm ins Büro. Kaum saß er hinter dem Schreibtisch, knurrte sein Magen. Seit dem Croissant zum Frühstück hatte er nichts mehr gegessen. Doch seine Erwartung war zu groß, um jetzt noch einmal loszuziehen. Catias Bemerkung, dass sich darin Bilder von Kindern befanden, hatte ihn hellhörig gemacht. Er nahm sich vor, diesen ersten Kasten zu sichten und sich danach etwas zum Essen zu besorgen. Vorsichtig klappte er den Deckel der Schatulle zurück. Die prall gefüllte Reihe von Fotografien war nicht weiter unterteilt. Die Formate waren unterschiedlich, hatten maximal aber Postkartengröße. Alleine am Fotopapier und an der Art, wie die Ränder beschnitten waren, konnte man in etwa das Alter der Aufnahmen bestimmen. Wie Catia prophezeit hatte, waren einige Klassenfotos darunter, die eine Reise durch vergangene Jahrzehnte widerspiegelten. Er suchte die heraus, die seiner Ansicht nach jüngeren Datums waren. Hauptsächlich rot- oder grünstichige Abzüge, teilweise verschwommen, aber immer ähnlich geartet, was die Aufstellung der Schüler anbelangte. Drei Reihen, wobei die Kinder in der ersten saßen und die dahinter stocksteif dastanden. Selbst die Hunderte von Gesichtern folgten einer gewissen Analogie. Es gab die ernst, misstrauisch und mürrisch dreinschauenden Kinder, diejenigen, die einfach nur freundlich sein wollten, und die Grimassen schneidenden Spaßvögel. Letztere stets in der Minderheit, denn Disziplin wurde zu dieser Zeit noch mit jener Härte erzielt, die eine körperliche Maßregelung nicht ausschloss. Nur wenige besaßen den Mut oder auch nur den Antrieb, sich dem auszusetzen. Rechts oder links von den Schülern stand die Lehrerin oder der Lehrer, nicht minder auf angemessene Haltung bedacht, stets mit korrektem Blick direkt in die Kameralinse, um ein gutes Vorbild abzugeben.

Warum gerade Klassenfotos? Was konnte er hoffen, in dieser Sammlung zu finden?

Auf der Rückseite waren vereinzelt Jahreszahlen notiert. Unterschiedliche Handschriften, verblichen, verwischt, kaum mehr zu entziffern. Sonst fand er keine weiteren Hinweise. Waren darunter auch die Kinder, die man vor gut zwanzig Jahren brutal in Weinfässer gestopft hatte? Oder war es komplizierter?

Eine Identifikation der Opfer, die im Keller der Villa versteckt gehalten wurden, wäre ein entscheidender Ansatz bei der Aufklärung dieses Verbrechens gewesen. Doch das konnte selbstredend nur die Polizei leisten. Er musste seinen Fund endlich melden. Auch gegen den Widerstand von Renato und Catia. Und selbst wenn er damit nicht in Martins Sinn handelte. Ebenso durfte er sich nicht davon abschrecken lassen, dass er sich dann zum Vorwurf des Hausfriedensbruchs rechtfertigen musste. Er war unberechtigt in dieses Gebäude eingedrungen. Doch er konnte sich nicht vorstellen, dass dieser Umstand das zuständige Kriminalkommissariat davon abhielt, diesen obszönen Fall aufzuklären. Allein der Druck durch die Presse wäre so immens hoch, dass sich die Polizei nicht darum würde drücken können. Oder besaß jemand in dieser Stadt tatsächlich die Macht, eine Untersuchung zu verhindern? Mehrere Szenarien füllten seinen Kopf. Ein Besuch in einem Zeitungsarchiv würde aufdecken können, ob in der Vergangenheit nach diesen Kindern gesucht worden war. Wie intensiv damals ermittelt wurde.

Er musste ins Internet. Das war schon lange überfällig. Sein Problem war nur die Sprache. Er würde Catia um Hilfe bitten müssen. Oder Adriana. Es musste einfach Berichte geben. Über die verschwundenen Kinder und über das Feuer. Sollte der Brand der Villa die Spuren dieses Verbrechens ein für alle Mal in Asche verwandeln?

Gedankenversunken blätterte er weiter durch den Bilderstapel. Urplötzlich hielt er wie vom Blitz getroffen inne. Ging sechs, sieben Aufnahmen zurück, bis er die Fotografie wiederfand.

Lange betrachtete er den Abzug, der seine Aufmerksamkeit geweckt hatte. Er drehte ihn um. 1992 war auf der Rückseite mit Bleistift vermerkt. Darünter ein einziger Name. Diesmal nicht verblasst. Frische Tinte und unverkennbar in der Handschrift seines Onkels. Erneut wendete er das Foto, während er die Eingebung prüfte, die sich mit jeder verstreichenden Minute stärker in seinem Kopf manifestierte. Eine Eingebung, die sich trotzig aller Vernunft widersetzte.

Das Mädchen in der hinteren, erhöht stehenden Reihe blickte freudlos, ja unglücklich in die Kamera. Sie befand sich ganz außen. Während alle anderen Kinder Schulter an Schulter oder gar noch enger platziert waren, klaffte zwischen ihr und dem Jungen neben ihr ein erkennbarer Abstand. Diese kleine Lücke, die sie von dem Rest der Klasse abgerückt war, deutete an, dass sie sich, egal ob bewusst oder unbewusst, als Außenseiterin in dieser Gemeinschaft sah. Blickte sie deshalb so traurig in die Kamera, oder war umgekehrt ihre Melancholie der Grund dafür, dass die anderen Distanz zu ihr hielten? Sie hatte langes, dunkelbraunes Haar, das ein spitz zulaufendes Gesicht umschloss. Die weiße Bluse wirkte, als wäre sie extra für dieses Foto aufgebügelt worden. Doch es waren nicht diese kleinen Details, die ihn unter all den Abzügen genau auf dieses Bild aufmerksam gemacht hatten, es war etwas viel Offensichtlicheres.

Martin hatte mit schwarzem Filzstift einen Kreis um den Kopf des Mädchens gezogen.

18

Catia sprach mit einem älteren Mann. Henrik konnte es zuerst kaum glauben, aber es schien sich um einen echten Kunden zu handeln, der sich interessiert einen der alten Schinken zeigen ließ. Eindeutig ein Tourist. Den Knickerbockern und den Kniestrümpfen in den Trekkingsandalen nach ein Engländer. In seiner sandfarbenen Reiseuniform sah er aus, als käme er direkt aus den Tropen. Es fehlte nur der obligatorische Helm, um sein mit dünnem rotem Haar und Millionen Sommersprossen geschmücktes Haupt zu bedecken. Egal, er war ein Kunde. Ungeduld hin oder her, Henrik wollte dieses Verkaufsgespräch keinesfalls stören.

Der mutmaßliche Engländer benötigte zehn Minuten, bis er sich entschied, das Buch zu kaufen, und Henrik erstmals das Klingeln der Kasse hörte. Catia packte das Buch sorgsam in eine Papiertüte und verabschiedete sich ausgiebig von dem Mann, was damit endete, dass sie ihm die Tür aufhielt, um ihn mit einem freundlichen »Adeus!« ins Freie zu entlassen.

Nun fiel Henrik sofort über sie her. »Du musst mir einen Gefallen tun! Es geht um eine Frau. Kannst du dich kundig machen, ob sie für die Polizei arbeitet?«

Catia blähte die Nasenflügel. »Der einzige Grund, warum ich noch in diesem Laden stehe, ist Martin. Um sein Andenken noch eine Weile hochzuhalten, weil ich weiß, dass er das von mir erwartet hätte. Also hör auf, mir Dinge aufzutragen. Ich arbeite nicht für dich, weshalb übrigens sämtliche Drohungen, mich zu entlassen, ebenso hinfällig sind.«

Zum wiederholten Mal betrachtete er das Klassenfoto, auf dessen Rückseite sein Onkel einen Namen geschrieben hatte.

Helena Gomes.

Verrannte er sich da in etwas? »Ich will nur wissen, ob sie Polizistin ist, und ich kann ja schlecht selbst anrufen. Mein Portugiesisch ist zu lückenhaft, um glaubwürdig rüberzukommen«, startete er einen neuen Versuch. »Du hingegen könntest dich in der Dienststelle nach deiner Cousine oder nach sonst irgendeiner Verwandten erkundigen. Fragen, ob sie am Samstag zur Familienfeier kommt. Irgendeine Gesichte eben, die erklärt, warum du sie sprechen möchtest.«

»Und in welcher Dienststelle bitte? Weißt du, wie viele Polizeireviere wir in Lissabon haben?«

Verdammt, es klang absolut bescheuert. Aber irgendwo musste er anfangen. »Kripo«, schlug er vor. »Du musst dich durchfragen und dumm stellen, wenn du im falschen Dezernat landest.«

Sie verschränkte demonstrativ die Arme vor der Brust. Kein Wunder. Die Idee war an den Haaren herbeigezogen und wäre selbst für jemanden fragwürdig gewesen, dessen Sympathien er hatte. Zeit, seinen Trumpf aus dem Ärmel zu holen. »Ich war heute beim Notar.«

»Du ...?«

»Ich kann dich nicht zwingen, weiterhin für mich zu arbeiten, aber ich biete es dir an. Außerdem werde ich schleunigst dafür sorgen, dass du wieder Lohn erhältst. Ich nehme an, Martin – oder besser ich – schulden dir zwei Monatsgehälter?«

Ihr Mund stand immer noch offen. Er konnte nur nicht entscheiden, was sie mehr beschäftigte: dass er trotz all der Widrigkeiten das Erbe angetreten hatte oder die Aussicht, dass sie ihren Job behalten konnte.

»Erwarte bitte nicht, dass ich mich sofort entscheide«, entgegnete sie schließlich und sah ihn herausfordernd an.

»Ich weiß, es wird nicht einfach mit mir«, gestand er, was ihr sogar ein schmales Schmunzeln abrang.

Eine Weile standen sie schweigend voreinander. Dann fragte sie: »Wie heißt die Frau, nach der ich mich erkundigen soll?«

Der Largo do Carmo wurde von in intensivem Lila blühenden Palisanderbäumen überschattet. Henrik saß auf einer der Esplanaden, aß ein Thunfischsandwich und trank dazu selbst gemachte Zitronenlimonade, die mit Basilikum verfeinert war. Catia hatte ihn auf den beschaulichen Platz geschickt unter dem Vorwand, sie könne sich bei seinem Magenknurren nicht auf ihre Anrufe bei der Polizei konzentrieren. Natürlich hätte es näher gelegene Imbissbuden oder Straßencafés gegeben, aber Henrik vermutete, sie hatte ihm den Largo do Carmo auch wegen der besonderen Atmosphäre empfohlen. Der Platz besaß etwas Versöhnliches, auch wenn er sich diesen Eindruck nicht erklären konnte. Es herrschte einfach eine einladende Stimmung. Ein paar Straßenmusiker, die offenbar zufällig zusammengekommen waren, sorgten für eine angenehme Hintergrundbeschallung. Dazu kam die historische Bedeutung dieses Ortes. Während der Nelkenrevolution war der Largo do Carmo ein wichtiger Versammlungsplatz gewesen. Hier hatte der Wunsch nach Frieden und dem Ende der Diktatur gekeimt. Ein symbolisches Zeichen auch von Catia, ihre Differenzen beizulegen? Jedenfalls hätte er unter anderen Umständen gerne länger hier verweilt. Doch seine Neugier ließ das nicht zu. Bereits nach einer Viertelstunde rief er im Antiquariat an. Niemand ging ans Telefon. Nicht gut für seine Nerven. Was trieb Catia bloß? Er musste einfach erfahren, ob etwas dran war an dem, was seine Intuition ihm eingeflüstert hatte. Längst war er kein Polizist mehr, brauchte nicht mehr auf hieb- und stichfeste Beweise setzen. Er konnte sich an Strohhalme klammern, ohne sich vor Vorgesetzten oder ermittelnden Staatsanwälten rechtfertigen zu müssen. Seit Ninas Tod hatte er keine Sekunde darüber nachgedacht, was das Leben noch für ihn bereithielt. Er existierte im Hier und Jetzt und stellte sich jedem Tag aufs Neue. In die Zukunft zu blicken, war ihm abwegig vorgekommen. Doch nun ... Er konnte hier etwas aufziehen. Antiquariat und Detektei, auch wenn sich das verdammt nach einem deutschen Fernsehkrimi anhörte.

Das Vibrieren seines Handys verscheuchte die Grübeleien. »Hast du was erreicht?«, fragte er begierig.

»Was meinst du?«

»Wolltest du nicht ... die Polizei, du erinnerst dich?«

»Ach, das!« Er hörte sie lachen. Das erste Mal überhaupt, seit er sie kannte.

»Ich habe zwar keine Ahnung, wie du das gemacht hast, aber es gibt eine Helena Gomes bei der PSP.«

»PSP?«

»Polícia de Segurança Pública. Ich weiß nicht, ob sie mir meine Geschichte abgenommen haben – und gnade dir Gott, falls du mich damit in Schwierigkeiten gebracht hast, weil ich mich nach einer Beamtin der Landespolizei erkundigt habe. Im Nachhinein bin ich froh, von einer Telefonzelle aus angerufen zu haben, obwohl es besser gewesen wäre, das in einem anderen Viertel zu tun, statt nur um die Ecke zu gehen ...«

»Wo finde ich diese Gomes?«, fuhr Henrik ihr ins Wort.

»Kein Dank, kein Lob?«

»Du bist die Beste, Catia! Und jetzt spann mich nicht länger auf die Folter!«

Die Frau am anderen Ende der Leitung seufzte schwer. »Du bist dir sicher in dem, was du tust?«

»Ich versuche bloß, mit einer Kollegin in Kontakt zu treten. Was bereitet dir solche Sorge?«

»Na ja, du hattest recht, diese Frau arbeitet für die Divisão de Investigação Criminal.«

Die Polizeistation befand sich in der Rua da Cintura do Porto unten am Hafen, direkt an der sechsspurigen Avenida Brasília, die hinaus Richtung Belém verlief und dort in die A 36 mündete. Untergebracht war das Dezernat für Gewaltverbrechen in einem schäbigen Betonklotz mit einem hässlichen, beigefarbenen Anstrich, in direkter Nachbarschaft zum Museu do Oriente, unweit der Brücke des 25. April. Der stahlblaue Himmel, der sich über die Stadt und das Flussdelta spannte, schärfte die Kontraste. Die Sicht war deutlich klarer als die Tage zuvor. Keinerlei Dunst lag über dem Sund. Deutete sich eine Wetteränderung an? Regen und ein wenig Abkühlung konnten nicht schaden, dachte Henrik und richtete seine Aufmerksamkeit wieder auf das PSP-Quartier. Er konnte schlecht dort hineinmarschieren und nach Helena Gomes fragen. Catias Erkundigung nach der angeblichen Cousine und ob diese am Wochenende Dienst hatte oder dem anstehenden Familienfest beiwohnen würde, war hoffentlich in der Tat so unverdächtig geblieben, dass niemand im Dezernat andere Absichten dahinter gewittert hatte. Abgesehen von Helena Gomes selbst natürlich, falls diese danach gefragt worden war. Aber da hatte der Beamte, den Catia an der Strippe gehabt hatte, schon erklärt, dass er keine privaten

Mitteilungen oder Grüße an seine Kollegin weiterreichen konnte. Eine Aussage, die für Henrik der Anstoß gewesen war, sich direkt auf den Weg zu machen.

Vor dem Gebäude parkten ein paar Streifenwagen und zivile Dienstfahrzeuge. Der Eingang funktionierte nur über eine Pforte. Ohne Begründung kam er demnach nicht hinein, und als gewöhnlicher Tourist, den er mit seinem aufgefalteten Stadtplan abgab, wandte man sich, wenn einem etwa die Kamera geklaut worden war, auch nicht unbedingt an die Kriminalpolizei. Da tat es eine einfache Dienststelle, von denen es im Zentrum einige gab. Zweifelsfrei würde man ihn zu einer von denen schicken, sollte er nicht mit einer griffigen Geschichte aufwarten können. Zum Beispiel mit ein paar Kinderleichen im Keller einer leer stehenden Villa. Was die Frage zur Folge haben würde, warum er die Polizei nicht augenblicklich verständigt und bis zu ihrem Eintreffen dort ausgeharrt hatte. Er konnte anführen, dass er in Panik geraten war, oder eine ähnlich geartete Ausrede erfinden, doch damit wäre der Wissensdurst der Ermittler längst nicht gestillt. Man würde ihm vorwerfen, dass er auf dem privaten Gelände nichts verloren hatte, und er würde dafür erneut etwas Hanebüchenes auftischen müssen, was sein Lügenkonstrukt immer fragiler machen würde. Sollte er allen Bedenken zum Trotz damit durchkommen, bestand nur eine geringe Chance, dass der Fall ausgerechnet an Helena Gomes übertragen wurde. Zumal er nicht einmal wusste, in welcher Abteilung die Frau überhaupt arbeitete. Da er nicht einfach seinen Dienstausweis zücken konnte, stellte sich diese Sache verzwickter dar als im ersten Augenblick der Euphorie angenommen. Das mit der Detektei musste er auf jeden Fall gründlich durchdenken.

Er zog das Klassenfoto aus der Gesäßtasche. Alles, was er hatte, war das leicht unscharfe Bild eines etwa zehnjährigen Mädchens, dessen Kopf mit einem Filzstiftkringel gekennzeichnet war. Sie musste inzwischen Mitte dreißig sein, so alt wie er.

Die Sonne brannte in seinem Nacken. Er hatte heute Morgen eine Sonnencremetube in Martins Badschrank gefunden, von der er sich großzügig bedient hatte. Allerdings war sie schon vor zwei Jahren abgelaufen und wies lediglich den Schutzfaktor zehn aus. Damit würde sie der intensiven UV-Strahlung nicht lange entgegenwirken. Abkühlung suchte man auf diesem Industriegelände vergebens. Nicht einmal das Museum für orientalische Kunst und Kultur, das zwei Gebäude weiter untergebracht war, wies eine einladende, Schatten spendende Begrünung auf. Er entdeckte keinen günstigen Punkt, von dem aus er über längere Zeit den Eingang zur Polizeistation hätte beobachten können. Hinzu kam, dass er ohnehin schon viel zu lange viel zu verdächtig hier herumstand. Wollte er nicht, dass demnächst einer der ein- und aus gehenden Streifenbeamten auf ihn zukam, um verfängliche Fragen zu stellen, musste er schnell eine Entscheidung treffen.

Er packte Foto und Stadtplan zurück in seine Hosentasche und ging zurück zu der Fußgängerbrücke, die ihn über die Avenida Brasília und die Gleise der Vorortzüge zurück Richtung Innenstadt brachte. Gleich an der Ecke der nächsten Straßenkreuzung war eine Starbucksfiliale. Was konnte es schaden, dachte er und betrat das klimatisierte Café. Er kaufte sich einen Espresso und ein Wasser und setzte sich damit ans Fenster zur Hauptstraße. Auch wenn er den Eingang nicht erkennen konnte, hatte er doch wenigstens das Gebäude im Blick.

Gedankenversunken auf der Suche nach einer Lösung, trank er seinen Kaffee und das Wasser. Immer wieder fuhren Streifenwagen vom Parkplatz oder es kehrten welche zurück. Manchmal geleiteten Uniformierte Zivilpersonen ins Gebäude, und nicht immer folgten diese ihnen freiwillig.

Dann, irgendwann, als er bereits ein Bein vom Barhocker geschoben hatte, um die erfolglose Aktion abzubrechen, betrat ein Paar das Café. Henrik sah sie nur kurz im Profil, dennoch hielt er inne und betrachtete das dunkelbraune, zu einem Pferdeschwanz zusammengebundene Haar der Frau. Seine Augen wanderten über ihren Rücken. Sie trug ein Blouson, was bei der Temperatur nur bedeuten konnte, dass sie etwas darunter verbergen wollte. Genau wie ihr Begleiter, unter dessen Jackett sich noch viel offensichtlicher ein Holster abzeichnete. Polizisten in Zivil, unweit des Dezernats für Gewaltverbrechen. Das Café lag günstig, falls man dem Automatenkaffee im Büro entfliehen wollte. Sein Bauchgefühl hatte ihn hierher gelenkt, nun konnte er auch weiter darauf hören. Henrik rutschte vom Barhocker und stellte sich hinter den beiden an die Kasse. Die klimatisierte Luft verursachte eine Gänsehaut auf seinen Unterarmen. In dem Bruchteil der Sekunde, bevor die Frau sich beim Eintreten von ihm abwandte, hatte er geglaubt, diese spezielle Traurigkeit an ihr zu bemerken. Diese unverwechselbare Melancholie in den dunklen Augen. Ziemlich verrückt, wenn man genauer darüber nachdachte. Oder einfach nur eine absurde Wunschvorstellung.

Er spitzte die Ohren, als die beiden ihre Bestellungen abgaben und der dürre Asiate hinter dem Tresen sie nach ihren Namen fragte, um die Pappbecher für den Coffee to go damit zu kennzeichnen.

»Lui«, antwortete der Mann.
»Helena«, sagte die Frau.

19

Er folgte ihnen nach draußen, ebenfalls mit einem Mitnahmekaffee in der Hand. Es widerstrebte ihm, sie anzusprechen, solange der Kollege an ihrer Seite war. Abgesehen davon, dass Helena sicher ein gängiger portugiesischer Name war. Was, wenn er sich irrte?

Die beiden waren, in ein Gespräch vertieft, an der Ecke stehen geblieben. Sobald sie weitergingen und der Fußgängerbrücke zustrebten, die hinüber in das unansehnliche Hafenareal führte, konnte er die Verfolgung nicht mehr riskieren. Sie hatten ihn im Café bemerkt und kannten sein Gesicht, da er direkt nach ihnen seine Order abgegeben hatte. Er wusste, wie Polizisten tickten. Sollten sie sich nach ihm umdrehen, konnte er noch so unschuldig dreinschauen, sie würden sein Verhalten trotzdem als verdächtig einstufen. Ihm bliebe dann nur die Ausrede, das Museu do Oriente besuchen zu wollen, aber letztlich führte das alles zu keinem Ergebnis. Er musste mit dieser Helena unter vier Augen sprechen, allein schon um sich zu vergewissern, ob sie die Richtige war.

Das ungewöhnlich klare Wetter hatte kräftige Böen im Gepäck, die vom Fluss her in die Stadt drängten. Er holte den Stadtplan hervor und versuchte, ihn mit der freien Hand aufzuklappen. Wie erhofft, zupfte der Wind heftig daran und machte sich damit unfreiwillig zu seinem Verbündeten. Den randvoll gefüllten Pappbecher reckte er weit von sich, während sich die entfaltete Karte um seinen Oberkörper wickelte und ihm die Sicht raubte. Auf diese Weise beeinträchtigt, lief er mitten in das Pärchen hinein und zerdrückte dabei das fragile Behältnis. Heißer Kaffee schwappte über seine Hand und ergoss sich über das Hosenbein der Polizistin, die empört aufschrie. Im nächsten Moment knallte auch der Becher, auf den der asiatische Barista vor wenigen Minuten den Namen Helena geschrieben hatte, auf den Gehsteig. Noch mehr Kaffee besprenkelte Schuhe und Hosenbeine, gefolgt von weiteren Verwünschungen aus dem Mund der Frau. Zwar blieb der hässliche hellbeige Anzug ihres Kollegen von den braunen Spritzern verschont, doch der lange Kerl zeigte sich solidarisch und fluchte kräftig mit. Für eine Sekunde befürchtete Henrik sogar, dass er seine Dienstwaffe ziehen würde, um sich gegen den Angriff mit der heißen Brühe zu verteidigen. Immer noch mit dem Stadtplan kämpfend, ließ Henrik eine Litanei an englischen Entschuldigungen los. Schließlich knüllte er die Karte einfach zusammen und gab sich reumütig.

Die Polizistin zog den durchweichten Stoff ihres Hosenbeins von der Haut und krauste verärgert die Brauen. »Können Sie nicht aufpassen, verdammt ...« Eine weitere portugiesische Fluchtirade folgte.

»Es tut mir furchtbar leid«, wiederholte Henrik zum fünften Mal. »Das war wirklich sehr ungeschickt, ich komme selbstverständlich für die Reinigung auf.«

Während die Frau wieder Englisch sprach, blieb ihr Begleiter stur dabei, auf Portugiesisch dazwischenzureden. In Henriks Ohren klang es, als würde er sie dazu aufhetzen, dem ungeschickten Tölpel Handschellen anzulegen.

»Das ist ...« Sie hielt inne und wandte sich dem Kollegen zu. Nach einem kurzen, aber heftigen Disput zuckte der turmhohe Lui die schmalen Schultern, drehte sich um und erklomm mit weit ausholenden Schritten die Treppe hoch zur Fußgängerbrücke.

Henrik konnte es nicht fassen: Mit seiner stümperhaften Slapstickeinlage hatte er erreicht, was er wollte.

»In welchem Hotel wohnen Sie?«, fragte Helena, verscheuchte damit seinen stillen Triumph und erinnerte ihn daran, dass ihm der schwierigste Teil noch bevorstand. Über ihre Schulter hinweg sah er, wie Kollege Lui kopfschüttelnd über die Brücke Richtung Polizeistation davonstakste.

Henrik blickte in ihre tiefbraunen Augen. »Ich möchte mich erneut aufrichtig entschuldigen, Senhora Gomes!«

Helena Gomes reagierte ohne Verzögerung, machte einen Schritt rückwärts, zog gleichzeitig ihre Dienstwaffe und richtete die Heckler & Koch P7 auf seine Brust.

Henrik hob die Hände.

»Wer zur Hölle sind Sie?«

»Mein Name ist Henrik Falkner, ich bin Martins Neffe.«

Es war unschwer zu erkennen, dass dieser Name ihr nicht unbekannt war. Sie senkte die Waffe ein klein wenig. Dann spähte sie kurz in Richtung ihres Kollegen, doch Lui war längst auf der anderen Straßenseite angekommen und schien zu beleidigt, um einen Blick zurückzuwerfen.

»Ich habe nicht vor, mit Ihnen zu reden. Gehen Sie!«

Vorsichtig holte er das dreiundzwanzig Jahre alte Klassenfoto hervor und hielt es ihr hin. »Er hat mich zu Ihnen geschickt. Lassen Sie mich erfahren, warum?«

Helena Gomes biss sich auf die volle Unterlippe. Sie hatte breite Schultern, und die Athletik ihres Körpers blieb selbst unter dem steif geschnittenen Blouson nicht verborgen. Über den Lauf der Pistole hinweg betrachtete sie das Bild, gefolgt von einem weiteren Blick über die sechsspurige Schnellstraße. Ein vorbeifahrender Zug übertönte den Lärm der Autos.

»Nicht hier«, sagte sie, steckte die Waffe weg, drehte sich um und marschierte in die Gasse zurück, aus der sie eben gekommen waren. Henrik folgte ihr mit gut einem Meter Abstand. Sie mied das Café, weil sie wohl annehmen konnte, dass weitere Kollegen dort auftauchten. Erst nachdem sie abgebogen waren, um endgültig aus dem Sichtbereich der Polizeistation zu entkommen, schloss Henrik zu ihr auf. Während er still neben ihr herging, griff sie nach ihrem Mobiltelefon. Sie sprach ein paar Worte hinein. Vielleicht erklärte sie Kollege Lui, dass sie heimfuhr, um sich umzuziehen.

Sie führte ihn um zwei weitere Ecken und betrat eine Pastelaria. Zwischen Schaufenster und Verkaufstresen waren vier Bistrotische angeordnet, die so eng nebeneinanderstanden, dass man Stühle und Tische verschieben musste, wollte man an einem davon Platz nehmen. Am Tresen bestellte Helena einen Galão, was sich als Milchkaffee entpuppte, und ein Pastel de Nata, ein landestypisches Blätterteigtörtchen, das mit einer Art Vanillepudding gefüllt war. Um die Sache zu vereinfachen, nahm Henrik das Gleiche und bezahlte. Helena setzte sich mit dem Gesicht zum Eingang, darauf bedacht, dass man sie von der Straße aus nicht sehen konnte. Er rutschte auf den Stuhl ihr gegenüber. Über ihnen verwirbelte ein Deckenventilator die vom Duft süßen Backwerks geschwängerte Luft. Lange Sekunden des Schweigens rührten sie in ihren Galãos, ohne sich den Törtchen zu widmen. Sie trug keinen Ehering. Gab es trotzdem jemanden, den sie schützen wollte? War deshalb dieses Versteckspiel nötig?

Die Situation erinnerte ihn plötzlich an das gegenseitige Abtasten bei einem Verhör, wie er es früher tausendmal erlebt hatte. Wer zuerst redete, war schuldig.

»Wie haben Sie sich kennengelernt, Sie und Martin?«, platzte es schließlich aus Henrik heraus.

»Auf dem Friedhof«, antwortete Helena und trank von ihrem Milchkaffee. »Bei der Beerdigung meiner Großmutter. Das war vor etwa einem halben Jahr.«

»Tut mir leid, das mit Ihrer Großmutter.«

»Schon gut, sie war alt ...« Da war sie wieder, diese Traurigkeit in ihren Augen, die in ihm den Beschützerinstinkt weckte – obwohl sie den wahrscheinlich nicht nötig hatte, so schnell, wie sie mit der Waffe war.

»Ich muss anders beginnen«, fügte sie an, ehe er etwas erwidern konnte. »Ihr Onkel kannte meine Großmutter. Ich habe nie gefragt, woher, aber ich nehme an, wegen Tomás.«

»Tomás?«

»Ja, Tomás, er war mein Bruder.«

»War?«

Sie nickte. Ihre Finger drehten das Blätterteigtörtchen auf dem kleinen Teller hin und her. »Er ist schon lange tot. Ich war damals noch sehr klein, als er ... als er starb. Meine Großmutter muss Ihrem Onkel davon erzählt haben. Wie es dazu kam, entzieht sich meiner Kenntnis. Bis vor sechs Monaten war Martin ein Unbekannter für mich. Niemand aus meiner Familie wusste, wer der Mann war oder wer ihn zu der Beerdigung auf dem Cemitério dos Prazeres gebeten hatte. Er sprach mich an, während wir vor der geöffneten Familiengruft standen und dabei zusahen, wie der Sarg meiner Großmutter seinen Platz darin fand. Ich hatte gar nicht mitbekommen, dass er an mich herangetreten war.«

»Was wollte er von Ihnen?«

»Er wollte wissen, ob Tomás' kleiner, ehemals weißer Kindersarg, der dort in der Gruft stand, tatsächlich leer war.«

Henrik hörte auf, in seinem Milchkaffee zu rühren. War das möglich? »Was ist mit Tomás passiert?«, fragte er atemlos, obwohl er ahnte, was er hören würde. Genau genommen ahnte er noch wesentlich mehr.

»Tomás war sieben, als er spurlos verschwand. Das war 1986«, erklärte Helena. »Ehe ich mich gefangen hatte, erzählte mir Ihr Onkel im Flüsterton von weiteren Kindern, die seit den späten 1980ern bis hinein in die 1990er verschwanden. Kinder, die an ähnlichen Symptomen litten. Er bat mich um ein Treffen.«

»Ich vermute, er wusste, dass Sie bei der Polizei sind.«

»Ich denke nicht, dass ihm das entgangen ist, immerhin trug ich bei Avós Beerdigung meine Galauniform.«

Henrik fühlte die Aufregung in sich brodeln. »Und, haben Sie sich mit ihm getroffen?«

Sie schüttelte den Kopf. Es lag nicht nur Ablehnung in ihrer Mimik, er glaubte, auch Furcht zu erkennen.

Angst vor der Wahrheit?

»Er hat mich noch zweimal angerufen, danach habe ich nie wieder von ihm gehört.«

»Er ist ebenfalls tot«, erklärte Henrik. »Herzinfarkt.«

Sie starrte in ihre Kaffeetasse. Ihre Betroffenheit wirkte echt.

»Was meinten Sie vorhin mit ähnlichen Symptomen?«

Für eine Weile blickte sie durch das Fenster hinaus auf die Straße. »Bei seinem letzten Anruf hat Ihr Onkel das Vieira-Institut erwähnt«, sagte sie.

Henrik schluckte trocken. »Wissen Sie was darüber?«

»Eine Einrichtung, die sich mit der Erforschung von Entwicklungsstörungen bei Kindern beschäftigte. Mein Bruder war dort. Wegen seines Autismus. Man hat Tests mit ihm gemacht. Ihr Onkel behauptete, dass auch die anderen verschollenen Kinder psychische Störungen dieser Art aufgewiesen haben. Er glaubte nicht an einen Zufall.«

»Und damit konnte er Sie nicht erweichen?« Verständnislos schüttelte Henrik den Kopf. »Sie sind Polizistin. Selbst wenn die geringste Aussicht bestand, mehr über den Verbleib Ihres Bruders zu erfahren, hätten Sie einem Treffen doch zustimmen müssen! Wollen Sie wirklich nicht erfahren, was mit Tomás passiert ist?« In seiner Stimme schwang die Wut mit, die ihr ignorantes Verhalten in ihm hervorrief.

»Ich bin nicht untätig geblieben, verdammt!«, verteidigte sie sich. »Es gibt keine Berichte darüber, zumindest nicht im Zentralrechner der Polizei. Vielleicht wurden die Akten von damals noch nicht digital erfasst. Auch über diese Forschungseinrichtung existieren keine Unterlagen im Polizeiarchiv. Nichts, was seine Anschuldigungen untermauert hätte.«

»Oder Sie haben schlichtweg keinen Zugriff darauf.«

»Ihr Onkel ist ... war bei uns bekannt für seine paranoiden Verschwörungstheorien. Ich hoffe, er hat Sie damit vor seinem Tod nicht noch angesteckt.«

Er schluckte den Zorn hinunter wie bittere Galle. »Ich habe ihn nie kennengelernt, trotzdem hat er mich in seinem Erbe bedacht. Deshalb bin ich in Lissabon, und glauben Sie mir, ich gehe die Sache sehr rational an. Ich war auch mal bei der Kripo.«

Abschätzend musterte sie Henrik, suchte den Polizisten in ihm. »Ich will keine Schwierigkeiten, also lassen Sie mich bitte in Ruhe!« Damit stand sie auf, flüchtete aus der Pastelaria und ließ ihn mit zwei Pastéis de Nata sitzen.

Vor wem hatte sie Angst? Vor ihren Kollegen?

Die Paranoia, die sie Martin vorwarf, schien Henrik nicht so weit hergeholt. Sollte Helenas Bruder unter den Kindern sein, deren Überreste in diesem Keller lagen, hatte Martin definitiv die richtige Person ausgewählt. Und er war zudem mit der richtigen Strategie an sie herangetreten. Eine Polizistin, gleichzeitig eine Schwester. Direkt betroffen. Sie konnte nicht ignorieren, dass es womöglich eine Spur zu Tomás gab. Henrik musste dranbleiben und entschied spontan, dass es nun Zeit war für die rabiate Tour.

Er trank den Galão und verdrückte die beiden Vanilletörtchen.

Im Hafen lagen zwei große Kreuzfahrtschiffe, und deren Passagiere überschwemmten gerade die Unterstadt. Er versuchte, den Menschenströmen auszuweichen, und benutzte Gassen, die nicht mit Geschäften, Straßencafés oder Kulturgeschichtlichem lockten. Leider hatte sein Stadtplan allzu sehr unter der Kaffeeattacke gelitten und war an den entscheidenden Stellen so aufgeweicht und verklebt, dass er zur Orientierung nicht mehr taugte. Er entsorgte ihn im nächstgelegenen Papierkorb und suchte sich seinen Weg durch Lissabon aus dem Gedächtnis. Sein Irrweg durch die Stadt beanspruchte viel Zeit. Endlich vor dem Eingang des Antiquariats angekommen, seufzte er erleichtert und betrat den Laden. Nach nur einem Schritt blieb er wie angewurzelt stehen. Bücher lagen verstreut auf dem Boden, zwei der Stapel waren umgekippt. Automatisch griff er zum Gürtel, an dem aber keine Waffe mehr hing. Er horchte in die staubige Stille. Drei Herzschläge später rief er nach Catia. Keine Antwort.

Geduckt wagte er sich weiter in den Verkaufsraum hinein und spähte um die Regale. Trotz Staubwolken und schlechten Lichts war klar, dass niemand im Laden war. Catia hätte das Antiquariat allerdings nie unverschlossen zurückgelassen. Dazu die verstreuten Bücher ...

Er bückte sich und begann die vergilbten Werke aufzusammeln, bis ein Geräusch ihn innehalten ließ. Es kam aus dem Büro. Augenblicklich fühlte er sich an seinen ersten Abend erinnert. An den dreckigen Hinterhof und Renatos blutüberströmtes Gesicht. Mit schnellen Schritten umrundete er die Verkaufstheke und stieß die Bürotür auf.

Catia lag auf dem Boden, inmitten der Kartons, die zum Teil über ihr zusammengestürzt waren. Er wühlte sich zu ihr durch und schleuderte auf seinem Weg einfach alles beiseite.

»Henrik!«

Es war das erste Mal, dass sie ihn beim Namen nannte. Ihre Nase blutete, und das rechte Jochbein zeigte eine deutliche Rötung.

»Was ist passiert?«, fragte er aufgebracht, obwohl er die Antwort bereits kannte. Ein Blick auf den Schreibtisch, die herausgerissenen Schubladen und die allgemeine Verwüstung genügten. Jemand hatte etwas gesucht und war dabei wie ein Wirbelsturm durch das ohnehin chaotische Büro gefegt.

»Ich bin aus der Pause gekommen, die Ladentür war offen, und im ersten Moment dachte ich tatsächlich, ich hätte vergessen abzuschließen. Sie waren zu dritt«, berichtete Catia mit brüchiger Stimme und stöhnte bei dem Versuch, sich aufzurichten. Mit sanftem Druck brachte er sie wieder in die Waagerechte und legte ihr zwei dicke Wälzer unter den Kopf. »Bleib besser liegen, ich rufe einen Arzt!«

Sie schüttelte den Kopf. »Nein, so schlimm ist es nicht, es geht gleich wieder.«

Er tastete ihre Arme ab, ohne dass sie vor Schmerz zusammenzuckte, wagte aber nicht, auch ihren Brustkorb nach Hämatomen oder gar Brüchen zu untersuchen.

»Hast du sie erkannt?«

Wieder nur ein Kopfschütteln. Er hatte nichts anderes erwartet. »Ich rufe die Polizei.«

Sofort klammerte sie sich an seinen Unterarm. »Nein, Henrik, wirklich …«

»Wir können nicht so weitermachen«, erklärte er und machte sich sanft von ihr los.

»Hier wurde schon öfter eingebrochen, das interessiert die Behörden nicht.«

»Einbruch ist das eine, aber jetzt geht es auch um Körperverletzung.«

»Ich sage doch, es geht gleich wieder«, wandte sie ein, aber er blieb unnachgiebig und griff zum Telefon.

Er hatte die Botschaft schnell verdaut, dass Martins Büro auch in der Vergangenheit schon durchwühlt worden war, und ein routiniertes Gespräch mit der Polizei geführt. Wenn er recht überlegte, war es naheliegend, dass nicht zum ersten Mal jemand den Auftrag bekommen hatte, bei seinem Onkel nach belastendem Material zu suchen. Das war nur die logische Konsequenz daraus, dass Martin fortwährend irgendwelchen Leuten auf den Schlips getreten war. Nur war laut Catia dabei bislang niemand körperlich zu Schaden gekommen. Offenbar wurde der Ton rauer. Oder jemand verspürte größere Angst denn je, dass etwas ans Licht kam, was womöglich über Jahrzehnte im Verborgenen geschlummert hatte.

Nachdem man ihm versichert hatte, dass eine Streife unterwegs war, kümmerte er sich um Catia. Um zu beweisen, dass er sich zumindest den Anruf bei der Notfallambulanz sparen konnte, mühte sie sich mit seiner Hilfe auf die Beine. Was Sturheit anbelangte, stand sie ihm in nichts nach. Er schob ihr den Bürostuhl hin, und sie ließ sich dankbar darauf nieder.

»Haben sie was mitgenommen?«, wollte er wissen.

Catia lächelte gequält. »Wie immer haben sie nichts gefunden.«

Er machte sich Vorwürfe. Der Einbruch war eine direkte Reaktion auf seine Aktivitäten. Er hatte in ein Schlangennest gestochen, ein Nest, das über ausreichend Macht und Geld verfügte, um noch rigorosere Mittel aufzufahren, wenn es darum ging, einen Skandal zu vertuschen. Konnte er sich den Vieiras wirklich entgegenstellen? Und vor allem, konnte er Leute wie Catia und Renato diesem Risiko aussetzen? War das hier nicht erst der Anfang? Eine weitere Warnung, die ihm verdeutlichen sollte, dass seine Gegner vor nichts zurückschrecken würden, wenn er nicht augenblicklich die Füße stillhielt?

Er zuckte zusammen, als die Glocke über der Tür bimmelte. Sekunden später standen zwei Uniformierte im Büro. Ein weiteres Mal wurden seine Personalien erfasst. Dann erst widmeten sich die Polizisten Catia. Er verstand nicht, was sie berichtete, hoffte aber, dass sie bei den Tatsachen blieb und vor allem nicht herunterspielte, was ihr widerfahren war. Die Glocke schellte erneut. Tauchte ausgerechnet jetzt ein Kunde auf? Henrik ließ Catia und die Beamten im Büro zurück und ging vor in den Laden. Zwei bekannte Gesichter erschienen zwischen den Bücherregalen.

Lui musterte ihn verwundert, deutete mit dem Finger auf ihn und sagte etwas zu Helena. Sie spielte mit und gab die Überraschte.

»Wir waren um die Ecke, als wir hörten, dass es hier einen Überfall gegeben hat«, wechselte sie dann ins Englische.

Er konnte sich gerade noch die Bemerkung verkneifen, wieso das die Mordkommission interessierte. Zu gerne hätte er gewusst, welchen Vorwand Helena gegenüber ihrem Kollegen benutzt hatte, um im Antiquariat nach dem Rechten zu sehen.

Angelockt von der Unterhaltung, gesellte sich einer der Uniformierten zu ihnen. Er sprach Helena mit Inspetora Gomes an. Es kam zu einer kurzen Diskussion, die sich augenscheinlich um die Zuständigkeit drehte. Der lange Lui schlug sich dabei auf die Seite des Streifenpolizisten. Für Einbruch in Tateinheit mit schwerer Körperverletzung fühlte er sich nicht verantwortlich. Zu guter Letzt wandte sich Lui zum Gehen, und der Uniformierte drängte an Henrik vorbei, um sich weiter Catias Aussage zu widmen.

Henrik und Helenas Blicke trafen sich. Sie war zu ihm gekommen. Hatte den Überfall, von dem sie vermutlich im Polizeifunk gehört hatte, zum Anlass genommen, ihn erneut zu treffen. Bereute sie ihren überstürzten Aufbruch vor gut einer Stunde womöglich? Martin hatte es nicht geschafft, sie zu überzeugen. War es Henrik etwa gelungen?

Er musste den Versuch wagen. Er wartete, bis Lui sich außer Hörweite befand, bevor er sich wieder der Kommissarin zuwandte. »Ich weiß, wo Ihr Bruder ist«, flüsterte er.

20

Die Sonne stand tief über dem Meer und schickte ihr goldenes Licht die Flussmündung hinauf. Henrik stieg aus der Straßenbahn und nahm den bekannten Weg. Dass er ihn erst gestern beschritten hatte, erschien ihm fast grotesk. Seine drei Tage in Lissabon waren so vollgepackt mit Ereignissen, dass er bisweilen den Überblick verlor.

Der Wind war deutlich kühler geworden. Weit draußen über dem Atlantik ballten sich Wolken zu einem bedrohlichen grauen Band zusammen. Wie heranstürmende Horden wilder Krieger auf Pferden, unter deren Hufen der Staub aufwirbelte, während sie der Küste entgegenritten, um sie einzunehmen. Da kündigte sich ein Unwetter an. Oder zog es vorbei?

Der Sturm in Henriks Inneren würde jedenfalls nicht einfach abflauen. Weshalb ihn weder die Aussicht auf einen Wetterumschwung noch die Touristen, die nach wie vor begeistert durch die Gassen auf dem Schlossberg wandelten, von seinen Überlegungen ablenken konnten. Immerhin machten ihn die Leute ringsherum unsichtbar, und das schien ihm nötiger denn je. Auf dem Weg hoch zum Castelo war er mehrmals umgestiegen, ohne sicher sein zu können, dass diese Maßnahme fruchtete. Diesmal wäre es noch fataler, wenn er verfolgt wurde. Längst konnte er nicht mehr leugnen, dass er durch sein Herumschnüffeln Menschen in Gefahr brachte. Renato und Catia hatten dies bereits zu spüren bekommen. Womöglich war auch Adriana gefährdet? Und nun war auch noch Helena Gomes in seinen Dunstkreis geraten.

Ob sie wohl angebissen hatte?

Seine Hypothese war waghalsig. Mit so einer wackligen Theorie hätte er sich während seiner Dienstzeit niemals ins Büro des Staatsanwalts getraut. Doch die Zeiten sachlicher Ermittlungen waren passé. Henrik erinnerte sich an Helenas weit aufgerissene Augen, nachdem er ihr seine Vermutung über ihren Bruder anvertraut hatte. Gerne wäre er dabei einfühlsamer vorgegangen, doch die Umstände hatten ihm keine Wahl gelassen. Sie hatte ihm zuhören müssen, wollte sie sich vor ihren Kollegen nicht die Blöße geben. Nun musste sich zeigen, ob sie ihm diese unsensible Vorgehensweise verzieh und sich auf seine fragwürdige Einladung einließ.

Das Getümmel auf dem Vorplatz der Festung nutzte er spontan, um sein Verwirrspiel auf die Spitze zu treiben. Er drängte in einen der Touristenläden, durchquerte ihn und nahm, ungeachtet des Protests einer Verkäuferin, den Hinterausgang, der ihn über eine schmale Gasse hinunter auf die Costa do Castelo brachte. Besser hätte er es nicht planen können. Zuversichtlich, den Feind abgehängt zu haben, ließ er die Burg links liegen und stand fünf Minuten später vor dem Bauzaun, der die Vieira-Villa umgab. Sofort beschlich ihn die Ahnung, dass etwas nicht stimmte. Er brauchte ein paar Sekunden, bis ihm die Veränderung auffiel. Die Eisenkette, die bei seinem ersten Besuch noch um das Gittertor geschlungen war, fehlte. Offenbar war das gesamte Tor samt Bretterverschlag bewegt worden. Über den asphaltierten Gehweg davor bis hin zur Einfahrt zogen sich Spuren eines Kettenfahrzeugs. Diese Entdeckung bereitete ihm augenblicklich Magenschmerzen.

Aufgebracht rüttelte er an den stählernen Streben. Dann spähte er beunruhigt auf die Uhr. Halb acht, hatte er zu Helena gesagt. Ihm blieben noch fünf Minuten. Zeit genug, um einen Blick über den Bauzaun zu werfen. Er schlug den schon gewohnten Weg über das Nachbargrundstück ein und hievte sich an der Einfriedung hoch. Was er sah, verstärkte seine Bedenken um ein Vielfaches. Ein mächtiger Bagger und eine Raupe mit einer eindrucksvollen Räumschaufel parkten vor dem Gebäude. Beängstigender war nur noch der Kranwagen mit dem bereits ausgefahrenen Ausleger, an dem eine gigantische Abrissbirne hing. So massiv und tonnenschwer, dass selbst der kräftige Wind sie nicht in Schwingung zu versetzen vermochte. Neben diesem Maschinenpark waren zwei große Container für den anfallenden Bauschutt aufgestellt worden. Das schwere Gerät wartete einsatzbereit darauf, den ehemaligen Prachtbau dem Erdboden gleichzumachen.

Hoffentlich taucht sie auf, morgen ist es womöglich zu spät!

Er stolperte zurück auf die Costa do Castelo, die sich nach wie vor als die verlassenste Straße Lissabons präsentierte. Verdammt, es konnte kein Zufall sein, dass die Villa nach zwanzig Jahren ausgerechnet jetzt abgerissen werden sollte. Seine Recherchen hatten irgendjemanden sehr nervös gemacht. Er konnte nicht zulassen, dass die Indizien im Keller vernichtet wurden, doch genauso wenig konnte er etwas dagegen ausrichten. Helena hingegen war dazu in der Lage. Wo steckte diese Frau bloß? Er hätte auf dem Austausch der Telefonnummern bestehen sollen.

Wie ein eingesperrtes Raubtier schlich er vor dem Bauzaun hin und her. Sofern er sich nicht grundlegend in ihr täuschte, würde sie kommen. Alleine und entschlossen, das Verschwinden ihres Bruders aufzuklären.

Und wenn schon nicht deswegen, dann eben mit Verstärkung, um ihn wegen Hausfriedensbruchs einzukassieren.

Denn selbst in diesem Fall musste die Polizei seinem Hinweis nachgehen und diesen Keller untersuchen. Es war doch unmöglich, dass sich die komplette Exekutive auf der Lohnliste der Vieiras befand.

Wie ein Geist stand sie plötzlich vor ihm.

»Inspetora Gomes«, sagte er. »Schön, dass Sie es einrichten konnten.«

Sie trug Schwarz. Funktionale Kleidung, eigentlich fehlte nur die Sturmhaube. Ihr langes Haar hatte sie zu einem strengen Zopf geflochten. Was sich in der ausgebeulten Tasche der Drillichhose verbarg, konnte er nur vermuten. Sie musterte ihn ohne jede Wärme.

»Was immer Sie mir zeigen wollen – sollte es mich nicht überzeugen, werde ich alles daransetzen, dass Sie dieses Land umgehend verlassen.«

Er konnte sie schlecht damit beruhigen, dass sie nicht enttäuscht sein würde. Vielmehr musste er darauf bauen, sie so sehr aus der Fassung zu bringen, dass sie sich zwangsläufig auf seine Seite schlug. »Wir sollten uns beeilen, bevor es dunkel wird!«

Sie betrachtete skeptisch den Bauzaun.

»Der Lieferanteneingang ist um die Ecke.« Ohne ihre Reaktion abzuwarten, führte er sie zu der Stelle, wo sich der abschreckende Zaun bezwingen ließ. Mit den bewährten Tritten bewältigte er die Herausforderung eleganter als bei seinem ersten Versuch und landete diesmal neben den Disteln. Falls Helena Gomes Hemmungen verspürte, unberechtigt ein Privatgrundstück zu betreten, ließ sie es sich nicht anmerken. Sie folgte ihm gekonnt über das Hindernis.

Das weiche, orange Licht des Abends und die wohltuende Kühle, die vom Meer den Hang heraufwehte, verwandelten den Garten der Villa auf eigenartige Weise. Wäre da nicht die Stadt gewesen, hätte man meinen können, sie wären mit dem Überwinden des Bauzauns in einer anderen Welt gelandet. Henrik fühlte sich seltsam leicht, obwohl er wusste, was ihn in den Eingeweiden dieses pompösen Hauses erwartete. Es mochte an seiner Begleitung liegen, an der Gewissheit, dass er nicht mehr alleine gegen Windmühlen anstürmte. Ein vertrautes Gefühl überkam ihn. Es war ein bisschen wie bei seinen Einsätzen früher, an der Seite seiner Kollegen.

Geduckt liefen sie bis zu dem Bagger, der beim Näherkommen zu einem Gigant anwuchs. In seine imposante Schaufel hätte mühelos ein Kleinwagen gepasst. Er stellte sich vor, was diese stählernen Kiefer anrichten konnten, wenn sie zubissen. Bedrohlich baumelte über ihnen die Abrissbirne und warf ihren kreisrunden Schatten auf den Vorplatz. Der Geruch von Öl, Hydraulikflüssigkeit und Maschinenfett brachte die Anspannung zurück. Das einzig Beruhigende war, dass niemand zugegen war, um die dieselbetriebenen Monster zu bedienen.

»Den Fuhrpark gab es gestern hier noch nicht«, sagte er. Eine überflüssige Bemerkung, denn die frischen Spuren auf der Zufahrt, die aufgewühlte Erde und das untergepflügte Unkraut waren deutlich zu erkennen. »Wie es scheint, hat man es plötzlich eilig.«

Der einfachere Weg der Entsorgung war zweifelsfrei, alles einzustampfen und kurzerhand ein neues Fundament darüber zu betonieren. Oder waren die Leichen schon aus dem Keller geholt worden?

Helena behielt jeglichen Kommentar für sich, winkte ihm nur, dass er nicht herumtrödeln sollte. Also übernahm er wieder die Führung. Im Gänsemarsch schlichen sie auf das Gebäude zu und umrundeten es. Wohlweislich hatte er sich bei seiner ersten Visite ein Hintertürchen geschaffen. Nach dem Auffinden der Skelette hatte er darauf spekuliert, dass er zurückkommen würde. Auf der Rückseite der Villa, zwischen dem Hauptgebäude und dem abgebrannten Seitenflügel, war eine Außentreppe angebracht, die ins Untergeschoss führte. Ehemals ein Lieferanteneingang, über den die Vorratsräume bestückt werden konnten, ohne dass man damit durch den repräsentativen Teil des Hauses musste. Wie sich zeigte, hatte niemand die nur angelehnte Tür bemerkt, die er bei der Suche nach einem Ausweg aus dem Kellerlabyrinth entdeckt und ausgehebelt hatte.

Gefolgt von Helena, stieg er die Stufen hinab. Leise betraten sie das Untergeschoss. Der Brandgeruch funktionierte wie ein Auslöser, der ihm die schrecklichen Bilder der mumifizierten Opfer in jedem Detail zurück ins Gedächtnis holte. Würde er nun immer, wenn er Verbranntes roch, an diesen grausigen Fund denken müssen?

Helena knipste eine Taschenlampe an und leuchtete ihnen den Weg. Im starken LED-Licht wirkte alles fast noch bedrohlicher. Schnell fand er den richtigen Gang. Sie kamen an der verschlossenen Pforte zum Gewölbekeller vorbei. Was verbarg sich hinter der massiven Holztür mit den Eisenbeschlägen? Es konnte kaum etwas Schlimmeres sein als die Kinderleichen in den Weinfässern. Oder doch?

Beklommen schritt er weiter und blieb schließlich im Türrahmen zum Weinkeller stehen. Die Befürchtung, dass seit gestern jemand hier aufgeräumt hatte, verflog. Anscheinend hatte niemand damit gerechnet, dass er zurückkam. Das grenzte an Arroganz. Vertrauten die Vieiras auf die komplette Vernichtung durch die Abrissfahrzeuge? Seine nicht klar zu umreißende Erregung wuchs.

Helena drückte sich an ihm vorbei, ging zu dem Fass, das er gestern als erstes aus der Halterung gestoßen hatte, und leuchtete hinein. Augenblicklich versteifte sich ihr ganzer Körper. Er wusste, dass sie direkt in die leeren Augenhöhlen des Schädels starrte. Sie benötigte ein paar Sekunden, bis sie die Kraft fand, sich zu bücken, um die makabre Gruft genauer in Augenschein zu nehmen.

Die Zuversicht, sie nun auf seiner Seite zu haben, konnte seine Unruhe nicht mildern. Was hatte er übersehen? Wieso waren die Vieiras derart nachlässig? Hätte man die Überreste dieser Kinder nicht ganz problemlos und schnell andernorts entsorgen können? Adriana hatte doch etwas von Müllverbrennungsanlagen erzählt ...

Tief unten im Gemäuer war das einsetzende Dröhnen kaum wahrzunehmen. Trotzdem begriff er sofort.

Der Bagger!

Adrenalin schoss in seinen Blutkreislauf, das Herz schlug ihm bis zum Hals. Die Wände begannen zu vibrieren. Ehe er auch nur den Mund aufmachen konnte, erfuhr das Gemäuer rechts von ihm eine Erschütterung, die ausreichte, um sämtliche Weinregale umfallen zu lassen. Staub wirbelte auf, feiner Sand rieselte von der Decke. Ein Fass sprang aus der Halterung und rollte über den Steinboden auf Helena zu, die mit dem Oberkörper in eines der Fässer gekrochen war.

Was zur Hölle machte sie da?

Das kugelnde Weinfass erwischte sie von der Seite und klemmte sie fest. Der nächste donnernde Schlag lockerte die ersten der grob gehauenen Kalksandsteine, mit denen der Keller einst aufgemauert worden war. Die Balken über ihnen knirschten, einzelne Holzbretter lösten sich von der Decke und fielen herab.

»Raus hier!«, brüllte Henrik und eilte zu Helena, die sich zu befreien versuchte. Er trat gegen das Dreihundertliterfass, packte sie am Arm und riss sie auf die Beine. Entsetzen leuchtete aus ihren Augen. Um ihn war es garantiert nicht besser bestellt, doch seine Instinkte ließen ihn handeln. Er zerrte sie Richtung Ausgang. Ein herabstürzender Balken schlug vor ihnen auf und pulverisierte die über Jahrzehnte angetrocknete Dreckkruste. Milliarden Staubpartikel stoben empor, drangen in seine Atemwege und raubten ihm die Sicht. Hustend und blinzelnd tastete er sich um den Balken herum, während die Abrissbirne ein weiteres Mal gegen die Außenwand krachte.

Irgendwie fand er die Tür. Doch damit waren sie noch längst nicht in Sicherheit. Die Wände um sie herum wankten, eine davon war bereits bedrohlich aus dem Lot geraten. Mauersteine explodierten und hinterließen schwarze Lücken, aus denen Geröll bröckelte. Ihre Flucht glich einem Spießrutenlauf im Granatsplitterhagel. Die Wucht der Abrissbirne verwandelte Mörtel und Gestein in scharfkantige Schrapnellsplitter, die beißende Schrammen hinterließen. Henrik irrte voraus, die Arme schützend über den Kopf geworfen. War Helena noch hinter ihm? Sie mussten es zur nächsten Treppe schaffen, bevor der Keller auch zu ihrem Grab wurde.

Mit ohrenbetäubendem Getöse stürzte der ausgebrannte Seitenflügel über ihnen zusammen, eine Sekunde nachdem sie unter dem Bogen des Gewölbekellers Schutz gesucht hatten. Es blieb kein anderer Ausweg, sie mussten irgendwie durch diese robuste Bunkertür. Helena schien seine Gedanken zu lesen und riss die Pistole aus der aufgenähten Tasche ihrer Drillichhose. Sie feuerte dreimal auf den Bereich um das Türschloss, die Schüsse hallten laut in seinen Ohren. Holzspäne spritzten in alle Richtungen. Dann rammte Henrik seine Schulter dagegen. Es knirschte, und die Angeln ächzten in die beängstigende Stille hinein, die jedes Mal zwischen den Attacken der Baumaschinen entstand. Abwechselnd traten sie nun gegen das zerfaserte, geschwächte Holz. Schweiß mischte sich mit dem Staub der Ruine und zog dunkle Rinnen durch ihre grau gepuderten Gesichter. In dem Loch über ihnen tauchten kurz die mächtigen Ketten des Baggers auf, die sich durch den Schutt wühlten und dabei Tonnen davon in den Keller hinabbeförderten. Eine Lawine aus Geröll ging direkt neben ihnen nieder. Über ihnen blieb nichts mehr, was noch Schutz bot. Sie sahen sich an und traten dann mit erneuerter Wucht gegen die Tür. Von Panik getrieben, glaubte Henrik das Sirren der durch die Luft schwingenden Abrissbirne zu hören. Der nächste Einschlag in den noch verbliebenen Teil der Wand würde das Ende bedeuten.

Synchron holten sie zu einem letzten, verzweifelten Tritt aus. Im selben Moment, als sie zustießen, brach die Stahlkugel mit brachialer Gewalt durch die Mauer.

Die unverwüstliche Tür schwang nach innen. Kopfüber stürzten sie hinterher, während Massen von Gestein die Stelle unter sich begruben, an der sie vor einer Sekunde noch gestanden hatten.

Augenblicklich wurde es dunkel.

Rechts von sich hörte er Helena husten. Das Dröhnen der Dieselmotoren war mit einem Mal nur noch gedämpft zu vernehmen. Sie befanden sich nun unterhalb des Hauptgebäudes, das man würde sprengen müssen, falls es ebenso zerstört werden sollte wie der ausgebrannte Seitentrakt.

Egal, was immer diese Schweine damit vorhatten, er würde keinesfalls darauf warten. Ächzend stemmte er sich auf die Beine. Gleichzeitig leuchtete Helenas Taschenlampe auf.

»Alles in Ordnung?«, fragte sie.

Er spuckte den Sand aus, der zwischen seinen Zähnen knirschte, und wischte sich den Dreck aus den Augen. »Frag mich, sobald ich wieder Sonnenlicht sehe«, keuchte er und blinzelte in das von Staub getränkte Zwielicht des Gewölbes. Eine lange Tischreihe. Darauf zwei in Spinnweben gehüllte Computer. Uralte Kästen mit Röhrenbildschirmen, wie man sie vor dreißig Jahren benutzt hatte. An der Wand links von ihnen erstreckte sich ein Bücherregal, das ihn an die im Antiquariat erinnerte, mit Unmengen von alten Kladden und in Leder gebundenen Wälzern. Gegenüber war eine Schultafel angebracht, bedeckt von verwischtem Kreidestaub. Der Raum mit der gewölbten Decke glich einem großen Studierzimmer.

Auf wackeligen Beinen ging Henrik an den Tischen entlang und strich dabei mit dem Finger durch die Staubschicht der Jahrzehnte. Wozu hatte dieser verborgene Ort gedient?

Helena war bereits in einem Nebenraum verschwunden, der nur mit robusten Brettern abgetrennt war, ähnlich einem Viehverschlag. Nun schloss er zu ihr auf und betrachtete über ihre Schulter hinweg die Bettgestelle, auf denen schimmelbefallene Matratzen lagen und von denen jeweils sechs Stück an den Wänden links und rechts des Eingangs aufgereiht waren. An der Stirnseite gab es einen Steintrog, über dem ein rostiges Rohr aus der Wand ragte. In der Ecke daneben stand ein Eimer mit einem Holzbrett darüber, in das ein handtellergroßes Loch gesägt worden war. Sie blickten in eine Zelle, die Platz für ein Dutzend Gefangener bot. Kinder,

wenn man die Betten als Maßstab nahm. Kinder, gehalten
wie Tiere.

21

Die Maschinen waren verstummt, doch der Ruhe zu vertrauen wäre fatal gewesen. Vielleicht legten sie ja in diesem Moment die Sprengladungen aus.

Henrik riss sich zusammen. »Wir müssen einen Weg hier raus finden«, drängte er Helena, die in die Mitte der Zelle getreten war und fassungslos die Betten ableuchtete.

»Das ist …«

Es gab keine Worte, um zu beschreiben, was sich ihnen darbot. Allein der Gedanke, was hier vor zwanzig oder dreißig Jahren geschehen sein mochte, erzeugte in seiner Kehle einen Würgereiz. Welche Verbrechen hatte dieser ominöse Dr. Vieira, verborgen vor den Augen der Welt, an kleinen Kindern verübt?

Kein Wunder, dass der Vieira-Klan darauf bedacht war, die Spuren ihres Abkömmlings zu tilgen.

Mühsam beherrscht wandte Henrik sich ab und inspizierte erneut den Raum, den er für sich als das Klassenzimmer bezeichnete. Auch wenn nach wie vor Staubwolken wie dichte Nebelschwaden die Luft erfüllten und im Hals kratzten, nahm er einen leichten Schimmer wahr. Angezogen von diesem schwachen Licht, hastete er durch den Keller bis zu der aus Natursteinen gemauerten Außenwand, die hier, so tief unter der Erde, kühl und feucht war. Tatsächlich fand er dort einen Lichtschacht, der ähnlich einem Kamin nach oben führte. Die in den Wintermonaten herabsickernde Nässe hatte dafür gesorgt, dass Moos den Boden darunter bedeckte. Und sie hatte das auf Schulterhöhe angebrachte Gitter durchrosten lassen. Er krallte seine Finger darum und riss es mit einem kräftigen Ruck aus der Verankerung. Angewidert spähte er hoch in den schimmligen Schacht. Modriger Geruch stieg ihm in die Nase. Die Abdeckung oben bestand aus Brettern. Pilzbewachsen an der Unterseite, von Wind und Wetter angenagt. Das letzte Abendlicht drang durch die Ritzen herein. Der Schacht war vermutlich breit genug, wenn man die Kraft fand, sich mithilfe der Kanten und Spalten im Gemäuer nach oben zu ziehen. Und selbst wenn nicht, probieren mussten sie es um jeden Preis, denn unter den gegebenen Umständen war dies ihr einziger Ausweg. Er versuchte, Zuversicht in seine Stimme zu legen, und rief nach Helena.

Von Muskelkrämpfen geplagt, den Oberkörper überstreckt, lehnte er im Schacht. Helena balancierte auf seinen Handflächen. Er hatte es gerade geschafft, sie so weit nach oben zu stemmen, dass sie mit ihren Fingern einen Spalt ertasten konnte, der tief genug war, um sich daran hochzuziehen. Nun konnte sie ihren linken Fuß auf ein schmales Sims stellen, das durch einen hervorstehenden Bruchstein gebildet wurde. Nach vier gescheiterten Versuchen gelang es ihr endlich, ihre andere Hand durch den Schlitz zwischen zwei der verwitterten Bretter zu schieben, die den Schacht bedeckten. Jetzt hing sie in der Ummauerung, ohne dass Henrik ihr noch Hilfestellung leisten konnte. Schmerzvoll verkrümmt, den Blick nach oben gerichtet, feuerte er sie im Stillen an, während sie mit der freien Hand immer wieder gegen die Abdeckung schlug. Sie keuchte, aber sie machte verbissen weiter, bis das Brett endlich nachgab. Eine Kaskade aus Dreck rieselte herein. Und Licht.

Wenn sie dort oben auf uns warten, haben sie leichtes Spiel. Henrik verbot sich weitere destruktive Gedanken. Die Maschinen sind abgestellt. Sie glauben, sie haben uns für immer begraben.

Mit einem Schrei hievte sich Helena der Freiheit entgegen. Ihr kompletter Arm verschwand oberhalb der restlichen Abdeckung. Blut tropfte auf ihn herab. Ein spitzes Stück Holz musste sich in ihren Oberarm gebohrt haben. Doch das hielt sie nicht davon ab, die Schulter gegen die verbliebenen Bretter zu rammen. Entschlossen kämpfte sie sich voran, bis sie draußen war, zuerst mit dem Oberkörper und schließlich weit genug, um die Beine nachzuziehen. Dann sah Henrik nur noch das helle Viereck, zwei Körperlängen über sich. Ein Fenster, durch das er direkt in den violetten Himmel blickte, aus dem der Abendstern hell zu ihm herabfunkelte. Doch er erinnerte sich nur zu gut an das Heer aus Wolken, das vom Meer heranzog. Ein Schauder überlief ihn.

Der Plan war, dass Helena das Abschleppseil aus ihrem Wagen holte, damit er sich daran hochziehen konnte. Falls sie nicht überraschend zusammenbrach. Immerhin hatte er sie mit etwas konfrontiert, das ihr bisheriges Leben in erheblichem Maße in Aufruhr brachte. Er versuchte, sich in sie hineinzuversetzen. Wie sehr mochte sie das Verschwinden ihres Bruders traumatisiert haben? Und jetzt, da mit hoher Wahrscheinlichkeit dessen Leiche aufgetaucht war, was ging da in Helena vor? Zerriss dieses Ereignis die schützende Hülle, die sie im zarten Kindesalter um ihre Seele gesponnen hatte? Konnte sie ihm das überhaupt verzeihen? Und alles, was daraus resultierte? Sie würde ihren Arbeitgeber infrage stellen müssen. Die Integrität der Polizei, nicht nur vor dreißig Jahren, sondern möglicherweise auch zum aktuellen Zeitpunkt. Die Kinderleichen in diesem Keller rüttelten vermutlich gefährlich an ihrem Weltbild.

Henrik lehnte sich gegen die kantigen Steine. Ein möglicher Zusammenbruch Helenas war das eine, aber viel schlimmer sah die Sache aus, wenn die Leute, die den Abriss des Seitentrakts der Villa vorgenommen hatten, noch dort oben waren. Wenn das zutraf ... dann würde er hier unten verrotten, genau wie die Kinder in den Weinfässern.

Ein Donnerschlag ließ ihn zusammenschrecken. Das ferne Unwetter über dem Meer hatte das Flussdelta erreicht. Wenn erst der Regen kam, würde es noch schwieriger werden, den glitschigen Schacht hochzuklettern. Beeil dich, verdammt!

Sein Stoßgebet wurde erhört, als er den ersten Blitz über den Himmel zucken sah. Von bläulichem Licht umrahmt, baumelte plötzlich ein Seil von oben herab. Er musste sich weit in den Schacht strecken, um es greifen zu können. Mühsam hangelte er sich hinauf. Der Schacht war zu eng, um sich wirksam gegen die Wände zu spreizen, und noch im Nachhinein zollte er Helena Respekt, die es ohne die Hilfe eines Seils geschafft hatte. Schnell trieb ihm der Aufstieg den Schweiß aus den Poren. Die angetrocknete Dreckkruste auf seinem Gesicht weichte auf und verwandelte sich in eine ölige Mischung, die ihm in die Augen lief und höllisch brannte. Da er keine Hand frei hatte, blieb ihm nichts übrig, als das Beißen in den offenen Wunden und Abschürfungen zu ertragen, bis er endlich die gemauerte Kante erreichte. Über die Grasnarbe hinweg erkannte er, dass Helena das Abschleppseil mit einer Kette verlängert hatte; sie war um den Stamm der Pinie geschlungen, die dem Gebäude am nächsten stand. Woher zum Henker stammte diese Kette?

Kräftige Hände packten ihn unter den Schultern und zerrten ihn aus dem Schacht. Er landete bäuchlings auf dem knochentrockenen Boden. Dorniges Gestrüpp bohrte sich von überallher durch Hemd und Hose. Bevor er reagieren konnte, drückte ihm jemand eine kantige Sohle in den Nacken. Spitze Erdkrümel stachen in seine Wange. Seine tränentrüben Augen erblickten einen klobigen Armeestiefel, aus dem ein schwarz gekleidetes Bein ragte. Weiter hoch reichte sein Sichtfeld nicht. Dafür entdeckte er Helena, die unweit von ihm leblos im Dreck lag. Ihm wurde schlecht, und schwarze Verzweiflung brandete in ihm auf. Er hatte sie da mit hineingezogen. Genau wie bei ihm war es ein Leichtes gewesen, sie zu überwältigen, als sie sich mühsam aus dem Schacht hievte. Sie hatten nie eine Chance gehabt, und er war schuld. Er hatte das Unglück mit in diese Stadt gebracht, hatte es zusammen mit Martins Antiquariat geerbt. Diese Hinterlassenschaft war die Ursache allen Übels.

Dann dachte er an Nina. Nein, das Unglück hatte ihn schon längst am Wickel. Hat sie dich einmal in ihren Fängen, lässt die Dunkelheit dich nicht mehr los. Wie hätte Lissabon etwas daran ändern können?

»Was wollt ihr, verflucht?«, keuchte er. Wieder knirschte Sand zwischen seinen Zähnen.

Er bekam keine Antwort. Die Männer, einschließlich desjenigen, der ihm seinen Fuß ins Genick stemmte, redeten ein schnelles Portugiesisch. Es klang, als wären sie uneins, wie sie weitermachen sollten, jetzt, da die Fische im Netz waren. Von allen kannte er bislang nur die Schuhe. Über die Stahlkappen hinweg fixierte er Helena. Hatte sie sich gerade geregt?

Sie lag im Rücken der Männer, und die waren abgelenkt. Offensichtlich tätigte einer von ihnen gerade einen Anruf, wenn er die klickenden Laute eines Wählvorgangs richtig interpretierte. Sie hatten darauf gesetzt, dass Helena und er unter Tonnen von Schutt begraben lagen. Mit der neuen Situation konnten sie nicht umgehen. Vielleicht riefen sie gerade den Glatzkopf an? So wie Henrik ihn einschätzte, würde der Söldner wissen, was zu tun war.

Helena zuckte erneut. Wenn das nur nicht bemerkt wurde, bevor sie wieder ganz bei Sinnen war.

»Hey, ihr Wichser, redet mal einer mit mir!«, stieß er hervor, um die Aufmerksamkeit auf sich zu ziehen. Zur Belohnung wurde noch mehr Druck auf sein Genick ausgeübt. Er biss sich die Lippe blutig. Aber das war egal, er musste nur durchhalten. Durchhalten und diese Drecksäcke auf sich fokussieren. Er fing an zu strampeln und sich zu winden, was ihm einen schmerzhaften Tritt in die Rippen einbrachte. Er schrie auf und bekam die Schuhspitze erneut zu spüren. Verdammt, er durfte es nicht übertreiben.

Sein Schrei schien Helena wachgerüttelt zu haben. Verschwommen nahm er ihre Bewegungen wahr. War sie durchsucht worden, nachdem ihr die Männer eins über den Schädel gezogen hatten?

Wie es sich anhörte, war das Telefonat beendet, denn sie redeten nun wieder durcheinander. Diesmal klang es, als wären sie sich einig.

Die Zeit läuft gegen uns!

Auf ein lang anhaltendes Donnergrollen entluden sich grelle Blitze unter dem nun grauschwarzen Himmel. Die Gewitterzelle ballte sich jenseits des Tejo über dem Sund. Und alles deutete darauf hin, dass sie in der nächsten Minute über sie hinwegfegen würde. Wie zur Bestätigung prasselten die ersten schweren Tropfen auf ihn herab. Blinzelnd beobachtete er, wie Helena ihren Oberschenkel abtastete und dann minimal den Kopf schüttelte. Es wäre zu schön gewesen, aber offenbar befand sich die Pistole nicht mehr in ihrer Tasche.

War es das jetzt? Nein, das durfte nicht das Ende sein, korrigierte er sich und wog seine Möglichkeiten ab. Was hatte der Kampfsportunterricht bei der Polizei für so eine Situation vorgesehen? Er lag wie eine Flunder auf dem Boden, und wenn er sich regte, blühte ihm eine Salve Fußtritte. Immerhin musste sein Peiniger dafür das Gewicht verlagern, um Platz für denjenigen zu machen, der zutrat. Er kalkulierte also mit Zehntelsekunden.

Mit einem letzten Blick hinüber zu Helena holte er tief Luft – und täuschte den nächsten Fluchtversuch an. Die Erleichterung im Nacken war kaum wahrnehmbar, aber sie war da, und er konzentrierte sich nur darauf, so sehr, dass er den Tritt gegen den Brustkorb fast ausblenden konnte. Wie eine zubeißende Schlange ließ er seine Hand hochschnellen, packte den Dreckskerl oberhalb des Knöchels und drehte sich von ihm weg.

Der Schwung reichte, unterstützt durch die Wucht des Tritts und den Überraschungseffekt. Der Typ, der ihm im Genick gestanden hatte, verlor das Gleichgewicht, und er war frei. Während Henrik sich ein weiteres Mal herumrollte und seine beiden Peiniger sich gegenseitig behinderten, stürmte der Dritte heran – ein bislang untätig gebliebenes Bürschchen von magerer Statur – und warf sich ihm entgegen.

Henrik winkelte die Beine an, zielte, so gut es ging, und trat ihm gegen die Kniescheibe. Sein Gegner ächzte und taumelte zurück. Dennoch war es nur ein kleiner Sieg, denn die beiden anderen hatten sich aufgerappelt und griffen erneut an. Hastig robbte er rückwärts von ihnen weg, bis er einen der Pinienstämme im Rücken spürte. Die zwei grinsten siegesgewiss und bauten sich mit geballten Fäusten vor ihm auf, während sich ihr Mitstreiter laut stöhnend das Knie hielt. Zum ersten Mal konnte er jetzt einen Blick auf den Kerl werfen, der seine Rippen bearbeitet hatte. Ein langer, dürrer Fiesling mit dünnem Haar und zusammengewachsenen Brauen. Keiner der Angreifer war älter als zwanzig. Damit waren sie ungestüm und gleichwohl naiv genug, um zu glauben, sie hätten immer noch die Kontrolle über die Lage. Gesteuert von Adrenalin und Testosteron wollten die beiden es jetzt offensichtlich zu Ende bringen. Doch noch ehe einer von ihnen einen coolen Spruch über die Lippen brachte, schlug die Schaufel ein. Der Schädel der Bohnenstange wurde heftig nach rechts gerissen, sein Körper folgte, und er kippte auf unspektakuläre Weise um. Im nächsten Moment donnerte das Schaufelblatt schon gegen den Hinterkopf des anderen, dem keine Zeit blieb, darüber nachzudenken, woher der Angriff überhaupt gekommen war.

Bewegungslos lagen die beiden vor Helenas Füßen, die die Schaufel für eine weitere Attacke umklammerte. Ihre Fingerknöchel waren weiß, und in ihrem Blick lag eine fast beängstigende Wildheit. Kräftige Böen verwirbelten die Haarsträhnen, die sich aus ihrem Zopf gelöst hatten. Die Schaufel, die zum Zuschlagen bereit über ihrer Schulter schwebte, musste diejenige sein, mit der man auch sie außer Gefecht gesetzt hatte. Nun hatte sie Gleiches mit Gleichem vergolten.

Woher kam diese Energie? Was trieb sie an?

Die Regenfront fegte mit Wucht über sie hinweg.

»Hauen wir ab!«, schrie sie gegen das tosende Unwetter an.

Eines hatte er verstanden. Helena machte nicht viele Worte. Wieder war sie einfach verschwunden, hatte ihn vor dem Antiquariat abgesetzt und war in die Nacht hineingefahren. Der Regen prasselte auf die geparkten Autos. An den zusammengebundenen Sonnenschirmen der Bar Esquina rüttelte der Wind.

Hoffentlich war das Dach noch dicht. Während seines Rundgangs durch das Haus hatte er auch den Dachboden inspiziert, der, den Spuren von Exkrementen nach zu schließen, eine Vielfalt an Fauna beherbergte, die jeden Kleinstadtzoo neidisch gemacht hätte. Dabei waren ihm an manchen Stellen dunkle Flecken aufgefallen. Andererseits war ein undichtes Dach im Moment ein zu vernachlässigendes Problem. Sobald dem Auftraggeber des jugendlichen Trios berichtet wurde, dass es seinen Handlangern misslungen war, Henrik und Helena unter dem Haus zu begraben, würden sie jemanden herschicken, um endlich einen Schlusspunkt zu setzen. Voraussichtlich den Söldner.

Kein Geplänkel mehr. Der Krieg hatte begonnen und dauerte aus Sicht der Vieiras schon zu lang.

Es war absurd, doch es schien in all den Jahren, in denen Martin sein eigenwilliges Geschäft betrieb, nie vorgekommen zu sein, dass der Feind das Haus in der Rua do Almada gestürmt hatte. Von gelegentlichen Einbrüchen mal abgesehen. Offensichtlich war die Lage niemals so prekär gewesen wie in den letzten Tagen. Wobei er kaum mehr Zweifel daran hatte, dass der Kampf auf Leben und Tod bereits vor seinem Eintreffen in Lissabon begonnen hatte. Und Martin das erste Opfer gewesen war.

Sein Onkel war eingeäschert worden und hatte dieses Geheimnis mit ins Grab genommen. Die Antworten auf all die anderen Rätsel verbargen sich irgendwo im Antiquariat – und wenn sie ähnlich explosiv waren wie der Hinweis auf die Vieira-Villa, war diese erste Auseinandersetzung nur die Spitze des Eisbergs. Eine messerscharfe, tödliche Spitze.

Völlig abgekämpft und nass bis auf die Knochen, betrat Henrik sein neues Zuhause. Er zog die Tür zu und schloss zweimal ab. Unnötig eigentlich. Die notdürftig geflickte Haustür würde nicht lange standhalten, wenn es jemand darauf anlegte, hier einzudringen. Und das Unwetter war die perfekte Deckung. Niemand wagte sich auf die Straße, und die Donnerschläge übertönten selbst lauteste Geräusche.

Das Licht funktionierte nicht. Er schrieb es dem Gewitter zu. Ein Blitz, eine Stromschwankung – bei dem stümperhaft verlegten Leitungswirrwarr kein Wunder. Oder waren die Sicherungen absichtlich rausgedreht worden? Er stellte fest, dass ihn dieser Gedanke nicht beunruhigte. Selbst wenn sie oben in der Wohnung auf ihn warteten, konnte ihn das in seinem Zustand nicht schrecken. Er musste einfach nur schlafen und alle weiteren Überlegungen vertagen. Auch die, warum nicht schon längst die Artillerie angerückt war.

Er schleppte sich die Treppe hoch. Dreckig von oben bis unten, durchnässt bis auf die Knochen. Ein Knarren auf der Treppe ließ ihn trotz seiner Erschöpfung aufhorchen. Es war zu dunkel, um etwas zu erkennen, also blieb er stehen, wo er war, und lauschte.

Der nächste Blitz tauchte das Treppenhaus einen Wimpernschlag lang in blaues Feuer. Er erkannte die Umrisse einer Person auf dem Absatz zu seiner Etage. Es folgte Finsternis, begleitet von einem mächtigen Donnerschlag. Für den Bruchteil einer Sekunde packte ihn die Angst, und sein Nacken verkrampfte sich schmerzhaft in Erwartung eines

Schusses. Doch nichts passierte. Im Ausklang des Grollens aus der Atmosphäre vernahm er eine Stimme.

»Henrik?«

»Adriana!«

Er hangelte sich am Geländer nach oben. Fühlte sie mehr, als dass er sie sehen konnte. Sie drückte sich an ihn, und in dieser Umarmung ließen sie den nächsten Donnerschlag über sich ergehen.

»Der Inder von oben hat mich reingelassen. Das Unwetter hat mich daran gehindert, wieder zu gehen. Irgendwann fiel dann das Licht aus.«

»Ich mache dich ja ganz nass«, fiel ihm ein. Er löste sich von ihr und trat einen Schritt zurück. »Gehen wir erst mal rein!«

Er stocherte mit dem Schlüssel um das Schloss herum, merkte, wie sehr er immer noch zitterte, fand es schließlich und öffnete die Wohnungstür. Als das Flurlicht anging, schlug sie die Hand vor den Mund. »O Gott, was ist mit dir passiert?«

Er warf einen Blick in den Spiegel neben der Garderobe und erschrak selbst. Er sah wirklich übel aus, sogar schlimmer, als er sich fühlte. Die Blessuren, die er sich bei der Flucht aus dem Keller und beim anschließenden Kampf zugezogen hatte, hatten einige blutende Wunden zur Folge. Der Regen hatte das Blut verdünnt und gleichmäßig im Gesicht verteilt. Hemd und Hose hatten sich damit vollgesogen und erweckten den Eindruck, als käme er direkt aus dem Schlachthof.

»Ich glaube, ich brauche eine Dusche«, murmelte er und flüchtete ins Bad. Er wollte hinter sich abschließen, aber sie war schneller.

»Du brauchst vor allem Hilfe«, erklärte sie vehement. Um zu verdeutlichen, dass sie keinen Widerspruch duldete, legte sie ihm den Zeigefinger auf den Mund. Ergeben schloss er die Augen und nickte.

Vorsichtig half sie ihm dabei, sich auszuziehen. Seine vielen Abschürfungen waren oberflächlich, brannten jedoch wie die Hölle und standen den Schmerzen, die von den zahlreichen Hämatomen ausstrahlten, in nichts nach. Wie eine Pflegehilfe im Seniorenheim stützte sie ihn beim Betreten der Duschkabine, was ihn peinlich berührte. »Danke, den Rest schaffe ich alleine«, erklärte er und schloss die Schiebetür hinter sich. Während das heiße Wasser Blut und Dreck von seiner Haut wusch, hörte er, wie Adriana das Badezimmer verließ. Augenblicklich, trotz Schmerzen und Kraftlosigkeit, überkam ihn die Sehnsucht. Bei ihrem letzten Treffen hatte er sich wie ein Idiot benommen, und doch war sie zu ihm gekommen. Dieser Einsicht und seinen Gefühlen gegenüber fühlte er sich weitaus hilfloser als im Kampf gegen die Männer, die seinen Tod wollten.

Der Duft nach Tee lockte ihn ins Wohnzimmer. Sie hatte ein großes Badetuch über die Couch gebreitet. Auf dem Beistelltisch stand ein Verbandskasten, von dem er gar nicht gewusst hatte, dass er ihn besaß. Wäre es nach ihm gegangen, er wäre ohne Rücksicht auf seine Verletzungen unverzüglich ins Bett gefallen. So jedoch fügte er sich und setzte sich, nur ein Handtuch um die Hüften, brav auf das Sofa. Sie reichte ihm die Teetasse und bewaffnete sich selbst mit einer Tube Wundcreme, Kompressen und Pflaster. Achtsam cremte sie seine Blessuren ein und kam ihm dabei so verführerisch nahe, dass er das Handtuch mehrmals korrigieren musste, um seine Erregung zu kaschieren. Ihr blieb das nicht verborgen, und er spürte, wie seine Wangen heiß wurden. Sie lachte nur und strich ihm zärtlich durchs feuchte Haar. Ihr erster Kuss brannte, wegen der aufgeschlagenen Lippe. Alle, die folgten, brannten aus purer Leidenschaft.

22

Er erwachte früh. Das Unwetter in der Nacht gehörte der Vergangenheit an. Im ersten Morgenlicht betrachtete er Adriana, deren vollendeter Hüftschwung sich unter der dünnen Bettdecke abzeichnete. Seit Ninas Tod hatte er mit keiner Frau mehr geschlafen. Stets hatte ihm das schlechte Gewissen im Weg gestanden. Seine Gefühle für Nina zu verdrängen war ihm beim Liebesspiel mit Adriana überraschend leichtgefallen. Trotz aller körperlichen Defizite war er völlig darin aufgegangen. Vielleicht, überlegte er, hatte er das sogar gebraucht. Es war nicht nur einfach wundervoller Sex gewesen, der ihn die Schmerzen hatte vergessen lassen, die seelischen wie die körperlichen, nein, Adriana zu lieben hatte sich fast wie ... eine Art Befreiung angefühlt. Weshalb er nun umso mehr hin- und hergerissen war.

Mit dem Daumen strich er über seinen Ehering. War es nicht Verrat an seiner Liebe zu Nina? Oder wollte sein Engel vielleicht gerade, dass er wieder glücklich wurde? Erwartete sie womöglich genau das von ihm? Dass er sie weiter im Herzen trug, zugleich aber Platz schuf für jemand Neues?

Wenn es nach seinem Onkel ging, dann vermutlich ja. *Ich eröffne Dir hierzu einen Weg*, hatte Martin in seinem Brief geschrieben. Hatte ihn ermutigt, Veränderung zuzulassen. Nun, die hatte es in der letzten halben Woche zur Genüge gegeben, wenn auch in den meisten Belangen nicht zum Besten.

Mit einem Mal holten ihn die Schrecken des gestrigen Tages wieder ein. Die Schmerzen meldeten sich zurück.

Helena fiel ihm ein. Welche Schäden hatte wohl sie bei diesem fragwürdigen Einsatz davongetragen? Und dabei dachte er weniger an die körperlichen Blessuren. Niemals durfte er zulassen, dass auch Adriana einer derartigen Bedrohung ausgesetzt wurde.

Das Herz wurde ihm schwer. Noch mehr Schmerz, aber diesmal von innen. Er biss die Zähne zusammen, um einigermaßen leise aus dem Bett zu kommen. Mit hängenden Schultern trottete er ins Bad. Es gab keine Alternative. Nicht solange es dort draußen Menschen gab, die ihn aus dem Weg haben wollten.

Gerne hätte er mit Adriana zusammen gefrühstückt, nur war er bislang nicht dazu gekommen, etwas einzukaufen und den Kühlschrank zu füllen. Sein Klamottenproblem hatte er ebenfalls noch nicht gelöst. In seiner Reisetasche befanden sich keine frischen Sachen mehr, weshalb er immer noch in Martins Bademantel herumlief, als sie aus dem Bad kam.

»Ich habe nur Tee.«

Sie legte die Arme um seinen Hals und drückte ihm einen Kuss auf die Lippen. »Dann lass uns rausgehen, ich kenne ein hübsches Café.«

»Ich ... nicht heute, Adriana.« Sanft schob er sie von sich weg. »Ich muss da ein paar dringende Dinge erledigen.«

»Fängst du damit wieder an!«

»Glaub mir, ich wünschte, ich könnte dir was anderes sagen. Aber ich kann nicht ungeschehen machen, was Martin begonnen hat. Genauso wenig, wie ich es ignorieren kann. Ich muss versuchen, diese ganze Sache zu regeln. Solange das nicht geklärt ist, sind alle, die sich mit mir einlassen, in großer Gefahr. Du eingeschlossen. Das kann ich nicht verantworten.«

»Deshalb also schickst du mich weg? Meinst du nicht, ich kann selbst für mich entscheiden, ob du mir diese Gefahr wert bist?«

Beinahe wäre ihm herausgerutscht, dass er schon einmal einen geliebten Menschen verloren hatte und dies nicht ein weiteres Mal erleben wollte. »Es ist meine Entscheidung, und ich möchte nicht darüber diskutieren«, sagte er stattdessen. »Besser, du gehst jetzt!«

Catia hatte das Antiquariat trotz seiner Bedenken geöffnet. Zu seiner Überraschung tauchte auch Renato zwischen den Regalen auf. Gekrümmt stützte er sich auf einen Stock.

»Wie geht es Ihnen?«

»Ich kann immer noch nicht lachen, aber ehrlich gesagt – du siehst nicht weniger beschissen aus.«

Henrik zuckte mit den Schultern. Er hatte nicht den Nerv, darauf einzugehen. Adriana war ohne ein weiteres Wort hinausgerauscht, und er fühlte sich mies. Da half es nicht, sich fortwährend zu versichern, dass er aus reiner Verantwortung ihr gegenüber so hatte handeln müssen.

Catia trat zu ihnen. Auch sie musterte seine Gesichtsverletzungen, die vielen Kratzer und das Pflaster über der rechten Braue. Sie selbst hatte versucht, die ins Lila gehende Rötung über der Wange mit Schminke abzudecken. Da sie auf den Rest ihres Gesichts nichts aufgetragen hatte und ihre Sommersprossen deutlich hervortraten, sah das etwas seltsam aus. Zudem wirkte sie griesgrämiger als sonst, was nach dem gestrigen Überfall kein Wunder war.

»Besser, wir lassen den Laden bis auf Weiteres geschlossen«, erklärte Henrik. »Ich will nicht, dass so was noch mal passiert.«

»Was soll das bringen? Abgesehen davon, dass wir ihnen so vermitteln, wir hätten die Waffen gestreckt. Ich weigere mich, einfach so aufzugeben.«

Renato mischte sich ein. »Martin hätte das auch nie getan.«

Henrik schüttelte den Kopf. Martin, Martin, Martin! Er konnte es nicht mehr hören. »Ihr wisst doch beide, wozu dieses Antiquariat ihm diente. Hier hat er brisante Informationen versteckt, die er in all den Jahren gesammelt hat. Doch nun hat sich die Situation geändert. Martin war der passive Beobachter und Chronist, was die Verbrechen in dieser Stadt betraf. Er ist zeit seines Lebens nicht aktiv geworden, um diese Verbrechen auch zur Anklage zu bringen. Diejenigen, die sich durch ihn bedroht fühlten, haben all die Jahre auf sein Schweigen gesetzt. Mit seinem Tod wurden die Karten neu gemischt. Plötzlich tauche ich auf, ein unkalkulierbares Risiko. Keiner von denen dort draußen weiß, welches Blatt ich auf der Hand habe. Ob ich nur ein Blender mit Pokerface bin oder eine echte Gefahr darstelle.« Henrik schnaubte. »Bei Martin waren sich diese Leute nach einer gewissen Zeit wohl relativ sicher, dass ihre Geheimnisse nicht ans Licht kommen würden. Meine jüngsten Aktivitäten aber haben den ein oder anderen ziemlich nervös gemacht. Speziell diesen Vieira-Clan, weshalb jemand beschlossen hat, die Maßnahmen zu verschärfen. Solange ich nicht abschätzen kann, wie gefährlich das für euch wird, bleibt das Antiquariat geschlossen. Und darüber wird nicht verhandelt. Es ist zu eurer eigenen Sicherheit. Schließt hinter mir ab!«

Wenn er so weitermachte, war er bald der einsamste Mensch in Lissabon. Missmutig ließ er die beiden stehen und trat hinaus auf die Rua do Almada, die im Sonnenlicht erstrahlte, als hätte es das Unwetter letzte Nacht nie gegeben. Nur ein paar letzte Pfützen zeugten noch von dem Sturzregen. Die Luft war schwüler als sonst, die ersehnte Abkühlung ausgeblieben.

Er kam nicht weit. Ein schwarzer Audi mit getönten Scheiben bremste vor ihm und blockierte die Straße. Sofort schoss ihm eine neue Welle aus Adrenalin durch die Adern. Wie recht er doch mit seinen Entscheidungen hinsichtlich Adriana und des Ladens gehabt hatte! Gestern hatte er lediglich eine Schlacht gewonnen und damit seine Widersacher vermutlich nur noch wütender gemacht. Vorsorglich warf er einen Blick über die Schulter. Von hinten drohte keine Überraschung, also ging er schnurstracks auf den Wagen zu. Die Fahrertür öffnete sich, und er sah ein bekanntes Gesicht.

Henrik entspannte sich.

Sérgio Barreiro trug heute Lichtgrau mit dunklen Nadelstreifen, dazu eine Krawatte in Altrosa. Wenn überhaupt möglich, war sein Seitenscheitel noch akkurater gezogen als bei ihrem ersten Zusammentreffen. Er stieg aus, schlug die Tür hinter sich zu und kam Henrik entgegen. Dass er mitten auf der Straße parkte, schien ihn nicht weiter zu kümmern.

»Senhor Falkner, bom dia!« Der Anwalt betrachtete sein zerschundenes Gesicht. Selbst wenn er nicht lachte, hatte der Mann Grübchen, die seinen auf die Unterlippe reduzierten Mund einrahmten. Henrik verspürte gute Lust, ihm die Faust auf die Nase zu dreschen, um wenigstens ein bisschen Markanz in das fade Gesicht zu zementieren. Nach der gescheiterten Bestattungsaktion gestern versuchte es der Auftraggeber des Anwalts heute Vormittag offenbar wieder mit heuchlerischer Diplomatie. Was war das nur für eine perverse Inszenierung?

Er verschränkte die Arme vor der Brust, um klarzustellen, dass er mitnichten daran dachte, nach der ausgestreckten Hand zu greifen. Barreiro sah darüber hinweg und grinste. »Mein Klient wäre bereit, sein Angebot zu erhöhen«, erklärte er, was Henriks Wunsch, ihm eine Abreibung zu verpassen, nur noch verstärkte.

»Richten Sie ihm aus, er wird sich mit keinem Geld der Welt freikaufen können.«

»Das ... Wie bitte?« Barreiro wirkte verdutzt. Klar, der Anwalt wusste nicht, was gestern passiert war. Oder doch?

»Sie sollten ernsthaft darüber nachdenken. So ein Angebot bekommen Sie nie wieder. Sehen Sie sich den Kasten doch an! Er kann jeden Augenblick einstürzen. Ihr Deutschen seid wirklich so stur, wie es euch eure Politiker vormachen.«

»Das wirft allerdings die Frage auf, ob ihr Portugiesen so korrupt seid wie eure Politiker?«

Dem Anwalt entwich ein Kieksen, als plagte ihn ein Schluckauf; er erinnerte kurz an einen betrunkenen Teenager, wurde aber sogleich wieder ernst. »Nein, wirklich, Spaß beiseite. Warum hören Sie sich das neue Angebot nicht einfach an?«

Henrik trat einen Schritt näher. »Begreifen Sie nicht, dass Sie mich mit absolut nichts erweichen können?«

Der geschniegelte Anzugträger griff trotzdem in seine teure Ledermappe und zog einen weißen Umschlag heraus. Hinter ihm hupte der Fahrer eines Lieferwagens, der nicht am protzigen Audi des Anwalts vorbeirangieren konnte. Henrik musterte den Umschlag, auf den sich das leichte Zittern von Barreiros Hand übertrug. Dann sah er wieder auf und dem Mann direkt in die Augen. Unverkennbar glomm da eine leichte Nervosität, und die rührte nicht davon her, dass der Lieferwagenlenker erneut die Hupe betätigte.

»Ihre letzte Chance«, drängte Barreiro.

»Und wenn nicht?«

Der Anwalt atmete tief ein. »Dann sollten Sie Lissabon den Rücken kehren!«

Die Warnung war deutlich. Allerdings auch unnötig. Henrik wusste über seine prekäre Lage nur allzu gut Bescheid.

Inzwischen brauste der Anwalt mit überhöhter Geschwindigkeit die Rua do Almada in Richtung Unterstadt davon. Den Umschlag hatte er Henrik vor die Füße geschleudert. Nicht nachlässig oder beleidigt. Nein, aus einer lockeren Drehung des Handgelenks, als würde er ihm ein Frisbee zuwerfen. »Werden Sie glücklich mit Ihrer Entscheidung«, hatte Barreiro dazu gesagt und war in seinen Wagen gestiegen.

»Willst du nicht wenigstens wissen, wie viel wir dir wert sind?«, fragte Renato, der plötzlich neben ihm stand.

Henrik sah ihn an. »Ist es zielführend, den Preis auf seinen Kopf zu kennen?«

»Wäre zumindest interessant zu erfahren, wann du schwach wirst.«

»Was denken Sie, für wen arbeitet er?«, fragte Henrik und bückte sich nach dem Kuvert, das aller Voraussicht nach ein unmoralisches Angebot enthielt.

»Für einen von vielen.«

»Das ist nicht wirklich hilfreich«, knurrte Henrik. »Wie hat er es gemacht? Martin, meine ich. Wie ist er hinter all diese Verbrechen gekommen?«

»Er besaß eine gute Ausbildung, aber vor allem hat er zugehört«, antwortete Renato. »Er hat dem Fado der Stadt gelauscht, den ewigen Liedern von Sehnsucht und Leid. Der Saudade, wie man bei uns sagt.«

»Saudade?«

Er lächelte bitter. »Die portugiesische Form von Weltschmerz, wenn du so willst. Traurigkeit, Wehmut, sanfte Melancholie bis hin zur Verzweiflung. Es lässt sich nicht wirklich übersetzen, denn es ist ein Gefühl, und Gefühle beschreibt man nicht, man erlebt sie. Saudade steht für die tiefe Empfindung des Verlusts und drückt das bittersüße Unglück aus, die Sehnsucht nach dem Verlorenen niemals stillen zu können. Martin hat diese überall gegenwärtigen Gefühle in sich aufgesogen und dabei wie kein anderer verstanden, seine Schlüsse daraus zu ziehen.«

Henrik dachte an die Kinderskelette und bezweifelte, dass Renato sich vorstellen konnte, welche Abscheulichkeiten Martin tatsächlich ausgegraben hatte. »Hat er mit Ihnen darüber gesprochen?«

Der Alte schüttelte den Kopf. »Nicht mit mir, nicht mit seinen Freunden, weil er keinen von uns einer unnötigen Gefahr aussetzen wollte. Und auch mit niemandem sonst. Wem hätte er vertrauen sollen? Er stand unter fortwährender Beobachtung durch Polizei und Justiz. Nicht offenkundig natürlich, aber ganz zweifelsfrei. Er wurde auf subtile und infame Art eingeschüchtert. Er wusste, dass er sich nicht aus seiner Deckung wagen konnte, bis er die einzige Wahrheit ans Licht gebracht hatte, die ihm wichtig war.«

»Wer João ermordet hatte«, folgerte Henrik.

Ein schmerzlicher Zug legte sich um Renatos Mund. »Das lag am Schluss auf der Hand, doch Martin konnte die Täter nicht mehr anklagen.«

Er gab Geld aus, das er gar nicht hatte. Beim Bezahlen der Unterwäsche, der T-Shirts und Hosen, die er in einem der

Geschäfte in der Rua Garrett ausgesucht hatte, musste er unwillkürlich an den Umschlag denken, den er Renato in die Hand gedrückt hatte. Wie einfach alles wäre, wenn ihm seine Moral nicht im Weg stünde. Seine Moral – und der tiefe Groll auf die Ungerechtigkeit, der seit Ninas Tod in ihm brodelte. Ja, es wäre einfach, wenn er kaltschnäuzig und verwegen wäre, wie so viele von denen, die er als Polizist aus dem Verkehr gezogen hatte. Doch davon war er weit entfernt.

Wie ein guter Mensch fühlte er sich trotzdem nicht.

Mit zwei Einkaufstüten kehrte er zurück in sein neues Heim. Catia hatte das Geschlossen-Schild in die Tür gehängt, was ihn beinahe erstaunte. Hielt sie sich wirklich an seine Anweisungen?

Im Treppenhaus traf er die Inderin, die ihr Kleinstes auf dem Arm hatte. Erstmals registrierte er, dass es trotz der Kinder im Haus stets ruhig war. Auch die drei Musiker aus dem dritten Stock hatte er bislang nicht gehört. Selbst wenn er davon ausging, dass sie ihren Proberaum woanders hatten, hatte er anfangs befürchtet, dass die drei es verstanden, ordentlich zu feiern. Verdankte er diese verdächtige Stille im Haus dem Wunsch, nicht aufzufallen? Hofften seine Mieter, auf diese Weise in Vergessenheit zu geraten und nicht von ihm zur Kasse gebeten zu werden? Der Gedanke enthielt eine gewisse Komik, und er lächelte. Die Frau im hellgrünen Sari erwiderte dieses Lächeln. Dann driftete ihr Blick zu den Wunden in seinem Gesicht, und sie wurde ernst.

»Bom dia!«

Er grüßte zurück. Als sie schon an ihm vorbei war, drehte er sich nach ihr um. »Jaya, nicht wahr?«

Sie wandte sich ihm zu. Skepsis blitzte in ihren fast schwarzen Augen auf. Er behielt das Lächeln bei und kam ihr entgegen. »Falls Sie Zeit haben, würde ich mich gerne mit Ihnen über meinen Onkel unterhalten. Von Catia weiß ich, dass Sie bei ihm sauber gemacht haben.«

Seine Bitte verunsicherte sie noch mehr. Das Mädchen an ihrer Hüfte strahlte fröhlich. Sanft strich er mit dem Zeigefinger über ihre seidige Wange. Ihre Augen wurden noch größer und runder, und sie umschloss seinen Finger mit ihrer winzigen Hand.

»Wie heißt sie?«

»Akuti«, antwortete Jaya, nach wie vor auf Zurückhaltung bedacht.

»Sie ist wunderhübsch.« Das war nicht nur eine Floskel; allerdings konnte er nicht abschätzen, wie seine Bemerkung bei Jaya ankam.

»Sie haben Martin gefunden?«, fragte er vorsichtig.

Die Frau, die ihr tiefschwarzes Haar zu einem dicken Zopf geflochten hatte, nickte zögerlich. Die kleine Akuti streckte sich und versuchte, nach dem Pflaster auf seiner Stirn zu greifen. Er lächelte und kitzelte sie unter dem speckigen Kinn.

»Ist Ihnen irgendwas Ungewöhnliches aufgefallen, war etwas anders als sonst, wenn Sie zu ihm in die Wohnung kamen?«

»Alles war wie immer ... nur dass er tot war«, murmelte sie und drehte das Kind von ihm weg, das Anstalten machte, als wollte es zu ihm auf den Arm klettern.

Henrik ließ seinen Blick einen Moment lang auf der Kleinen ruhen. »Was bedeutet ihr Name?«, fragte er.

»Prinzessin«, antwortete Jaya.

»Na, das passt ja.« Wieder reichte er dem Mädchen seinen Finger, das ihn sofort packte und zufrieden gluckste.

»Martin war ein guter Mensch. Ich möchte wissen, was passiert ist«, erklärte er.

Die Inderin nickte zustimmend, schwieg aber.

»Vielleicht könnten Sie noch mal versuchen, sich an diesen Tag zu erinnern. An den Moment, als Sie die Wohnung betreten haben. Auch wenn es schwerfällt, sich den Anblick des Toten ins Gedächtnis zu rufen. Die kleinste Kleinigkeit kann wichtig sein.«

Sie betrachtete ihre nackten Zehen, die in gelben Flipflops steckten. »Ich muss weiter«, sagte sie. Akuti winkte ihm zu, während ihre Mutter sie die Treppe hinuntertrug.

Zurück in der Wohnung, löste Henrik das Pflaster von seiner Haut. Die Partie um die Braue hatte sich blau verfärbt, das alleine war schon auffällig genug. Alles in allem sah seine rechte Gesichtshälfte ziemlich mitgenommen aus.

Er schlüpfte gerade in seine neuen Shorts – die Jeans, die er aus Deutschland mitgebracht und seither getragen hatte, war allenfalls noch für Handwerkertätigkeiten zu gebrauchen –, da meldete sich sein Handy. Die Nummer war ihm unbekannt. Portugiesisches Festnetz. Er zögerte, den Anruf entgegenzunehmen. Allerdings hatte es keinen Sinn, das Unvermeidliche aufzuschieben.

»Hast du Zeit?«

Es fiel ihm schwer, seine Überraschung zu verbergen. »Selbstverständlich!«

»Dann in einer Stunde in der Kirche São Vicente de Fora.«

23

Das Alfama-Viertel, das sich vom Hafen her den Hügel nördlich des Castelo de São Jorge hinaufzog, bot ein gänzlich anderes Bild als der Stadtteil südlich des geometrisch angelegten Baixa-Viertels. Die Straßen waren steil. Die Häuser verschachtelt, scheinbar planlos auf- und aneinander gebaut, wie eben gerade Platz war. Wäsche hing an Leinen über den Gassen. Dürre Katzen kauerten in schattigen Ecken und warteten darauf, dass irgendwo Fressen für sie abfiel. Viele Gebäude waren renovierungsbedürftig, der Verfall allgegenwärtig, doch die Leute, die ihm begegneten, wirkten nicht unglücklicher als die in anderen Vierteln. Einst war hier der Stadtkern Lissabons gewesen. Doch nachdem sich die Stadt nach Westen hin auszudehnen begann und jene, die es sich leisten konnten, in die moderneren Stadtteile umsiedelten, blieben im Alfama nur die Fischer und ärmeren Einwohner übrig. Das große Erdbeben vor zweihundertsechzig Jahren hatte hier kaum gewütet, und so war das Häuserlabyrinth noch heute nahezu unverändert erhalten.

Henrik mochte diese Ecke Lissabons auf Anhieb, und nur zu gerne hätte er sich in dem Gewirr der engen Steige und Gassen verloren. Das Treiben der Menschen beobachtet, das Spiel der Farben bestaunt, die Wind und Sonne an die Mauern malten, dem Lied der Stadt gelauscht und die eigenwilligen Aromen in sich aufgesogen – auch wenn nicht alle davon wohlriechend waren. Es war eher die Gesamtkomposition, welche die Verlockung dieses Viertels ausmachte. Und dazu gehörte nun auch das weniger Schöne, vor dem man Augen, Nase und Ohren für gewöhnlich verschloss. Bilder, die man nicht fotografierte, Gestank, den man vergaß, sobald man ihm entkommen war, Lärm, der im Kopf schmerzte und der doch schon eine Ecke weiter von einem unschuldigen Kinderlachen oder dem Glockengeläut des nächstgelegenen Gotteshauses verdrängt wurde.

Allerdings war er nicht hier, um die eigenwilligen Sinnesfreuden des Alfama-Viertels in sich aufzunehmen. Er hatte ein Ziel, das er diesmal mithilfe seines Smartphones zu finden versuchte, obwohl er diese Form der Navigation nicht leiden konnte. Seine Kollegen hatten sich gelegentlich darüber lustig gemacht, dass er sich lieber mithilfe gedruckter Karten und Pläne orientierte. Es war fraglos umständlicher, sich immer den richtigen Ausschnitt zurechtzufalten, und bedurfte auch einer gewissen Vorbereitung. Dennoch zog er dieses altmodische Prozedere dem ständigen Starren auf einen handtellergroßen Bildschirm vor.

Über einen Stich erreichte er den Campo Santa Clara, eine Straße, die sich um die Igreja de Santa Engrácia schlang. Den in Weiß erstrahlenden Barockbau aus dem 17. Jahrhundert mit dem symmetrischen Grundriss, der einem griechischen Kreuz nachempfunden war, zierte eine prächtige Kuppel. Soweit Henrik sich an die Beschreibung in seinem Reiseführer erinnerte, hatte das Gebäude nach seiner späten Vollendung im vergangenen Jahrhundert nie als Gotteshaus gedient, sondern wurde zum Nationalen Pantheon. Doch es war weniger der imposant aufragende Sakralbau, der ihn innehalten ließ. Natürlich, er hatte davon gelesen und es dann wieder vergessen. Nun sah er sich urplötzlich mit der Feira da Ladra konfrontiert. Die Dimensionen des Marktes der Diebe machten diesen Flohmarkt zu etwas Unvergleichlichem. Vor allem wenn man unvorbereitet mitten hineinstolperte. Bereits zu Beginn des Campo Santa Clara priesen Ramschhändler ihre Waren auf den Gehsteigen an. Mit jedem Meter, den er sich Richtung Osten arbeitete, wurde das Vorankommen schwieriger. Bald gab es kaum mehr Platz zwischen den Verkaufsflächen, kein noch so winziger Fleck blieb ungenutzt. Dabei mischten sich professionelle Händler mit großen Marktständen unter die Privatleute, die ihr bescheidenes Gut einfach und pragmatisch auf Decken direkt auf dem heißen Asphalt präsentierten. Die Anordnung ließ vermuten, dass derjenige, der zuerst kam, den besten Standort ergatterte. All jene, die es unter die wenigen schattigen Bäume des angrenzenden Jardim Botto Machado geschafft hatten, konnten bei diesen Temperaturen gewiss als gesegnet gelten. In der prallen Sonne und ohne Zelt oder Persenning war es unerträglich heiß, und manch einer musste befürchten, dass ihm seine dargebotenen Waren schmolzen, ehe sie einen Käufer fanden. Neben dem klassischen Trödel und dem Kunsthandwerk gab es jedwede Art von Elektronikschrott und rostige Autoersatzteile, ja ganze Motorblöcke und Getriebe. Viele Händler warteten mit einer eindrucksvollen Auswahl an landestypischen Fliesen auf, die wahrscheinlich nicht alle freiwillig von den Wänden gefallen waren.

Es fiel ihm schwer, sich nicht der Begeisterung an dem Treiben und dem kunterbunten Angebot hinzugeben. Dieser Rummel, die unzähligen Menschen und die Art, wie hier verkauft, gekauft, gefeilscht und geschachert wurde, machte jedem orientalischen Basar Konkurrenz und war von einer Faszination, der er sich nur schwer entziehen konnte. Also blieb er öfter stehen als geplant, um die kuriosen oder bizarren Auslagen zu betrachten, von denen er einiges schon im eigenen Laden entdeckt hatte. Es brachte ja ohnehin wenig, Eile an den Tag zu legen. Die Menschenmassen, die sich zäh durch die Gassen des Flohmarkts schoben, bestimmten das Tempo seines Vorankommens. Vermutlich hatte Helena den Ort ihres Treffens ganz bewusst gewählt. In diesem Trubel jemanden im Auge zu behalten, war beinahe unmöglich.

Unter dem Arco Grande de Cima hindurch gelangte er schließlich auf den Vorplatz der Igreja São Vicente de Fora, an die sich rechts das zugehörige Augustinerkloster Paróquia de São Vicente de Fora anschloss. Bis hierher hatte sich der Flohmarkt ausgedehnt, wobei die Waren der so weit an den Rand gedrängten Händler immer skurriler wurden. Steil ragte die weiß getünchte Kirche mit den Zwillingstürmen über ihnen auf. Hoch zum Eingang führte eine breite Steintreppe, die er in Erwartung der wohltuenden Kühle im Innern erklomm. Bevor er durch das aus dunklem Holz gefertigte Tor schritt, blickte er noch einmal über den Platz. War jemand hinter ihm, oder hatte die Masse an Menschen auf der Feira da Ladra ihn unsichtbar werden lassen? Er konnte keinen Verfolger ausmachen.

In der Kirche waren nur wenige Leute. Aufmerksam schritt er unter der gewölbten Kassettendecke des Mittelschiffs Richtung Apsis. Der Baldachinaltar wurde gerade von einem Touristenpaar fotografiert. Beide litten unter starkem Sonnenbrand. In der rechten Bankreihe betete eine in Schwarz gehüllte alte Frau, durch deren gekrümmte Finger die Perlen eines Rosenkranzes glitten. Zwei jüngere Urlauberinnen betrachteten eine auffällige Heiligenstatue, einen in eine schlichte Mönchskutte gehüllten Mann mit grauem Spitzbart, der seinen verklärten Blick hinauf zu seinem Schöpfer richtete. Vinzenz von Saragossa, vermutete Henrik, der Heilige und Schutzpatron von Lissabon, dem dieser Sakralbau geweiht war.

Helena war nirgendwo zu entdecken. Er wurde bereits unruhig, weil er so untätig zwischen den Bankreihen stand. Während er sich einmal um die eigene Achse drehte, hielt er zwischen den Säulen der Seitenschiffe nach weiteren Menschen Ausschau. Es gab hier einfach zu viele Nischen und Ecken, in denen man sich verstecken konnte. Der Schweiß auf seinem Rücken fühlte sich plötzlich kalt an. Was sollte er tun? Immerhin hatte sie ihn hierher bestellt, demnach ging sie davon aus, im Schutz der Kirche einigermaßen sicher zu sein. Von dieser Erkenntnis getröstet, rutschte er in eine der Holzbänke, die seine neunzig Kilo mit einem dumpfen Knarzen quittierte. Die Alte vier Bänke vor ihm drehte sich nach ihm um, musterte ihn kritisch durch die Fransen ihres schwarzen Kopftuchs und wandte sich dann wieder dem Zwiegespräch mit ihrem Gott zu.

Henrik folgte ihrem Blick zu dem gekreuzigten Christus über dem Altarstein. Er war nie ein spiritueller Mensch gewesen und bezeichnete sich selbst als Atheist. Er war zwar getauft und hatte auch die anderen Sakramente erfahren, die eine katholische Erziehung bereithielt, aber dafür war er nur ein einziges Mal dankbar gewesen. Nina hatte sich eine kirchliche Trauung gewünscht, und obwohl sie ihn auch ohne christliches Zeremoniell geheiratet hätte, war er doch froh, ihr den Gefallen getan zu haben. Gott allerdings hatte ihm sein Lebensglück an Ninas Seite nicht gegönnt. Kurz nach ihrem Tod war er deshalb aus der Kirche ausgetreten. Ein trotziges Verhalten, das nicht zur Heilung seiner Seele beigetragen hatte. Aber das hatte er auch nicht erwartet. Dass Nina so früh von ihm gehen musste, hatte ihn lediglich in der Überzeugung bestärkt, dass es keinen Gott geben konnte. Zumindest keinen gerechten, denn kein zur Liebe fähiges Wesen konnte seinen Geschöpfen solche Grausamkeiten zumuten, nur um ihren Glauben und ihre Willensstärke zu prüfen.

Er zuckte zusammen, als jemand neben ihn auf die Bank rutschte.

»Schenkt er dir Gehör?«, fragte Helena.

Henrik schüttelte den Kopf. »Ich brauche seinen Beistand nicht.«

Erneut drehte sich die Alte nach ihm um. Als hätte sie seine Worte verstanden, schlug sie ein Kreuzzeichen und mühte sich dann auf ihre Beine. Trotz ihres sichtbaren Gebrechens vollzog sie einen Kniefall in Richtung Altar und bekreuzigte sich ein weiteres Mal, ehe sie mit gebeugtem Rücken an ihnen vorbeischlurfte.

»Es ist nicht sehr ergiebig, mit mir über Gott oder Religion zu diskutieren!«, flüsterte er, als er die Alte außer Hörweite wusste.

Helena ging nicht weiter darauf ein, sondern lehnte sich zurück, faltete die Hände und schloss die Augen. Ihre vollen Lippen bewegten sich, während sie ein stummes Gebet sprach. Er unterdrückte ein aufgebrachtes Stöhnen. Um seine Geduld war es nie zum Besten bestellt, und es wurde schlimmer, seit er in dieser Stadt war. Dabei musste er dankbar sein. Sie war gekommen, um ihm beizustehen. So betrachtet, hätte auch er Anlass gehabt, Gott zu danken. Wären da nicht diese fortwährenden Bedenken gewesen, nicht wirklich voranzukommen. Seine Gegner waren ihm bisher stets einen Schritt voraus gewesen. Sie hatten ihn im Visier gehabt, bevor er überhaupt registriert hatte, dass hier etwas im Argen lag.

»Kirchen haben etwas Beruhigendes für mich«, sagte Helena. Er nickte zustimmend, fragte sich jedoch, wie er Ruhe finden sollte, solange ihm der Tod auf den Fersen war.

Sie hatte eine Tasche dabei, aus der sie nun ein Notizbuch holte. Der Umschlag war abgegriffen, Zettel mit Eselsohren ragten zwischen den gebundenen Seiten hervor.

»Ich habe die Nacht mit dem Versuch verbracht, mir ein Bild von der Lage zu machen. Jetzt weiß ich nicht, ob ich dir dankbar sein soll, dass du mir die Augen geöffnet hast, oder ob ich dich dafür verfluchen soll«, sagte sie ernst. Obwohl sie leise sprach, schien die Akustik jedes Wort weit hinauf unter das Gewölbe zu tragen, von wo es seinen Weg bis unter das Joch der Seitenschiffe fand. Grund genug zu flüstern, damit das Gesagte nicht an Ohren drang, für die es nicht bestimmt war.

»Vorweg möchte ich klarstellen, dass ich auf Akten gestoßen bin, die ich nicht hätte sehen dürfen. Es war eher Zufall, eine interne Sicherheitslücke, die ich nicht mal melden kann, ohne verfängliche Fragen herauszufordern. Trotz meiner Entdeckung bleibt vieles unbeantwortet. Jemand hat dafür gesorgt, dass Passagen in den Akten unkenntlich gemacht wurden. Vermutlich fehlt ein Teil, zumindest scheinen die Ermittlungsberichte auf die Schnelle betrachtet nicht vollständig zu sein. Wir bewegen uns also auf einem sehr schmalen Grat, wenn wir weitermachen.«

»Aber das werden wir«, betonte Henrik.

»Unter der Bedingung, dass wir zu meiner eigenen Sicherheit keinen offiziellen Kontakt pflegen. Also keine Anrufe von dir, keine Besuche in der Dienststelle, keine Kaffeebecherattacken. Ich melde mich bei dir, alles andere birgt zu hohe Risiken.«

»Einverstanden«, erwiderte Henrik und versuchte sich vorzustellen, wie die Zusammenarbeit unter diesen Bedingungen funktionieren sollte. »Dann spann mich nicht länger auf die Folter!«

Ohne ihre Notizen zu Hilfe zu nehmen, fing sie an zu berichten. »Mitte der 1980er begann das neu gegründete Vieira-Institut, mit dem Segen der Regierung Eltern anzusprechen, deren Kinder an offensichtlichen Entwicklungsstörungen litten. Selbst wenn diese nicht ärztlich diagnostiziert waren, weil die Leute kein Geld für Arztbesuche hatten oder sich wegen dieser Kinder so sehr schämten, dass sie sich mit ihnen nicht vor die Haustür trauten. Autismus war damals niemandem ein Begriff, die Menschen wussten damit nichts anzufangen, genau wie mit dem Verhalten ihrer Kinder. Wenn sich der Nachwuchs außerhalb der Norm verhielt, war man als Kandidat im Institut willkommen, so einfach war das. Es wurde strikte Geheimhaltung vereinbart. Die Besuche wurden so eingerichtet, dass man niemandem begegnen musste.

Auch meine Eltern wurden über eine Annonce auf das Institut aufmerksam. Ich war damals drei oder vier Jahre alt, kann mich aber erinnern, dass Mutter mit Tomás dort hingegangen ist. Tomás' Leiden – wundere dich nicht, wenn ich es so bezeichne, so wurde es eben innerhalb unserer Familie genannt und ich bin im Nachhinein froh, dass meine Eltern nicht auf Tante Carla gehört und einen Exorzisten bestellt haben – nun, Tomás' Leiden war eine Bürde für uns. Bitte versteh mich nicht falsch, meine Eltern und auch wir, meine Schwester und ich, liebten unseren Bruder. Wir wussten schlichtweg nicht, wie wir mit ihm umgehen sollten. Zu jener Zeit gab es dafür keinerlei staatliche oder gar kirchliche Beratung, wie meine Eltern sie weiß Gott dringend benötigt hätten. Ich würde behaupten, Tomás führte bei uns ein weitaus besseres Leben als die meisten autistischen Kinder zu jener Zeit. In der Regel wurden diese Kinder weggesperrt, versteckt vor der Öffentlichkeit, damit sich die Eltern vor der Gemeinschaft nicht erklären mussten. Da schien die Unterstützung, die das Vieira-Institut versprach, ein wahrer Segen zu sein. Betroffene Familien, die verzweifelt auf Hilfe hofften, brachten ihre normwidrigen Kinder hin. Meine Mutter konnte mir nie genau erklären, was dort mit Tomás gemacht wurde. Ich weiß nur, dass sie mehrmals dort waren und dass man Tomás vielen Tests unterzog. Ihm Fragen stellte, Bilder zeigte, ihn beobachtete, während er spielte. Sie nahmen ihm auch Blut ab, was meine Mutter mir erst viel später gestand. Jedes Mal brach sie dabei in Tränen aus und nötigte mich auf diese Weise indirekt, auf weiteres Nachfragen zu verzichten. Bis sie im Lauf der Jahre endgültig aufhörte, mit mir darüber zu sprechen. Ich denke, dass mein Vater es ihr letztlich verboten hatte, denn inzwischen war ich alt genug, und er musste befürchten, dass ich zu verstehen begann, wie falsch es gewesen war, Tomás der Willkür des Vieira-Instituts auszusetzen.«

Ihre Blicke trafen sich für eine Sekunde. Einen Moment lang wirkte sie beschämt darüber, ihm dieses lang gehegte Familiengeheimnis anvertraut zu haben. Dann schlug sie ihr Notizbuch auf. »In den wenigen Unterlagen, die ich noch über das Vieira-Institut finden konnte, heißt es, man sei bestrebt, Eltern im Umgang mit ihren psychisch gestörten Kindern zu helfen und Förderprogramme für Sonderschulen zu erstellen. Gefördert wurde das Ganze dabei nicht etwa von Vieira Industria, sondern von einer Stiftung, die vollkommen im Dunkeln blieb. Frag nicht weiter nach, es gibt nichts über diesen Geldgeber in den Akten beziehungsweise die relevanten Details wurden gelöscht. Das gilt auch für die Untersuchungsberichte.«

»Untersuchungsberichte?«

»Polizeiliche Ermittlungen. Vereinzelt sind nämlich Kinder verschwunden, geraume Zeit, nachdem sie im Vieira-Institut getestet wurden.«

»So wie dein Bruder«, murmelte Henrik und dachte an die Weinfässer. »Und du kannst nicht herausfinden, was die Polizei in der Sache unternommen hat?«

Helena schüttelte den Kopf. »Es ist nichts im Computer, zumindest nicht in den Daten, auf die ich Zugriff habe.«

Er war nicht sonderlich enttäuscht, weil er damit schon gerechnet hatte. Die Fragmente, die Helena zusammengetragen hatte, ergaben für ihn ein ausreichend klares Bild. »Gibt es noch was über die Villa? Warum hat es dort gebrannt?«

»Das stellt sich als ähnliches Mysterium dar. Ich habe mit einem pensionierten Kollegen telefoniert, mit dem ich zu Beginn meiner Ausbildung gelegentlich auf Streife war.«

Henrik rümpfte skeptisch die Nase.

»Einer, dem ich vertraue«, fügte Helena an, die ahnte, was ihm Sorgen bereitete. »Ich habe ihn angerufen, weil ich weiß, dass er damals, 1992, bei diesem Einsatz Dienst hatte. Die Experten der Feuerwehr hatten von einem Kurzschluss gesprochen.«

Henrik veränderte seine Position auf der harten Kirchenbank. »Klingt relativ unspektakulär. Wer hat die Ermittlungen geleitet?«

»Eine berechtigte Frage. Ich ahnte die Antwort schon, wollte aber, dass mein ehemaliger Kollege sie bestätigte. Das tat er auch, bloß mit einem seltsamen ... Zögern. Es war dieses Stocken, das mir die Gewissheit gab, dass ich richtig getippt hatte.« Sie machte eine Pause, der Theatralik wegen oder um die Bedeutung dieser Information zu unterstreichen. »Die Ermittlungen leitete der einstige Oberkommissar Nelson Pereira höchstpersönlich. Was unter Umständen damit zu erklären ist, dass der Institutsleiter Manuel Vieira ein Opfer der Flammen geworden war. Nach der Schließung des Instituts war die Villa Vieiras Wohnsitz geblieben. Die Akten weisen seinen Tod als tragischen Unfall aus.«

»Weshalb du dich fragst, warum dieser Pereira überhaupt eingeschaltet wurde?«

»Pereira galt als harter Hund, war aber durchaus umstritten. Es gab Gerüchte, dass er zu Salazars Zeiten der Geheimpolizei PIDE angehört hatte. Nach dem Zusammenbruch der Diktatur ging seine Karriere allem Gemunkel zum Trotz steil nach oben. Die politische Führung wollte auch nach der Diktatur eine starke Hand an der Spitze der Exekutive. Was den Brand anging, nehme ich an, die Vieiras selbst hatten darauf bestanden, dass Pereira sich darum kümmern sollte. Nicht nur, weil einer ihrer Sprösslinge umgekommen war, sondern weil die Ergebnisse der Studien sowie sämtliche Unterlagen über das Institut ebenfalls dem Feuer zum Opfer gefallen waren.«

»Eine praktische Lösung aller Probleme. Womöglich sollte dieser Pereira sicherstellen, dass tatsächlich nur noch Asche übrig war?«

Die Kirchentür schlug ins Schloss. Aus seinen Gedanken gerissen, drehte Henrik sich um und blickte den Mittelgang hinab. Sie schienen die letzten verbliebenen Kirchenbesucher zu sein. Die Bogenfenster verwandelten das aggressive Licht der Nachmittagssonne in ein weiches Schimmern.

Doch dieses milchige Leuchten konnte Henrik nicht von der Unruhe befreien, die ihn plötzlich umfing. Was Helena berichtet hatte, vervollständigte das Bild. Selbst ohne Befugnis zur Akteneinsicht über die Umstände des Brandes in der Vieira-Villa hatte sie nützliche Informationen zusammentragen können und ihm damit einen delikaten Einblick in ein Geheimnis gewährt, das man bisher um jeden Preis geschützt hatte. Diese Erkenntnis verstärkte seine Anspannung.

»Lass uns hier verschwinden!«

Helena verlangte keine Erklärung, sondern erhob sich gleichzeitig mit ihm. Vermutlich reagierte auch ihr Polizisteninstinkt auf ähnliche Weise. Wieso kamen keine Leute mehr in die Kirche? Wo waren die Touristen, die sich nach einem Bummel über den Diebesmarkt in die kühle Stille zu Vinzenz von Saragossa flüchteten?

Die Antwort zeigte sich in der nächsten Sekunde. Hinter einer der eckigen Säulen trat der Glatzkopf hervor, und diesmal war er nicht allein.

Vom Eingang her näherten sich vier Männer, zwei im Hauptgang und je einer unter den Seitenschiffen.

Ihnen blieb nur die Flucht nach vorne. Sie setzten über die rote Kordel, die davon abhalten sollte, die Apsis zu betreten, und tauchten unter dem Baldachin hindurch, der den Altarstein beschirmte. Es war fraglich, ob der Gekreuzigte Henriks Stoßgebet erhörte. Viel eher verdankte er es Helenas Draht zum Herrgott, dass die Tür zur Sakristei nicht verschlossen war. In jedem Fall verschaffte ihnen dieser Umstand die nötigen Sekunden.

Sie knallten die Tür hinter sich zu und schoben sogleich den massiven Holztisch davor, wohl wissend, dass er die Männer nicht lange aufhalten würde. Während Henrik noch rasch eine Bibel unter die Klinke klemmte, prüfte Helena ihre Fluchtmöglichkeiten aus dem lang gestreckten Raum, in dem Bücher, Devotionalien, Kerzen und Messkutten aufbewahrt wurden.

Schon rumpelte es gegen die Tür, und die Wucht des Aufpralls machte klar, dass ihnen keine Zeit blieb.

Der Ausgang war abgeschlossen, demnach blieb ihnen nur die Wendeltreppe, die mit ungewissem Ziel nach oben führte. Nicht die beste Option. Dennoch zögerten sie nicht und eilten hintereinander die abgetretenen Steinstufen empor. Die Windungen waren eng und verursachten bei Henrik einen leichten Schwindel. Statt sich auf die Galerie zu flüchten, auf der sich ebenfalls Verfolger postiert haben mochten, bog Helena in einen schmalen Gewölbegang ein. Henrik folgte ihr in der vagen Hoffnung, dass sich die Polizistin hier auskannte. Eine Hoffnung, die zerbröselte wie trockenes Baguette, als er erkannte, dass sie ihn zum Aufgang in einen der Glockentürme geführt hatte. Henrik wollte protestieren, denn dieser Weg konnte nur in einer Sackgasse enden. Doch Helena verschwand schon mit schnellen Schritten um die Biegung. Mit bangem Blick zurück hastete er ihr hinterher.

Von unten war jetzt zu hören, wie die Tischbeine über den groben Steinboden schrammten und sofort danach die Tür gegen die Wand schlug. Das konnte nicht gut ausgehen. Im Rennen fragte sich Henrik, ob es überhaupt noch eine Alternative zu ihrem Tod gab. Nachdem er Barreiros letzte Offerte abgelehnt hatte, musste die Entscheidung gefallen sein. Blieb nur noch die Frage, ob der Söldner seinen Auftrag auch im Haus Gottes erfüllen würde. Das Aufgebot, das hinter ihnen die Wendeltreppe hochstürmte, war entschlossen, endgültig aufzuräumen. Der Eindringling, der alles in Gefahr brachte, musste verschwinden. Ein schwacher Trost, aber vielleicht würde sein Ableben wenigstens die anderen retten. Catia, Renato, Jaya und ihre Familie. Adriana.

Beim Gedanken an sie fühlte er ein Brennen unter dem Herzen, wie er es sonst nur kannte, wenn er an Nina dachte.

Wollte Nina, dass er ihr so früh schon folgte?

Sie war ein so lebensfroher Mensch gewesen. Er konnte sich nicht vorstellen, dass sie es gutheißen würde, wenn er einfach aufgab. Nein, er würde es den Dreckskerlen nicht leicht machen.

Helena war plötzlich verschwunden. Grelles Licht blendete ihn.

»Komm!«

Sie war durch etwas geschlüpft, das mehr einer Schießscharte als einem Fenster glich. Er blickte hinaus auf das endlose Ziegeldach des Kreuzgangs, der den Klosterhof umfasste. Die Polizistin stand breitbeinig auf dem First.

Henrik zwängte sich durch den steinernen Bogen ins Licht. Eine Windbö brachte ihn aus dem Gleichgewicht, und er ruderte mit den Armen, bis er es wiederfand.

Wir sollten uns an die Turmmauer pressen und darauf bauen, dass unsere Jäger am Fenster vorbeistürmen.

Doch Helena hatte andere Pläne. Sie zog ein Blatt Papier aus ihrer Umhängetasche.

»Falls wir uns verlieren! Das hier ist eine Liste der ehemaligen Mitarbeiter des Vieira-Instituts. Es muss jemand darunter sein, der Antworten für uns hat.«

Damit drehte sie sich um und balancierte auf dem Dachfirst entlang. Elegant wie eine Katze.

Henrik faltete den Zettel und stopfte ihn in die hintere Hosentasche. Dann spähte er unsicher über das Dach.

Große Höhe war nicht seine Sache, erst recht nicht, wenn ihm kein Geländer Halt bot. Doch ihm blieb nichts anderes übrig. Fuß vor Fuß setzend folgte er Helena, tollpatschig wie ein Kamel. Zum Glück war der Giebel nicht allzu steil. Er verzieh einen Tritt daneben, auch wenn die Lehmziegel jedes Mal, wenn er mit der Sohle von den Dachpfannen rutschte, besorgniserregend unter seinem Gewicht knirschten.

Unterdessen auf dem Dache / ist man tätig bei der Sache.

Er kam zehn, zwölf Meter weit, bis er hinter sich ein Geräusch vernahm, das ihm sagte, dass den Verfolgern ihre Fluchtroute nicht entgangen war. Vor ihm erklomm Helena bereits den noch höheren First des längsseitigen Klostertrakts. Rechts, schwindelerregend tief unter ihm, blühten Palisanderbäume in einem leuchtenden Lilablau. Doch die Besucher, die sich in den schattigen Innenhof des Klosters zurückgezogen hatten, hatten keinen Blick mehr für die Blütenpracht. Stattdessen hatten die Leute die Köpfe in den Nacken gelegt und beschatteten die Augen mit den Händen. Henrik blieb nur ein kurzer Blick auf das Meer der Gesichter. Er benötigte seine volle Konzentration zum Besteigen des abschüssigen Ziegeldachs. Auf allen vieren hangelte er sich nach oben. Am höchsten Punkt angekommen, wurde ihm jäh bewusst, dass ein Abrutschen den Tod bedeutete. Vor ihm lag ein schmaler Grat von rund achtzig Metern Länge. Eine kräftige Bö, die vom Atlantik landeinwärts blies, schob ihn darauf zu. Was für ein Wahnsinn – Helena konnte das doch unmöglich geplant haben! Sicher hatte nur die Panik sie hier heraufgetrieben. Verzweifelt starrte er auf ihren Rücken, der sich vor ihm über den Grat bewegte.

Gleich bei seinen ersten Schritten strauchelte er, und es dauerte eine halbe Ewigkeit, bis er sich wieder fing. Nur mit

Mühe verkniff er sich einen Blick über die Schulter und zwang sich mit aller Gewalt, seine Gedanken allein auf den fußbreiten First zu fokussieren, von dem sein Leben abhing.

Kaum hatte er sich wieder einigermaßen im Griff, verschwand Helena plötzlich und ohne Laut. Sie war ihm einige Meter voraus, und obwohl er entsetzt auf die Stelle starrte, wo sie gerade noch auf dem Grat balanciert hatte, konnte er nicht erkennen, was mit ihr passiert war.

Henrik stockte der Atem. Und dann, noch ehe er irgendwie reagieren konnte, krallten sich Finger in seine Schulter und rissen ihn nach hinten.

Wieder ruderte er panisch mit den Armen, suchte Halt, fand etwas, das schon nach einem kurzen Ruck wieder nachgab. Er schrie auf.

Im nächsten Moment fiel er nach rechts, mitten ins Licht.

24

Der Aufprall auf dem Dach presste ihm die Luft aus der Lunge.

Obwohl die Ziegel so trocken wie die Marsoberfläche waren, schlitterte er ohne Bremswirkung kopfüber dem Abgrund entgegen. Der gebrannte Ton bot seinen wild grapschenden Fingern keinen Widerstand. Es schmirgelte ihm nur die Haut von den Handflächen, ohne dass er langsamer wurde.

Trotz seiner Panik registrierte er, dass er sich nicht allein auf dem Trip in die Ewigkeit befand. In dem Mann, der keinen Meter von ihm entfernt denselben Kampf gegen die Schwerkraft focht, erkannte er das dürre Bürschchen, das ihn gestern noch hatte begraben wollen. In den schwarzen Augen unter seinen zusammengewachsenen Brauen spiegelte sich Todesangst. Zu spät hatte er begriffen, dass er Henrik besser auf überlegtere Art vom Dach gestoßen hätte, ohne dabei selbst das Gleichgewicht zu verlieren.

Henrik spürte die Hitze in seinem Rücken, die ihm das T-Shirt vom Körper fetzte. Dann rammte etwas gegen seine Schultern. Der Schmerz öffnete ihm die Kehle. Zischend strömte wieder Luft in seine Lunge. Das Hindernis drehte ihn um hundertachtzig Grad. Nun konnte er über seine Schuhspitzen hinweg das Ende des Dachs sehen. Nur noch eine Körperlänge von der Dachkante entfernt, warf er sich herum.

Keine Sekunde zu früh.

Seine Beine schossen über die Dachrinne hinaus. Die Hüfte knickte ab, sein Oberkörper glitt hinterher. Die Dachrinne schlug ihm in den Magen. Der Schmerz war so heftig, dass er beinahe vergaß zuzupacken.

Er erwischte die gebördelte Kante der Kupferrinne, die unter seinem Gewicht ächzte und sich bedenklich durchbog.

Aber sie hielt.

Der junge Kerl segelte an ihm vorbei. Während er fiel, weiteten sich seine schwarzen Augen ins Unnatürliche. Sein Mund ging auf, doch kein Laut drang heraus.

Henrik wandte seinen Blick zum Himmel. Vier Stockwerke und eine endlose Sekunde später hörte er, wie der Schädel des Mannes auf dem Asphalt zerplatzte.

Ihm blieb keine Zeit, sich seinem Schock hinzugeben. Die Sonne hatte das Blech aufgeheizt und verbrannte ihm die Finger. Sobald der Schmerz die Grenze des Unerträglichen erreichte, würde ihm sein Gehirn den Befehl geben loszulassen. Und dann war sein Schädel der nächste. Dieses entsetzliche Knacken, das sich in seinem Kopf wie ein Echo wiederholte, verlieh ihm ungeahnte Kraft, die er in einen verzweifelten Klimmzug umsetzte. Es gelang ihm, seinen rechten Arm in die Rinne zu legen und im selben Schwung sein Bein über die Dachkante zu wuchten. Die Konstruktion sackte noch ein Stück weiter ab. Die in die Holzbalken geschlagene Aufhängung knirschte bedenklich. Er warf einen Hilfe suchenden Blick Richtung Giebel. Und was er da sah, ließ ihn jeden Schmerz vergessen.

Die dunkle Sonnenbrille machte es unmöglich, ihm in die Augen zu schauen, aber es gab keinen Zweifel, dass er Henrik dabei beobachtete, wie er sich abmühte, dem tödlichen Sturz zu entgehen. Verdammt, warum hatte der Söldner nicht längst geschossen? Auf dem First waren sie doch ein leichtes Ziel gewesen.

Helena! O Gott, sie ist ebenfalls abgestürzt!

Der Glatzkopf schien anderer Meinung zu sein. Er richtete den Zeigefinger auf Henrik und verweilte für einen Atemzug in dieser Stellung. Dann wandte er sich ab und folgte dem Grat bis dorthin, wo Helena verschwunden war.

Henrik verstand nicht. Ging der Mann davon aus, dass er es nicht schaffen würde? Wo war sein Gefolge? Würde ein anderer die Drecksarbeit erledigen und ihm den todbringenden Tritt verpassen?

Das Gemisch aus Zorn und Todesangst spornte ihn an. Millimeter für Millimeter schob er sich nach oben, bis er nach einer Ewigkeit endlich das glühende Kupferrohr loslassen konnte. Die Haut seiner Finger blieb daran kleben.

Erst als er sicher war, dass er nicht erneut Übergewicht bekam, wagte er wieder einen Blick nach oben. Der First war leer. Niemand war dem Söldner gefolgt. Sie mussten sich aufgeteilt haben. Der Rest der Männer wartete offenbar unten. Besetzte die Ausgänge, lauerte in den Gassen rund um die Kirche, durchsuchte die Leiche von Helena nach belastendem Material. Er verscheuchte diesen Gedanken, konzentrierte sich auf seine Situation. Selbst wenn er es von diesem verfluchten Dach herunterschaffte, würden sie ihn kriegen. Der Söldner hatte keine Eile. Entweder Henrik fiel in die Tiefe und erledigte den Job gleich selbst, oder er konnte sich vom Dach retten und lief ihnen dann unten in die Arme. Dieser Scheißkerl musste sich auf keinen Fall mehr die Finger schmutzig machen.

Auf einmal vernahm er über das laute Pochen seines Herzens hinweg die Sirenen.

Er lag auf dem Dach, mit weit von sich gestreckten Extremitäten, und es fühlte sich an, als saugte die Hitze, welche die Sonne im Lauf des Tages in die Ziegel gebrannt hatte, sämtliche Energie aus seinem geschundenen Körper.

Jemand hatte die Polizei verständigt.

25

Niemand erwartete ihn.

Hinterher konnte er sich nicht mehr erinnern, wie er den Weg zurück in die Kirche bewältigt hatte.

Erst in der Stille des Gotteshauses kam er wieder richtig zu sich. Er schlüpfte in einen der Beichtstühle, die entlang des rechten Seitenschiffs aufgereiht waren. Die Kühle tat gut. Seine Hände brannten wie Feuer. Am liebsten hätte er sie in das Weihwasserbecken getaucht. Kaum war der Vorhang geschlossen, hörte er die Kirchentür schlagen. Er hielt die Luft an. Lauschte dem Stiefelgetrampel zwischen den Bänken. Die Akustik unter der Kassettendecke verteilte das elektronische Knacken von Funkgeräten und die leise gezischten Befehle in alle Richtungen.

Das Polizeiaufgebot musste sich mittlerweile vervielfacht haben. Drinnen wie draußen. Vor seinem inneren Auge sah er Leute, die mit ausgestreckten Fingern hoch zum Dach zeigten und dabei wirr durcheinanderredeten, während die Einsatzkräfte darum bemüht waren, brauchbare Aussagen zu erhalten.

Was war passiert? Warum waren Leute auf dem Dach? War der Mann gestoßen worden? Zusätzlich waren die Polizisten darum bemüht, einen möglichst großen Bereich um den Mann abzusperren, der vom Dach gestürzt war. Henrik kannte das Prozedere zur Genüge und wusste, dass die Polizisten jeden Winkel der Klosteranlage und der Kirche durchkämmten, um Antworten zu bekommen – und vor allem, um die Personen zu finden, die mit dem Toten auf dem Dach gesehen worden waren. Es war nur eine Frage der Zeit, bis jemand auf die Idee verfiel, einen Blick in die Beichtstühle zu werfen. So kaputt, wie er aussah, würde er kaum als ahnungsloser Tourist durchgehen. Seine Blessuren, vor allem die Hände, würden ihn verraten. Seine DNA klebte in ausreichender Menge an der Dachrinne.

Soweit er die Geräuschkulisse durch den schweren Stoff zu deuten vermochte, stürmten momentan alle verfügbaren Männer nach oben. Genauso sicher waren Uniformierte vor der Kirchentür postiert, die jeden kontrollierten, der das Gotteshaus verließ. Er hockte in der Falle. Wieder mal.

Ein Knarren.

Er schrak zusammen.

Unerwartet setzte sich jemand auf die für den Klerus bestimmte Holzbank im Beichtstuhl. Die Tür wurde geschlossen, der Vorhang beiseitegewischt. Durch das filigrane Gitter erkannte er den Schattenriss eines Mannes, der sogleich einleitende Worte sprach, die er zwar nicht verstand, die aber nur aus dem Mund eines Geistlichen stammen konnten.

»Woher wussten Sie, dass ich hier drin bin?«, fragte er verdutzt.

Eine kurze Pause, offenbar um der Irritation Herr zu werden, dann flüsterte der Mann in gut verständlichem Englisch zurück. »Ich erhalte ein elektronisches Signal in mein Büro, sobald jemand einen Beichtstuhl betritt. So muss ich nicht die ganze Zeit in der Kirche ausharren und auf reuige Sünder warten, sondern kann mich zwischenzeitlich anderen Aufgaben widmen.«

»Schöne neue Welt«, murmelte Henrik. Hoffentlich hatte die Polizei das verräterische Signal nicht auch bemerkt.

»Wollen Sie nun mit der Beichte beginnen?«, fragte der Mann auf der anderen Seite des Gitters.

»Ich ...«

»Oder hat Sie gar etwas anderes ...«

»Meine Frau ist vor zwei Jahren gestorben.« Er wusste nicht, wieso ihm dieser Satz herausgerutscht war.

»Gott sei ihrer Seele gnädig«, murmelte der Priester.

»Warum hat er das zugelassen?«

Der Geistliche berief sich nicht auf Gottes unergründliche Wege und nicht auf eine Prüfung des Glaubens. Stattdessen ließ er sich Zeit mit seiner Antwort. »Wir können ihn nicht für alles verantwortlich machen.« Seine Stimme hatte eine sanfte Färbung. Er musste noch jung sein. »Der Herr ist ein Beobachter. Er sieht zu, was wir aus dem machen, was er uns bereitet hat. Ich stimme Ihnen zu, nicht alle, die sich in dieser Welt zurechtfinden, werden dafür belohnt. Doch das darf niemanden davon abhalten, auch weiterhin das Richtige zu tun!«

»Das Richtige zu tun«, wiederholte Henrik aufgebracht. »Aber was ist das Richtige, verdammt!«

»Das muss jeder für sich selber rausfinden. Gott kann dabei eine Stütze sein – wenn man es zulässt.«

»Nun, dann seien Sie versichert, ich weiß, was das Richtige ist, und ich baue auf Gott, der Sie zu mir geschickt hat, um mich in dieser schweren Stunde zu unterstützen.«

Die nächsten Sekunden waren von Stille erfüllt. Nur der leise Atem des Priesters war zu hören.

»Haben Sie einen Augenblick Geduld«, sagte der Pfarrer und verließ den Beichtstuhl.

Allein in der Dunkelheit dehnten sich die Sekunden. Er stellte sich vor, wie der Priester sich an den nächstbesten Polizisten wandte, stumm auf den Beichtstuhl zeigte und mit der anderen Hand das silberne Kreuz auf seiner Brust umfasste. Zurückgelassen, dem Verrat ausgesetzt, verstärkte sich das Brennen seiner Hände. Überhaupt fühlte sich sein Körper mit einem Mal wie eine einzige, offene Wunde an. Vier Tage Portugal, und er war ein Wrack. Ein Wrack, das bald hinter Gittern saß.

Es klopfte. Leise und nur einmal.

Wieder hatte er keine Schritte gehört, obwohl die Bauweise der Kirche für gewöhnlich nicht einmal ein Räuspern verzieh.

Jenseits des Holzverschlags war es still. Jeden Augenblick würde ihn die Polizei auffordern, den Beichtstuhl zu verlassen. Resigniert schob er den Vorhang beiseite.

Der Priester war jung, und ein unverkennbar nervöser Zug lag um seine eng stehenden dunklen Augen.

»Ich dachte schon, Sie sind eingeschlafen«, sagte er. »Beeilen wir uns!«

Der Geistliche ging voraus. Seltsam unrund, als hätte er Probleme mit der Hüfte oder ein kürzeres Bein. Trotzdem bewegte er sich leise, jeder Schritt wurde sorgsam auf den Steinboden gesetzt. Henrik folgte ihm, verborgen von den Säulen. Augenscheinlich war die Kirche des heiligen Vinzenz nun leer. Geräumt von der Polizei und bereit, bis in den hintersten Winkel durchsucht zu werden.

Kurz vor der Apsis blieb der Pfarrer zwischen zwei der Seitenaltäre stehen und zog einen Schlüssel aus der Tasche seiner Soutane. Die Tür war geschickt in die Holzverkleidung eingearbeitet und praktisch unsichtbar.

Henrik fand sich in einem schmalen, gemauerten Gang wieder, der von einer schwachen Glühbirne an der Decke erleuchtet wurde. Der Priester schloss die Tür hinter ihnen und übernahm wieder die Führung. Sie bogen zweimal ab. Ein Geheimgang, der sie in den Klostertrakt führte. Reichte das, um zu entkommen? Wollte er das überhaupt? Aus Sicht des Polizisten wäre es besser, eine Aussage zu machen. Darauf zu vertrauen, dass seine portugiesischen Kollegen alles regelten und den Vorfall sauber aufklärten. Er hatte zwar keine Beweise gegen die Vieiras, trotzdem konnten sie seine Aussage nicht einfach ignorieren. Genau wie er hatten diese Beamten den Eid abgelegt, für Gerechtigkeit zu sorgen. Egal, was bisher passiert war, es fiel ihm schwer, das komplette Rechtssystem infrage zu stellen, so wie Catia und Renato das taten.

Durch eine weitere Tür kamen sie in einen breiten Flur, und schließlich endete die ungewöhnliche Klosterführung in einem Arbeitszimmer. Durch ein kleines Bleiglasfenster sickerte Tageslicht. Das Mobiliar war alt, einfach und zweckmäßig, was vermuten ließ, dass in diesem wenig repräsentativen Raum keine Gäste empfangen wurden. Bücher nahmen die Wände ein, und er dachte an das Antiquariat. Notizen lagen verstreut auf dem Schreibtisch. In der Ecke rechts von der Tür standen zwei Ledersessel und dazwischen ein Beistelltisch. Henrik schleppte sich zu der Sitzgelegenheit und plumpste erschöpft in einen der Sessel.

»Warum helfen Sie mir?«

»Es ist meine Aufgabe zu helfen.«

»Na ja, ich kann mir vorstellen, dass auch die Polizei Sie um Hilfe gebeten hat.«

»Ich werde Ihre Wunden versorgen«, antwortete der Priester ausweichend. Vielleicht hatte ja auch er seine Erfahrungen mit den Behörden gemacht.

Henrik ließ sich im Sessel zurücksinken und entspannte sich zum ersten Mal etwas, seit er über den Flohmarkt geschlendert war. »Ich bin übrigens Henrik.«

»Bruno«, stellte sich der Priester vor und lächelte schmal. Dann trat er zu dem Schrank hinter dem Schreibtisch und holte einen Verbandskasten daraus hervor. Dann kniete er sich vor Henrik und begann, seine Verbrennungen mit einer Wundcreme zu versorgen. Vergangene Nacht erst war er von Adriana ähnlich behandelt worden. Er war dankbar für die Hilfe, fühlte sich aber gleichzeitig unwohl. Neugierig betrachtete er Bruno. Sein schwarzes Haar lichtete sich bereits. Die Nase war schmal, dafür ausgesprochen lang, was ihm zusammen mit der hohen Stirn ein Pferdegesicht verlieh. Seine sanfte Art zu sprechen passte zu dem sinnlichen Mund, den Gott ihm geschenkt hatte. Henrik überkam die Ahnung, dass Bruno neben Jesus auch noch andere Männer lieben könnte.

»Sie sollten einen Arzt aufsuchen«, empfahl der junge Priester schließlich. Henriks Hände waren verbunden, so geschickt, dass er seine Finger trotz allem gebrauchen konnte. Zusätzlich trug er Bandagen an beiden Unterarmen sowie Pflaster am Rücken und an der rechten Hüfte, wo die Abschürfungen durch das Ziegeldach großflächig Haut gekostet hatten.

»Vorerst müssen ein paar Aspirin ausreichen, falls Sie was in der Art dahaben.«

Bruno erhob sich mit skeptischer Miene und ging wieder zu seinem Schrank. Er brachte Tabletten, eine Flasche Wasser und zwei Gläser, die er auf den Tisch stellte. In der Zwischenzeit nestelte Henrik sein Handy aus der Hosentasche. Das Display hatte den Sturz auf das Dach nicht schadlos überstanden, durch die Glasscheibe zog sich ein Sprung.

Zum Glück funktionierte es noch, allerdings fand das Gerät kein Netz.

»Die Klostermauern sind zu dick«, bemerkte der Priester und lächelte schief. »Als hätten die Baumeister von damals geahnt, welche Technik Hunderte von Jahren später hier Einzug halten würde.«

»Telefonieren muss ich trotzdem«, erwiderte Henrik. »Nicht nur ich bin in Gefahr.«

»Schreiben Sie mir die Nummer auf. Ich kann ins Klosterbüro gehen und Ihren Anruf erledigen, während Sie sich noch etwas ausruhen.«

Bruno reichte ihm Stift und Papier. Wieder lag ihm auf der Zunge zu fragen, warum der Geistliche ihm seinen Beistand anbot. Dabei hatte er sich die Antwort bereits selbst gegeben. Gott hatte ihm Hilfe geschickt. Er, der dem Herrn den Rücken gekehrt hatte und seit Ninas Tod nur noch Groll gegen ihn empfand.

Der gute Samariter weckte ihn. Der Schlaftrunkenheit folgte Entsetzen. Wie hatte er nur einschlafen können?

Es waren kaum zwanzig Minuten verstrichen, seit Bruno ihn allein gelassen hatte. Dass er eingenickt war, schrieb er den Schmerztabletten zu. Zu seinem Bedauern berichtete Bruno, weder Catia noch Helena erreicht zu haben. Wobei die Sorge um Letztere wesentlich schwerer wog. Er hatte sie fallen sehen. Wenn er sich auch tief in seinem Inneren daran klammerte, dass sie sich mit einem Sprung auf ein niedrigeres Dach gerettet hatte.

Fest stand, dass er nicht zurück ins Antiquariat konnte. Um diesem Wahnsinn endlich Einhalt zu gebieten, musste er den Drahtzieher hinter der ganzen Sache aufstöbern.

»Die Polizei ist inzwischen abgezogen. Der Abt hat eine Durchsuchung des Klosters abgelehnt. Er kann jedoch nicht ausschließen, dass die Behörden mit einem Durchsuchungsbefehl zurückkommen, nachdem noch niemand eine Erklärung zu dem jungen Mann abgeben konnte, der vom Dach gestürzt ist. Ich hätte Ihnen gern angeboten, bis morgen früh zu bleiben, aber ich kann nicht garantieren, dass Sie bis dahin hier sicher sind.«

»Haben Sie denn keine Bedenken, dass ich nicht doch was mit dem Toten zu tun haben könnte?«

Während der Geistliche noch über seine Antwort nachdachte, klopfte es an der Tür.

Henrik zuckte zusammen.

Bruno lächelte. »Ich habe Ihnen eine Kleinigkeit zu essen bestellt«, erklärte er und verließ erneut das Büro, um wenige Sekunden später mit einem Tablett zurückzukehren. »Die Küche im Refektorium ist nicht zu verachten«, sagte er und stellte das Tablett zu dem Wasser auf den Tisch. »Frango piri piri, natürlich sind es nur Reste, die vom Mittagstisch übrig sind.«

»Ich werde mich sicher nicht beklagen«, sagte Henrik und machte sich dankbar über die scharf gewürzte Hähnchenhälfte und den Reis her. Nicht so sehr, weil es der Hunger verlangte, sondern eher, um der Benommenheit im Gefolge der Schmerztabletten entgegenzuwirken. Er brauchte Ruhe und einen klaren Kopf, um seine nächsten Schritte zu durchdenken. Bruno setzte sich ihm gegenüber und sah ihm beim Essen zu.

Gestärkt entsann Henrik sich des Papiers, das Helena ihm zugesteckt hatte. Er studierte die Liste der einstigen Mitarbeiter des Vieira-Instituts. Vierunddreißig Namen. Nur einer davon war unterstrichen.

Maria Alzira, Psicóloga.

Dahinter stand ein Zeitraum von vier Monaten im Jahre 1986, der vermutlich die Dauer ihrer Beschäftigung im Institut bezeichnete. Die Kürze dieser Spanne war für Helena offenbar der Grund gewesen, die Frau auf der Liste zu markieren. Unleserlich war etwas an den Rand notiert, vielleicht ein Straßenname. Er hielt Bruno den Zettel hin. »Diese Notiz, können Sie das entziffern?«

Der Pfarrer kniff die Augen zusammen. »Rua irgendwas«, murmelte er und kratzte über die Bartstoppeln auf seinem Kinn. »Rua Cu..., Ca..., Cauo..., Cava..., Rua Cavaleiros, Hausnummer 42. Das ist nicht weit von hier«, platzte er freudig heraus. Anscheinend fand er Gefallen an diesem Abenteuer, in das er durch Henrik geraten war.

»Dann sind Sie mich jetzt los, Padre«, verkündete Henrik und stemmte sich auf die Beine.

26

Pater Bruno schmuggelte ihn aus dem Kloster São Vicente de Fora. Bevor sie sich verabschiedeten, versorgte er Henrik noch mit einer exakten Beschreibung, wie er in die Rua Cavaleiros gelangte. Henrik bedankte sich für alles. Da er zu einem Händedruck nicht in der Lage war, umarmten sich die beiden etwas steif.

Sein Weg führte ihn einen knappen Kilometer südwestlich um den Schlossberg herum. Je weiter er sich dem Ziel näherte, desto geringer wurde die Touristendichte. Stattdessen begegneten ihm die unterschiedlichsten Menschen. Eine Völkervielfalt, die ebenso zu Lissabon gehörte wie Fado und Bacalhau. Er stieß auf Asiaten genauso wie auf Afrikaner, Inder und – wie er vermutete – Araber, die in den engen, verwinkelten Kopfsteinpflastergassen ihr Zuhause hatten. Inmitten all der Exotik, der Schleier und Turbane, Kaftane, Saris und Tang-Anzüge, all der unterschiedlichen Hautfarben und Augenformen erntete er bisweilen Verwunderung in den Blicken der Leute, die ihm begegneten. Er konnte es ihnen nicht übel nehmen. Auch wenn er keine Gelegenheit gehabt hatte, in einen Spiegel zu blicken, war es nicht schwer, sich auszumalen, wie abgerissen er daherkam. Verschrammt von oben bis unten, mit Bandagen an Händen und Unterarmen. Das T-Shirt, das er erst vor wenigen Stunden gekauft hatte, klaffte am Rücken auf.

Er musste nur achtgeben, dass ihn keine Polizeistreife zu Gesicht bekam.

Weil er sich mit Bedacht und Vorsicht durch die Straßen bewegte, brauchte er eine halbe Stunde, bis er vor dem Haus stand. Die Kacheln waren hübsch, lila in der Grundfarbe, mit einem Muster in Oliv. Die Haustür schimmerte in sattem Grün. Es war eines der wenigen gut erhaltenen Gebäude in der Straße, durch die ein Gleis der Straßenbahn verlief. Was Anwohner oder Lieferanten nicht davon abhielt, halb über dem Schienenstrang zu parken.

Henrik blickte zum wiederholten Mal die Rua Cavaleiros rauf und runter. Bis hierher hatte er sich unbehelligt gefühlt. Keine Polizei und vor allem keine Söldner. Vielleicht glaubten die einen wie die anderen, er wäre von der jeweilig anderen Fraktion einkassiert worden. Sollte es einen wie auch immer gearteten Informationsaustausch zwischen beiden Gruppierungen geben, würden sie bald eines Besseren belehrt werden. Der Deutsche ist erneut entwischt. Diese Erkenntnis musste vor allem bei einer der Parteien für gesteigerte Nervosität sorgen. Genau wie bei ihm selbst, schließlich war davon auszugehen, dass nach dem Vorfall auf dem Klosterdach die Prämie auf seinen Kopf erhöht wurde.

Wie in Lissabon üblich, gab es keine Namen auf den Klingelschildern des Hauses 42. Stattdessen war jeder Wohnung eine Nummer zugewiesen. Sechs Parteien. Wie sollte er bloß auf die Schnelle herauskriegen, welcher Klingelknopf Maria Alzira gehörte?

Er ging zwei Häuser weiter, in eines der typischen Einzelhandelsgeschäfte, wie er sie schon mehrfach auf seinen wirren Pfaden durch die Stadt bemerkt hatte. In dem schmalen Schlauch von Geschäft fand man praktisch alles. Eine kleine Auslage frisches Obst und Gemüse, Brotwaren, Wurst, Fleisch, Fisch, Getränke, Spirituosen, Baubedarf, Kleinelektronik, dazu Ramsch in Hülle und Fülle. Er trat an die Theke, wobei er sich an einer Frau vorbeidrücken musste, die die

Waschmittel- und Weichspülerauswahl studierte. Der ältere Mann hinter der Kasse lächelte ihm freundlich entgegen. Er maß kaum mehr als einen Meter fünfzig, und Henrik fragte sich, wie er seine Ware in die oberen Regalreihen bekam.

»Kennen Sie Maria Alzira? Sie wohnt in Nummer 42.«

Der gedrungene Verkäufer hob seine buschigen Brauen. Offensichtlich verstand er kein Englisch, weshalb Henrik den Namen der Psychologin überdeutlich wiederholte und gleichzeitig in Richtung ihres Wohnhauses zeigte.

»Was wollen Sie von meiner Mutter?«, fragte jemand hinter ihm.

Die Frau, etwa in seinem Alter, schob sich nun neben ihn an die Kasse und stellte dort eine Packung Waschmittel ab. Sie trug ihr braunes, leicht gelocktes Haar offen. Ihr Gesicht war schmal und zu blass für den Sommer. Die braunen Augen lagen tief in den Höhlen, was auf wenig Schlaf hindeutete. Das Misstrauen in ihrer Stimme war nicht zu überhören. Er konnte es ihr nicht verdenken. Allein sein Aussehen machte ihn verdächtig. Noch dazu war er Ausländer.

»Ich ... mein Name ist Henrik Falkner. Ich würde Ihrer Mutter gerne ein paar Fragen zu einem ehemaligen Arbeitgeber stellen«, sagte er fest.

»Meine Mutter redet mit niemandem!«, beschied ihn die Frau und kramte Geld aus ihrem Portemonnaie.

»Nun, dann können Sie mir möglicherweise etwas über ihre Arbeit für das Vieira-Institut erzählen?«

Die Tochter von Maria Alzira drückte dem Verkäufer ein paar Münzen in die Hand, schnappte sich ihren Einkauf und wandte sich zum Gehen. Henrik eilte ihr hinterher.

»Hören Sie, ich versuche rauszufinden, warum damals aus ungeklärten Gründen Kinder verschwanden, die kurz davor im Vieira-Institut untersucht worden waren. Ich brauche ihre Hilfe!«

Sie war bereits auf der Straße. Mit hellem Kreischen näherte sich von oben eine Straßenbahn der Linie E12. Vorsorglich drückten sie sich beide an die Mauer, während der Triebwagen vorbeirauschte.

»... krank«, sagte die Frau gerade. Den Anfang des Satzes hatte das metallische Schaben der Eisenräder in den Schienen verschluckt. »Die haben sie krank gemacht«, ergänzte sie, bevor er nachfragen konnte. »Lassen Sie ihr ihren Frieden!«

»Womöglich kann sie ihren Frieden leichter finden, wenn sie darüber spricht, was damals im Institut vorgefallen ist.« Die Andeutung war riskant. Doch am kurzen Zögern der Tochter merkte er, dass er damit seine Chance auf ein Gespräch verbessert hatte.

»Ich sagte bereits, sie ist sehr krank!«, wiederholte sie, doch sie klang weit weniger abweisend als noch vor einer Minute.

»Warum fragen Sie Ihre Mutter nicht einfach und überlassen ihr die Entscheidung?«

Die Frau sah ihn lange an. Sie schien in seinen Augen nach einem Hinweis zu suchen, inwieweit sie ihm trauen konnte. Anders ließ sich ihre krausgezogene Stirn nicht deuten.

»Was versprechen Sie sich davon?«

»Gerechtigkeit«, antwortete er, und auch wenn das in seinen Ohren wie eine abgedroschene Floskel klang, fand er keinen besseren Begriff dafür.

»Nicht, dass das meine Mutter noch interessieren würde.« Nun betrachtete sie ihn von oben bis unten. »Passiert das mit einem, wenn man das Unrecht bekämpft?«

»Dieser Kampf war noch nie leicht, man muss auch einstecken. Manchmal mehr, als einem guttut. Zumindest weiß man dann, dass man auf dem rechten Weg ist.«

Maria Alziras Tochter nickte. Ein schmales bedauerndes Lächeln umspielte ihre Lippen. Dann trug sie ihm auf zu warten, während sie mit ihrer Waschpulverpackung im Haus verschwand.

Henrik suchte den Schatten nahe der gekachelten Fassade und ließ den Blick über seine Umgebung schweifen. Die Sonne sandte bereits lange Schatten in die Gasse. Bald würde der Hügel, auf dem er das Bairro Alto vermutete, sie verschlucken. Der Moment, durchdrungen vom vanillefarbenen Licht des nahen Abends, verschaffte ihm Sekunden der Zufriedenheit. Selbst die Schmerzen wurden erträglich. Er wusste, dass er das Richtige tat, auch wenn es ihn an seine Grenzen brachte. Nina hatte gelegentlich betont, wie sehr sie seine Geradlinigkeit schätzte, auch wenn das ab und an zu Streit geführt hatte. Sie wusste, dass sie sich auf ihn verlassen konnte. Und obwohl sie sich nie begegnet waren, hatte das auch Martin gewusst. Sein Onkel war davon ausgegangen, dass er sich um seine Angelegenheiten kümmern würde, egal welche Last sie bedeuteten. Möglicherweise hatte Martin überdies noch ein anderes Ziel im Auge gehabt. Für Henrik lag auf der Hand, was neben der Aufgabe, Ordnung in dieses Archiv der Tränen zu bringen, noch von ihm erwartet wurde.

Jemand berührte ihn an der Schulter, und er zuckte zusammen. Maria Alziras Tochter hob entschuldigend ihre Hände.

»Tut mir leid, ich bin etwas angespannt«, sagte er verlegen.

»Kann ich Ihnen nicht verdenken. Ich bin übrigens Leonor.«

»Freut mich!« Aufgrund der Mullbinden um seine Finger verzichtete er darauf, ihr die Hand zu geben.

»Ich weiß nicht, warum ich das tue, aber ... Kommen Sie!« Er folgte ihr in den engen Hausflur. »Was haben Sie Ihrer Mutter erzählt?«

»Dass ein verrückter Alemão mit ihr über Vieira sprechen möchte.«

»Die Wahrheit also«, kommentierte Henrik und erklomm hinter ihr die Stiege hinauf in den ersten Stock.

Maria Alzira war dem Tod näher als dem Leben.

»Sie hat Krebs«, flüsterte Leonor in der Tür zu dem kleinen, abgedunkelten Schlafzimmer ihrer Mutter. Falls diese schreckliche Krankheit und der daraus resultierende körperliche Verfall mit einem Geruch in Verbindung zu bringen waren, dann war es exakt der, der Henrik in die Nase strömte. Die Ausdünstungen eines sterbenden Menschen, kombiniert mit der Chemie der Lebenserhaltung. Er musste sich zwingen, nicht zurückzuweichen, als läge schon allein in der süßlich zähen Luft die Gefahr, an einer unkontrollierten Zellwucherung zu erkranken.

Leonor deutete auf einen Stuhl. »Stellen Sie ihn nah ans Bett, sie kann nur noch sehr leise sprechen.«

»Wird sie mich verstehen?«, fragte er verunsichert.

»Auch wenn sie nicht so wirkt, ihr Geist ist glasklar ... was es irgendwie noch schlimmer macht. Sie haben fünf Minuten!«

Damit schob sie ihn ins Zimmer und schloss die Tür.

Für einen Moment stand er unbeholfen da. Die untergehende Sonne drängte durch die Ritzen der Fensterläden und malte geometrische Muster auf die Bettdecke. Er griff nach dem Stuhl und rückte ihn behutsam bis ans Bettgestell heran. Zögernd setzte er sich. Die Kranke war tief in ihr Kissen gesunken. Das Gesicht war eingefallen, die Lider geschlossen. Blaue Adern schimmerten durch die Pergamenthaut. Die verbliebenen weißen Strähnen waren sorgfältig über den Schädel gekämmt. Unter der Bettdecke, die bis hoch zum Hals gezogen war, zeichnete sich kaum eine Wölbung ab. Maria Alziras Existenz war nur noch ein dünnes Gespinst aus Haut und Knochen, eine unbrauchbare, vertrocknete Schale, die den Verstand gefangen hielt.

»Senhora Alzira?«

Ihre Lider zuckten. Die Augen darunter bewegten sich in seine Richtung. Der Mund war ein lippenloser Strich über dem spitzen Kinn. Unter der Decke kroch eine knochige Hand hervor und spreizte ihre Finger. Henrik verstand und griff danach. Selbst durch seine Verbände hindurch spürte er ihre unnatürliche Kälte. Er hatte Angst, sie zu zerdrücken.

»Gut, dass Sie noch gekommen sind«, murmelte Maria Alzira. Wenn sie auch sehr leise sprach, war ihr Englisch erstaunlich klar.

»Danke, dass Sie mich empfangen«, erwiderte Henrik. Die gute Sitte schien es zu gebieten, sich nach ihrem Zustand zu erkundigen, aber er ließ es. Nicht nur, weil jede Frage nach ihrem Befinden wie Hohn klingen musste, sondern auch, weil sie ihm den Eindruck vermittelte, dass keine Zeit für Höflichkeiten mehr blieb. »Ich habe die Kinder gefunden«, sagte er deshalb. Er sprach ganz ruhig.

Sofort spürte er, wie sich die kalte Hand um seine bandagierten Finger krampfte. Dann öffnete Maria Alzira die Augen, die so blau waren wie der Atlantik vor ihrer Haustür. Was der Krebs auch alles in ihrem Körper angerichtet haben mochte, ihre Augen hatte er nicht trüben können. Der Moment, in dem sie ihn ansah, währte nur kurz, denn es kostete sie offensichtlich viel Kraft. Ihm kam es vor, als wollte sie die wenige noch verbliebene Lebensenergie darauf verwenden, ihm seine Fragen zu beantworten.

»Ich muss wissen, was damals im Institut vor sich ging.«

»Es war meine erste Anstellung nach der Universität«, begann sie flüsternd. »Dass Dr. Vieira mich auf diesen Posten berief, war eine große, unerwartete Ehre für mich. Viele aus meinem Studiengang hatten sich dort beworben, und mir fehlt noch heute das Selbstbewusstsein, zu behaupten, ich wäre die Beste gewesen. Nein, das war ich weiß Gott nicht. Dr. Vieira entschied sich trotzdem für mich.« Sie schnappte nach Luft. Henrik ertappte sich dabei, wie er sich nach einer Sauerstoffmaske umsah.

»Der Doktor war nicht lange zufrieden mit mir. Vermutlich hatte er auf mehr Dankbarkeit gehofft.«

Wieder eine Pause, um Luft zu holen. Wie lange hatte die Frau schon nicht mehr so viele Worte nacheinander aus ihrem trockenen Mund gepresst? Er versuchte, die Gedankengänge des Doktors nachzuvollziehen. Vieira hatte nach einer jungen, unerfahrenen Psychologin gesucht, einer, die er formen konnte. Die ihn bewunderte und seine Ideologie nicht hinterfragte. Augenscheinlich hatte er bei Maria Alzira jedoch auf die Falsche gesetzt. Der Psychologe hatte in seiner Beurteilung bei dieser Bewerberin versagt. Auch das musste ihn geärgert haben.

»Vieira untersuchte viele Kinder. Die Eltern waren dankbar. Er gab ihnen das Gefühl, verstanden zu werden. Ein entwicklungsauffälliges Kind sorgte zu jener Zeit für große Bedrängnis – innerhalb der Familie, besonders aber gesellschaftlich. Vieira war für die meisten ein Heilsbringer. Sein Engagement sprach sich unter den Betroffenen schnell herum. An manchen Tagen standen die Leute Schlange, um von ihm ihre Problemkinder beurteilen zu lassen. Dr. Vieiras Interesse war in den meisten Fällen geheuchelt. Schon nach wenigen Wochen stellte ich fest, dass nur bestimmte Kinder seine Aufmerksamkeit weckten. Ich entdeckte verschlüsselte Vermerke in ihren Akten. Und wenn Vieira sich unbeobachtet fühlte, sprach er manchmal mit sich selbst. Er nannte sie *xodós*, seine Lieblinge. Ich kannte ihre Namen nur aus den Akten. Akten, zu deren Einsicht ich nicht berechtigt war, die mir aber zufällig unter die Finger kamen. Es wäre ratsam gewesen, ich hätte meine Neugier gezügelt.«

Pause. Atmen.

Sie hätte die Sache abkürzen können, dachte Henrik. Er nahm jedoch an, dass sie in ihrem Zustand genug Zeit gehabt hatte, um zu überlegen, wie sie ihren Bericht nachvollziehbar schilderte. Wobei er sich fragte, wer ihre Lebensbeichte hätte hören sollen, wenn er nicht zufällig hier aufgekreuzt wäre. Der Fado der Stadt hielt viele Überraschungen bereit für diejenigen, die es verstanden zuzuhören. Langsam verstand er, was Renato gemeint hatte.

Ihre Stimme wurde mit jedem Satz leiser. Er rutschte noch ein paar Zentimeter heran und hielt sein Ohr nahe an ihren Mund.

»Die Kinder wiesen außerordentliche mathematische Begabungen auf. Bei vieren von ihnen gab es sogar einen Eintrag, der auf präkognitive Fähigkeiten hindeutete. Verstehen Sie?«

Ehrlich gesagt tat er das nicht.

Maria Alzira murmelte weiter, schien nun keine Rücksicht mehr darauf zu nehmen, wie sehr sie das Sprechen erschöpfte. Sie wollte fertig werden, schneller sein als der Tod, der vermutlich der Nächste war, der ihr kleines Schlafzimmer heimsuchen würde.

»Vieira bekam raus, dass ich seine prekären Aufzeichnungen eingesehen hatte. Ich bin sogar noch weiter gegangen. Meine Neugier hat mich dazu getrieben, die Eltern eines dieser Kinder zu besuchen. Ich denke, die Mutter war es auch, die mich verraten hat. In ihren Augen hatte ich den Doktor hintergangen. Dabei wollte ich nur verstehen ...«

»Daraufhin hat man Sie entlassen«, half er. »Aber das war noch nicht das Ende?« Es lag auf der Hand, dass die Psychologin nicht einfach so davongekommen war. Wieder drückte sie seine Finger. Diesmal als Zeichen, dass er richtiglag.

»Vieira gab mir deutlich zu verstehen, dass ich keine Anstellung in meinem Beruf mehr bekommen würde, wenn ich nicht Stillschweigen wahrte über seine *xodós*. Ich begriff die Zusammenhänge nicht, aber ich wusste, dass es ernst war.«

»Haben Sie die Kinder persönlich gesprochen?«

Lange sagte sie nichts. Aus seiner Sorge um sie wuchs ein Anflug von Panik. Ihr Griff lockerte sich. Alles an ihr erschlaffte, aber unter der Decke hob und senkte sich kaum wahrnehmbar ihr Brustkorb. Die Zeit in diesem Raum folgte anderen Gesetzmäßigkeiten. Für den Tod spielte sie keine Rolle, und vielleicht übertrug sich dieses Phänomen auf all jene, die er bald zu sich holte. Den Lebenden fehlte dafür die Geduld.

Mit einem Mal öffnete sich ihr Mund wieder, und als hätte es keine Pause gegeben, fuhr sie im Flüsterton fort: »Sobald Vieira den Kindern den Status des Außergewöhnlichen verlieh, durfte nur noch er selbst mit ihnen sprechen. Ab diesem Zeitpunkt gab es auch keine offizielle Einladung mehr für die Eltern. Keiner im Institut wagte darüber zu reden. Die Stellen dort waren zu gut bezahlt, waren mit zu viel Ansehen verbunden, um sie wegen ein paar Kindern aufs Spiel zu setzen.«

»Nur Sie haben den Aufstand gewagt.«

»Damals gab es niemanden, auf den ich hätte Rücksicht nehmen müssen. Allerdings hätte mich auch keiner groß vermisst. Manchmal wundere ich mich darüber, warum sie mich nicht einfach um die Ecke gebracht haben. Spätestens dann, als sie feststellten, dass ich erneut jene Mutter traf.«

»Warum sind Sie dieses Risiko eingegangen, nachdem diese Frau Sie schon einmal verraten hatte?«

»Oh, diesmal war sie es, die zu mir kam. Ihr Sohn war verschwunden.«

»Er war nicht der Einzige.«

Ihr Kopf deutete ein Nicken an. »Sie war verzweifelt. Die Verzweiflung reichte aus, um Vieiras Regeln zu brechen. Diese Frau tauschte sich mit anderen Eltern aus, und schnell war klar, dass auch andere vermisst wurden. Ich habe sie nach diesem Treffen nie wiedergesehen. Wahrscheinlich ist sie zu weit gegangen, hat zu viele Fragen gestellt.«

»Und Sie, was haben Sie getan?«

»Ich sagte vorhin, es gab niemanden, auf den ich hätte Rücksicht nehmen müssen. Das stimmte nicht, aber das wurde mir erst bewusst, als ich hörte, dass meine Eltern einen Autounfall hatten. Sie lebten in Porto. Weit genug weg von Lissabon, dachte ich.«

»Wurden sie ...?«

»Nein. Sie waren nur leicht verletzt. Mein Vater sagte mir, jemand hatte ihm die Bremsschläuche durchgeschnitten. Es war bloß eine Warnung, die wesentlich schlimmere Folgen hätte haben können. Danach verhielt ich mich still, sprach mit niemandem mehr. Auch nicht mit der Polizei. Mit der schon gar nicht. Ich bekam eine Anstellung bei einer psychologischen Beratungsstelle der Stadt. Zuckerbrot und Peitsche, verstehen Sie? Erst als Dr. Vieira in seinem verfluchten Institut verbrannte, wagte ich mich wieder aus meiner Deckung. Sechs Jahre waren verstrichen, aber trotzdem fand ich sie nach und nach ...«

»Wen?«

Maria Alziras Mund blieb offen stehen. Er sprach sie leise an – nichts. Behutsam berührte er die Kranke an der Schulter, schüttelte sie ganz leicht, ohne eine Reaktion zu erhalten. Widerstandslos fiel ihr Kopf hin und her. Hilflos stand er auf, strich sich das Haar hinter die Ohren. Sein Magen schrumpfte zu einem steinharten Klumpen. Verdammt. Er drehte sich einmal im Kreis. Hatte er sie überanstrengt, und jetzt war sie ...?

Henrik machte einen Schritt Richtung Tür.

»... nicht Leonor!«

»Was?«

Er eilte zu ihr zurück und neigte sich dicht zu ihr. Wieder spürte er ihre Hand, die die seine suchte.

»Sagen Sie es nicht meiner Tochter!«

Von was redete die Frau? Er war verwirrt. Oder sie war es, was nur zu verständlich wäre. Das bisschen, was ihre Lunge noch an Sauerstoff aus der Luft holte, konnte nicht ausreichen, um das Gehirn zur Genüge zu versorgen.

»Miguel, er war einer von ihnen. Bis zuletzt wollte ich es nicht glauben, doch bevor er ging, hat er mir die Wahrheit gestanden.«

»Miguel?«

»Er hat mir verboten weiterzumachen. Dann kam Leonor, und ich brauchte keine Argumente mehr. Niemals hätte ich sie in Gefahr gebracht ... dabei war sie es ... all die Jahre ...«

Ihre kalten Finger ließen ihn frei.

»Ich glaube, das reicht jetzt!«, sagte jemand hinter ihm. Er hatte Leonor nicht ins Zimmer kommen hören.

Beschämt nickte er. »Es tut mir leid, ich wollte sie nicht so anstrengen.« Er fühlte sich wie damals als kleiner Junge, wenn ihm seine Eltern klarmachten, dass er etwas Unrechtes getan hatte.

Sie schob ihn in den Flur. »Gehen Sie jetzt bitte!«

»Richten Sie ihr meinen tiefsten Dank aus, ich …«

Leonor schüttelte den Kopf, drängte ihn weiter zur Wohnungstür. Irgendwo lief eine Waschmaschine. Auf dem Schränkchen unter dem Schlüsselbrett lag ein knittriges Kuvert. Sie griff danach und drückte es ihm an die Brust.

»Sie hat mir aufgetragen, das für Sie aus ihren Unterlagen zu suchen. Behalten Sie es und kommen Sie nie wieder!«

Verdutzt nahm er den Umschlag an sich.

Ihre Hand lag bereits auf der Klinke.

»Wer ist Miguel?«

Leonor hielt inne und hob fragend ihre Brauen. »Sie hat mit Ihnen über meinen Vater gesprochen?«

27

Er konnte sich in etwa zusammenreimen, was im Hause Alzira vor sich gegangen war. Marias Andeutungen machten es relativ eindeutig. Vor allem die Anweisung, dass ihre Tochter nichts davon erfahren durfte.

Leonor hatte kurz angebunden erklärt, ihr Vater habe sie und ihre Mutter vor Jahren ohne ein Wort verlassen, und ihm dann endgültig die Tür vor der Nase zugemacht. Betroffen hatte er daraufhin das Haus in der Rua Cavaleiros verlassen und war den Schienen bis hinab zum Martim Moniz gefolgt, einem großen, unansehnlichen Platz, der neben der Straßenbahn auch eine U-Bahn-Haltestelle bereithielt. Er nahm den Zug bis zur Station Baixa-Chiado und dann die unendliche Rolltreppe hoch zum Largo do Chiado, wo er direkt beim Café a Brasileira wieder an die Oberfläche kam. Es war dunkel geworden, doch das hielt die Leute nicht davon ab, sich in großer Zahl rund um den Camões-Platz zu tummeln. Selbst in der Rua do Almada herrschte heute reges Treiben, was in erster Linie daran lag, dass die Bar an der Ecke endlich geöffnet hatte. Als hätten die zahllosen jungen Menschen in diesem Viertel auf nichts anderes gewartet. Alle Tische auf der spitz zulaufenden Terrasse waren besetzt. Wer keinen Platz hatte ergattern können, begnügte sich mit der Ummauerung oder dem Gehsteig, manche lehnten auch einfach an der Mauer des gegenüberliegenden Hauses. Für Fahrzeuge war die Straße damit quasi unpassierbar. Aus dem Inneren der Bar drang laute Musik. Bob Marley sang von dunkelhäutigen Soldaten mit Dreadlocks, die einen Krieg für Amerika gewonnen hatten.

Während Henrik sich durch die Leute schlängelte, fragte er sich, ob er seinen Krieg auch gewinnen konnte. Je näher er dem Antiquariat kam, desto mehr drehten sich seine Gedanken darum, ob er es überhaupt noch wagen konnte, das Haus zu betreten. Jetzt, da jede andere Option ausgeschöpft schien. Doch er war viel zu kaputt, um sich eine andere Bleibe zu suchen. Außerdem bestand nach wie vor die Chance, dass seine Verfolger immer noch nicht wussten, ob die Polizei ihn einkassiert hatte.

Abgesehen von der Mischung aus Musik und Gelächter, die von der Bar zwanzig Meter die Straße hoch zu ihm herabschallte, wirkte alles ruhig. Er machte kein Licht, fand still seinen Weg in Martins Wohnung, die jetzt die seine war. Im Wohnzimmer schloss er zuerst die Fensterläden, bevor er die Stehlampe bei der Sitzgarnitur anknipste. Er bediente sich aus Martins Whiskysammlung, schenkte sich großzügig von einem rauchigen, sechzehn Jahre gereiften Ardbeg ein und setzte sich. Der Alkohol in Kombination mit dem Schmerzmittel war natürlich ein Unding, doch diese Bedenken schob er einfach beiseite. Sein lädierter Zustand machte den Biedermeiersessel nicht bequemer, aber auch das war ihm egal. Nach einem kräftigen Schluck torfigem Single Malt, der sich seine Speiseröhre hinabbrannte, nahm er das Kuvert, das Maria Alzira ihm vermacht hatte, und öffnete es umständlich mit seinen bandagierten Fingern. Die Handschrift war ebenso klar wie die Augen der Frau.

Zwölf Namen standen auf dem Blatt.

Einen davon kannte er.

28

Die Schmerzen ließen ihn nicht zur Ruhe kommen. Die Tabletten, die er noch in seinem Kulturbeutel gefunden hatte, zeigten nur mäßig Wirkung. Trotz der Erschöpfung fand er keinen Schlaf, schreckte immer wieder hoch, kaum dass er einen Zipfel von Morpheus' Rocksaum erhascht hatte. Und das nicht allein der Verbrennungen und Blessuren wegen. Nicht wegen der feiernden Leute unten auf der Straße oder der Musik, die auch weit nach Mitternacht nicht leiser gedreht wurde. Es gelang ihm schlichtweg nicht, sein Denken abzustellen, und irgendwann quälte er sich wieder aus dem Bett.

Tausend Fragen kreisten ihm durch den Kopf. Dazu kam die Sorge um Helena. Notdürftig und wenig erfolgreich legte er sich neue Verbände an. Er brauchte dringend Hilfe. Auch in medizinischer Hinsicht.

Um halb vier Uhr morgens schlich er aus dem Haus. Auf der kleinen Terrasse der Bar saßen immer noch Leute, doch niemand nahm von ihm Notiz. Er war lediglich eine abgerissene Gestalt, die zur Frühschicht aufbrach. Oder ein Penner, den man zu unchristlicher Zeit von seiner Parkbank gescheucht hatte. Die Musik begleitete ihn die Rua do Almada hinauf. Dann fiel ihm ein, dass Sonntag war, was erklärte, warum diese jungen Leute die Nacht durchfeierten. Wenn er darüber nachdachte, musste er ihnen sogar dankbar sein. Zu viele Zeugen. Die Gäste in der Bar hielten offensichtlich Vieiras Schergen fern.

Am Largo de Camões ergatterte er ein Taxi. Er war nicht in der Verfassung, drei Kilometer durch die Stadt zu laufen, obschon der frühe Morgen angenehm kühl war und der Nachtwind lindernd über seine Verletzungen strich. Das Licht der aufgehenden Sonne zeigte sich bereits mit einem zaghaften Schimmern über den Hügelrücken im Osten.

Die Fahrt dauerte keine Viertelstunde. Der Taxifahrer wusste, wo er zu dieser frühen Stunde Einlass erhielt.

SALA DE EMERGÊNCIA stand über der Tür.

Verdammt noch mal, er war tatsächlich ein Notfall.

Nun blieb nur noch abzuwarten, ob ihm das Glück endlich einmal hold war. Bläuliches Licht strahlte durch die Glastür. Er klingelte. Eine Krankenschwester streckte ihren Kopf über den Tresen. Er winkte. Die Mullbinden um seine Finger lösten sich bereits wieder. Ein Surren ertönte, dann glitten die Doppeltüren auseinander.

Statt der Schwester nahm ihn ein bulliger Pfleger in Empfang. Der Türsteher für die Nachtschicht, mit eindrucksvollen Oberarmen und Pranken groß wie Pizzateller. Ein grobschlächtiger Hüne, von dem man sich keinesfalls einen Zugang legen lassen wollte.

»Hat Dr. Mola Dienst?«

Der haarige Wulst über den Augen des Pflegers kräuselte sich.

»Dr. Mola?«, wiederholte Henrik.

»Ich weiß, wer das ist«, antwortete der Pfleger mit dünner Fistelstimme auf Englisch. Dann tauschte der Brecher in Weiß einen Blick mit seiner Kollegin, die ihre halb liegende Position über dem Tresen beibehalten hatte, um nichts zu verpassen. Sie zuckte mit den Schultern und legte den Telefonhörer ans Ohr.

Dr. Mola ließ ihn eine Viertelstunde warten. Ihr hellrotes krauses Haar stand ihr zerzaust um den Kopf. Augenschein lich hatte sie geschlafen, und er fühlte, wie sich sein schlechtes Gewissen regte. Bei seinem Anblick wirkte sie weder verwundert noch anderweitig emotional berührt. Ohne ein Wort packte sie seine Unterarme, zog sie zu sich heran und drehte die Handflächen nach oben. Henrik zuckte zusammen.

»Was ist passiert?«

»Verbrannt.«

»Krankenversicherung?«

Auch darum hatte er sich nach der Aufgabe seines Beamtenstatus noch nicht gekümmert. »Reiche ich nach«, stammelte er. Lange Sekunden sah sie ihm in die Augen, bis sie ihm nach einem Seuzfer gebot, ihr zu folgen. Im Behandlungszimmer bugsierte sie ihn auf die Pritsche, rollte einen Hocker heran und begann, die Verbände zu entfernen.

»Haben Sie auch ein Privatleben?«

Dr. Mola blickte auf. »Haben Sie eins? Ich meine, Sie hinterlassen gerade nicht den Eindruck, als würden Sie hier Urlaub machen.«

Er schüttelte den Kopf und verzog gleich darauf das Gesicht, weil mit dem Entfernen des festgeklebten Mullverbands auch die Wunden wieder aufrissen.

»Ich habe geerbt«, erklärte er.

»Ärger?«

»Ja«, gestand er. »Macht den größten Teil meines Erbes aus.«

Sie stand auf, holte frisches Verbandsmaterial und eine Salbe. Alles wiederholte sich. Wie in einem Traum.

»Warum belassen Sie es nicht einfach dabei und gehen zurück nach Deutschland?«

»Vielleicht aus einem ähnlichen Grund, warum Sie Ihr Leben in diesem Krankenhaus verbringen.«

Dr. Mola nickte. Minutenlang schwiegen sie sich an, während sie seine Verbrennungen versorgte und dabei großzügig kühlendes Gel auf die Wunden verteilte.

»Wie geht es Senhor Fernandes?«

»Allmählich besser«, sagte er vage, weil er es nicht wirklich wusste.

»Er sollte noch mal vorbeikommen. Es ist keine Art, einfach zu verschwinden. Zumindest nicht, ohne ein Formular zu unterschreiben.«

»Er hatte keine Wahl. Wäre er geblieben, hätte er ... Probleme bekommen.«

»Hängt das eigentlich alles zusammen? Das Erbe, seine gebrochenen Rippen und Ihre verbrannten Hände?«

Diesmal war es Henrik, der nickte.

»Man sollte nicht auf Biegen und Brechen Idealist sein«, riet sie.

Fünf Minuten später war er mit neuen Bandagen und einer Packung Schmerzmittel versehen. Er setzte sich auf. »Kann ich Ihr Telefon benutzen?«

»Das ist ein Dienstapparat.«

»Es ist dienstlich, wenn Sie so wollen.«

Er hatte mehrmals erfolglos versucht, Helena zu erreichen, und klammerte sich verzweifelt an die Hoffnung, dass sie nur deshalb nicht ranging, wenn seine Nummer auf ihrem Display aufleuchtete, um nicht noch tiefer in Schwierigkeiten zu geraten. Etwas anderes wagte er nicht einmal zu denken.

»Nehmen Sie sich ein Herz!«

Dr. Mola rollte mit den Augen und wies dann einladend auf das Telefon. »Wählen Sie die Null vor!«

Auf wackligen Beinen machte er die zwei Schritte zu dem Wandtelefon. Er suchte Helenas Nummer auf seinem verschrammten Smartphone und begann zu tippen. Einer Eingebung folgend, unterbrach er den Wählvorgang und hielt der Ärztin den Hörer entgegen. »Können Sie das für mich übernehmen?«

Sie war so perplex, dass sie ihm den Hörer aus der Hand nahm, bevor sie sein Anliegen hinterfragen konnte. »Was soll ich ... wen rufen Sie überhaupt an?«

»Eine Polizistin namens Helena Gomes. Sagen Sie ihr, Sie haben einen Patienten, der eine Aussage machen möchte!«

»Eine Aussage ... worüber?«

»Über sein Verhältnis zu Gott.«

Dr. Mola hielt ihm einen Zettel hin. Das Telefonat hatte keine Minute gedauert. Die Erleichterung, dass Helena es entgegengenommen hatte, war schier übermächtig. Er musste sich beherrschen, Dr. Mola in der ersten Euphorie nicht zu umarmen.

»Wie geht es ihr?«, fragte er nun schon zum zweiten Mal.

»Ich habe sie nicht danach gefragt«, erklärte Dr. Mola in ihrer gewohnt distanzierten Art. »Nun nehmen Sie schon!« Sie klemmte ihm die Notiz zwischen seine verbundenen Finger.

»Was ist das?«

»Eine Adresse. Sie sollen sich dort nachmittags um vier einfinden!«

Rua Fernandes Thomás, Cascais, entzifferte er die im Arztgewerbe obligatorisch schwer lesbare Handschrift.

»Hat sie noch was gesagt?«

»Nur, dass Sie sie nicht mehr anrufen sollen.«

Henrik musste sich wieder setzen. Das Schlafdefizit machte sich bemerkbar. Nun, da die Anspannung von ihm abfiel, fühlte sich mit einem Mal alles bleischwer an.

»Ich habe jetzt Dienstschluss, kann ich Sie irgendwo absetzen?«, bot die Ärztin an.

»Ich bin Ihnen wohl richtig ans Herz gewachsen«, scherzte er matt, was Dr. Mola ein kurzes Schmunzeln entlockte.

»Ich will nur auf Nummer sicher gehen, dass ich Sie mit Beginn meiner Schicht heute Abend nicht wieder hier herumlungern sehe.«

Unter den fragenden Blicken der Nachtschwester und des Pflegers verließen sie gemeinsam die Notaufnahme. In den Sonnenaufgang hinein folgte er ihr über einen schwach beleuchteten Parkplatz zu einem klapprigen Seat Ibiza, der seine beste Zeit längst hinter sich hatte.

Der Beifahrersitz begrüßte ihn mit einem gequälten Knirschen. Sie startete den Motor und musterte ihn erwartungsvoll.

»Rua do Almada numero trinta e oito«, sagte er, dann fielen ihm die Augen zu.

29

Er brauchte eine Weile, bis ihm klar wurde, dass das Klopfen nichts in seinem Traum verloren hatte. Grelles Licht fiel ins Zimmer, und er drehte sich davon weg, um überhaupt die Augen öffnen zu können. Neben einem subtilen, nicht konkret zu lokalisierendem Schmerz tat ihm vor allem der Rücken weh, was zweifelsohne der weichen Unterlage anzukreiden war. Auf was zur Hölle hatte er bloß geschlafen?

Henrik schreckte hoch.

Er blinzelte gegen die intensive Helligkeit an. Die Couch, auf der er lag, war ihm gänzlich unbekannt.

Es klopfte wieder. Benommen sah er zur Tür und wusste mit einem Mal, wer da Einlass verlangte.

»Sie können reinkommen!«

Dr. Molas roter Haarschopf erschien im Türspalt. Sie hatte geduscht, ihre Locken kringelten sich vor Feuchtigkeit. »Ich muss noch ein paar Dinge erledigen, bevor ich ins Krankenhaus fahre.«

»Wie spät ist es?«

»Halb zwei.«

Er entsann sich seiner Verabredung in Cascais und sprang auf. Sein Bewegungsapparat rebellierte, zeitgleich wurde ihm schwarz vor den Augen. Kurz taumelte er, fand dann mit den Schienbeinen Halt am Couchtisch. »Warum haben Sie mich nicht früher geweckt?«

»Auch ich brauche Schlaf!«

Er sah zu Boden. »Entschuldigung!«

»Ihnen bleibt noch genug Zeit. Mit dem Zug schaffen Sie es in einer halben Stunde, und zum Bahnhof können Sie von hier aus zu Fuß gehen.«

Beschämt fiel er zurück auf das durchgesessene Sofa und betrachtete seine bandagierten Hände. Der Schlaf hatte gutgetan, er fühlte sich einigermaßen erholt, aber dieser Umstand durfte nicht darüber hinwegtäuschen, dass er kaum in der Lage sein würde, dem Wahnsinn der letzten Tage erneut gegenüberzutreten.

»Nachdem Sie geduscht haben, lege ich Ihnen neue Verbände an. Dann muss ich aber los!«

Um kurz nach drei Uhr nachmittags stieg er in den Vorortzug Richtung Cascais. Zwischenzeitlich hatte er mit Catia telefoniert, die folgsam versprochen hatte, dem Antiquariat vorerst fernzubleiben. Ebenso hatte er ihr aufgetragen, die Bewohner von Nummer 38 zu warnen und am besten zu überreden, sich für ein paar Tage eine andere Unterkunft zu suchen. Er wusste nicht, ob sie seinem Rat folgte.

Den Rest der Zeit bis zur Abfahrt des Zugs hatte er im Schatten einer Platane in dem kleinen Park gleich neben der Markthalle gedöst. Obwohl ihm Dr. Mola eingeschärft hatte, nicht mehr als drei Schmerztabletten pro Tag zu nehmen, hatte er bereits die fünfte intus. Den Schmerzen konnte er damit zwar Einhalt gebieten, dafür fühlte er sich unendlich müde, was mit extremen Konzentrationsschwierigkeiten einherging. Er war froh, überhaupt in die richtige Bahn eingestiegen zu sein. Das rhythmische Geschaukel und konstante Schlagen der Wagen schläferte ihn schnell wieder ein.

Zu seinem Glück war Cascais die Endhaltestelle; der Schaffner weckte ihn und forderte ihn zum Aussteigen auf.

Seit der Abfahrt in Lissabon war eine Dreiviertelstunde vergangen. Benommen trottete er aus dem Bahnhof hinaus in
das gleißende Licht des Sommers. Die Sonne stand hoch
über dem blau schimmernden Atlantik.

Der Küstenort Cascais lag rund fünfundzwanzig Kilometer westlich von Lissabon und war früher ein beschauliches
Fischerdorf gewesen, bis die feinsandige Bucht irgendwann
von Reisenden entdeckt wurde. Danach bemächtigten sich
Touristen des einst so verschlafenen Örtchens.

Er irrte eine Weile durch den alten Ortskern, bis er unten
am Jachthafen landete. Ein bisschen kam er sich vor wie auf
Mallorca. In den Gassen grenzte ein Restaurant an das andere, dazwischen lockten Pubs mit Liveübertragungen von
Fußballspielen, vorzugsweise der englischen Premier League,
was die Schlussfolgerung zuließ, dass hier größtenteils Bri-
ten ihre Ferien verbrachten. In der Tat waren die krebsroten
Nordeuropäer weder zu übersehen noch zu überhören. Er
fragte den nächstbesten Kellner, der ihn dazu animieren
wollte, ein spätes Mittag- oder frühes Abendessen einzunehmen, nach der Straße, die Dr. Mola ihm aufgeschrieben hatte.

Danach brauchte er weitere zehn Minuten, um das Häuschen in der Rua Fernandes Thomás zu finden. Die Fassade
wirkte frisch gestrichen. Das Dach war so neu gedeckt, dass
selbst die zahllosen Möwen Respekt zeigten und lieber die
Lehmziegel der Nachbarhäuser besudelten. Wie gewohnt befand sich kein Name auf dem Briefkasten. Statt einer Klingel
musste er sich mit einem Türklopfer aus Messing behelfen.

Helena öffnete unverzüglich, was den Eindruck vermittelte, sie hätte hinter der Tür auf ihn gewartet. Sie sah müde
aus, dunkle Schatten lagen unter ihren Augen. Sein Anblick
schien sie zu erschrecken. Das war offenbar sein Los, seit er

in Portugal war: Frauen zuckten zusammen, sobald sie seiner ansichtig wurden.

Ohne ein Wort machte sie Platz, und er trat in den engen Flur. Es roch nach frisch entzündeter, langsam anbrennender Holzkohle. Plötzlich musste er an gegrillten Fisch denken, und das machte ihm deutlich, wie hungrig er war.

»Ist dir jemand gefolgt?«

Henrik schüttelte den Kopf, obwohl er keine Garantie dafür übernehmen konnte. Er war froh, überhaupt hergefunden zu haben. Die Frage erübrigte sich seiner Meinung nach ohnehin. Die Leute, die hinter ihnen her waren, verfügten über hinreichende Mittel, sie aufzustöbern, egal, wo sie sich verkrochen. Weshalb er sich nicht erklären konnte, warum sie es nicht schon längst zu Ende gebracht hatten.

Jetzt tauchte ein älterer Herr in geblümtem Hemd und kurzer Hose hinter Helena auf. Seinen runden, braun gebrannten Kopf zierte ein weißer Haarkranz. Trotz der bemüht freundlichen Miene, die er aufgesetzt hatte, konnte er seine Skepsis nicht verbergen.

»Mein Vater«, erklärte Helena.

Henrik stellte sich vor und hob leicht die verbundenen Hände, um einen Gruß anzudeuten. Nun gesellte sich auch eine kleinere und ältere Version von Helena zu ihnen. Sie trug dieselbe Traurigkeit in den Augen, wie er sie von der Tochter kannte. Sie nickte ihm zu, ebenfalls bemüht um ein Lächeln. Helenas Eltern wussten nicht, wie sie mit dem Fremden umgehen sollten, auch wenn sein Auftauchen offensichtlich keiner weiteren Erklärung bedurfte.

Bevor die Situation im Hausflur noch unangenehmer werden konnte, erschien eine weitere Person im Türrahmen. Lautstark und wieselflink kam ein kleines Mädchen durch den Gang geschossen und sprang mit einem Juchzer in Helenas Arme.

Henrik blieb der Mund offen stehen.

»Das ist Sara, meine Tochter«, erklärte Helena.

Das Mädchen drückte seinen Kopf gegen den Hals der Mutter und warf ihm einen scheuen Blick zu. In die Linie der Gomes-Frauen reihte sich auch die kleine Sara optisch perfekt ein. Sie war ein Abbild ihrer Mutter, erinnerte ihn an das Klassenfoto, auf dem er Helena erstmals entdeckt hatte. Das dichte, dunkle Haar war zu einem Zopf geflochten, der von einer roten Schleife gehalten wurde. Inzwischen musterten ihre braunen Augen ihn neugierig, als hätte sie binnen einer halben Minute schon jede Scheu verloren.

Helena sagte etwas auf Portugiesisch zu ihr. Zuerst schüttelte das Mädchen den Kopf, dann grinste es. Helena stellte sie wieder auf die Holzdielen. Sara hüpfte zu ihrem Großvater, und die beiden gingen Hand in Hand hinaus auf die Terrasse.

Sie standen noch ein paar Sekunden unangenehm berührt herum, dann schob Helena ihn ins Wohnzimmer. Er musste sich unter dem Türrahmen hindurchbücken. Alles in diesem Haus war beengt, und die niedrige Decke trug ihren Teil dazu bei, die Räume noch kleiner wirken zu lassen. Eine Sitzgarnitur, ein Schrank und ein Regal, auf dem ein Fernseher stand. Für mehr war nicht Platz. Doch der Blick durch die Fensterfront aufs Meer und die unendliche Weite bis zum Horizont versöhnten für alles. Mehr bedurfte es nicht als dieser Aussicht über den blaugrün schimmernden Atlantik. Auch vom Wohnzimmer aus führte eine Glasschiebetür auf die Terrasse, die eine ähnliche Grundfläche wie der gesamte Wohnbereich zu haben schien. Unter dem Sonnenschirm gruppierten sich ein Holztisch, vier Klappstühle und ein Hochstuhl. Ein leichter Wind strich über die Terrasse hinweg und zupfte verspielt an der weißen Tischdecke und der Stoffbespannung des Schirms. Auf dem Tisch standen Gläser und eine Karaffe Wasser. Eiswürfel und Limettenscheiben trieben auf der Oberfläche. Am anderen Ende der gefliesten Terrasse stocherte Helenas Vater mit einem Eisen in der Grillkohle. Im Sandkasten daneben war Sara mit einem Eimerchen beschäftigt und sang leise vor sich hin, eine Melodie, die Henrik bekannt vorkam. Er konnte es immer noch nicht fassen, dass Helena eine Tochter hatte. Nun hatte er den wahren Grund für ihre anfängliche Zurückhaltung vor Augen. Natürlich hatte sie kein unnötiges Risiko eingehen wollen, um Sara nicht in Gefahr zu bringen. Mit einem Mal fühlte er sich noch schlechter, weil er die Polizistin in diese Sache verwickelt hatte.

»Es dauert noch mit dem Essen«, erklärte Helena und setzte sich. Sie schenkte ihm Wasser ein, während er sich auf dem Platz ihr gegenüber niederließ. Der Gast durfte aufs Meer hinausschauen.

Das Glas leerte er in einem Zug, ohne dass die Trockenheit in seiner Kehle wich.

»Du hast eine bezaubernde Tochter.«

»Ja, und ich werde alles dafür tun, sie aus allem rauszuhalten.«

Henrik nickte. Er verstand nur zu gut. Ihm lag schon die Frage nach dem Vater auf der Zunge, doch das war einfach nicht der passende Zeitpunkt. »Ich dachte, du wärst tot«, sagte er mit gesenkter Stimme, damit seine Worte nicht bis zur anderen Seite der Terrasse drangen. »Vom Dach gefallen.«

»Das ging mir umgekehrt genauso.«

Ihre Sorge war nicht abwegig. Er betrachtete seine verbundenen Hände, mit denen er sich in Todesangst an eine Dachrinne geklammert hatte.

»Ich habe dich zu erreichen versucht.« In seiner Stimme lag kein Vorwurf.

»Ich war mir nicht sicher, ob du es bist, der anruft. Ich hatte Angst, okay?«

Er nickte und lächelte. »Und ich bin sehr froh, dass sie dich nicht erwischt haben.«

Sie schien sich etwas zu entspannen und begann zu erzählen, was nach ihrer Flucht über das Kirchendach von São Vicente de Fora passiert war. Für ihn hatte es nach einem Sturz in die Tiefe ausgesehen, doch Helena war einfach auf einen niedrigen Anbau gesprungen, über den sie zurück auf die Straße gelangt war. Mitten hinein in das Treiben auf dem Flohmarkt rund um den Campo Santa Clara. Keine Chance für ihre Verfolger, sie dort noch zu erwischen. Danach war sie bewusst das Risiko eingegangen und hatte ihre Dienststelle aufgesucht, um Details über den Einsatz am Kloster in Erfahrung zu bringen. Die Berichte über einen Mann, der vom Dach gestürzt war, hatten sie in große Aufregung versetzt, doch sie zwang sich zu bleiben, bis nähere Informationen über den Toten durchgesickert waren. Nachdem feststand, dass der Verunglückte Portugiese war, war sie nach Hause geeilt. Die Erleichterung darüber, dass Henrik nicht mit zerschmettertem Schädel auf dem heißen Asphalt vor der Klostermauer lag, wurde von der Sorge abgelöst, dass Vieiras Leute ihn erwischt hatten.

Eine Weile blickte er schweigend aufs Meer hinaus. Ein Dutzend Segelschiffe kreuzten im Wind. Es wäre so schön gewesen, einfach nur hier sitzen und das Spiel von Wind und Wellen betrachten zu können. Aus der Zeit zu fallen, alles zu vergessen. Doch das war ihm verwehrt. Umständlich zog Henrik nun die Liste aus seiner Hosentasche, die Maria Alzira ihm vermacht hatte. Alle, die darauf vermerkt waren, lebten nicht mehr.

»Ich war bei der Psychologin.«

Helena wirkte wenig überrascht, als wäre sie davon ausgegangen, dass dergleichen für einen Ermittler der Kripo keinen nennenswerten Erfolg darstellte. Mit knappen Worten schilderte er sein Gespräch mit der todkranken Frau. Je länger er sprach, desto deutlicher war Helena die Ungeduld anzumerken, endlich einen Blick auf das zusammengefaltete Blatt werfen zu können. Schließlich reichte er es ihr.

Selbst ihm hatte eine Sekunde gereicht, um den Namen zu entdecken. Bei ihr ging es noch schneller.

Tomás Gomes war der siebte Name von oben.

Wortlos saßen sie da. Nippten an ihren Getränken. Helena weinte stumm. Henrik ließ das Meer auf sich wirken, bis irgendwann die Eltern mit dem Essen kamen. Fisch, Gemüse, Salat. Zu viel für sie, zumal die Erwachsenen durch die Bank nicht sonderlich hungrig wirkten. Nur Sara aß mit fröhlichem Appetit.

Selbst Henriks Magen hatte es sich anders überlegt und signalisierte ein Völlegefühl. Die Situation war bedrückend, aber letztlich hatte ihn Helena nicht hierher bestellt, um einen netten Grillnachmittag zusammen mit ihren Eltern zu verbringen. Der Hausherr bot eisgekühlten Vinho Verde an, und Henrik zwang sich dazu abzulehnen. Wie gerne hätte er jetzt einen Schluck Wein oder sogar etwas Stärkeres zu sich genommen. Aber er war ohnehin noch benebelt von den Schmerztabletten. Die Whiskyerfahrung vom Vortag machte klar, dass Alkohol das denkbar Schlechteste war, was er jetzt in sich hineinkippen konnte.

Alle am Tisch – bis auf das kleine Mädchen – schienen sich gegenseitig zu belauern. Helenas Eltern, die sich zwischen zwei Gabelbissen als Fátima und Antonio vorstellten, wussten ganz offensichtlich, dass dies nicht nur ein Höflichkeitsbesuch ihrer Tochter war. Als Sara satt und zufrieden wieder in ihrem Sandkasten hockte, legte Helena die Gabel weg. Wie aufs Stichwort taten die anderen es ihr nach.

Sie atmete tief durch. »Wir haben herausgefunden, was mit Tomás geschehen ist.«

Fátima entfuhr ein leises Schluchzen, das die Situation für Henrik noch unerträglicher machte. Er war einige Male damit betraut gewesen, den Angehörigen von Opfern die niederschmetternde Botschaft zu überbringen. Immer wieder auch für ihn eine psychische Belastung. Diesmal war es anders. Schlimmer. Er war kein Polizist mehr, fühlte sich nicht einmal so recht als Außenstehender, obwohl er die Leute kaum kannte. Natürlich war Tomás schon vor dreißig Jahren verschwunden, doch gerade bei lange unaufgeklärten Vermisstenfällen war die Qual besonders groß, weil die Unsicherheit über das Schicksal des geliebten Angehörigen immer lebendig blieb.

Henrik wandte den Blick ab, als die Mutter das Gesicht in den Händen vergrub. In Antonio dagegen schien die Nachricht weniger Trauer als Zorn zu entfachen. Er schlug mit der flachen Hand auf den Tisch, und Sara am anderen Ende der Terrasse schaute auf. »Wie oft muss ich noch sagen, dass wir darüber nicht sprechen!«, zischte er in holprigem Englisch, obwohl er bereits seit Henriks Auftauchen geahnt haben musste, weshalb er einen Fisch mehr auf den Grill legen sollte.

Helena richtete sich auf. »Ihr habt das lange genug verdrängt. Es ist an der Zeit, sich der Wahrheit zu stellen. Damit ihr endlich loslassen könnt und Frieden findet.«

»Frieden wird es niemals geben«, murmelte Fátima.

»Es ist immer hilfreich, so was aufzuarbeiten«, mischte sich Henrik ein. Worte, wofür er sich im selben Moment schämte. Er klang wie der Polizeipsychologe, mit dem er über Ninas Tod hatte sprechen müssen. Antonio reagierte ganz ähnlich wie er selbst damals und funkelte ihn böse an, bevor er die Hand auf den Unterarm seiner Frau legte.

»Tomás' Verschwinden war und ist immer noch tragisch, unsere Familie hat das nie verwunden, aber es ist Schorf über die Wunde gewachsen, und im Lauf der Zeit ist eine Narbe daraus geworden. Eine Narbe, die weithin sichtbar ist, aber mit der man leben kann ... leben muss«, korrigierte er sich. »So haben wir es gehalten, und so halten wir es auch weiterhin. Niemand wird diese Wunde erneut aufreißen und die Narbe damit noch hässlicher machen!«

Nun wurde auch Helena lauter. »É merda! Du hast nie mit uns, weder mit mir noch mit meiner Schwester über Tomás geredet. Oder gefragt, wie es uns dabei geht. Lange Zeit habe ich sogar geglaubt, dass du froh darüber bist, deinen schwierigen Sohn los zu sein. Für dich war er doch immer nur ein geistig zurückgebliebenes Anhängsel. Lästig und peinlich, wenn die Verwandtschaft kam. Peinlich vor deinen Freunden, die du nie nach Hause einladen konntest. Du hattest einen Sohn, den man nicht mit ins Fußballstadion nehmen konnte. Da zählte nicht, was die Ärzte oder Psychologen sagten, und ...«

Diesmal nahm Antonio die Faust. Gläser und Teller hüpften. Sein rundes Gesicht färbte sich dunkelrot. »Wie kannst du es wagen, so unverschämte Behauptungen aufzustellen! Ich habe Tomás nicht weniger geliebt als euch. Jeden verfügbaren Escudo habe ich dafür ausgegeben, um zu erfahren, was ihm fehlt und um ihm zu helfen ...«

»Wir haben alle zurückgesteckt«, fiel Helena ihm ins Wort. Fátima konnte ihr Schluchzen nun nicht mehr unterdrücken und versteckte ihre Tränen hinter der Serviette. Sara blickte verstört zu ihnen herüber.

Antonio richtete seinen Zeigefinger auf Helena. »Du solltest jetzt besser den Mund halten! Glaubst du, wir hätten dich auf eine weiterführende Schule schicken können, glaubst du wirklich, du wärst Polizistin geworden, wenn Tomás' Krankheit weiterhin unsere finanziellen Mittel verschlungen hätte?« Er machte eine umfassende Geste. »Dieses Haus am Meer. Alles wäre ein Traum geblieben. Ihr habt das alles bekommen, weil Tomás gegangen ist. Und das ist die einzige Wahrheit!«

Damit stand er auf und stampfte ins Haus. Fátima folgte ihm ein paar Sekunden später, immer noch das weiße Leinen ins Gesicht gedrückt.

Helena saß neben Henrik, bleich im Gesicht. Sara kam zu ihr gelaufen, und sie nahm die Kleine auf den Schoß. Das Mädchen weinte. Stumm drückte Helena sie an sich, unfähig zu sprechen. Wenn stimmte, was ihr Vater angedeutet hatte, war die Antwort, nach der sie so vehement verlangt hatte, perverser, als sie es jemals erwartet haben konnte. Ein weiterer Tiefschlag, der das Fundament ihres bisherigen Lebens irreparabel erschütterte. Waren der Familie Gomes tatsächlich gewisse Vorzüge eingeräumt worden, um ihr Schweigen zu erkaufen? Hatten sie letztlich allesamt vom Tod ihres Bruders profitiert? Wurden den Töchtern nach seinem Verschwinden von staatlicher Seite bessere Ausbildungsmöglichkeiten eröffnet? Hatte Helena deswegen zur Kripo gehen können? Er mochte sich nicht ausmalen, was gerade in ihr vorging. Unruhig spielte er mit seinem Wasserglas.

»Ich muss hier raus«, erklärte Helena plötzlich und stand mit Sara im Arm auf. Das reichlich aufgetragene Essen war kaum angerührt worden. Er fühlte sich schäbig und zerschlagen. Mit zitternder Hand trank er sein Wasser leer und erhob sich ebenfalls.

Als er die Küche betrat, hatte Fátima Sara auf dem Arm. Antonio Gomes stand niedergeschlagen daneben. Beide ließen die Köpfe hängen. Henrik zögerte einen Moment im Türrahmen, doch er konnte nicht einfach so verschwinden, also räusperte er sich. Alle drei blickten auf.

»Es tut mir leid ... das mit Helena. Ich rede mit ihr.«

Antonio kam auf ihn zu, und für einen kurzen Moment überfiel Henrik die bizarre Befürchtung, der Mann würde nach einem der Küchenmesser greifen, die aus dem Holzblock neben dem Herd ragten. Stattdessen griff er nach einem Kuvert, das gleich daneben lag, und hielt es Henrik entgegen.

»Sagen Sie ihr, ich bedauere diesen Streit, und ich ...« Er blickte kurz zu seiner Frau. »Wir wissen, dass sie das Richtige tun wird.«

Verdattert nahm Henrik den Umschlag.

»Danke, dass Sie ihr helfen!«

Damit wandte sich Antonio Gomes ab und trat zurück zu seiner Gattin und seiner Enkeltochter. Fátima nickte Henrik kaum merklich zu. Sara starrte ihn aus großen Augen an; als er zum Abschied winkte, winkte sie zurück.

Helena wartete draußen in der Gasse, eine verspiegelte Sonnenbrille auf der Nase. Henrik unterdrückte ein Seufzen. Es flossen einfach zu viele Tränen unter diesem wunderbaren blauen Atlantikhimmel. Oder war das dieses Phänomen, das Renato Saudade nannte? Der ewige Fado dieser Stadt?

»Was hast du da?«, fragte die Polizistin und deutete auf das Kuvert, das Henrik in den Fingern hielt, ohne sich dessen noch bewusst zu sein. Er betrachtete den Brief, der bereits aufgeschlitzt worden war. Die Adresse war mit schwarzer Tinte geschrieben. Er hielt ihr den Umschlag hin. Von irgendwoher ertönte Rockmusik. Vielleicht aus einer der Strandbars, von denen es hier zu viele gab.

Helena starrte lange darauf. Sie schob die Sonnenbrille ins Haar und trat einen Schritt näher. Um ihre aufgerissenen Augen zeigte sich eine leichte Rötung, doch sie vergaß, die Tränen darin wegzublinzeln.

»Ich kenne diese Handschrift«, flüsterte sie. »Aber ... das ist unmöglich!«

30

Sie verlangte, dass er sich ans Steuer setzte, damit sie den Brief lesen konnte. Ein Brief ohne Absender und ohne Unterschrift, aber mit einer eindeutigen Botschaft. Einer Botschaft, die keine Zweifel offenließ.

Der Abendverkehr war dicht, auch stadteinwärts. In Henrik wirkten immer noch die Schmerzmittel nach. Jetzt war er froh, dass er den Wein abgelehnt hatte, den Antonio Gomes ihm angeboten hatte. Er musste sich auf den Verkehr konzentrieren und gleichzeitig aufmerksam zuhören, weil Helena das Schreiben für ihn übersetzte.

»Ich bitte Sie inständig um Verzeihung«, las sie vor. Jeder zweite Satz schien mit diesem Anhang zu enden.

Noch ein handgeschriebener Brief wie der seines Onkels. Noch eine verquere Botschaft.

»Wo wären wir – wo wäre die Wissenschaft – ohne Visionäre«, las Helena weiter. »Ich bereue nichts, denn mein Weg war der richtige. Es fehlte ihnen nur an Geduld und Vertrauen. Damit setzten sie mich unter Druck und ließen mir letztlich keine Wahl ...« Pause. Sie überlegte. »Nächste links!« Dann wieder Worte aus dem Brief. »Verzeihen Sie mir, aber ich musste so handeln. Ich vermisse sie ebenfalls. Vor allem Tomás. Er war so besonders, hatte so viel Potenzial. Auch wenn es für Sie nur ein schwacher Trost ist, Tomás und die anderen waren auserwählt, Großes zu vollbringen ... Bleib auf dieser Spur! ... Ich entschuldige mich dafür, dass ich es Ihnen nicht besser deutlich machen kann ... Es ist eine Last, die mich seither erdrückt und von der es keine Befreiung gibt. Selbst der Herr wollte mich nicht erhören, nicht in all den Jahren und nicht in alle Ewigkeit.«

»Amen!«, sagte Henrik. »Und du bist sicher, dass er das geschrieben hat?«

»Ich täusche mich nicht, die Handschrift ist charakteristisch, da benötige ich keinen Grafologen für eine Bestätigung. Sie gleicht sehr stark der Schriftprobe, die ich in den Akten gefunden habe. Ich habe keine Zweifel.«

Sie sprach so überzeugt, dass auch er nicht anders konnte, als ihr zu glauben.

»Wir haben die Namen der Kinder und ihre Geburtsdaten, sofern die Liste der Psychologin stimmt. Ich werde eine Weile brauchen, um die Adressen rauszufinden. Kannst du einstweilen irgendwo unterkommen? Ansonsten fahren wir in ein Hotel.«

Sein erster Gedanke galt Adriana. Wie widersinnig. Er wollte sie doch unbehelligt lassen. Dann dachte er an Dr. Mola. Er beruhigte sich damit, dass sehr wahrscheinlich niemand seiner Verfolger wusste, welches besondere Verhältnis er zu der Ärztin pflegte oder dass überhaupt eines existierte. Und sie hatte praktischerweise Nachtdienst, ihre Wohnung war also leer. Das Sofa würde nicht gerade sein Freund werden, aber er konnte es versuchen. Und er wäre wieder weg, bevor sie ihren Dienst beendete. Dann konnte er sich immer noch ein Hotel suchen.

Er kannte zwar nicht die Adresse, wusste aber, wie er vom Bahnhof aus hinkam. »Kannst du dich denn ins Präsidium wagen?«

»Haben wir eine andere Wahl?«

Nein, hatten sie nicht.

Schon fünf Minuten später erreichten sie den Estação do Cais do Sodré. Er stieg aus, und Helena nahm seinen Platz ein.

»Ich melde mich bei dir!«, erklärte sie, ehe er noch danach fragen konnte. Falls bei ihrem Plan etwas schiefging, würde er vergebens auf ein Zeichen von ihr warten müssen. Aber diese Bedenken behielt er für sich.

Sie fuhr an, obwohl er die Hand noch auf dem Autodach hatte. »Ich hoffe, du weißt, was du tust!«, murmelte er und sah ihr nach.

Es war fast, überlegte er auf seiner gewundenen Route zu Dr. Molas Wohnung, als ob Umwege nun sein Leben bestimmten.

Er marschierte durch ein unscheinbares Viertel jenseits der Avenida 24 de Julho. Billige Neubauten und Verkehrslärm, von dem er vergangene Nacht nichts mitbekommen hatte. Er fand das sechsstöckige Apartmentgebäude und wartete, bis jemand unten aus der Haustür trat. Die ältere Frau grüßte freundlich und wirkte in keiner Weise verwundert. Es war, wie er angenommen hatte. Hier kannte man seine Nachbarn nicht unbedingt. Oder sie hatte ihn heute Mittag schon aus dem Haus kommen sehen, und er war bereits als der neue Mann der Ärztin von oben verschrien.

Die Wohnungstür in der fünften Etage war ein Klacks. Dr. Mola verzichtete auf jegliche Sicherheitsvorkehrungen. Die Tür war nicht abgeschlossen, sondern nur zugezogen. Nun, zu holen gab es ohnehin nicht viel.

Mit durchaus schlechtem Gewissen bediente er sich aus dem Kühlschrank ebenso wie aus dem Medizinschrank. Dort hatte Dr. Mola einen hübschen Vorrat an diversen Pillen gehortet, die sie unmöglich alle selbst verwenden konnte. Er dachte nicht weiter darüber nach, sondern hielt sich an die ihm bekannten Sedativa.

Auf dem Küchentisch stand ein Laptop. Er klappte ihn auf. Der Rechner war auf Stand-by und verlangte nach keinem Passwort. Was die Sicherheit betraf, war Dr. Mola also nicht nur bei ihrer Wohnungstür nachlässig. Er rückte den Stuhl zurecht und wählte sich ins Internet ein. Da sein Onkel sich dieser Technik in seinem Reich verweigerte, hatte Henrik bislang noch keine Gelegenheit gefunden, sich näher über Dr. Manuel Vieira zu informieren. Google kannte den Psychologen, aber wie befürchtet gab es nur wenige Treffer, und die waren allesamt auf Portugiesisch verfasst. International schien dieser Mann keinen nennenswerten Ruf besessen zu haben. Henrik fand ein einziges, brauchbares Bild, das Vieira im weißen Ärztekittel zeigte. Im Hintergrund erkannte er das Portal der Villa, in dessen Keller dieser Mann Kinder gefangen gehalten hatte. Der Doktor war von schmächtiger Statur und, wenn die Perspektive nicht trog, auch nicht besonders groß. Sein Haar war dunkel, die Augen lagen eng am Nasenbein und wurden von buschigen Brauen beschattet. Seine Haut wirkte blass. Die ganze Haltung zeugte von Arroganz und hatte gleichwohl etwas Verwegenes. Schmallippig und mit strengem Blick hatte er damals in die Kamera geblickt. Ein Mann aus reichem Haus, der gewohnt war, zu bekommen, was er verlangte. Sein Todesdatum war der 9. Juni 1992, damals war er 43 Jahre alt.

Er versuchte zu entziffern, was auf den Websites über Dr. Vieira geschrieben stand, gab dieses ineffiziente Unterfangen aber schnell auf. Henrik klappte den Laptop zu, ließ sich auf die Couch fallen und stellte den Wecker seines Handys auf halb sechs. Kurz verspürte er den Wunsch, Adriana anzurufen. Stattdessen schaltete er den Fernseher ein, zappte sich durch etliche Programme und blieb letztlich bei einem Fußballspiel hängen. Zwei Mannschaften der Portugiesischen Liga, von denen er noch nie gehört hatte. Sein letzter Gedanke war, dass er ohnehin keinen Schlaf finden würde.

Etwas trat ihm gegen die Hüfte. Sehr langsam dämmerte ihm, dass das nicht in seinen Traum passte, von dem er in derselben Sekunde nicht mehr wusste, wovon er gehandelt hatte. Er schlug die Augen auf. Über ihm umrandete das Licht des Deckenstrahlers das Antlitz eines Engels. Ein Engel mit explodierter Lockenpracht, der erneut gegen seine Hüfte trat und ihm gleichzeitig etwas direkt vors Gesicht hielt. Zu nah, als dass er mit seinen schlaftrunkenen Sehnerven hätte erkennen können, worum es sich handelte.

»Was ist das?«, fragte er mit belegter Stimme.

»Pfefferspray«, antwortete der Engel.

Wie vom Blitz getroffen zuckte er vor der schwarzen Bedrohung zurück und drückte sich tiefer in das Sofakissen. »Scheiße, ich bin's!«

»Ich habe nur von einer Nacht gesprochen«, erklärte Dr. Mola.

»Sie sollten ein Sicherheitsschloss einbauen lassen«, stammelte Henrik. Sein Herz raste.

»Ich denke darüber nach.«

»Wie spät ist es?«

»Kurz nach fünf«, sagte die Ärztin und steckte das Reizgas zurück in ihre Handtasche. »Keine Angst, ich hätte nicht abgedrückt, sonst hätte ich Sie anschließend bloß wieder verarzten müssen.«

»Früher Feierabend heute?«, fragte er und wagte es endlich, sich aufzusetzen.

»Ich dachte, das Sofa wäre Ihnen zu weich.«

»Es tut mir leid, ich hätte Sie fragen sollen, aber Sie haben mir keine Telefonnummer hinterlassen.«

»Mit gutem Grund«, antwortete sie und verließ das Wohnzimmer.

»Ich bin so gut wie weg«, rief er hinterher. Er hörte, wie sie die Tasche im Flur auf den Boden fallen ließ und dann im Bad verschwand. Eine Minute später ertönte das Rauschen der Dusche, und er ahnte, dass er seinen Harndrang noch eine Weile unterdrücken musste. Er schlurfte in die Küche und suchte nach dem Kaffeepulver. Seine Schränke zu Hause in Deutschland waren ähnlich leer, seit er alleine wohnte. Es gab nicht einmal Milch. Normalerweise trank er Filterkaffee nur in äußerster Not schwarz, aber er fügte sich seinem Schicksal.

Mit dem Kaffeebecher vor sich saß er am Küchentisch und musterte seine Hände. Der Schmerz hatte sich in ein konstantes leichtes Ziehen verwandelt. Die zweite Nacht auf dem Sofa der Ärztin hatte einen gewissen Regenerationsfaktor geboten. Er fühlte sich rundherum besser. Ob er wieder bereit war, dem Feind die Stirn zu bieten, war eine andere Sache.

Ob Helena inzwischen etwas erreicht hatte?

Dr. Mola kam in die Küche. Sie trug einen ausgeblichenen, aus der Form geratenen Bademantel und einen Handtuchturban.

»Es ist noch Kaffee da.«

»Ich muss ins Bett.«

»Wie ist eigentlich Ihr Vorname?«

Sie schenkte sich den Rest Kaffee in einen Becher und setzte sich zu ihm an den kleinen Tisch. Damit war die Küche voll.

»Filipa«, antwortete sie schließlich.

Er lächelte. »Henrik.«

»Bleibst du noch länger?«

Er dachte darüber nach, ob mit Helenas Recherchen ein Ende dieses Horrors abzusehen war.

»Ist schon eine Weile her, dass ein Mann bei mir übernachtet hat«, sagte Filipa, ohne den Blick von ihrem Kaffee zu nehmen. Ihre Hände lagen um die Tasse, als müsste sie sich die Finger wärmen.

»Ich habe das auch schon sehr lange nicht mehr gemacht, bei einer fremden Frau nächtigen ... Also, weder auf dem Sofa noch ...«

Sie beugte sich zu ihm hinüber und küsste ihn auf den Mund. Ein Kuss, der nicht nur nach Kaffee schmeckte.

31

Das Rattern hatte kaum begonnen, da war er bereits hell-
wach. Er wälzte sich aus dem Bett und lief nackt ins Wohnzimmer. Sein vibrierendes Handy tanzte auf dem Beistelltisch.

»Hier ist Helena.«

Er fühlte, wie er rot wurde, obwohl sie ihn nicht sehen
konnte. »Schön, von dir zu hören. Warst du erfolgreich?«

Statt ihm zu antworten, fragte sie, wo sie ihn abholen sollte. Es klang dringend. Er hatte kein Gefühl dafür, wie spät es
war, und traute sich nicht zu fragen. Während die Polizistin
die Nacht damit verbracht hatte, eine Spur von Manuel Vieira zu finden, hatte er …

»Kannst du in einer halben Stunde am Rossio sein?«

Er versuchte die Entfernung abzuschätzen. Aus dem
Schlafzimmer hörte er, wie Filipa nach einer bequemen
Schlafstellung suchte. Jetzt, wo sie das Bett wieder für sich
alleine hatte.

»Schaffe ich«, flüsterte er ins Telefon.

Wie gewohnt war die Verbindung unterbrochen, ehe er
noch einen Gruß loswerden konnte. Also schlich er leise zurück ins Schlafzimmer und sammelte seine Klamotten auf.

Sich an Lissabons Hauptbahnhof zu verabreden, ohne den
genauen Treffpunkt zu bestimmen, erschien ihm jetzt, als er
davorstand, durchaus gewagt. Viel zu viele Menschen, weshalb er sich exakt zwischen den zwei hufeisenförmigen Tor-
bögen des Eingangs postiert hatte, die in das aus dem späten

19. Jahrhundert stammende, prunkvolle Gebäude führten. Die Turmuhr direkt über ihm zeigte drei Minuten nach neun. Er war durchgeschwitzt, was weniger an der jetzt schon sommerlichen Temperatur lag, sondern vielmehr daran, dass er die halbe Strecke von Filipas Wohnung bis hierher gerannt war.

Er wartete schon lang genug, dass der Bettler, der ihn vorhin angesprochen hatte, sich nicht mehr daran erinnern konnte und erneut probierte, etwas bei ihm zu schnorren. Dabei sah Henrik nicht wesentlich besser aus. Er hatte es lediglich geschafft, das zerrissene T-Shirt zu wechseln, den Rest trug er bereits seit vorgestern. Zwar hatte er zwischenzeitlich geduscht, aber das machte es nicht besser. Und jetzt haftete ihm auch noch Filipas Geruch an. Er konnte immer noch nicht fassen, dass er innerhalb kurzer Zeit mit zwei Frauen geschlafen hatte. Als suchte er sein Ventil neuerdings im Sex.

Ein lautes Hupen verscheuchte den Bettler. Helena winkte ihm aus ihrem alten Peugeot 205 heraus zu. Hinter ihr stauten sich bereits mehrere Wagen, die in das Hupkonzert einstimmten. Er stieg zu ihr ins Auto, sie gab Gas und fädelte sich in den Verkehr ein. Wie üblich hielt sie sich nicht mit Förmlichkeiten auf, sondern reichte ihm die Liste mit den Namen der Kinder. Hinter acht der zwölf Namen hatte sie handschriftlich die Adressen notiert.

»Das ist die Ausbeute der Nacht. Vier davon habe ich heute Morgen telefonisch erreicht. Natürlich will niemand mit mir reden, weder über das verschwundene Kind noch über das Vieira-Institut. Nicht am Telefon. Wir versuchen unser Glück mit Hausbesuchen.«

»Hast du gesagt, du bist von der Polizei?«

»Hätte ich das tun sollen?«

Er schüttelte den Kopf.

»Ich habe mich als das ausgegeben, was ich bin. Eine betroffene Schwester.«

»Und nicht eine Familie hat darauf reagiert?«

Ohne ihren Blick von der Straße zu nehmen, deutete sie auf einen der Namen. »José Moura. Er hat zumindest zugegeben, dass er einen Brief erhalten hat.«

»So einen wie deine Eltern?«

Sie ließ die Frage unbeantwortet. »Ist dir an dem Umschlag, den dir mein Vater gegeben hat, nichts aufgefallen?«

Er war gestern gedanklich nicht auf der Höhe gewesen, aber jetzt, wo sie es erwähnte, wusste er sofort, was sie meinte. »Keine Briefmarke, kein Poststempel!«

»Dieser Moura hat bestätigt, dass auch sein Kuvert nicht von der Post transportiert wurde.«

»Jemand hat es direkt eingeworfen«, folgerte Henrik.

Helena hupte sich durch einen Kreisverkehr. »Wenn alle Familien in den letzten Wochen ein solches Schreiben bekommen haben, wovon ich ausgehe, dann haben wir ein Dutzend Chancen, dass jemand den Überbringer beobachtet hat.«

José Moura war ein dünner alter Mann, der sich, von Arthritis gebeugt, schwer auf einen Stock stützte. Sein Blick war starr, als wäre er auf etwas jenseits dieser Welt gerichtet. Ganz offensichtlich widerstrebte es ihm, sie einzulassen. Er bewohnte ein Haus in einem kleinen Dorf, etwa zwanzig Kilometer nordwestlich von Lissabon. Nichts Besonderes, aber mit einem ordentlichen Stück Garten und einer Aussicht bis hinunter zum Meer und hinein in die Wälder rund um Sintra.

Der Alte musterte sie kritisch. Immer wieder betrachtete er missbilligend Henriks Verbände, die Schürfwunden und blauen Stellen im Gesicht, während Helena auf ihn einredete. Henrik kam es vor, als fehlte dem Mann schlichtweg die Energie, sie wieder wegzuschicken. Mit schlurfendem Schritt führte er sie durch den Garten auf die Terrasse, die von einem Sonnensegel beschattet wurde. Wilder Wein wuchs an den Holzpfosten empor. Bienen schwirrten um die Blüten der Oleandersträucher, die alles einrahmten. Moura bot ihnen nichts an und setzte sich auch nicht zu ihnen. Er blieb am Geländer stehen. Die Sonne brachte sein weißes Haar zum Leuchten.

»Ana war unser einziges Kind«, begann er. »Der Herr schenkte uns keinen weiteren Kindersegen. Ich nehme an, er wusste, dass uns kein gesunder Nachwuchs vergönnt war, also hatte er Erbarmen. Wir haben Ana geliebt, auch wenn sie anders war. Sie war neun, als sie von uns ging.«

Helena und Henrik warfen sich einen kurzen betroffenen Blick zu.

»Haben Sie Dr. Vieira nach dem Verschwinden von Ana noch einmal getroffen?«, fragte Helena.

Er schüttelte den Kopf. »Wir haben da keine Verbindung gesehen. Kurz nachdem Ana verschwand, wurde meine Frau sehr krank. Es hatte sie einfach zu viel Kraft gekostet, genau wie mich. Ich wollte nicht auch noch sie verlieren, nachdem die Polizei uns keine Hoffnung mehr machte. Wir sind raus aus der Stadt und hierher gezogen.«

»Dieses Haus ...?«

Moura blickte sich um. »Ein günstiger Kredit. Es gab wenig zu renovieren. Außerdem hat man mir eine bessere Position in der Firma angeboten. In einer Außenstelle gleich in der Nähe.«

»Und Sie sind nie auf die Idee gekommen, dass das mit Anas Verschwinden in Verbindung stehen könnte?«, fragte Henrik vorsichtig.

Der Mann sprach ein passables Englisch. »Erst, als vor etwa zwei Wochen dieser Brief eintraf.« Er hatte den Umschlag griffbereit auf dem Fensterbrett unter einen Aschenbecher geklemmt und reichte ihn nun Helena. Vielleicht hatte Moura ihn noch einmal gelesen, nachdem die Polizistin angerufen hatte, und ihn danach dort abgelegt.

Er konnte sich denken, dass sie hier aufkreuzten.

Henrik erkannte die Handschrift sofort. Wie angedeutet, fehlte dem Kuvert die Briefmarke. Helena zog das Schreiben heraus und begann zu lesen. Henrik folgte ihrem Blick, beobachtete, wie ihre Pupillen von links nach rechts wanderten.

»Ana, die kleine Ana«, begann sie plötzlich zu übersetzen. »Welche Verschwendung an Talent. Wie hätte ich sie retten können, nachdem sie gestürzt war? Es mag vielleicht ein kleiner Trost für Sie sein, wenn ich Ihnen versichere, dass sie ohne Schmerzen gegangen ist …«

Helena atmete heftig. Sie schluckte trocken. Auch Henrik wäre nun für ein Glas Wasser dankbar gewesen. Doch Moura rührte sich nicht. Er blickte in seinen Garten hinaus, der trotz der Hitze in saftigem Grün stand.

»Sie wissen, wer diese Zeilen verfasst hat?«, fragte Helena. Ihre Stimme klang rau und kompromisslos.

Das Nicken des alten Mannes war nur im Ansatz zu erkennen.

»Dr. Manuel Vieira«, fuhr Helena fort. »Der Psychologe, der angeblich vor zwanzig Jahren bei einem Brand umgekommen ist, schreibt plötzlich Briefe an Eltern, denen er vor einem Vierteljahrhundert die Kinder geraubt hat. Und was hätten Sie unternommen, hätte ich heute nicht zufällig bei Ihnen angerufen?« Henrik wusste, ihre Wut richtete sich nicht wirklich gegen José Moura. Vielmehr führte sie die Anklage gegen ihren Vater fort.

Unter ihrem erbarmungslosen Blick schien der Alte noch mehr zu schrumpfen.

»Nach so langer Zeit«, stammelte er. »Die Polizei hat uns damals immer wieder versichert, sie täte ihr Menschenmöglichstes. Wir haben geglaubt, bis nichts mehr übrig war, an das wir glauben konnten. Was nützt es mir jetzt, wieder damit anzufangen? Ana ist tot, meine Frau ist tot. Und ich selber bin auch kaum noch am Leben, schleppe mich von Tag zu Tag.« Er schwieg für einen Moment, und sein keuchender Atem füllte die Stille. Dann richtete er sich ein wenig auf. »Erwarten Sie also nicht, dass ich noch Energie übrig habe. Nicht einmal für Schuldzuweisungen. Sie haben, was Sie wollen, also gehen Sie jetzt!«

Helena schien das nicht hinnehmen zu wollen, doch bevor sie aufbegehren konnte, stand Henrik auf. Sie starrte ihn vorwurfsvoll an. Er ging zu Moura und reichte ihm die Hand. »Obrigado!«

Helena senkte den Kopf, steckte Vieiras Geständnis ein und folgte ihm hinaus. Der Alte machte keine Anstalten, sie zu begleiten. Henrik ließ Helena an sich vorbeigehen und drehte sich auf halbem Weg zum Gartentor noch einmal um. Moura stand immer noch wie festgeklebt am Geländer.

»Waren Sie an dem Tag zu Hause, als dieses Schreiben in Ihrem Briefkasten landete? Haben Sie da vielleicht irgendwen bemerkt? Jemanden, der hier herumgeschlichen ist?«

Moura schüttelte mit gesenktem Blick den Kopf. Henrik hatte die Sache bereits abgehakt und wollte sich gerade ab-

wenden, da bemerkte er, wie der Alte plötzlich zusammenzuckte.

»Ja?«

»Der Mönch«, murmelte der alte Mann.

32

Mouras Nachbar konnte eine detaillierte Beschreibung abgeben. Nicht was die Person direkt betraf, aber zumindest darüber, was der Mann anhatte. Und dass es ein Mann war, daran gab es für ihn keinen Zweifel, trotz der Kapuze, die er sich weit ins Gesicht gezogen hatte.

Der Rentner, der Moura genau gegenüber wohnte, hätte gerne noch mehr erzählt. Über seine Enkel, den Garten, in dem er Tomaten anbaute, über die Renovierung seines Badezimmers, die bitter nötig war, seit seine Frau vor einem halben Jahr den Oberschenkelhalsbruch erlitten hatte. Er hätte auch mehr über den Eigenbrötler Moura zu sagen gewusst, aber es schickte sich nicht, mit Fremden über seinen Nachbarn zu reden, wie er dreimal betonte. Helena ließ ihn gewähren und übersetzte nur Bruchstücke von dem, was er über seine Gartenmauer hinweg zum Besten gab. Interessant war für sie nur der Mönch. Eine Gestalt, die trotz ihrer gesuchten Unauffälligkeit die eingespielte Routine der sonnenbeschienenen Tage, die immer gleichbleibenden Abläufe auf dieser Dorfstraße durch ihr Auftauchen gestört hatte. Man konnte sich erinnern. Es war nicht einfach der Briefträger, nicht einfach der Bauer, der allmorgendlich diesen Weg hinaus zu seinen Feldern wählte. Es waren auch nicht die Kinder in ihren Fußballtrikots von Benfica, Porto oder – was die mutigeren anging – von Real Madrid oder Barcelona, die nach der Schule hinüber zum Sandplatz marschierten, mit ihren zertretenen Lederbällen unter den Armen und frechen Sprüchen auf den Lippen. An jenem Tag vor zwei Wochen, einem

Mittwoch, wie sich Mouras Nachbar erinnerte, war unter den Menschen, die an seinem Haus vorbeizogen, auch ein Mönch gewesen. Und es konnte durchaus sein, dass er aus dem Garten gegenüber gekommen war. Da vermochte er sich nicht festzulegen, denn er behielt ja nicht andauernd die Straße im Auge, wenn er seine Tomatenstauden hochband oder aberntete. Und nein, José Moura hatte nichts davon mitbekommen, weil er zu dieser Zeit seine übliche Runde drehte, die er mit einem Besuch der kleinen Ortskirche abschloss. Da war sich der Nachbar sicher.

Mit Gewissheit konnte er sagen, dass der fragliche Besucher einer von den Hieronymiten war. Unverkennbar das Habit, das leinenfarbene Untergewand mit der braunen Mozzetta, dem Überwurf mit der Kapuze.

Helena zog ein gefaltetes Blatt aus ihrer Tasche. Der Ausdruck zeigte dasselbe Bild, das auch Henrik sich auf Filipas Laptop angesehen hatte. Dr. Vieira vor seinem Institut, in jungen Jahren.

»Könnte es dieser Mann gewesen sein?«, fragte sie. »Nur wesentlich älter, so Mitte sechzig?«

Nervös wanderte der Blick von Mouras Nachbarn zwischen ihnen hin und her, dann die Straße hinauf und hinunter, schließlich zurück zu dem Foto. »Er trug die Kapuze«, wiederholte er und runzelte die Stirn. »Warum fragen Sie überhaupt?«

»Ein Hieronymit«, wiederholte Helena. »Das wissen Sie bestimmt?«

Der Mann nickte. Gleich darauf blitzte Verunsicherung aus seinen Augen. »Sind Sie von der Polizei?«

Doch nach der Bestätigung, was die Ordenszugehörigkeit des Mönchs anging, war Helena nicht mehr zu halten. Sie hatte sich bereits umgedreht und eilte zum Auto. Ohne allzu irritiert zu sein, wandte sich Mouras Nachbar Henrik zu und fuhr mit seinen Ausführungen fort. Henrik schenkte ihm ein bedauerndes Lächeln und mehrere Obrigados, um rasch der Polizistin zu folgen.

Vermutlich hätte sie jetzt gern Blaulicht und Sirene gehabt. Auf der Schnellstraße, die im Westen um die Stadt führte, raste sie Richtung Meer. Unter den Bandagen spürte er, wie die dünne Kruste der langsam heilenden Verbrennungen wieder aufbrach, so verbissen klammerte er sich an den Griff über der Beifahrertür. Helena überholte rechts wie links, lenkte ihren Peugeot in jede Lücke, die gerade Platz bot, um sich durch den dichten Verkehr dieses späten Vormittags zu schlängeln. Der alte Wagen besaß keine Klimaanlage. Zwar hatte er das Fenster offen, doch der Fahrtwind reichte nicht aus, um den Schweiß auf seiner Stirn zu trocknen, der nicht nur der Hitze wegen aus seinen Poren drängte.

Ihr Ziel war von Weitem sichtbar. Das dreihundert Meter lange Gebäude aus weißem Kalkstein mit der imposanten Kuppel und den zahlreichen, für den spätgotischen Baustil typischen Türmen leuchtete Ehrfurcht gebietend im Licht der hoch stehenden Sonne. Touristenbusse reihten sich vor der eindrucksvollen Fassade, die ebenso mit Elementen der Renaissance entzückte. Scharen von Urlaubern strömten dem berühmten Mosteiro dos Jerónimos in Belém entgegen. Das Hieronymitenkloster war zusammen mit dem in Sichtweite des Klosters aus dem Tejo ragenden Torre de Belém und dem ebenfalls am Ufer befindlichen Padrão dos Descobrimentos, dem Denkmal der Entdeckungen, vermutlich die meistbesuchte Touristenattraktion Lissabons.

Sie stellten den Wagen auf dem weitläufigen Parkplatz ab. Der Asphalt strahlte eine unerträgliche Hitze ab. Vielleicht hatte er aber auch Fieber. Eine Infektion, als Folge seiner Verbrennungen. Er konnte sich nicht mehr daran erinnern, ob ihm Filipa eine Tetanusspritze verpasst hatte. Überhaupt fühlte er sich momentan kaum noch in der Lage, Helena hinterherzukommen. Erst im Schatten der großen Bäume in der Grünanlage zwischen Parkplatz und Kloster schloss er zu ihr auf. Er wollte sie in ihrem Elan nicht bremsen, hatte jedoch seine Zweifel.

Die Architektur wurde mit jedem Schritt, den sie zurücklegten, atemberaubender. Er hatte von der Einmaligkeit des Kreuzgangs gelesen, den dieses Weltkulturerbe beherbergte, doch er glaubte kaum, heute einen Blick darauf werfen zu können. Ihre Mission ließ ihnen weder Zeit noch Muße, um diesen gewaltigen Komplex angemessen zu bewundern.

Die Menschenschlange vor dem Südportal war mindestens fünfzig Meter lang. Zeit genug für alle, die hier anstanden, um die filigranen Details des Rundbogens und der Türme am Eingang zu studieren. Diejenigen, die es bis in den Schatten des mächtigen Portals geschafft hatten, konnten sich einigermaßen glücklich schätzen. Alle anderen waren der gnadenlos herunterstechenden Sonne ausgesetzt. Einige versuchten, sich mit fächelnden Bewegungen Erleichterung zu verschaffen. Andere setzten auf ausladende Sonnenhüte. Er sah auch Unbemützte, die sich in ihrer Verzweiflung die T-Shirts über den Kopf gezogen hatten.

Helena hetzte von leisem Protestgemurmel begleitet an den Leuten vorbei. Der Einlass war mit Absperrbändern geregelt. Wachpersonal stand in den Zugängen, hinter den Kassen saßen Frauen. Schildchen auf Brusttaschenhöhe wiesen vier ältere Herren als Führer aus. Nirgendwo war eine Mönchskutte zu sehen. Henrik fühlte sich wie in einem sakralen Disneyland ohne Fahrgeschäfte. Seine Zuversicht, hier zu finden, was Helena sich erhoffte, sank merklich.

Schon hatte sich die Polizistin an einen der Touristenführer gewandt und hielt ihm ihren Dienstausweis unter die Nase. Im allgemeinen Geschnatter verstand Henrik nicht, was sie sagte. Der Mann erklärte ihr mit raumgreifenden Armbewegungen den Weg, der sie augenscheinlich um das gigantische Hauptgebäude herumführen würde. Ehe Henrik näher treten konnte, war Helena schon wieder unterwegs, sprengte die Leute auseinander, die ohnehin bereits genervt in der Schlange zu den Kassen standen. Er folgte in ihrem Windschatten, verfiel automatisch ebenfalls in Hektik. Was er begonnen hatte, war sie nun gewillt, zu Ende zu bringen. Zu lange hatte sie weggesehen. Verdrängt. Ignoriert. Jetzt war sie entschlossen, keine Zeit mehr zu verlieren und mit allen Mitteln die Wahrheit aufzudecken.

Er hegte allerdings Bedenken, ob sie sich überlegt hatte, was geschehen würde, wenn sie ihr Ziel tatsächlich vor Augen hatte.

Was sie vorerst erreichten, war der Hintereingang. Sie waren zweimal um die Ecke gebogen und an einer endlos langen Mauer entlanggeeilt. Nun klingelte Helena Sturm an der videoüberwachten Tür.

Der Mönch, der die Tür öffnete, trug das beschriebene Gewand mit der braunen Mozzetta darüber. Er war jung, was Henrik erstaunte. Er war davon ausgegangen, dass im Orden nur alte Männer lebten.

Helena sprach mit dem Hieronymiten. Mehrmals fiel dabei der Name Manuel Vieira, den ihr Gegenüber stets mit einem Schulterzucken kommentierte. Je vehementer sie auf ihn einredete, desto heftiger schüttelte der Mann den Kopf. Nach minutenlanger Diskussion war sie mit ihrer Geduld am Ende und wies sich als Polizistin aus. Woraufhin der Mann sichtlich aufgebracht etwas erwiderte und dann die Tür schloss.

»Er kennt keinen Manuel Vieira, behauptet er. Aber er hat sich breitschlagen lassen, den Abt zu informieren.« Schweißtröpfchen standen ihr auf den Nasenflügeln.

»Wieso glaubst du, dass wir ihn hier finden werden?«

Sie starrte ihn an. Dieser unbeugsame Blick machte sie unbeschreiblich attraktiv. Henrik blinzelte.

»Ich weiß es nicht«, sagte sie. »Wo sollten wir sonst suchen?«

Die Baumkronen, die über die Mauer der Klosterpforte ragten, warfen keinen Schatten. Die Sonne hatte den Zenit erreicht. Er fühlte sich, als würde sein Blut jeden Moment zu kochen anfangen. Wie als eine Art Buße ließ der Ordensvorsteher sie warten. Vielleicht sollte ihnen die Hitze die unreinen Gedanken aus dem Schädel brennen.

»Haben wir denn einen Plan B?«, fragte Henrik und leckte sich über die trockenen Lippen.

»Carlos Vieira.«

»Wer ist das?«

»Aktuell der Vorstandsvorsitzende des Vieira-Konzerns und zudem Dr. Vieiras jüngerer Bruder.«

Henrik schnaubte. »Und an den willst du rankommen? Selbst wenn uns das gelingt, meinst du wirklich, er verrät uns, wo sein psychopathischer Bruder sich versteckt?«

»Ich glaube nicht, dass er weiß, wo Manuel sich aufhält. Womöglich weiß seine Familie nicht mal, dass er noch am Leben ist. Aber wie auch immer, meiner Meinung nach hat der Konzernvorstand großes Interesse daran, dass Manuel von der Öffentlichkeit weiterhin für tot gehalten wird. Nicht nur, weil sich die Leute fragen würden, wer statt seiner in den Flammen umgekommen ist. Nein, vor allem würde man nach dem Warum dieser Täuschungsaktion fragen. Alles in allem zu viele Ungereimtheiten, die Carlos Vieira oder einer seiner Pressesprecher zum aktuellen Zeitpunkt gewiss nicht erklären möchten. Der Stahlsektor im Vieira-Konzern steht kurz vor der Pleite. Die einzige Rettung ist eine Fusion mit den Chinesen, und die wird gerade verhandelt. Bevor die Verträge nicht unter Dach und Fach sind, wollen sich die Vieiras mit Sicherheit keinem Skandal aussetzen. Die Schande des Niedergangs der Schwerindustrie, quasi des einstigen Grundpfeilers des Vieira-Imperiums, dürfte längst zu einer erheblichen Belastungsprobe innerhalb des Machtgefüges der Magnatenfamilie geworden sein. Abgesehen vom gesellschaftlichen Ansehen, das längst nicht mehr ohne Kratzer in der einst makellosen Fassade ist, werden in erster Linie die politischen Stützen, die über Jahrzehnte mit großzügigen Subventionen ausgeholfen haben, die Stirn runzeln. Und das ist noch gelinde ausgedrückt, denn wegen der negativen Entwicklung des Unternehmens wird dem ein oder anderen Politiker der Kragen ohnehin bereits zu eng geworden sein. Der Deal mit den Chinesen muss um jeden Preis funktionieren, sonst werden wahrscheinlich auch andere Geschäftssparten Federn lassen, oder der Konzern geht sogar komplett in die Knie. Bei der Tragweite dessen, was gerade passiert, spielt es auch keine Rolle, dass Dr. Manuel Vieiras fragwürdige Experimente ein Vierteljahrhundert zurückliegen. Glaub mir, nicht nur Carlos Vieira hat größtes Interesse daran, dass sein Bruder nicht wiederaufersteht.«

»Sondern auch die Regierung«, warf Henrik ein.

Helena nickte. »Tausende von Arbeitsplätzen sind gefährdet. In der jetzigen Situation wäre das ein herber oder vielleicht sogar ein nicht zu verkraftender Rückschlag für unser Land und die Europapolitik.«

So betrachtet, war es vielleicht am besten, wenn auch sie den Rückzug antraten. Den Dingen ihren Lauf ließen, darauf bauten, dass Politik und Wirtschaft eine Lösung fanden. Funktionierte so nicht die Welt? Ein paar wenige Opfer, um tausend andere zu retten. Doch dann dachte Henrik an die Kinder, die in diesem Keller gestorben waren. An Tomás. Er presste die Lippen aufeinander und erwiderte Helenas Blick.

Nach einer halben Ewigkeit öffnete sich plötzlich die massive Holztür in der Klostermauer. Wenn überhaupt möglich, wirkte der junge Mönch noch griesgrämiger als zuvor. Widerwillig bat er sie herein. Sie folgten ihm. Zwischen den alten Mauern umfing sie gnädige Kühle. Henrik fühlte sich, als wäre er in letzter Sekunde dem Hitzschlag entkommen. Er achtete kaum auf den Weg. Die Mauern waren weiß, die Fenster schmal, die Läden davor geschlossen, um die sengende Sonne auszusperren. Den Prunk von Renaissance und Spätgotik suchte man auf diesen Korridoren vergebens. Offensichtlich war er ausschließlich für die Touristen bestimmt. Ihre Schritte hallten in den Gängen und dem Treppenhaus wider, das sie nun nahmen. Das rief Henrik wieder Pater Bruno ins Gedächtnis, und er fragte sich, ob die Hilfe, die ihm der Priester hatte zuteilwerden lassen, Folgen für den Geistlichen haben würde. Noch einer, den er in seinen privaten Krieg mit den Vieiras hineingezogen hatte.

Ihnen begegnete kein weiterer Ornatsträger. Womöglich saßen alle im Refektorium beim Essen, oder ihr unangemeldetes Auftauchen hatte zur Störung des Mittagsgebets geführt.

Der Mönch geleitete sie in ein Empfangszimmer. Bis auf einen Tisch, sechs Stühle und ein Kruzifix an der Stirnseite war der Raum leer. Das einzige Fenster war verdunkelt. Das einzige Licht kam von einer schwachen Lampe an der hohen Decke.

»Warten Sie hier!«

Hinter ihnen wurde die Tür hart ins Schloss gezogen. Wenigstens war die Temperatur hier erträglicher.

Es dauerte eine halbe Stunde, bis der Klostervorsteher Zeit für sie fand. Er war klein, füllte jedoch den ganzen Raum mit seiner Präsenz. Sein Blick erinnerte an einen Raubvogel, eine Assoziation, die durch die ausgeprägte Hakennase unterstützt wurde. Um seinen Hals hing ein schlichtes Holzkreuz an einem Lederband. Sowohl Helena als auch Henrik erhoben sich. Die Stühle knarrten.

Seine Begrüßung klang wie ein Segen.

Für den Moment dachte er, Helena würde sich bekreuzigen, dann reichte sie dem Abt jedoch einfach die Hand. Erneut erklärte sie ihr Anliegen und zeigte ihm das Foto von Manuel Vieira.

»Ich kann Sie nicht zu ihm lassen«, antwortete der Abt, ohne das Bild zu beachten.

»Er ist hier!«, entfuhr es Henrik.

»Nicht im Herzen.«

»Mir reicht seine physische Anwesenheit.«

»Wir müssen mit ihm sprechen!«, forderte Helena.

Der Abt steckte seine Hände unter den Überwurf seiner Kutte. »Er ist ein Suchender, wie wir alle. Die meisten von uns versöhnt diese Suche, andere verzweifeln daran.«

»Kommt mir bekannt vor. Auch wir suchen. Am dring-
lichsten Dr. Manuel Vieira.«

»Wie gesagt, ich kann Sie nicht zu ihm lassen ...« Helenas
nächsten Einwand erstickte der Abt im Ansatz mit einem
ruckhaften Heben des Kopfes. »Er hingegen hat den Wunsch
geäußert, Sie zu empfangen.«

Henrik wollte der überraschenden Wendung immer noch
nicht recht trauen. Vor allem, weil ihm das letztlich viel zu
einfach erschien. Und dass es Vieiras eigener Wunsch war,
mit ihnen zu sprechen, machte das Ganze noch unglaubwür-
diger.

Irmão Stylianus, wie der Abt ihn nannte, hatte, wie sein
heiliger Namensvetter, ein eremitisches, von Fasten und Be-
ten geprägtes Leben gewählt. Den Wunsch, mit den Fremden
zu sprechen, die eines Tages nach ihm verlangen würden,
hatte er bereits vor mehreren Wochen gegenüber dem Abt
geäußert. Ein Anliegen, das dem Klostervorsteher nicht behagte, da er um die fragile Psyche des Ordensbruders wusste.
Daher bat er um Zurückhaltung und Nachsicht und darum,
jegliche Störung des Ordenslebens zu vermeiden. Ihm reichte das Dutzend Touristen, das sich täglich in die nicht öffent-
lichen Bereiche innerhalb der Klostermauern verirrte.

Mit dieser eindringlichen Bitte verabschiedete sich der Abt
und überließ sie wieder der Obhut des jungen Mönchs, der
sie über endlose Gänge zum Glockenturm in den Westflügel
brachte, wie er in knappen Worten auf dem Weg dorthin erklärte. Dort oben hatte sich Irmão Stylianus auf eigenen
Wunsch eine Kammer eingerichtet, in Gesellschaft von Tauben und Fledermäusen. Man musste ihm sogar das Essen
bringen, weil er sich niemals herunterwagte. Ein Zugeständ-

nis, das der Eremit dem Abt verdankte und das es gar nicht gäbe, wenn es nach ihm ginge.

Der steile Aufstieg führte Henrik die nun drei Tage zurückliegenden Ereignisse in São Vicente de Fora mit aller Macht vor Augen, und er betrachtete mit flauem Gefühl seine immer noch verbundenen Hände. Im oberen Teil des Turms um das Glockenwerk herum setzte eine Holztreppe auf den Steinstufen auf und führte sie ächzend weiter nach oben. Henrik sah auf die Uhr und fragte sich, ob die Glocken demnächst die Mittagsstunde einläuten und ihm damit das Gehör rauben würden. Durch hohe, schmale Schlitze fiel Sonnenlicht, glitzerte auf Spinnweben und Staubteilchen und zeichnete grelle Streifen auf die Bronze und das Gebälk. Von hoch über ihnen, aus dem im Dunkeln liegenden Dachstuhl der Turmspitze, drang ein bedrohliches Rascheln herab. Eine Unzahl von sich aneinanderreibenden, ledernen Schwingen, vermischt mit dem Kratzen von klauenbewehrten Fängen, die sich in jahrhundertealtes Holz krallten. Im Staubpartikeldunst vermischten sich die Gerüche des trockenen Gebälks mit denen der Schmiermittel für die Glockenmechanik und der Tierexkremente. Aber auch der sakrale Duft von Weihrauch erfüllte die Luft und wurde umso kräftiger, je näher sie der Zwischenetage kamen. Dort blieb der Mönch vor einer niedrigen Tür stehen. Ein nackter Bretterverschlag, der direkt an die Steinwand gebaut worden war und etwa die Hälfte der sich bereits verengenden Turmspitze einnahm.

Sie befanden sich nun ein halbes Stockwerk oberhalb der mächtigen Konstruktion, die das Glockenwerk hielt und es bei Bedarf in Schwingung versetzte. Ihr Führer brauchte nicht zu klopfen. Das Knarren der abgetretenen Stufen hatte sie längst angekündigt. Die Tür öffnete sich nach innen. Im

Halbdunkel des Verschlags stand eine Gestalt mit weit über den Kopf gezogener Kapuze, die sogleich wieder zurückwich und sich auf die schmale Pritsche setzte, als wüsste sie nicht, wohin sie sonst ausweichen sollte. Neben dem Bett, unter dem kaum nennenswerten Fenster, befand sich ein kleines Tischchen und gegenüber der Schlafstätte eine Holztruhe, darauf in einer Schale drei Kerzenstummel, aus deren Mitte der Weihrauch dampfte.

»Meine bescheidene Bleibe bietet leider wenig Platz für Besuch, aber bitte, treten Sie ein!«

»Ich warte unten«, erklärte ihr Führer und machte sich an den Abstieg, ohne sie noch eines Blickes zu würdigen.

Helena und Henrik drückten sich in den Verschlag, wo sie Schulter an Schulter verharrten und Bruder Stylianus anstarrten, der auf seinem Bett hockte – nichts weiter als ein Brett mit einer dünnen Unterlage darauf.

Mit einer oft geübten Bewegung schlug der Eremit die Kapuze seiner Mönchskutte zurück.

Henrik sog scharf die Luft ein. Er spürte, wie Helena sich neben ihm versteifte. Die linke Gesichtshälfte des Mannes wies wulstige Vernarbungen auf. Besonders betroffen waren die Bereiche unterhalb des Auges bis hinunter zum spitzen Kinn. Auch über Lippen und Nasenrücken erstreckten sich die Brandnarben.

»Ich habe nicht mit einer derart heftigen Verpuffung gerechnet«, sagte der Mönch, den Henrik trotz der Entstellung und des fortgeschrittenen Alters zweifelsfrei als Manuel Vieira identifizieren konnte. Allein sein stechender Blick reichte dafür aus.

»Sie haben die Villa selbst angezündet?«, fragte Henrik überrascht.

»Ein Missgeschick bei meinem Versuch, schnell ein paar Unterlagen zu vernichten.«

»Und der Tote, der statt Ihrer gefunden wurde?«

»Eine Idee meines Bruders.« Er lächelte kalt. »Zu jenem Zeitpunkt fühlte er sich durch die Tatsache unserer Blutsverwandtschaft noch genötigt, mich zu retten. Wer die Leiche war, die er damals anschleppen ließ, habe ich nie erfahren. Vermutlich ein Obdachloser, den seine Schergen irgendwo aufgetan hatten … und jetzt sollten Sie die Tür hinter sich schließen!«

Kaum hatte er das gesagt, trafen die in Schwung gebrachten Klöppel auf die Bronzewandungen und entfachten einen ohrenbetäubenden Sturm. Unvorbereitet, wie er war, fuhren Henrik die Glockenschläge durch Mark und Bein. Da half auch das Zudrücken der dünnen Brettertür nichts. Er presste die Hände gegen die Ohren, und sein Körper erzitterte mit jedem neuen Schlag, bis er das Gefühl hatte, dass selbst der Turm unter dem Getöse ins Schwanken geriet.

Vieira machte keine Anstalten, sich zu schützen. Er saß einfach da, die schlanken Finger über die Knie gelegt.

Für Henriks Empfinden dauerte das Mittagsläuten eine Ewigkeit. Die Stille danach kam ihm nicht weniger beklemmend vor. Henrik schüttelte den Kopf, wie um die wattierten Gehörgänge frei zu bekommen.

»Man gewöhnt sich daran. Gehen wir hinaus auf den Balkon, solange die Glocken schweigen!«, empfahl der Doktor und stemmte sich hoch. Er reichte Henrik gerade bis unters Kinn. Seine Mönchsrobe hing an ihm wie ein Sack. Ein dürres Männchen – und doch ging eine subtile Bedrohung von ihm aus.

Sie folgten ihm einen Treppenabsatz tiefer und gelangten um das Glockenwerk herum zu einer schmalen Tür; sie führte hinaus auf besagten Balkon, wo man gerade so stehen konnte und der augenscheinlich einen Rundgang um den Turm ermöglichte. Der Wind blies kräftig. Taubenkot bildete eine zentimeterdicke Schicht und fraß sich allmählich in den Stein. Die Balustrade war hüfthoch. Henrik verspürte keine Ambitionen, sich darüber zu beugen, um einen Blick in die Tiefe zu werfen. Ihm reichte die Aussicht, die weit aufs Meer hinausging, auch wenn sie die unterschwellige Angst vor der Höhe nicht vertreiben konnte.

»Warum hier?«, wollte Helena wissen.

»Das Offensichtliche ist häufig das beste Versteck. Was sollte ich in einem fremden Land? Vor dem, was mich verfolgt, kann ich nicht fliehen. Die Schuld lastet auf den Schultern des Sünders überall gleichermaßen stark.«

»Und deshalb leben Sie seit zwanzig Jahren in der Einsamkeit dieses Turms? Ein Geständnis hätte die Last doch von Ihnen genommen.«

»So kann nur eine Polizistin reden«, seufzte der Doktor.

»Woher wussten Sie, dass wir zu Ihnen kommen?«, fragte Henrik.

Vieira richtete seinen Blick auf die Stadt. »Steht der Wind günstig, kann man sie riechen: die Nervosität, den Angstschweiß, die Ausdünstungen der menschlichen Verwerflichkeit. Sie kriecht durch die Gassen und über die Hügel. Die Luft war angereichert damit in den letzten Wochen, mehr als je zuvor. Die Wölfe wurden zu Getriebenen, die Gejagten zu Jägern.«

»Hören Sie auf mit dem Gesülze! Wer hat Sie informiert?«, fauchte Helena, packte den Mann am Gewand und zerrte ihn zu sich heran. Henrik legte ihr beruhigend die Hand auf den Arm.

Der Doktor lächelte kühl. »Die Täubchen haben mir zugegurrt, dass wieder ein Alemão herumschnüffelt, nachdem mein Bruder noch vor ein paar Wochen großspurig die Parole ausgegeben hatte, alle Probleme beseitigt zu haben.«

Nun war es Henrik, den die Wut überkam. »Reden Sie von meinem Onkel?«

Vieira schob sich einen Schritt weiter um den Turm herum und hob abwehrend die Arme.

»Wer beliefert Sie mit Informationen?«, wiederholte Helena.

Der Doktor warf sich die Kapuze über, als könnte er sich so unsichtbar machen.

Henrik mahnte sich zur Besonnenheit. So kamen sie nicht weiter. Er musste vorgeben, Vieiras verworrenem Spiel zu folgen. Es ging ja nicht allein um die Kinder. Mit gelassener Stimme wandte er sich an Helena. »Vielleicht möchte der Doktor ganz von vorne beginnen. Er sucht nach Wiedergutmachung, und wir sind hier, um zu verstehen. Nutzen wir den Umstand dieser Zusammenkunft und helfen wir uns gegenseitig!«

Vieira nickte wohlwollend. Wenn der Doktor tatsächlich beabsichtigte, sie einen Blick hinter seinen Wahnsinn werfen zu lassen, hatte Henrik nicht die Absicht, diese Chance ungenutzt zu lassen. Obwohl sich ihm nicht erschloss, was der Mann sich davon versprach, blickte er den Psychologen auffordernd an.

»Tradition«, begann der Doktor, seine Augen auf die nicht zu bestimmende Linie gerichtet, wo der Atlantik mit dem Himmel verschmolz. »Von jeher gab es für uns Vieiras keinen Weg daran vorbei. Und nun, nach hundertfünfzig Jahren mit einer Eisenstange im Hintern, muss mein Bruder erkennen, dass das bloße Festhalten an den alten Konventionen nicht mehr ausreicht. Der harte Stil seiner Führung, die Hingabe und Loyalität, die er verlangt. Die Mächtigen, die ihm den Rücken stärken, nur um sich an ihrer Macht zu berauschen. Nichts davon rettet dich vor dem Zorn Gottes. Nicht einmal Demut oder das Eingeständnis der Schuld. Großvater hatte unrecht, Vater hatte unrecht, und auch Carlos hat unrecht. Das Leben lässt sich nicht kontrollieren. Er weiß es – und er verzweifelt daran. Und doch bleibt er uneinsichtig, dieser Narr!«

Helena suchte Henriks Blick. Auch er hatte keine Ahnung, wohin dieses Geschwätz führen sollte. Geduld, mahnte er sich – auch wenn es schwerfiel –, und hoffte, dass auch die Polizistin sich daran halten würde.

»Ich wollte niemals diese Macht«, fuhr Vieira fort, leiser jetzt. »Nicht um diesen Preis. Was ich wollte, war Anerkennung. Meine Familie war dazu nicht in der Lage, nicht einmal Mutter. Ich war der Erstgeborene, ich sollte das Steuer übernehmen. Die Tradition im Sinne der Familie fortführen. Doch dummerweise hatte ich dafür nichts übrig, weder für Stahl noch für Maschinen. Der technische Fortschritt war mir ein Gräuel. Mich interessierte einzig und allein der Mensch. Der Mensch und das, was ihn antreibt. Die Frage, warum er denkt und seinen Gedanken Taten folgen lässt.

Dem Psychologiestudium stimmten sie nur widerwillig zu und, wie ich glaube, lediglich aus der leisen Hoffnung heraus, dass ein Vieira, der die Psyche des Menschen durchschaut, diese dann auch zu manipulieren versteht. Manipulation zum Wohle des Unternehmens. Um mehr Effizienz bei den Arbeitern zu erzielen. Um die Geschäftspartner noch gewinnbringender zu beeinflussen. So stellten Großvater und Vater sich das damals vor. Ich wagte nicht, zu widersprechen, auch wenn meine Visionen sich von ihren in jeder Hinsicht unterschieden.

Sie gingen eigentlich kein Risiko ein. Sie hatten ja noch Carlos, der exakt nach ihrem Ermessen, nach ihren Vorstellungen heranwuchs. Ein brillanter Ingenieur, dem die Technik wichtiger war als der Mensch, dem flüssiger Stahl durch die Adern floss, der an seinem Herzen erkaltete.« Die letzten Worte spie er über die Brüstung hinaus in die flirrende Luft.

Die Ungeduld in Helenas Augen wuchs, und Henrik flehte im Stillen darum, dass sie sich zurückhalten würde. Der Mann, der sehr wahrscheinlich ihren Bruder auf dem Gewissen hatte, wollte reden. Und sie sollte ihn gewähren lassen, auch wenn seine Beichte wirr klang. Kein Wunder, zwanzig Jahre in einer Kammer über den Glocken eines Kirchturms konnten nicht spurlos an Vieiras Geist vorübergegangen sein. Vor allem, wenn damit zu rechnen war, dass er auch vor seinem Exil schon in den Fängen des Wahnsinns gehangen hatte.

»Ich war natürlich nicht ganz unbeleckt, was die Technologie anging, o nein«, versicherte er und wedelte mit den Fingern. »Es ist wichtig, den Dämon zu kennen, den man austreiben will. In den Jahrtausenden der Menschheitsgeschichte kam der Teufel nicht nur einmal auf die Erde, um sich an unseren Seelen zu laben. Dabei wählte er stets eine andere Gestalt, noch verführerischer als die Male zuvor. Seine wahren Absichten habe ich erst verstanden, seit ich Gott nahe bin. Die Bedrohung hingegen erkannte ich bereits damals, weshalb ich dankbar bin, dass ich das menschliche Gehirn zum zentralen Inhalt meiner Studien bestimmt hatte. Intuitiv und in der vorausschauenden Absicht, der aufkeimenden Gefahr zu trotzen.«

Vieiras Monolog führte mitten hinein in die Irre, die der Geist dieses Mannes längst bewohnte. Die Religiosität hatte diesen Wahn offensichtlich noch verstärkt.

»Auch wenn ich seit zwei Jahrzehnten in diesem Turm lebe«, setzte Vieira seinen Monolog fort, »ist mir nicht entgangen, wie weit wir gekommen sind und wie blind wir ins Verderben steuern.«

»Von was reden Sie, verflucht noch mal?«, entfuhr es Helena nun.

»Von der Computertechnologie, Sie dummes Ding! Oder was glauben Sie, was uns alle in den Abgrund reißen wird?«

Die Polizistin schnappte nach Luft. Wieder legte Henrik ihr die Hand auf die Schulter. »Lass ihn erklären!«, murmelte er.

Den Kopf schüttelnd über die Ignoranz seiner Zuhörer, fuhr Vieira fort. »Die Digitalisierung der Welt steckte damals noch in den Kinderschuhen. Aber die Richtung war bereits erkennbar. Ich ahnte, dass wir unser gesamtes Wissen, alle Errungenschaften der Menschheit über kurz oder lang den Computern anvertrauen würden – und die Entwicklung in den Jahren darauf gab mir recht.«

»Und, wo ist das Problem?«, knurrte Helena.

»Die Abhängigkeit«, belehrte er sie auf seine herablassende Art. »Ohne eure Computer seid ihr doch längst alle handlungsunfähig, oder wollen Sie mir da widersprechen?«

»Selbstredend basiert ein großer Teil unseres Lebens auf dieser Technologie. Aber dafür haben wir sie ja auch entwickelt.«

»Der Teufel hat sie entwickelt!«, schrie Vieira unvermittelt. Weiter oben am Turm stoben einige Tauben auf. »Er schuf ein Verhältnis der totalen Abhängigkeit, um uns verwundbar zu machen. Der größte Teil der Seelen gehört längst nicht mehr Gott, sondern den Maschinen. Sie lassen euch nicht nur anfällig werden, sondern auch stumpfsinnig. Nie hat die Hölle einen brillanteren Plan ersonnen, und niemals ist die Menschheit leichtgläubiger in die Falle getappt.«

»Und Sie haben ihn durchschaut, den Plan des Teufels«, soufflierte Henrik. Helena, die Vieira sprachlos angestarrt hatte, schien sich wieder zu fassen.

Vieira krümmte sich, als hätte Henrik ihm einen Schlag gegen die Brust versetzt. »Ich muss gestehen, bevor ich zu Gott gefunden habe, ging es mir hauptsächlich darum, meinem Bruder eins auszuwischen. Unermüdlich war er bestrebt, Vater die neue Technik schmackhaft zu machen und sich auf ekelhafte Weise als Nachfolger für den Firmenvorsitz anzubiedern. Sehr bald darauf war keine Rede mehr davon, dass eigentlich ich für diese Position vorgesehen war. Alle schienen mehr als froh, als ich ihnen die Idee für mein Institut unterbreitete. Sie kauften mir diese Villa und erwarteten Dankbarkeit. Allerdings war es ihnen unangenehm, diese Einrichtung direkt aus dem Konzern heraus zu finanzieren, weshalb sie eine Stiftung vorschoben. Es kostete mich einen weiteren Kampf, das Institut wenigstens nach meinem Namen zu benennen. Der Name Vieira sollte nicht mit Verrückten in Verbindung gebracht werden. Ha! Wie tief sind sie gefallen, und wie weit werden sie noch stürzen, von ihrer Überheblichkeit ins Straucheln gebracht.«

»Was war denn nun Ihr Ansinnen? Was wollten Sie in Ihrem Institut erforschen?«, fragte Henrik vorsichtig.

In Vieiras Augen spiegelte sich ein fast besessener Glanz. »Das wahre Potenzial des menschlichen Gehirns.«

»Und wofür brauchten Sie die Kinder?«, verlangte Helena zu erfahren. Die Verbitterung in ihrer Stimme ließ den Psychologen aufhorchen.

»Die Kinder waren die Lösung. Das wären sie immer noch, wenn sie mich hätten weiterarbeiten lassen.«

»Die Lösung wofür?«

»Hören Sie mir überhaupt zu? Ich versuche Ihnen zu erklären, dass die Menschheit verloren ist, wenn der Teufel den Stecker zieht. Euer Wissen, das ihr in den letzten Jahrzehnten so fleißig digitalisiert habt, ist verloren, ein für alle Mal. Ein einziger starker elektromagnetischer Impuls, beispielsweise hervorgerufen durch eine übermäßig heftige Sonneneruption, zerstört sämtliche elektronischen Geräte und löscht damit alle Daten. Das Erbe der Menschheit eliminiert, willkommen zurück in der Steinzeit.«

»Unsinn! Warum sollte so was passieren?«

»Hatten Sie nie eine Vision?«, richtete er seine Frage an Helena. »Tomás hatte viele davon.«

»Sie verdammter ...!«

Henrik war zu langsam.

Vieira duckte sich weg, deshalb traf sie ihn nur an der Schulter, doch das reichte aus, um den alten Mann von den Beinen zu holen. Er landete im schmalen Spalt zwischen Turmgemäuer und Balustrade und reckte schützend die Hände über den Kopf. Henrik hielt Helena fest.

»Glauben Sie, ich habe Sie nicht erkannt? Sie waren einmal dabei, als Ihre Mutter Tomás ins Institut brachte.« Er blinzelte unter seinen Armen hervor. »Wie alt waren Sie damals. Vier, fünf? Sie haben immer noch seine Züge, dieselben Augen. Nur nicht sein Potenzial. Niemand hatte das. Er war mein aussichtsreichster Proband.«

»Er war mein Bruder!«, schrie sie ihn an. Henrik verstärkte den Griff um ihre Schultern. »Und Sie haben ihn wegen seiner Krankheit missbraucht!«

»Krankheit? Nein, nein, Sie irren sich! Er hatte eine von Gott gegebene Gabe, die es ihm ermöglichte, weit mehr von seinem Gehirnpotenzial zu nutzen als jeder normale Mensch. Zudem bescherte sie ihm präkognitive Fähigkeiten. Begreifen Sie doch! Tomás war ein Engel des Herrn, er konnte die Zukunft sehen.«

»So ein ... ein Unsinn!«

»Sie wissen nichts!«, fauchte der Doktor zurück.

»Wenn er so wertvoll für Sie war, warum haben Sie ihn dann umgebracht?« Ihr Zorn kam nun ungebremst.

Vieira überhörte die Anschuldigung. »Seine Vision war der Auslöser, die Verwirklichung meines Plans voranzutreiben.«

»Ein Irrwitz von einem Plan!«

Er schüttelte den Kopf. Die Brandnarben verzerrten seine Züge auf groteske Weise. »Denken Sie doch einmal weiter! Lebende Bibliotheken, die Ihre Fragen beantworten, die mathematische Herausforderungen lösen: das Erbe der Menschheit, bewahrt in diesen wunderbaren, kleinen Gehirnen.«

»Sie reden hier von Kindern, die verwundbarer sind als jede Maschine auf dieser Welt«, schaltete Henrik sich ein.

»Emotional nicht anfällige Kinder, die sich selbst reproduzieren können, wenn sie alt genug sind, um ihr Wissen an die nächste Generation weiterzugeben. Ein perfekt autarkes System. Es ist nicht das Geld, es sind nicht die Besitztümer, nicht die gesellschaftliche Stellung. Es ist allein das Wissen. Wissen ist Macht, vor allem, wenn nur Einzelne darüber verfügen.«

Helena schien an dem kranken Irrglauben dieses Mannes zu verzweifeln. Henrik war froh, dass sie ihre Dienstwaffe zu Hause gelassen hatte. Selbst er musste an sich halten. »Unser Wissen steht doch in Büchern, es ist nicht nur digital gespeichert.«

Der Doktor überhörte auch diesen Einwand. Er steckte im Tunnel seines eigenen Hirngespinsts fest. »Leider kam Carlos dahinter, dass meine Erforschung möglicher Therapie- und Heilungsmethoden von Autismus nur vorgeschoben war. Offensichtlich hatte er einen Spitzel bei mir eingeschleust. Zu dieser Zeit hatte ich die fähigsten Kandidaten bereits ausgewählt und isoliert.«

»Isoliert? Sie haben die Kinder ihren Eltern geraubt und in ein Kellerverlies gesperrt.«

»Kinder, die ohnehin keiner haben wollte«, verteidigte sich Vieira. »Was waren sie denn für euch? Lästige Anhängsel. Behinderte, mit denen die Familien und die Gesellschaft nichts anzufangen wussten und die unter sozialer Ausgrenzung litten.«

»Wie haben Sie es eigentlich geschafft, diese zwölf Kinder unter Kontrolle zu halten? Sie waren dabei doch ganz auf sich gestellt«, warf Henrik ein. Mittlerweile drohte ihm der Schädel zu platzen, von der Sonne, aber vor allem von dem Irrsinn, den Manuel Vieira ihnen hier offenbarte.

»Autisten sind generell mit einem Mangel an sozialer Kompetenz behaftet. Das machte sie unfähig, sich untereinander zu solidarisieren. Aber warum hätten meine *xodós* das auch tun sollen? Ich gab ihnen Aufgaben, um ihre Gehirne zu beschäftigen, allein das sorgte schon dafür, dass sie glücklich waren.«

»Das ist so krank!«, zischte Helena.

»Und dann kam Carlos hinter Ihre Machenschaften«, suggerierte Henrik, um das groteske Verhör zum Ende zu bringen.

»Sie sehen doch ein, ich konnte sie ihm nicht überlassen. Carlos ist kein Idiot, er hätte das Potenzial der Kinder letztlich erkannt. Verstehen Sie? Ich war in Panik. Ich konnte doch nicht zulassen, dass er mir meine Kinder wegnimmt. Ich habe sie vor ihm versteckt.«

»In Weinfässern!«

Vieira rutschte auf dem Hintern von ihnen weg.

Helena schäumte und wand sich in Henriks Armen. Er musste aufpassen, dass sie sich bei ihrem Gerangel nicht gefährlich über die Brüstung lehnten. Mit der Polizistin beschäftigt, bemerkte er zu spät, dass Vieira sich wieder aufgerappelt hatte und seine Flucht um den Turm herum fortsetzte. Er hatte nicht darauf geachtet, wie weit sie sich mittlerweile von dem einzigen Zugang wegbewegt hatten. Nicht einmal, ob dieser mit einer Tür verschlossen werden konnte.

»Er haut ab!«, fauchte er, und Helena hörte sofort auf, gegen ihn zu kämpfen.

Sie rannte los.

Er nahm die andere Richtung.

Sie trafen sich am Zugang zum Turm, der nach wie vor offen stand.

Eine der Glocken schlug dröhnend zur Viertelstunde.

Von Vieira war nichts zu sehen.

33

»Keine Vergebung!«

Sie hetzten bereits auf der Treppe nach unten. Nun bremsten sie ihren Lauf und sahen sich an. Der Ausruf war von draußen gekommen und so laut, dass ihr Getrappel ihn nicht übertönt hatte.

Fünf Sekunden später spähten sie gegen die gleißende Sonne hinauf zur Turmspitze, die sich mit den für die Gotik typischen Elementen wie Krabben und Kreuzblumen schmückte. Vieira klammerte sich an eine Fiale, die auf einen Strebebogen aufgesetzt war. Henrik fand keinen Weg, wie er dort hatte hochklettern können, ohne sich dabei den Hals zu brechen.

»Wir müssen ihn beschäftigen«, flüsterte er Helena zu.

»Soll doch die Sonne diesen Irren verbrennen, den Rest, den das Feuer von damals nicht geschafft hat.«

»Wir haben nichts in der Hand, wenn wir ihn verlieren«, erklärte Henrik. »Ruf deine Kollegen!«

Sie sah ihn aus großen Augen an.

»Bitte!«

Eine vertikale Falte bildete sich zwischen ihren Brauen, doch sie konnte sich nicht gegen die Einsicht sperren. »Halte ihn hin!«, sagte sie und zog ihr Handy aus der Tasche.

Henrik wandte sich Vieira zu. Er konnte kaum die Augen offen halten; egal wie sehr er sie mit den Händen abschirmte, sie füllten sich mit Tränen.

»Warum aber die Briefe?«, rief er hinauf. »Jetzt, nach zwanzig Jahren, in denen Sie geschwiegen haben. Was hat Sie dazu veranlasst, von Ihrem Turm herabzusteigen?«

Der Doktor starrte hoch, direkt in die Sonne, als stünde darin die Antwort geschrieben. »Nachdem Carlos mich aus der brennenden Villa gezerrt hatte, dauerte es nicht allzu lang, bis ihm aufging, dass die elegantere Lösung gewesen wäre, meine Asche über den Tejo zu verstreuen. Ähnlich wie jetzt befand sich der Konzern auch zu jener Zeit in einer schwierigen Phase des Umbruchs. Sie hatten nicht verhindern können, dass meine Arbeit im Institut von der Presse infrage gestellt wurde. Carlos wollte einen sauberen Schnitt und ließ mich für tot erklären. Vermutlich dachte er, ohne ärztliche Versorgung würden mich meine Brandverletzungen umbringen. Dass ich noch lebe, verdanke ich tatsächlich nur meiner Mutter. Sie sorgte dafür, dass ich hierhergebracht wurde. Eine großzügige Spende in den Klingelbeutel ermutigte die Mönche, noch hartnäckiger zu schweigen, als es ihnen ihr Gelübde ohnehin vorschrieb. In all dem Chaos und ans Bett gefesselt, blieb es mir verwehrt, meine *xodós* zu retten ... die, die bis zu diesem Zeitpunkt noch übrig waren ...«

»Ein Wort zu irgendjemandem hätte genügt, um sie aus den Fässern zu befreien«, klagte Helena, die ihren Anruf inzwischen beendet hatte.

»Dann hätte Carlos doch wieder gewonnen«, gab Vieira abfällig zurück. »Sie gehörten mir! Meine zwölf Apostel. Ich bedaure zutiefst, dass sie ihr Wissen nicht mehr in die Welt hinaustragen können, so wie einst die Jünger Jesu den Glauben an den einzig wahren Gott.«

Henrik schloss die Augen und presste die Finger dagegen. Helena hatte recht. Soll der Verrückte doch abstürzen. Dann schrie er hinauf: »Sie haben sie einfach sterben lassen, Sie Scheusal!«

»Sie starben einen Märtyrertod.«

Er konnte nur noch den Kopf schütteln.

»Ihr Tod war nicht umsonst«, verteidigte sich Vieira, der wie ein Insekt am weißen Kalkstein klebte. Der Wind zerrte an seiner Kutte. »Das wurde mir bewusst, als der Alemão auftauchte und Fragen stellte.«

»Martin?«, murmelte Henrik und warf Helena einen Blick zu. Dann wandte er sich wieder an den Mönch. »War es Ihre Mutter, die Sie auf dem Laufenden hielt?«

»Mutter war stets über jeden Verdacht erhaben. Selbst für Carlos. Sie ließ sich einmal im Monat nach Belém chauffieren, um den Gottesdienst zu besuchen. Danach trafen wir uns, verborgen von den Klostermauern. Vor etwa einem Jahr berichtete sie von dem Deutschen, der nach mir suchte. Sie hatte Angst, er könnte möglicherweise von den Kindern wissen. Nur wenige Monate darauf aber berichtete sie mir voller Zuversicht, dass der Alemão verstorben war. Carlos hatte ihr versichert, dass nun wieder Ruhe herrschte. Dieser Friede war trügerisch, ich wusste das – doch sie wollte das nicht hören.« Er nickte zu Henrik hinunter. »Nachdem ich von Ihnen erfahren hatte, wurde mir offenbar, dass Gott mir nicht vergeben kann, solange ich mein Werk nicht vollende. Carlos lebt in dem festen Glauben, noch immer die Kontrolle zu haben. Mutter sagte mir, er will die Villa abreißen lassen. Aber der Herr vergibt nicht allen und gewiss keinem Vieira. Er hat euch zu mir geführt, und ihr werdet nicht die Letzten sein.«

Henrik erkannte mit einem Mal, dass nicht er den Doktor hingehalten hatte, sondern dieser ihn. Und nun war es zu spät. Vieira gab seine kauernde Haltung auf, erhob sich und breitete die Arme aus. Der Wind zerrte an ihm, die weiten Ärmel seines Ornats flatterten wie die Flügel eines Vogels. Der Luftstrom blähte die Kutte und entblößte bleiche, dürre

Beine. Schon in der nächsten Sekunde wehte es ihn davon, trug ihn hinauf in den wolkenlosen Himmel. Seinem unnachsichtigen Gott entgegen, der ihn nicht wollte.

Die Schwerkraft packte ihn, und er begann zu stürzen. Mit einem Aufschrei versuchte Henrik, nach ihm zu greifen.

Ein sinnloser Reflex.

Er war natürlich zu langsam.

Entsetzt starrte er dem Fallenden hinterher und wandte sich in dem Bruchteil der Sekunde ab, da Manuel Vieira auf dem betonierten Platz unterhalb des Turms aufschlug.

34

Das Polizeiaufgebot war immens. Binnen kürzester Zeit wurde der weitläufige Platz vor dem Südportal geräumt. Hunderte von Touristen, die beharrlich in der Schlange auf ihren Einlass gewartet hatten, waren im Nu verschwunden. Die Doppelstockbusse wurden umgeleitet, die Leute hinunter zum Fluss gescheucht. Beim Turm von Belém und dem Denkmal der Entdecker gab es genug zu fotografieren. Andenken, zum Festhalten auf Digitalkameras, gespeichert für die Ewigkeit.

Andere nutzten die Gelegenheit, um der nur wenige Schritte entfernten berühmten Konditorei Pastéis de Belém einen Besuch abzustatten. Ein großer Teil der Menge hatte sich jedoch einfach unter die schattigen Bäume im Jardim de Belém zurückgezogen und verfolgte neugierig und aus sicherer Entfernung das Geschehen vor dem Kloster.

Henrik konnte nur erahnen, wie die Schaulustigen die Hälse reckten, während man ihm Handschellen anlegte. Ebenso wie Helena. Man riet ihnen zu schweigen und verfrachtete sie in unterschiedliche Einsatzfahrzeuge.

Im Vorbeifahren entdeckte er ihn plötzlich unter den Umstehenden. Er trug die Sonnenbrille, aber es gab keinen Zweifel, dass sein Blick dem Polizeiauto folgte, in dem Henrik saß.

Wer hatte ihn verständigt?

Oder war er ihm die ganze Zeit gefolgt? Im Wechsel mit seinen Schergen, so wie Manuel Vieira es prophezeit hatte.

War Henrik mit seiner Beharrlichkeit letztlich daran schuld, dass der Doktor in den Tod gesprungen war? Oder hatte er mit seiner Nachlässigkeit den Söldner auf die Spur des verrückten Vieira gebracht, womit die Kammer im Turm als Zuflucht unbrauchbar geworden war? Fehlte dem Doktor einfach die Energie zur erneuten Flucht? Oder die Kraft, weiter auf Gottes Vergebung zu hoffen? Ja, überlegte Henrik im Fond des Polizeiautos, vielleicht hatte der Doktor keinen Ausweg mehr gesehen – vielleicht aber hatte er sich auch an seiner mächtigen Familie rächen wollen. Vielleicht sollte man ihn aufspüren, damit er ein Publikum hatte, vor dem er einen spektakulären Abgang inszenieren konnte.

Immerhin, der Konzern befand sich erneut kurz vor einem Umbruch. Millionen, wenn nicht Milliarden standen auf dem Spiel. Investitionen. Europäische Fördergelder. Tausende von Arbeitsplätzen. Karrieren von Politikern. Ein Rattenschwanz, dessen Ende Henrik nicht absehen konnte. Demgegenüber: ein Deal mit den Chinesen. Eine Unterschrift als Rettung. Carlos musste sein Unternehmen gerade durch schwersten Seegang steuern. Der optimale Zeitpunkt für Manuel, um zurück in seine Rolle innerhalb der Familie zu schlüpfen: als schroff aus dem Meer ragender Fels, an dem alles zerbrechen konnte, was Tradition und Konvention in hundertfünfzig Jahren zusammengehalten hatten. Falls die Abscheulichkeit seiner Machenschaften und sein fingierter Tod ans Licht kamen, mochte das Carlos zusammen mit dem ganzen Vieira-Imperium ins Verderben reißen. War das der Plan gewesen? Von Beginn an? War auch Martin schon dazu benutzt worden, ihn zu realisieren?

Henrik lehnte sich in den Sitz zurück, ohne darauf zu achten, wohin sie ihn brachten. Er war körperlich und geistig am Ende. Hatte keine Energie mehr übrig, um sich zu wehren. Was hätte es auch genutzt? Keiner im Wagen hätte ihm Gehör geschenkt. Wenn er ehrlich war, sehnte er sich fast nach der Ruhe und Kühle einer Zelle. Um sich machte er sich keine Sorgen. Nur um die anderen. Helena. Catia, Renato. Alle, die unter seinem Dach wohnten. Dazu Filipa. Und Adriana. Henrik schloss die Augen.

Der Einsatzwagen hielt vor dem Gebäude der PSP, das er noch vor vier Tagen observiert hatte. Die Uniformierten halfen ihm unsanft aus dem Auto und führten ihn auf das Gebäude zu.

Max und Moritz wird es schwüle, denn nun geht es nach der Mühle, rezitierte er in Gedanken. In seinem Rücken fuhr ein weiterer Wagen auf den Parkplatz. Er verrenkte sich, konnte aber nicht erkennen, ob Helena darin saß. Der Griff des Polizisten um seinen Oberarm wurde härter. Er drängte ihn vorwärts, durch die Eingangstür, die ihm sein Kollege aufhielt.

Drinnen empfingen ihn die künstliche Kälte eines klimatisierten Büros und die übliche Geschäftigkeit einer Polizeistation. Sein Empfangskomitee bestand aus einem alten Bekannten. Der lange Lui trug denselben hellbeigen Anzug wie bei ihrer ersten Begegnung, aus dem er schon vor Jahren rausgewachsen war. Lui blieb sich treu und erklärte ihm etwas auf Portugiesisch, das inhaltlich zu kurz erschien, als dass es sich um die vorgeschriebene Rechtsbelehrung nach einer Verhaftung handeln konnte. Vielmehr klang es gehässig – wahrscheinlich winkte er Henrik einfach durch, in Richtung der Arrestzellen.

Ohne jede erkennungsdienstliche Erfassung schlug keine Minute später die Stahltür hinter ihm ins Schloss.

Aus der Toilette stank es, als führte das Rohr ohne jede Krümmung direkt in die Kanalisation. Die fusselige Zudecke und der vergilbte Futon auf der schmalen Pritsche hatten schon ewig keine Waschmaschine mehr gesehen. Und das mit Drahtgewebe verstärkte Verbundglasfenster war so hoch angebracht, dass nur Insekten es erreichten, und obendrein blind vor Dreck. Aber egal: Positiv betrachtet, hatten sie ihm eine Einzelzelle gegeben.

Nicht einmal das Handy hatten sie konfisziert. Wie sich allerdings schnell zeigte, war das kein Grund zur Freude. Abgesehen davon, dass der Akku sich bereits im roten Bereich bewegte, bot der Betonkäfig um ihn herum die perfekte Abschirmung gegen jegliche Strahlung.

Ungeachtet des Milbeneldorados sank er auf die harte Unterlage und legte die Beine hoch. Die Betondecke wies zahllose Stockflecken auf. Aus irgendeinem Grund vermutete er, dass er ausreichend Zeit zur Verfügung haben würde, die bizarren Formen und Muster ausgiebig zu studieren.

Das schwache rötliche Glühen vor seinem Fenster interpretierte er als Sonnenuntergang. Irgendwer hatte ihm eine Flasche Wasser und einen Pizzakarton in die Zelle gestellt, ohne dass er von dem metallischen Schaben des Riegels wach geworden war. Er mühte sich von der Pritsche und trank etwas Wasser. Die Salamipizza war kalt. Sein Magen verlangte, dass er trotzdem hineinbiss. Der Belag schmeckte fad, der Boden nach Pappmaschee. Vielleicht sollte er die Verpackung probieren, um der Sache mehr Würze zu verleihen?

Nach der Pizza legte er sich wieder hin. Wartete auf die Dunkelheit. Es fiel ihm unendlich schwer, seine Gedanken zu ordnen. Dr. Manuel Vieira hatte autistische Kinder entführt, um sich deren überdurchschnittlich ausgeprägte, neurale Fähigkeiten zunutze zu machen. Um in ihren Köpfen das Wissen der Menschheit zu speichern. Er hatte noch nie so etwas Krankes gehört. Die Idee machte ihm Angst, genau wie die Besessenheit, mit der Vieira seinen Plan verfolgt hatte.

Rache? Oder einfach nur Wahnsinn? Oder beides?

War der Doktor nur verrückt, oder war irgendetwas dran an dem, was er ihnen unterbreitet hatte? Waren sie wirklich zu abhängig von der Technologie? Anders als Vieira dachte er dabei nicht an Sonneneruptionen und elektromagnetische Störfelder. Eher an Hackerangriffe. Digitalen Terrorismus. Was hatte Tomás dem Doktor wohl prophezeit? Steuerten sie auf das Ende der Menschheit zu, wie sie sie kannten?

Nicht nur die Schmerzen hielten ihn wach, nachdem die Anspannung von ihm abgefallen war. Von irgendwoher drang auch ein kontinuierliches hohes Pfeifen durch die Betonwände. Einmal im Ohr, gelang es ihm nicht mehr wegzuhören. Da sein Geist keine Ruhe fand, begann er sich Gedanken darüber zu machen, was sie mit ihm vorhatten, wenn er erst einmal ausreichend lange geschmort hatte. Wofür konnten sie ihn anklagen? Schlimmstenfalls dafür, dass er zwei Männer vom Dach geworfen hatte. Würde Carlos Vieira diese Vorwürfe zu erhärten versuchen, um sich seiner zu entledigen? So wie er schon Martin losgeworden war? Die unbequemen Deutschen, die ihre Nase zu tief in Angelegenheiten steckten, die sie nichts angingen. Henrik verwarf diese Spekulation. Ihm fehlte jeder Beweis, dass Martin keines natürlichen Todes gestorben war. Was nicht hieß, dass er diese Sache als abgeschlossen betrachtete.

Genau genommen hatte Carlos seine Ziele erreicht. Der unliebsame Bruder, das schwarze Schaf der Familie, war tot. Nun musste er nur noch darauf achten, die Spuren des Wahnsinns, die Manuel zurückgelassen hatte, endgültig zu beseitigen. Vor allem, um dem teuflischen Plan seines Bruders entgegenzuwirken. Alles, was auch nur im Ansatz zu Manuel und dem Institut führte, musste zurück unter den Teppich, wo es bereits zwanzig Jahre vor sich hin rottete. Die betroffenen Familien hatte man schließlich schon damals gekonnt zum Schweigen gebracht, warum also sollten sie jetzt anfangen zu reden und alte Wunden wieder aufreißen? Das käme dem Eingeständnis einer Mitwisserschaft gleich. Wieder hatte er Antonios heftige Worte im Ohr. Alles, was dieser Mann wollte, war, noch ein paar friedliche Jahre in seinem Häuschen am Meer zu verbringen. Wer war überhaupt noch übrig von denen, die sich nicht dem Schicksal ergeben hatten, ihr Kind verloren zu haben?

Ja, vielleicht würden ihn die Vieiras tatsächlich in Ruhe lassen. Sie wussten, dass er nichts Stichhaltiges vorzubringen hatte. Mit leeren Händen konnte er keine Anklage erheben. Selbst die Presse würde ihn auslachen. Was blieb, war lediglich, Gleiches mit Gleichem zu vergelten. Und durch den Tod des Doktors waren dessen Opfer gewissermaßen gesühnt. Sofern der Vieira-Clan nicht noch weitere Leichen im Keller hatte, brauchten sie ihn nicht mehr zu fürchten. Henrik seufzte. War das etwa die Art und Weise, wie es künftig ablaufen würde, wenn er sich weiter durch Martins Verbrechensarchiv wühlte? Auge um Auge, Zahn um Zahn?

Er bezweifelte mittlerweile, dass der Anwalt Sérgio Barreiro für Carlos Vieira arbeitete. Da mussten noch andere sein. Ähnliche Kaliber wie die Vieiras, vielleicht noch schlimmere. Schon allein von daher verbot es sich zu glauben, er würde einfach so davonkommen. Womöglich räumten sie gerade das Antiquariat aus, noch bevor sie sich persönlich mit ihm befassten.

Wer sind die?, hatte er Renato gefragt. Es gibt keine Namen, hatte dieser geantwortet.

Doch diejenigen, die mit ihrer Macht Einfluss auf das Leben anderer Menschen nahmen und sogar über deren Tod bestimmten, hatten immer Namen. Sie wollen nur nicht genannt werden.

Draußen begann ein neuer Tag. Irgendwann zwischendurch musste er geschlafen haben. Sein Handy ließ sich nicht mehr anschalten. Zum Frühstück brachte ihm ein Uniformierter wortlos eine Flasche Wasser und eine weitere Pizza Salami. Danach verfiel er in eine Art Delirium. Eine Zeit, an die er keine Erinnerung hatte und die andauerte, bis erneut jemand die Zelle öffnete und ihn bat, auf den Gang hinauszutreten.

Sie entließen ihn mit den Worten, dass er sich für weitere Befragungen zur Verfügung halten sollte, und schickten ihn hinaus in die Sonne. Die Tür des Dezernats für Gewaltverbrechen schloss sich hinter ihm. Er war unfähig, irgendetwas zu erkennen. Das Nachmittagslicht war intensiv und brannte auf seine Netzhaut wie Säure. Nahezu blind, mit der Hand über den tränenden Augen, tastete er sich durch die Reihen der geparkten Fahrzeuge, auf der Suche nach etwas, das ihm Schatten spendete. Seine Verwirrung über das Verhalten der Polizei ließ sich nicht abschütteln. Sie wollten keine Aussage, er musste sich nicht rechtfertigen. Keine Vernehmung, kein Protokoll, keine Unterschrift!

Halten Sie sich zur Verfügung.

Sie hatten ihm seinen Pass gelassen, er konnte also ausreisen. Raus aus Portugal, dem Irrsinn den Rücken kehren. Ein beruhigender Gedanke, von dem er wusste, dass es nur ein Gedanke bleiben würde. Er wollte hier nicht weg.

Endlich gelangte er unter die Fußgängerbrücke. Ein schmaler Streifen, der die Sonne verdunkelte. Nach den rund dreißig Stunden, die er im Halbdunkel seiner Zelle verbracht hatte, hielt er den Blick immer noch gesenkt. Selbst der Asphalt blendete.

Henrik wusste plötzlich, dass er nicht allein war. Mit schmalen Augen spähte er über den Parkplatz.

Da stand er. Keine fünf Meter entfernt. In seiner Sonnenbrille spiegelte sich die Welt. Er hob die Hände, um zu zeigen, dass sie leer waren. Dann kam er näher.

Henrik musste sich beherrschen, um nicht zurückzuweichen. Ihn streifte die Ahnung, dass er es diesem Mann verdankte, nicht mehr in der Zelle zu sitzen. Diesem Mann, aber vor allem dessen Auftraggeber. Das gefiel ihm nicht.

»Sind Sie gekommen, um mich abzuholen?« Wieso stellte er ausgerechnet diese Frage?

Der Glatzkopf verzog keine Miene. Vielleicht lachten seine Augen, aber die blieben verborgen.

»Ich fürchte, Sie müssen zu Fuß gehen«, antwortete der Söldner. Seine Stimme war … sanft, ein weiches, sandiges Raspeln. »Ich werde nicht dafür bezahlt, Leute zu chauffieren.«

»Nein, Ihr Aufgabengebiet ist der Transport ins Jenseits, ich weiß.«

Der Ansatz eines Schmunzelns aus dem Vollbart heraus. »Sie sind noch da.«

»Ja, warum eigentlich? Sie machen auf mich nicht den Eindruck, als würden Sie Ihren Job nicht gründlich erledigen. Bei mir haben Sie gleich mehrere Gelegenheiten verstreichen lassen.«

»Ich sollte lediglich dafür sorgen, dass Sie in Bewegung bleiben.«

Er versuchte, nicht allzu überrascht zu wirken. »Ihre Komparsen hatten da wohl eine etwas andere Auffassung.«

»Dilettanten, das habe ich ihm auch zu verstehen gegeben.«

»Ihm? Carlos Vieira?«

Der Glatzkopf legte den Finger auf seine Lippen. »Keine Namen.«

»Sonst müssen Sie mich doch noch umlegen?«

»Er ist nicht zufrieden damit, wie es gelaufen ist, aber die Umstände zwingen ihn dazu, die Füße still zu halten. Also geben Sie ihm keinen Grund, es sich anders zu überlegen. Genießen Sie die Sonne und kommen Sie uns einfach nicht mehr in die Quere!« Mit dieser Warnung drehte er sich um, stieg in einen schwarzen Seat und fuhr vom Parkplatz der Polícia de Segurança Pública.

35

Er hatte ein Ziel, und doch irrte er ziellos umher. Eine nicht fassbare Angst hinderte ihn daran, zurück in die Rua do Almada 38 zu gehen. Irgendwann landete er in einem Internetcafé, wo er sein Handy aufladen konnte. Während er darauf wartete, dass der Akku den roten Bereich verließ, rief er auf einem der Rechner ein paar Nachrichtenseiten auf. Nur eine davon berichtete über einen tragischen Unfall im Kloster von Belém. Aus noch ungeklärter Ursache war ein Mönch vom Glockenturm gefallen. Nur ein kurzer Vermerk, kaum Fakten, kein Name.

Irmão Stylianus.

Er gab den Namen des Heiligen in die Suchzeile ein, las – und spürte unverzüglich seinen Zorn wiederaufflammen. Der Heilige Stylian von Paphlagonien galt als der Schutzpatron kranker Kinder. Dass Vieira ausgerechnet diesen Namen ausgewählt hatte, war eine bittere Farce.

Die Wut besaß etwas Reinigendes. Sie vertrieb die Angst und verbrannte die letzten Zweifel an seinem Auftrag zu Asche. Henrik griff nach seinem Telefon. Trotz des ausdrücklichen Verbots wählte er Helenas Nummer.

Dass sie das Gespräch annahm, zeugte von der Sorge, die sie um ihn haben musste. »Sie haben dich rausgelassen«, stellte sie fest.

»Dich wohl auch.«

»Ich trete morgen wieder zum Dienst an.«

Sollte er sie dazu beglückwünschen? Kurz ließ er sich die Information durch den Kopf gehen. Was würde es ihren Vorgesetzten helfen, wenn man sie suspendierte? Sie müssten sich erklären, müssten eine Untersuchung des Vorfalls in Belém anordnen. Was nur dazu führen konnte, dass viel Sediment aufgewirbelt wurde, das besser auf dem Grund blieb. Nein. So betrachtet, gab es keinen Anlass, ihr zu gratulieren. »Auf die Art können sie dich besser unter Kontrolle halten.« Er fragte sich, warum er mit gedämpfter Stimme redete. Falls sie abgehört wurden, spielte es keine Rolle, wie leise er sprach.

»Ruf mich nicht mehr an!«, sagte Helena, die anscheinend denselben Gedanken hatte. Sie trennte die Verbindung. Er hätte sich gerne noch bedankt. Sich nach Sara erkundigt. Doch er verspürte keinen Groll darüber, dass sie ihn so schnell abgewimmelt hatte – wieder einmal. Er hatte erfahren, was er wissen wollte, und sie hatte ihre Gründe, warum sie nicht weiter mit ihm in Verbindung gebracht werden mochte. Es war das Unausgesprochene, was ihn zuversichtlich stimmte. Helena war auf seiner Seite. Sie würden schon einen Weg finden, in Kontakt zu bleiben. Martin hatte diese Zusammenarbeit angestoßen, und er hegte keine Bedenken, dass sie nicht auch weiter funktionieren würde.

Statt hoch in die Wohnung zu gehen, betrat er das Antiquariat. Die warme, kratzige Luft besaß etwas Tröstliches.

Ich bin zu Hause.

Lange stand er dort im Halbdunkel und atmete den Geruch vergangener Epochen. Es konnte ihm gelingen, den quälenden Teil seiner eigenen Vergangenheit in Lissabon hinter sich zu lassen. Dass es bis dahin noch ein weiter Weg war, der von mächtigen Steinen blockiert wurde, minderte nicht seine Zuversicht.

Er musste Catia Bescheid geben. Schauen, ob überhaupt noch jemand im Haus war, oder ob seine schrulligen Mieter alle getürmt waren. Und er musste sich bei Adriana melden.

Die Schellen über der Tür bimmelten. Er fuhr erschrocken herum.

Zögernd betrat eine Frau den Laden. Sie mochte Ende fünfzig sein und trug ein elegantes Kostüm, das ihm für die vorherrschende Temperatur als zu warm erschien. Das schwarze, von einzelnen grauen Strähnen durchsetzte Haar war akkurat hochgesteckt. Ihr schmal geschnittenes Gesicht war dezent geschminkt. Eine Wolke blumigen Parfüms strömte ihm entgegen. Der kaum nennenswerte Spalt in der Schaufensterdekoration, durch den man hinaus auf die Straße blicken konnte, offenbarte das Dach einer schwarzen Limousine, die direkt vor der Tür parkte.

»Wir haben geschlossen«, erklärte Henrik.

Die Frau ließ sich davon nicht beirren und schritt auf ihren hohen Absätzen die Bücherregale ab.

»Ich war noch nie hier«, erklärte sie in nahezu akzentfreiem Englisch. »Schade eigentlich.« Mit ausgestrecktem Zeigefinger fuhr sie über einige Buchrücken. Melancholie umspielte ihre Augen.

»Ich ... ähm ... Sie können gerne ein anderes Mal wiederkommen«, stammelte Henrik. Peinlich berührt blickte er an sich hinab. Wie lange steckte er bereits in diesen Klamotten, in denen nicht nur der Mief einer Gefängniszelle hing?

»Vielleicht werde ich das«, antwortete die Dame. Sie beendete ihre Inspektionsrunde, kam auf Henrik zu und streckte ihm ihre feingliedrige Hand entgegen. »Ich bin Anabela.«

Zögerlich drückte er ihr die Hand. »Henrik.«

Sie nickte amüsiert, als wüsste sie, wer da vor ihr stand. »Ich kenne niemanden, der das Chaos besser beherrscht als Martin, pflegte mein Bruder zu sagen. Nun verstehe ich, was er damit gemeint hat.« Erneut blickte sie sich im Laden um.

»Sie kannten meinen Onkel?« Ein Kribbeln durchfuhr ihn.

»Nicht wirklich. Bei den wenigen Anlässen, zu denen wir uns begegnet sind, fanden wir nie die Gelegenheit, mehr als nur ein paar Floskeln auszutauschen.«

»Wer sind Sie?«

»Die Schwester von João.«

Henrik stockte der Atem. Sein Magen krampfte sich schmerzhaft zusammen, und er griff Halt suchend nach einem nahen Regalbrett. Er war unfähig, etwas zu erwidern. Was wollte diese elegante Erscheinung von ihm?

»Sie sehen etwas mitgenommen aus«, stellte sie fest und musterte ihn.

»Ich hatte ein paar harte Tage.«

»Bedauerlich! Werden Sie trotzdem in Lissabon bleiben?«

Jetzt war er es, der den Blick durchs Antiquariat wandern ließ. »Ich möchte gerne, doch der Wunsch allein wirft noch keinen Gewinn ab, und ...«

»Ich verstehe nichts von Bilanzen«, fuhr Anabela ihm ins Wort. »Darum geht es uns auch nicht.«

»Uns?«

Seine Frage tat sie mit einem knappen Lächeln ab. »Der Familienrat hat beschlossen, den Fonds, den mein Bruder einst eingerichtet hat und der dieses ... dieses Geschäft bislang am Leben gehalten hat ... Nun, wir werden Ihnen die vereinbarten Raten weiter auszahlen.«

Die monatliche Zahlung. Er rief sie sich ins Gedächtnis. D34LMA3C0R4C40, wie sie auf den Kontoauszügen ausgewiesen war. Und plötzlich begriff er. DE ALMA E CORAÇÃO. Herz und Seele.

»Das ... ich ... Warum tun Sie das?«

Sie machte einen tiefen Atemzug. »Verstehen Sie mich nicht falsch. Meine Familie hat, wie soll ich es ausdrücken, Joãos Leidenschaft ...«

»... seine Beziehung zu meinem Onkel«, half er aus.

Sie nickte. »Es bestand kein Konsens. Doch ganz egal, wie man zu dieser Neigung stehen mag, können wir es auch nach all der Zeit nicht hinnehmen, dass Joãos fragwürdiger Tod nicht in der Form kriminalistisch untersucht wurde, wie wir es von einem Rechtsstaat erwarten dürfen. Weshalb wir Martin in all den Jahren auf subtile Weise geholfen haben, gegen dieses Unrecht vorzugehen.«

Er versuchte, einen Einwand vorzubringen, doch sie wischte diesen mit einer energischen Geste fort.

»Nach Martins Tod mussten wir uns fragen, warum er gerade Sie ausgewählt hat, Henrik. Weshalb Sie es uns bitte nachsehen, dass wir erst Erkundigungen eingeholt haben, bevor wir den Kontakt zu Ihnen suchten. Ihr Onkel scheint eine kluge Entscheidung getroffen zu haben. Auch in unserem Sinne. Ich habe daher veranlasst, dass wieder regelmäßig Geld auf Ihr Konto kommt.« Wieder der Zeigefinger. »Ich bitte Sie nicht, Senhor Falkner, ich verlange, dass Sie das tun, wofür Sie hierherbestellt wurden. Führen Sie das Erbe Ihres Onkels fort und finden Sie den Mörder meines Bruders!«

Er zögerte einen Moment, dann nickte er.

»Ulrich Wickert hat mit Jacques Ricou
eine faszinierende Figur erfunden.«
Hamburger Abendblatt

978-3-453-41858-5   978-3-453-41864-6   978-3-453-41865-3